Heibonsha Library

ンテ・クリスト伯 1

Le Comte de Monte-Cristo

平凡社ライブラリー

Heibonsha Library

［新訳］モンテ・クリスト伯 1

Le Comte de Monte-Cristo

アレクサンドル・デュマ著
西永良成訳

平凡社

本書は平凡社ライブラリー・オリジナル版です。

目次

主な登場人物

エドモン・ダンテス（のちのモンテ・クリスト伯爵）　マルセイユの船乗りで、商船ファラオン号の副船長。いずれ船長に出世し、許嫁のメルセデスと結婚することになっている。この幸運を羨む者たちが、彼がナポレオンの密使だとの偽りの密告をしたため、無実の罪で警察に逮捕され、裁判も受けずに十四年間、イフ島の監獄に収監される。

ルイ・ダンテス　エドモンの父親。貧乏だが誇り高く、他人の世話になるのを拒否し、エドモンの帰りを待ち続けるが……。

メルセデス　エドモンを心から愛するカタルーニャ娘。従兄のフェルナンからも思いを寄せられている。

フェルナン　カタルーニャの漁師。長年メルセデスに思いを寄せ、エドモン・ダンテスの恋敵となり、ダングラールの書いた密告書を警察に送る。

ピエール・モレル　ダンテスが乗っていたファラオン号の船主で律儀なマルセイユ商人。ダンテスに目をかけ、彼の釈放に尽力し、最後まで彼の気の毒な父親の面倒を見続ける。政治的にはナポレオン・シンパ。

ガスパール・カドルッス　マルセイユのダンテス家の隣人で仕立屋。エドモンの幸運を妬んでいる。のちにポン・デュ・ガールの宿屋の主人になる。

ラ・カルコント　カドルッスの妻。病弱でいつも不平不満を漏らしている。

ダングラール　ファラオン号の会計係。ダンテスを密告した首謀者。

ジェラール・ド・ヴィルフォール　マルセイユの王室検事代理で王党派。ダンテスがエルバ島で託された書状が父親のノワルティエ宛だったことに衝撃を受け、ダンテスの案件をもみ消すとともに、ナポレオン再上陸の危険を国王ルイ十八世に知らせる。

ノワルティエ・ド・ヴィルフォール　息子のジェラールとは反対でパリのナポレオン派の代表格。革命の時はジロンド派で山岳派のロベスピエールと対立、帝政下で上院議員を務めるが、のちに脳卒中で半身不随になる。

サン・メラン侯爵　マルセイユの王党派で、ルイ十八世の覚えがめでたい。娘ルネを王室検事代理のジェラール・ド・ヴィルフォールに嫁がせようとしている。

ファリア神父　スパダ家に仕えたイタリア人神父。イタリア統一を計画したため、ナポレオンに捕えられ、イフ城の囚人になっている。

ジャコポ　密輸船の水夫。脱獄した瀕死のエドモンを海で助け、その操船能力に感服し、腹心になる。

凡例

・本書は Alexandre Dumas, *Le Comte de Monte-Cristo* (1844-46) の新訳、全五巻のうちの第一巻である。
・本文中の〔1〕〔2〕……は訳注番号を示し、巻末に訳注を記した。
・本文中の〔 〕も訳注を示す。

新訳 モンテ・クリスト伯 1

1　マルセイユ――帰還

一八一五年二月二十四日、ノートルダム・ド・ラ・ガルド寺院の見張り番がイズミル、トリエステ、ナポリからやってきた三本マストのファラオン号のマルセイユ入港を告げた。

通例どおり、ただちに水先案内人が港を出て、イフ城をかすめるようにして通りすぎ、モルジウ岬とリオン島の中間にいたその船に乗り込んだ。

間もなく、これも通例どおりだが、サン・ジャン砦の高台が物見高い人びとでいっぱいになった。船の入港、とりわけファラオン号のように古くからあるフォッセ地区の造船所で建造され、艤装《ぎそう》され、積荷された船で、しかも船主がこの町の人間である場合には、船の入港は一大事件になるからだ。

そのあいだにも船は進んでいた。幸い、火山の震動によって穿たれたカラサレーニュ島とジャロス島のあいだの海峡を無事通りぬけ、ポメーグ島を越えていた。船は三枚の中檣帆《ちゅうしょうほ》、大きな船首三角帆、最後尾の縦帆で進んでいたのだが、いかにものろのろと悲しげな様子だったので、物見高い人びとは本能的に不幸を予感し、船上でどんな出来事があったのだろうかと尋ねあっていた。とはいえ、航海に通じた玄人たちが見るところ、なにかの事故があったとしても、船体そのものに関わることではなさそうだった。船は完全に制御された船舶の条件のすべてを備えながら進んでいたからだ。投錨《とうびょう》の用意がされていたし、船首の横静索《よこせいさく》は外されていた。そのうえ、マルセイユ港の狭い入り口からファラオン号を導き入れようとしている水先案内人のそばに、ひとりの好青年が控えていて、てきぱきとした動作と敏捷な目配りで船の動きを逐一見張り、水先案内人の指令をいちいち復唱していた。

群衆のなかに漂っていた漠たる不安はとりわけ、サン・ジャンの見晴台にいた見物人のひとりを動揺させた。その見物人は船の入港を待ちきれず、一艘の小舟に飛び乗って、ファラオン号の前まで漕いでいくよう命じた。小舟はレゼルヴの沖合で目当ての船に辿りついた。

その男がやってくるのが見えると、好青年は水先案内人のそばの持ち場を離れ、帽子を片手にやってきて、船側に寄りかかった。

背が高く細身の、年のころ十八歳から二十歳ぐらいの若者で、美しい黒目に漆黒の髪をしていた。全身に、いかにも幼いころから危険と闘うことに慣れている人間らしい、穏やかで毅然とした風格が漂っていた。

「やあ、ダンテスくん、きみか!」小舟の男は叫んだ。「いったい、なにがあったんだ? なんだってこの船はこんなに悲しげに見えるんだ?」

「モレルさん、取り返しのつかない不幸があったのです」と好青年が答えた。「とくに、じぶんには、大変な不幸でした。チヴィタ・ヴェッキア沖合で、あの勇敢なルクレール船長をなくしたのですから」

「で、積荷は？」船主が勢いこんで尋ねた。

「無事です、モレルさん。その点についてはご満足いただけると思います。ただ、あの気の毒なルクレール船長が……」

「いったい、彼の身になにがあったのだ？」船主は見るから安心した様子で尋ねた。「あの勇敢な船長になにがあったというんだ？」

「亡くなられました」

「海に落ちたのか？」

「違います。脳膜炎で、ひどく苦しみながら亡くなられました」

それから青年は部下たちのほうを振りむき、

「おおい、みんな！」と言った。「さあ、持ち場について、投錨の準備をしてくれ！」

乗組員全員、命令にしたがった。八名から十名ばかりの水夫からなる乗組員のうち、ある者は帆脚索《ほあしづな》に、別の者は転桁索《てんこうさく》に、また別の者は上下動索に、さらに別の者は船首三角帆索に、他の者は帆の絞り綱にと一斉に飛びついた。

若い船乗りは作業が開始される様をゆっくり一瞥してから、ふたたび話し相手のほうを向いた。

「そのような不幸が、いったいどうやって起こったのだ？」船主はさきほど好青年が中断した会話の糸をたぐり寄せて言葉をついだ。

「ええ、まったく予想外のことでした！　ルクレール船長は港の司令官と長く話し合ったあと、ひどく不安そうな面持ちでナポリを後にされました。その二十四時間後に発熱され、三日後に亡くなられたのです……じぶんらは通常の葬儀をおこない、船長は作法どおりにハンモックにくるまれ、足と頭にそれぞれ二十六リーヴルの錘《おもり》をつけられて、いまはエル・ジリオ島の沖合で安らかに眠っておられます。じぶんは未亡人のために十字勲章と剣をもちかえりました。それにしても」と、青年は憂いを含んだ微笑を浮かべながら続けた。「十年間もイギリス人相手に戦ったあとで、結局、普通の人のようにじぶんのベッドで死ぬとは、なんともやりきれない話です」

「もちろんだ。でもしかたがないことじゃないか、エドモン」だんだん気が軽くなってきた船主は、そう青年の話を引き取り、「人間というものはみな死ぬ。だから、先輩は後輩に席を譲らねばならない。でなきゃ、昇進ということもなくなるだろうが。それにきみが請け合ってくれた以上、積荷のほうは……」

「問題ありません、モレルさん、じぶんが保証します。この航海は、少なくとも二万五千フラン以上の利益をもたらすはずです」

やがて若い船乗りは、船がちょうど砦の円塔のあたりを過ぎたことに気づいて、こう叫んだ。

「主檣帆《しゅしょう》、船首三角帆、後檣《こうしょう》縦帆の絞り方準備！　投錨準備！」

命令はほとんど軍艦上と同じくらい迅速に実行された。

「帆を下ろせ、帆を絞れ！」

この最後の命令で、すべての帆が下ろされ、船はこれまでの余力だけで進むようになり、ほとんど速度が感じられなくなった。

「さあ、そろそろ、モレルさん」と、ダンテスは船主がじりじりしかけているのを察して言った。「よろしければ、乗船してください。ちょうど、会計係のダングラールさんも船室から出てきます。お望みの情報をなにもかも教えてくれるでしょう。じぶんはこれから投錨の監督をして、船を喪装にする仕事がありますので、これで失礼します」

船主は同じことを二度までは言わせず、ダンテスが投げたロープをつかむと、いかにも海の男らしい機敏さで、船腹のふくらんだ部分に打ちつけられた梯子段をよじ登った。ダンテスのほうは、副船長の持ち場にもどって、ダングラールという名前で呼ばれた男に話の相方をゆずった。

じっさい、このダングラールは船室の外に出て、船主の前に進みでてきていたのである。

新しく姿を現したのは二十五、六歳の男で、目上の者にはへつらい、目下の者にはいばりちらすような、かなり暗い顔つきの男だった。彼はそもそも会計係という肩書きからして水夫たちから疎まれているうえ、エドモン・ダンテスが乗組員たちに慕われていたのとは裏腹に、大方の船員から嫌われていた。

「どうもどうも、モレルさん」と彼は言った。「例の不幸のことはご存じですね？」

「そう、聞いたよ、ルクレール船長も気の毒だったな！　勇敢で、正直な男だったのに！」

「それに、なんといっても、空と海のあいだで年を重ねられた、立派な船乗りでした。モレル父子商会のような大会社の利害を任せるのに、またとないお方でしたよ」とダングラールは答えた。

「それはそうだが」船主は投錨場所を探しているダンテスを目で追いながら言った。「だがな、この仕事に熟達するには、必ずしもきみの言うような年配の船乗りである必要はないようだ。われらがダンテスは、誰の忠告も仰がずに、完璧にじぶんの職責を果たしているようじゃないか」

「そうですかね」ダングラールがダンテスを横目で睨んでそう言ったが、目に憎悪の稲妻が走った。「たしかに、若いですよ。なにしろ怖いもの知らずですから。船長が死ぬか死なないうちに、誰にもひと言の相談もなく、もう船の指揮を執りはじめたんですからね。しかもわたしたちは、真っ直ぐにマルセイユにはもどらずに、エルバ島で一日半も無駄足をふまされたんですよ」

「船の指揮を執るのは」船主が言った。「副船長としての当然の義務だが、エルバ島で一日半も時間を無駄にしたというのは、あいつの間違いだったな。もっとも船体に修理すべき損傷でもあったというなら話は別だが」

「わたしが元気なように、またわたしがいつもご無事息災を願っているモレルさんと同じように、船も元気にしていましたよ。だから、その一日半はまったくの気まぐれで、ただ陸に上がってみたら楽しいだろう、というくらいの気分だったんですよ」

「ダンテスくん」船主は好青年のほうを振りかえって言った。「こっちに来なさい」

「すみません」とダンテスは答えた。「すぐにうかがいます」それから乗組員に声をかけて、「投錨！」と言った。

錨はたちまち落とされ、錨鎖が音を立てて繰りだされた。水先案内人がいたにもかかわらず、ダンテスはこの最後の作業が終了するまでじぶんの持ち場にとどまっていたが、やがてこう言った。

「長旗をマスト中部まで下げ、半旗掲揚、帆桁《ほげた》交差！」

「ほら」とダングラールは言った。「申し上げた通り、もう船長気取りじゃありませんか」

「じっさいに、もう船長なのだよ」と船主。

「そうですか。ただそれは、モレルさん、あなたさまと共同経営者の署名があってのことでしょう」

「むろんだ。だがこのまま、あいつに船長を任せてもいいのではないか？」と船主は言った。「なるほど若い、それはよく分かっている。だが仕事熱心で、経験もかなり積んでいるようではないか」

一瞬、ダングラールの額が曇った。

「失礼しました、モレルさん」近づいてきたダンテスが言った。「投錨も終わりましたし、これからはなんなりとお尋ねください。たしか、じぶんをお呼びだそうで」

ダングラールは一歩うしろに引いた。

「わたしが尋ねたかったのはただひとつ、きみがどうしてエルバ島に停泊したのか、ということだ」

「じぶんもよく分かりませんが、あれはルクレール船長の最後の命令を実行するためでした。船長はいまわのきわに、じぶんにベルトラン大元帥[1]宛の包みを手渡されたのです」

「じゃあ、エドモン、きみはお会いしたのか？」

「誰に、ですか？」

「ベルトラン大元帥だよ」

「ええ」

モレルは周囲を見まわし、ダンテスを脇に引きよせて、

「それで、皇帝〔2〕はどうされている？」

「じぶんの目で判断しえたかぎり、お元気です」

「じゃあ、きみは皇帝にお目にかかったのか？」

「じぶんが元帥のところにいると、入ってこられたのです」

「それで、きみは皇帝になにか申し上げたのか？」

「というより、もっぱら皇帝のほうが話されたのです」と、ダンテスは微笑みを浮かべて言った。

「それで、なんと言われた？」

「船のこと、マルセイユに向けて出発した時期のこと、これまで辿ってきた航路のこと、積荷のことなどについてお尋ねになりました。もし船が空《から》で、じぶんが船長だったら、この船を買い取ろうかというおつもりだったのだと思います。しかしじぶんは副船長の分際でしかなく、船はモレル父子商会の持ち物だと申し上げました。すると陛下はこう言われたのです。ああ！　その商会なら知っておる。モレル家は代々の船主で、そう言えば、ヴァランスの兵舎にいた時代に、モレルという者が連隊の軍務についておったぞ」

「まさしく、そうなのだ！」船主はすこぶる嬉しそうに声をあげた。「それはポリカール・モレルといってな、大尉にまでなったわたしの伯父のことだよ。どうか、ダンテスくん、皇帝が彼の

ことを覚えておられたと、是非伯父に言ってやってくれ。あの偏屈な老兵、きっと泣いて喜ぶだろうよ。よし、よし」と、船主は青年の肩を親しげに叩きながら続けた。「よくやった、ダンテスくん。よくぞルクレール船長の指令にしたがい、エルバ島に停泊してくれた。ただ、もしもきみが元帥に包みをとどけ、皇帝と話をしたことをひとに知られると、ひょっとして厄介な目にあうことになるかもしれんぞ」

「いったい、どうしてじぶんが厄介な目に？」ダンテスが尋ねた。「そもそもじぶんは包みになにが入っていたのかさえ知りませんし、皇帝がいろいろ質問されたといっても、そのへんの誰にされてもいいような質問ばかりでしたよ。でも、あ、ごめんなさい」と、いったん切った言葉をついで、「検疫官と税官吏がやってきましたので、しばらく失礼します」

「いいとも、いいとも、ダンテスくん」

青年が遠ざかっていくと、今度はダングラールが近づいてきて、

「どうでした？」と尋ねた。「どうやらポルト・フェライオ〔エルバ島最大の町〕に寄港した立派な理由を教えてくれたようですね」

「立派な理由があったんだよ、ダングラールくん」

「ああ、それはなによりでした」とダングラールは答え、「じぶんの義務を果たさない仲間の姿を見るのは、いつだってつらいものですからね」

「ダンテスはみずからの義務を果たしたのだ」と船主は応じた。「文句のつけようはない。その停泊をルクレール船長に命じられたのだよ」

「ときに、ルクレール船長のことですが、船長の手紙を渡しませんでしたか?」

「誰が?」

「ダンテスが」

「わたしにか? いや別に。じゃあ、彼は手紙を預かっているのだね?」

「ルクレール船長は包みとは別に、手紙を託されました」

「なんの包みだ?」

「ほら、ダンテスがポルト・フェライオに寄港して置いてきた包みのことですよ」

「しかし、きみはどうして彼がポルト・フェライオに包みを置いてきたことを知っているのかね?」

ダングラールは顔を赤くした。

「船長室のドアの前を通ったら、半開きになっていたので、船長がダンテスにその包みと手紙を託しているのが見えたのです」

「そんな話は全然していなかったが」と船主は言った。「もしその手紙があるなら、いずれ渡してくれるだろう」

ダングラールは一瞬考え込んでから、

「では、モレルさん、これで失礼します」と言った。「この話はくれぐれもダンテスには内緒にしておいてください。わたしの間違いかもしれませんから」

このとき、青年がもどってきて、ダングラールは遠ざかっていった。

「さあ、ダンテスくん、これで暇になったのだな?」と船主が尋ねた。

「ええ」

「事はわりと早く済んだな」

「はい、税官吏には商品一覧表を提出し、荷物保管所のほうは、水先案内人といっしょに人を寄こしてくれましたから、その男に書類を渡しておきました」

「それじゃ、ここではなにもすることがなくなったわけだね?」

ダンテスはまわりを一瞥して、

「ええ、すべて片づきました」と言った。

「それじゃ、今日の晩飯はわたしに付き合ってもらえるわけだな?」

「すみません、モレルさん。まことに申し訳ありませんが、じぶんはまず父親に会いにいかねばならないもので。お誘いいただくのは光栄のいたりで、感謝します」

「もっともだ、ダンテスくん、もっともだよ。きみが親孝行だってことは知っておる」

「それで……」と、ダンテスはしばらく言いよどんでから尋ねた。「父は達者なんでしょうか、もしご存じでしたら?」

「むろんお元気だと思うよ、エドモン。もっともお姿はお見かけしなかったが」

「そうでしょう、父はいつも小さな部屋に閉じこもっていますから」

「少なくともそれは、きみの留守中、父上がなにひとつ不自由な思いをされなかったということだよ」

ダンテスは微笑して、

「父は誇り高い頑固者で」と言った。「たとえ、万事に不如意でも、神さまは別として、世間の誰かになにかを頼むようなことはないのです」

「分かった。じゃあ、その最初の訪問のあとは、うちにきてもらえるね」

「もう一度、お許しください、モレルさん。父に会ったあと、どうしても会わなくてはならない人が、もうひとりいるのです」

「ああ、そうだったな、ダンテスくん。すっかり忘れていたよ、カタルーニャ村には父上と同じくらい、きみのことを心待ちにしている娘さんがいることを。あの器量よしのメルセデスがね」

ダンテスは微笑した。

「そうか、そうか」船主は言った。「そんなことにはちっとも驚かんぞ。なにしろあの娘さん、ファラオン号の消息を尋ねに三度もわたしのところにやってきたんだからな。いやはや、エドモン、きみも結構なご身分だね、あんな別嬪《べっぴん》さんを恋人にしているとは！」

「彼女はじぶんの恋人ではありません、モレルさん」と若い船乗りは厳しい口調で言った。「許婚《フィアンセ》です」

「ま、ときにはその双方を兼ねる、ということもあるがね」と船主は笑いながら言った。

「じぶんらに限ってそういうことはありません」とダンテスは応じた。

「まあ、いいから、いいから、エドモン」と船主は続けた。「わたしはきみを引きとめはせん。

わたしの事業のために、きみは充分尽くしてくれた。これからは心置きなくきみのことをしてくれたまえ。金はあるのか？」

「はい、航海手当を全額、つまりほぼ三か月分の給料をもっていますから」

「きみは堅実な若者だな、エドモン」

「なにしろ貧しい父親がいるものですから、モレルさん」

「そうだとも、きみが親孝行だってことは知っている。さあ早く、父上に会いに行ってあげなさい。わたしにも息子がひとりいるが、三か月も旅をしたあとだというのに、それでも息子を遠くに引きとどめる人間がいたとしたら、ひどく恨みに思うことだろうよ」

「それでは、失礼させていただきます」

「かまわんよ、もしきみがほかに言うことがないなら」

「ありません」

「ルクレール船長は死に際に、わたし宛の手紙をきみに託さなかったかね？」

「とても手紙など書ける状態ではありませんでした。そうそう、それで思い出したのですが、二週間の休暇をいただけないでしょうか？」

「結婚のためかい？」

「まずはそのためですが、それからパリに行くためです」

「いいとも、いいとも！　ダンテスくん、きみは好きなだけ休むがいい。船の荷下ろしには、たっぷり六週間はかかるだろうし、向こう三か月は次の航海もあるまい……ただ、三か月後には、きみにいてもらわなくては困る。ファラオン号は」と言いながら、船主は若い船乗りの肩をぽんと叩き、「船長なしでは出航できないからな」

「船長ですって？」ダンテスは喜びのあまり目を輝かせて声をあげた。「それは本当のことでしょうか。お言葉はじぶんの心秘かな願いに叶うものです。もしかすると、このじぶんをファラオン号船長に任命するおつもりだということでしょうか？」

「もしわたしの一存で決められるなら、ダンテスくん、いま手を差しだして、これで決まり、と言うところだが、なにしろ共同経営者がいるもので、ほら、イタリアの諺にも言うだろう。〈共同経営者がいるのは主人がいるのと同じ〉だが、事は半分済んでいる。きみはすでに二票のうちの一票を確保しているのだからな。もう一票についてはわたしに任せてもらおう。できるだけのことをする」

「ああ、モレルさん」若い船乗りは目に涙を浮かべながら声をあげた。「モレルさん、感謝します、父とメルセデスの名において」

「よし、よし、エドモン。神さまは正直者たちのために天におわす、頑張れよ！　父上に会いに行き、メルセデスに会いに行きなさい。そのあとで、わたしのところにくるがいい」

「ですが、陸までお連れしなくてもよろしいのでしょうか？」

「いや、結構だ。わたしにはここに残って、ダングラールと会計の処理をする仕事がある。ところで、きみは航海中、ダングラールになにか不満でもなかったかね？」

「それはご質問の意味によって、違ってきます。仲のいい友だちかと言われれば、そうではありません。というのは、ふたりのあいだにちょっとした揉めごとがあったあと、じぶんが十分間モンテ・クリスト島に立ち寄り、揉めごとの決着をつけようという愚かな申し入れをして以来、彼はわたしのことを嫌っているからです。あんな申し入れをしたじぶんが間違っていたので、断った彼のほうが正しかったのです。ご質問が船の会計係としてどうかという意味なら、まったく非の打ちどころはなく、彼の仕事ぶりにはきっとご満足されると思います」

「だがダンテスくん、いいかね」と船主が尋ねた。「もしきみがファラオン号の船長になったとしたら、それでもダングラールを会計係として残しておくというのかね?」

「モレルさん、船長でも、副船長でも」とダンテスは答えた。「じぶんはいつも、船主から信頼されている方々には最大の敬意を払います」

「そうか、そうか、ダンテスくん。きみは万事正直な若者だね。わたしとしては、これ以上引きとめはすまい。きみがじりじりしているのが目に見えるのでね」

「じゃあ、これでおいとましてよろしいですか?」とダンテスが尋ねた。

「さあ、行きなさい」

「では、あの小舟をお借りしてもよろしいでしょうか?」

「勝手に使いなさい」

「それでは失礼します、モレルさん。何度もお礼申し上げます」

「また会おう、エドモン、幸運を祈っているぞ!」

若い船乗りは小舟に飛び乗り、船尾に行ってすわると、カヌビエール大通りに接岸するよう命じた。ふたりの水夫はただちに櫓のうえに身をかがめ、舟は港の入り口からオルレアン埠頭まで、狭い道路のように行く手を遮っている無数の小舟のいるなかを、二列の船舶のあいだを縫って、精一杯速く滑っていった。

船主はにこにこしながら海岸までその姿を目で追い、青年が埠頭の敷石のうえに跳び移り、朝の五時から晩の九時まで名高いカヌビエール大通りを賑わす、色とりどりの群衆のなかに消えるまで見送っていた。ちなみに、現代のマルセイユの人びとはこの大通りがたいそう自慢で、世にも大まじめに、しかも言葉に独特の味わいを添える訛りとともに、「もしパリにカヌビエールがあったら、パリはちっちゃなマルセイユになる」と言っている。

船主が振りかえると、うしろにダングラールが控えていた。一見、船主の指示を待ちうけているようだったが、そのじつ、船主と同じように件の若い船乗りの姿を目で追っていたのだった。

ただ、同じ男の姿を追っているそのふたつの眼差しの意味するものには大きな隔たりがあった。

2　父と子

憎しみの悪霊に捉えられて、なにかしら仲間の不利になるように、船主の耳に悪意ある憶測を吹き込もうとしていたダングラールのことはさておき、ここではダンテスのあとを追うことにしよう。彼はカヌビエール大通りを端から端まで通りぬけ、ノワイユ通りに道をとり、メヤン大通りの左側に位置する狭い家に入って、薄暗い階段を五階まで駆けあがった。それから手摺りに片手をかけて身を支え、もう片方の手で心臓の鼓動をおさえながら、半開きになっていて、小さい部屋の奥まで見通せる戸口の前で立ちどまった。

ダンテスの父親が住んでいる部屋だった。

ファラオン号帰港の知らせはまだ耳に届いていなかったので、老人は椅子のうえに乗って、震える手でクレマチスの入り混じった金蓮花の柵を編むことに余念がなかった。その蔓が窓の格子に沿って這い上がってきていたのである。

老人は突然、腰を抱きしめられるのを感じた。やがてうしろから聞き覚えのある声がした。

「お父さん、ぼくのお父さん！」

老人は叫び声をあげて振りかえった。それから、息子の姿を見ると、わなわな震えながら、すっかり顔面蒼白になって息子の腕に抱かれた。

「どうしたんですか、お父さん」青年は心配のあまり声をあげた。「どこか悪いんですか？」

「違う、そうじゃない、エドモン、息子よ、わが子よ、そうじゃないのだ。ただ、まさか帰ってくるとは思いもよらなかったもので、こんなふうに不意におまえの顔を見たのが嬉しくて驚いただけじゃ。……ああ、神さま！　わしはいまにも死にそうな気がする」

「だったら、しっかりしてくださいよ、お父さん！　ぼくですよ、間違いなくぼくですよ！　喜びは害をなさない、ってよく言うでしょう。だから、いきなりここに入ってきたんですよ。さあ、そんなふうにびっくりした目でぼくの顔ばかり見ていないで、ちょっとは笑ってくださいよ。ぼくがもどってきたんですから、これからはふたりで幸せに暮らせますよ」

「そりゃなによりだ、息子よ」老人は言葉をついだ。「しかし、どうやってわしらは幸せに暮らせるっていうのじゃ？　じゃあ、おまえは二度とわしをひとりきりにしないということかね？　さあ、おまえの幸せというやつを、話してくれ！」

「ああ、神さま、ある家族の不幸がじぶんの幸せになるのを喜ぶことをお許しください！」と青年は言った。「しかし、ぼくがその幸せを願ったわけではないことを神さまもご存じです。幸せは向こうからやってきたのですから、ぼくにはそのことを苦にするなんてとうていできません。つまり、お父さん、勇敢なルクレール船長が亡くなられ、どうやら、モレルさんの後押しで、ぼくがその後釜にすわりそうなんです。分かりますか、お父さん？　二十歳で船長ですよ！　固定給が二千フラン、それに利益の分け前だって加わるんですよ！　これは、ぼくのような一介の貧しい船乗りにとって望外のことじゃないですか？」

「そうか、息子よ、なるほど、そいつは幸せなことじゃ」と老人は言った。

「だからぼくは、最初に手にするお金で、お父さんのためにクレマチスや金蓮花やスイカズラを植える庭付きの、小さな家を買います……それにしても、お父さん、どうしたんですか？　具合が悪そうじゃないですか？」

「ちょっと待て、ちょっと待ってくれ！　これしきのもの、なんでもないじゃろう」

ところが老人は力をなくして、仰向けにひっくり返ってしまった。

「これはまた！」と青年が言った。「お父さん、ワインでも一杯引っかけてください。生き返った気がしますよ。ワインはどこに置いてあるんですか？」

「いや、結構だ、探さんでいい。わしには無用じゃ」と老人は言って、息子を引きとどめようとした。

「ダメです、ダメですよ、お父さん。どこにあるのか教えてください」

そして彼は戸棚を二、三開けてみた。

「無駄だよ……」と老人。「ワインはもうないんじゃ」

「なんですって、ワインがもうないですって！」と、今度はダンテスが蒼くなり、老人の窪んで青白い頰と空っぽの戸棚を代わる代わる見た。「なんですって、ワインがもうないですって！　ひょっとしてお金が足りなくなったんですか？」

「わしに足りないものなどありゃせん。なにしろ、こうしておまえが帰ってきてくれたんじゃからの」

「でも」ダンテスは額に流れる汗をぬぐいながら言いよどんだ。「三か月前に出航するとき、二百フラン置いていったじゃないですか」

「そうだ、エドモン、たしかにそうだった。だが出かけるとき、隣のカドルッスさんにいくらか借金があるのをおまえは忘れていた。彼はその返済を催促しにきて、もしわしが借金の立て替えをしなければ、モレルさんのところに行って払ってもらうと言い出した。そこで、分かるだろう、そんなことをされると、おまえの身に災いがおよぶんじゃないかと心配になっての……」

「それで？」

「それで、わしが払ったのさ」

「しかし」とダンテスは声をあげた。「ぼくがカドルッスに借りていたのは百四十フランでしたよ！」

「そ、そうだったが」老人は言葉をにごしながら言った。

「じゃあ、ぼくが残していった二百フランからその分を彼に返したというわけですね？」

老人はうなずいた。

「それでお父さんは三か月間六十フランで暮らされたのですか！」と青年は呟いた。

「おまえも知っての通り、わしはわずかのもので足りるのじゃ」と老人は言った。

「ああ、なんてことだ、なんてことだ！　どうかぼくを赦してください」とダンテスは声をあげて、この好々爺《こうこうや》の前に跪《ひざまず》いた。

「なにをしておる?」
「ああ! ぼくは心が張り裂けそうです」
「なあに! おまえがここにおるじゃないか」老人は微笑みながら言った。「なにもかも忘れてしもうた。これからはなにごともうまくいくだろうからな」
「そう、ぼくがいますから」と青年が言った。「ぼくには輝かしい未来とわずかなお金がありま
す。ほら、お父さん、受けとってください、もらってください。これで早速なにか買いにやらせ
ましょう」
　そして彼は、ポケットの中身をテーブルのうえにぶちまけた。十二枚ほどの二十フラン金貨、
五、六枚の三フラン銅貨、それに小銭がいくらかあった。
　ダンテス老人の顔はぱっと明るくなった。
「これは誰のお金だ？」
「もちろん、ぼくのお金ですよ！……お父さんのものですよ！……ふたりのものですよ！　こ
れで食料を買ってください。幸せになってください。明日になれば、さらにもっと入ります」
「はやまるでない、はやまるでない」と老人は微笑を浮かべて言った。「おまえが許してくれる
なら、この金はゆるゆると使わせてもらおう。いちどきに物をたくさん買うのを他人が見たら、
おまえが帰ってくるまで、わしがなにひとつ買えなかったのかと思われかねないからな」
「好きなようにしてください。でも、お父さん、なによりも前に、家政婦をひとり雇ってくだ
さい。ずっと一人暮らしするのだけはやめていただきたいのです。それに船倉のぼくの小さなト

ランクに、密輸入したコーヒーと上等の煙草がありますから、明日もってきます。しっ！　誰かが来ましたよ」

「カドルッスだよ。おおかたおまえが着いたのを知って、お帰りと言いにきたのだろう」

「なんだ、心にもないことを口にする輩がまたひとりか！」とエドモンは呟いた。「だが、構わない。昔は世話になった隣人だ。歓迎してやろう」

じっさい、エドモンがそんなふうに小声で呟き終えたとき、踊り場の戸口に、黒髪で、髭をはやしたカドルッスの顔がぬっと現れるのが見えた。二十五、六歳くらいの男で、ラシャの布切れを手にしている。彼は仕立屋だったので、その布を服の裏地にするつもりだったのだ。

「やあ、エドモン、やっともどってきたな」と彼はこのうえなく強いマルセイユ訛りで言い、にやりと笑ってみせたので、象牙のように白い歯がむき出しになった。

「ごらんの通りです、お隣のカドルッスさん。なにかわたしにお役に立てることがあれば、なんなりと承りますよ」ダンテスはそう答えたものの、言葉とは裏腹な冷淡さを隠しきれなかった。

「ありがとう、ありがとよ。だが、幸い、おれはなんにも不自由はしていない。ときには他人のほうがおれを必要とすることもあるくらいでね（ダンテスはちょっと気色ばんだ）。いや、おれはなにも、あんたのことを言ってるんじゃないぜ。おれはあんたに金を貸した。あんたはそれを返してくれた。親しい隣人同士、よくある話さ。だから、おれたちはこれできれいさっぱり貸し借りなしってわけだ」

「恩義をほどこしてくれた人にたいしては、けっして貸し借りなしとはなりません」とダンテスは言った。「借金がなくなっても、感謝の気持ちは残りますから」

「そんなこと話してなんになる！　済んだことは済んだことよ。それよりも、あんたのめでたい帰還の話をしようじゃないか。おれが栗色のラシャ地を仕入れようと港に行ったところ、友だちのダングラールに出くわしたのさ。

「おまえ、マルセイユにいたのか？」

「まあ、そうだ」と奴は答えた。

「てっきりイズミルあたりだと思っていたが」

「そんなこともありえたが、いまはもどっている」

「で、あの若造のエドモンはどこにいる？」

「おおかた父親の家だろう」とダングラールが答えた。

と、そういうわけで、親しい友とぜひ握手したくてやってきたんだ」とカドルッスは続けた。

「カドルッスさんはいい方だ」と老人が言った。「わしらのことをこんなにも思ってくださるとは」

「もちろん、おれはあんたがたが好きだし、そのうえ尊敬もしている。なにしろ、正直な人間なんて世の中にざらにはいないからな。でも、若いの、あんたのほうは、どうやら近々金持ちになるそうじゃないか？」と、仕立屋はダンテスがテーブルのうえに置いた一握りの金貨や銀貨を横目で見やりながら続けた。

　青年は隣人の黒目を輝かせた羨望の光に気がついた。

「違います、違います」ダンテスはさりげなく言った。「わたしの留守中になにか不自由しなかったかと尋ねたら、父がこんなふうに財布の中身をぶちまけてみせたんですよ。さあ、どうぞ、お父さん」と彼は続けた。「このお金は貯金箱にしまってください。もしお隣のカドルッスさんのほうでなにかお困りだったら話は別ですが。そういうことなら、こちらも喜んでお役に立たせていただきます」

「なあに、そんな必要はないさ」とカドルッス。「おれはなんにも不足しちゃいない。ありがたいことに、手に職がありゃなんとか食っていけるからな。この金はしまっときな。ありあまって困るもんじゃあるまいし。そのありがたいお志だけで充分ってもんだ」

「これは好意のしるしだったのですが」とダンテス。

「そんなこと分かってるさ。ところで、あんた、モレルさんとうまくやっているんだって？　なんたって甘え上手だからな」

「モレルさんはいつも、わたしには大変よくしてくださいます」とダンテスは答えた。

「だったら、夕食をともにするのを断ったのはまずかったぞ」

「なんだって、夕食をお断りしたと？」老ダンテスがふたたび口を開いた。「じゃあ、夕食にお呼ばれしたのか？」

「はい、そうです、お父さん」と、ダンテスはじぶんが受けた過分の名誉に父親が驚いていることに、思わず微笑しながら続けた。

「いったいなんでお断りしたのだ？」老人が尋ねた。

「できるだけ早くおそばにもどりたかったからですよ、お父さん」と青年は答えた。「一刻も早くお父さんの顔が見たかったもので」

「それであの親切なモレルさんの気分を損ねたかもしれないな」と、カドルッスが口をはさんだ。「船長になろうってときにゃ、船主の気分を損ねるのは下策というもんだぜ」

「わたしはお断りする理由をちゃんと説明しました」とダンテスは言葉をつなぎ、「よく分かっていただけたと思います」

「それはどうかね！　船長になるからにゃ、ちょっとくらい船主のご機嫌をとるもんだろうが」

「そんなことをしなくても船長になれると思います」とダンテスは答えた。

「それはなによりだ。言うことなしだ。そうなりゃ、古くからの友だちがみんな喜ぶぜ。それにおれは、サン・ニコラ城塞のうしろあたりにも、そう聞いて悪い気がしない娘《こ》がいるのを知ってるんだぜ」

「メルセデスのことか？」と老人が言った。

「そうです、お父さん」とダンテスは言葉をつないだ。「お父さんにお会いし、元気な顔を見て、なにひとつ不自由されていないのを知ったいま、もしお許しいただけたら、カタルーニャ村に出かけてもいいでしょうか？」

「行くがいい、息子よ」と老ダンテスが言った。「わしがいい息子に恵まれたように、息子がいい嫁に恵まれるように！」

「嫁だって！」カドルッスが言った。「ダンテスさん、そいつはちと気がはやすぎますぜ！　たしか、まだ嫁さんにはなっていないんでは！」

「いや、ほぼ間違いなく」とエドモンは答えた。「彼女は近く、わたしの嫁になります」

「どっちにしろ」とカドルッス。「あんた、急いだほうがいいぜ」

「どうしてですか？」

「メルセデスはきれいな娘で、きれいな娘には言い寄る男がわんさといるからよ。とくにあの娘を追っかけまわしている男は何十人もいるぜ」

「そうですか」とエドモンは微笑を浮かべて言ったが、その微笑の下にかすかな不安の影が射した。

「そうだよ、そうだとも」とカドルッスは言葉をついだ。「いい婿さん候補だってぞろぞろいるってわけだ。けど、分かってるだろうが、船長になるあんたを、まさか袖にするなんてことはないだろうよ！」

「ということは」とダンテスは、不安を隠しきれない微笑を浮かべつつ言葉をつないだ。「もしぼくが船長でなかったら……」

「へっへ、そいつぁどうかな！」とカドルッス。

「まさか、そんなことは」と青年は言った。「わたしは一般に女の人、とくにメルセデスにたいしては、あなた以上に敬意をもっています。だから、わたしが船長になるかどうかに関係なく、彼女はずっとわたしに操を立ててくれると信じています」

「結構、結構！」とカドルッスは言った。「人間、結婚しようってときにゃ、まず信じることが大事よ。まあ、それはさておき、若いの、おれの言うことを信じて、だらだらと時間を無駄にせず、彼女のところに行って、帰港したことを知らせ、あんたの将来の見込みの話をしてやることだな」

「では、行ってきます」とエドモンは言った。

彼は父親に接吻し、カドルッスに別れの仕草をしてから外に出た。

カドルッスはしばらくその場にとどまっていたが、やがて老ダンテスに暇乞いをして階段を降り、スナック通りの角で待っていたダングラールと落ち合った。

「どうだ、会ったか？」とダングラールが言った。

「いま別れてきたとこよ」とカドルッス。

「で、あいつは船長になる見込みだと言ってたか？」

「もうなったみたいな話だったぜ」

「いまに見てろ！」とダングラールが言った。「あいつは少々急ぎすぎのようだぜ」

「もちろんよ！　だが、どうやらモレルさんから口約束されたらしいぜ」

「それで、あんなにはしゃいでいるのか？」

「というより、生意気になってきたぜ。おれに向かって、なにかできることがありませんかときたもんだ。まるで大物になった風な口をききやがって。金を貸してもいいと、銀行家みたいな話しぶりだったぜ」

「それで、あんたは断ったのか？」

「もちろんよ。そりゃ借りてやってもよかったさ。なにしろ、奴の手に最初に小金を渡して、いじらしてやったのはこのおれだからな。でもいまやダンテスさまは誰も必要としない。近く船長になるからな」

「ふうん」とダングラールが言った。「まだ、なってないぜ」

「たしかに、おれとしても、なってくれなきゃいいとは思うよ。そうじゃないと、ろくすっぽ口もきけないようになるからな」

「おれたちがその気になれば」とダングラールが言った。「奴はいまのままか、いま以下に身を落とすことになるかもしれねえぜ」

「どういうことだ?」

「いや別に、ひとり言だ。ところで奴はあいかわらず例のカタルーニャ美人に惚れてんのか?」

「ぞっこんよ。とっくにあちら方面にお出かけさ。でも、おれの大間違いでなければ、奴はこの件で厄介な目にあうぜ」

「説明してくれ」

「なんになる?」

「これはおまえが思ってるより、ずっと大事なことなんだ。どうだ、おまえ、ダンテスが嫌いなんだろう?」

「おれは生意気な奴が嫌いなだけだ」

「だったら、カタルーニャ娘について知っていることを教えてくれ」

「おれは確かなことはなにも知らねえ。ただ、さっきも言ったように、おれがあれこれ見聞きしたことから考えると、未来の船長さんは必ず、カタルーニャ村のヴィエイユ・ザンフィルムリ街道あたりで厄介な目にあうだろうよ」

「なにを見たんだ、おまえは？　さあ、言えよ」

「つまりな、おれが見かけたのはメルセデスが町に来るたびに、カタルーニャの逞しい大男といっしょだってことよ。黒い目、赤褐色の肌、ひどく茶色い髪の、やたらに熱心な奴で、彼女が従兄と呼んでいる男よ」

「ああ、そういうことか！　それでおまえは、その従兄が彼女に言い寄ってると思ってるんだな？」

「そう睨んでる。二十一になる男が十七歳のきれいな娘相手にすることといや、ほかになにがある？」

「で、おまえはダンテスがカタルーニャ村に向かったたって言うんだな？」

「おれの目の前で出かけていったさ」

「じゃあ、おれたちも同じ方面に行って、居酒屋の〈ラ・レゼルヴ〉亭で足をとめ、ラ・マルグのワインでも一杯やりながら、知らせを待つことにしようじゃないか」

「誰が知らせをもってくるんだ？」

「途中で待ち受けてりゃ、ダンテスの顔付きでなにがあったかぐらい分かるだろうよ」

「いいだろう」とカドルッス。「けど、勘定はそっちもちだぜ？」

「もちろんさ」とダングラールが答えた。

そしてふたりは足早に件の場所に向かった。店に着くと、ワインひと瓶とグラスをふたつもってこさせた。

亭主のパンフィル親父は、ほんの十分ほど前にダンテスが通るのを見かけていた。

ダンテスがカタルーニャ村にいると確信したふたりは、葉を出しはじめたプラタナスと楓の葉陰の下に陣取った。その枝のあいだで、一群の陽気な鳥たちが、この春初めての麗《うら》らかな晴天を謳歌していた。

3　カタルーニャ村の人びと

ふたりの友が地平線に目を凝らし、耳を澄ませながら、ラ・マルグの泡立つワインを一気に飲んだ場所から百歩ばかり離れたところ、太陽とミストラル[1]にしごかれ、むき出しになった小高い丘の陰にカタルーニャ村はあった。

ある日、謎の移民集団がスペインを発ち、その細長い陸地に辿りつき、いまでもそこに住んでいる。この集団はどこから来たとも知れず、誰にも分からない言葉を話していた。プロヴァンス語を解する首長のひとりが、ちょうど古代の水夫たちのように、船を引き揚げたそのむき出しの不毛な岬の払い下げをマルセイユ当局に願い出た。願い出はかなえられ、その三か月後、流浪の海の民を連れてきた十二艘もしくは十五艘の船のまわりに、小さな村ができた。

なかばモール風、なかばスペイン風といった、風変わりだが画趣に富んだ造りのこの村はいまも見られ、開祖たちの後裔が住みつき、代々引きつがれた言葉を話している。彼らは三、四世紀このかた、さながら海鳥の一群のように降り立ったこの岬に住み続け、マルセイユの者たちとは交わらず、同族同士で結婚し、言葉だけではなく、母国の風俗や衣装もそのままだった。

ここで読者には、筆者のあとに続いて、この小さな村のたった一筋の通りを辿り、小さな家のひとつに入ってもらわねばならない。太陽のせいで、外部は母国の歴史建造物によく見られる美しい枯葉色になり、内部には漆喰の壁があって、その白い色合いがスペインの旅籠《はたご》と同じように唯一の装飾になっている。

漆黒の髪、羚羊《れいよう》を思わせるしっとりと優しい目をした美しい娘がひとり、仕切り壁にもたれて立ち、古代風のほっそりとした指で、汚れないヒースの小枝を揉みしだいていた。花はむしられ、花片が地面のあちこちに散らばっていた。そのうえ、肘まであらわにし、日焼けはしているもののアルルのヴィーナス〔2〕を模したような腕は、熱っぽい苛立ちに震え、すらりと反り返った足は地面を打ち鳴らしていた。そのため、ところどころ灰色と青になっている赤の靴下に閉じ込められた、すっきりとした、誇らしげで大胆そうなかたちの脚がちらっと見えた。

そこから数歩離れたところで、すわっている椅子をぎしぎし動かし、虫の食った古い家具に肘をついた二十歳から二十二歳ぐらいの大男が、不安と悔しさとがせめぎあっている様子で娘を見ていた。その目はなにか問いただそうとしていたが、娘のきっとした強い眼差しに気圧されていた。

「よう、メルセデス」若い男が言った。「そろそろ復活祭だ。結婚の時期だぜ。いいかげん、返事をしてくれないか！」

「何度言ったら分かるの、フェルナン。なのに、またそんなことを訊くなんて、じぶんでもいやになってこないの！」

「じゃあ、もういっぺん返事してくれ。お願いだから、おれが信じられるように、もういっぺん言ってくれ。おまえの母さんが認めていたこの愛をチャラにすると何度でも言ってくれ。おれの幸せのことなんか嘲笑って、おれが死のうと生きようとどっちでもいいと思っていることを、ちゃんと分からせてくれ。ああ、メルセデス。おれはおまえの亭主になりたいと十年も夢見てきたのに、人生のたったひとつの目的だったその望みをなくしてしまうのかよ！」

「そんな望みをもたせたのは、少なくともわたしじゃないわ、フェルナン」とメルセデスが応じた。「あなたの気を惹くふりをして、いまになってなじられるようなことを、わたし、なにひとつしていませんからね。ずっと言ってきたでしょう、わたしはあなたを兄のように愛している。だけど、わたしの心は別のひとのものだから、妹が兄に感じる愛以上のものを求めないでね、って。フェルナン、わたし、いつもそう言ってきたでしょう？」

「ああ、よく分かっているよ、メルセデス」青年は答えた。「ああ、おまえはおれの痛いところをついて、ずけずけ言ってくれるじゃねえか。けどよ、おまえはカタルーニャ村の者は身内同士で結婚をするって掟のことを忘れてやしねえか？」

「違うわ、フェルナン、それは掟じゃなくて習慣。それだけの話。いまさら自分勝手にそんな習慣のことなんかもちださないで。あなたは徴兵に当たっているんでしょう、フェルナン。いま自由にしていられるのは、お目こぼしにあずかっているだけのこと。いつ軍隊に召集されたっておかしくないわ。あなたがいったん兵隊にとられたら、わたしのこと、どうするつもり？　こんな哀れな娘のことを？　わたしは悲しい孤児よ、財産もなく、もっているものと言えば、廃屋になりかけた小屋がひとつ。その小屋にぶらさがっている、すり切れた何枚かの網だけが、父が母に残し、母がわたしに残した惨めな遺産よ。思ってもみて、フェルナン、母が死んでからこの一年、わたしはほとんど世間のお情けで生きているみたいなものよ。あなたはときどき、わたしがあなたの役に立っているみたいなふりをしてくれるけど、それはあなたの漁の分け前を、わたしが当然の権利として受けとれるようにしてくれるためよ。そんなことをわたしが受けいれてきたのは、あなたのお父さんがわたしの父の兄弟で、わたしたちがいっしょに育てられたから。それからなにより、もしわたしが断ったら、あなたがひどく切ない思いをするからよ。でもわたし、よく分かっているわ、わたしが魚を売りに行ってお金をもらい、そのお金でわたしが編む麻も、やっぱりお情けだってことを」

「そんなこと、どうだっていいじゃねえか、メルセデス。どれほど貧しくひとりぼっちでも、マルセイユのどれだけ偉い船主や金持ちの銀行家の娘よりもおまえのほうがずっとおれの気に入っているんだからよ！　おれ風情の人間になにが必要かって？　正直な妻、やりくり上手な主婦だよ。このふたつの点で、おまえほど申し分のない娘は、どこを探したっていやしねえだろう？」

「フェルナン」とメルセデスは頭を振って答えた。

「女は夫以外のひとを愛しているときは悪い主婦になり、正直な妻としての責任はとれなくなるものなの。だから、わたしの友情だけで満足して。何度も言うけど、それがわたしの約束できることのすべてなんだし、わたしはじぶんができると確信できることしか約束しないの」

「そうか、分かったよ」とフェルナン。「おまえはじぶんの惨めな生活に必死に耐えながら、おれの貧乏のことを心配してるんだな。だったら、メルセデス、おまえが愛してくれるんなら、おれはひと財産築いてみせようじゃねえか。おまえが幸運を運んでくれれば、おれは金持ちになってやる。いつまでも漁師の身分に収まってねえで、いずれ商社の会計係にだってなれるし、裸一貫で商人にだってなれるんだぜ！」

「そんなこと、あなたにはなにひとつできっこないわ、フェルナン。あなたは兵士なんだから。いまのところカタルーニャ村にいられるのも戦争がないからなのよ。だから、ずっと漁師でいなさい。現実を今より恐ろしくするような夢なんか見ないで、わたしの妹のような愛だけで我慢して。だって、わたし、それ以外のものをあげられないんだもの」

「そうか、もっともだ、メルセデス。じゃあ、おれは水夫になる。おまえが馬鹿にしている先祖伝来の服装をする代わりに、エナメルの帽子、縞のシャツ、錨の模様のボタンのついた紺の上着といった身なりをしてみるさ。おまえに気に入られるには、そんな出で立ちじゃなきゃならねえんだろう？」

「あなた、なにを言いたいの？」メルセデスはきっとした眼差しを投げながら尋ねた。「なにが言いたいの？　意味が分からない」

「おれが言いたいのは、メルセデス、おまえがこんなにもおれを厳しく、邪険に扱うのは、そんな服装をした誰かを待っているからに違いねえってことさ。けどよ、おまえが待っている男は移り気かもしれねえし、男が移り気でなくたって、海が移り気かもしれねえぜ」

「フェルナン」とメルセデスは声をあげた。「これまであなたのこと、いい人だと思っていたけど、間違っていたわ！　フェルナン、じぶんのやきもちを助けに神さまの怒りを願うなんて、性根がねじ曲がっている証拠よ。それならわたし、なにも隠さない。わたしはあなたの言っているひとを愛し、待っているのよ。そして、もしそのひとがもどってこなかったら、あなたが助けを求めているその移り気とやらを責めないで、あのひとはわたしを愛しながら死んだんだと言うでしょう」

カタルーニャ村の青年は怒りをあらわにした。

「気持ちは分かるわ、フェルナン。あなたはわたしに愛されないのをあのひとのせいにしているのね。カタルーニャのあなたの匕首《あいくち》で彼の短刀と一戦交えようという魂胆ね。でも、そんなことをしてなんの得になるの？　あなたが負ければわたしはあなたにたいする情愛の気持ちをなくし、勝てばわたしの情愛が憎しみに変わるだけのことだわ。これ、ほんとうよ、ひとに喧嘩を売るというのは、そのひとを愛している女に気に入られるには最悪の手立てなの。だめよ、フェルナン、そんな悪い考えに引きずられてはいけないわ。わたしを妻にできないのだから、女友だちか妹にたいする気持ちだけにとどめておいてね。それにしても」と、彼女は曇り、涙に濡れた目で付け加えた。「待って、待って、フェルナン。あなたさっき、海は油断ならないって言ったわよね。あのひとが出発して四か月になるわ。この四か月に、いったい何度嵐があったというのよ！」

フェルナンは動じることなく、メルセデスの頬を流れる涙を拭いてやろうともしなかった。かりにその涙がじぶんのために流されるなら、その一粒にたいして、コップ一杯の血でも差しだしたことだろうが、しかしその涙は別の男のために流されているのだった。

彼は立ち上がり、小屋を一回りしてからもどってきて、暗い目をして拳をぎゅっと握りしめ、メルセデスの前に立ちはだかり、

「よう、メルセデス」と言った。「もう一回返事してくれ。決意は変わらねえんだな？」

「わたしはエドモンを愛している」若い娘は冷たく言い放った。「エドモン以外の、誰も夫にしないわ」

「これからもずっと彼を愛するつもりだな？」

「命あるかぎり」

フェルナンは落胆したように頭をさげ、呻きにも似た溜息をついたが、やがてふたたび額をもちあげ、歯を食いしばり、鼻孔を半ば広げて、

「もし彼が死んだら？」

「もし彼が死んだら、わたしも死ぬ」

「もし彼がおまえを忘れたら？」

「メルセデス！」家の外で嬉々として呼ぶ声がした。「メルセデス！」

「あらっ！」と娘は声をあげて、嬉しさに叫び、懐かしさに跳びあがらんばかりになった。「ほらね、彼はわたしのことを忘れていなかったでしょう。ここにきてくれたんだもの！」

そして彼女は戸口のほうにすっ飛んでいき、ドアを開けて声をあげた。

「ここよ、エドモン、わたし、ここにいるわよ」

フェルナンは青ざめ震えながら、蛇を目にした旅人さながら、うしろに退き、椅子にぶつかって、倒れるようにすわり込んだ。

エドモンとメルセデスは互いの腕のなかにいた。マルセイユの焼けつくような太陽が、戸の開口部をとおして射しこみ、光の波となってふたりをつつんでいた。当座、ふたりはまわりを取り

巻いているものがなにひとつ見えなかった。限りない幸福によって、ふたりはこの世界から孤立していた。切れ切れの言葉しかかわさなかったが、その言葉があまりにも激しい歓喜によって高まったので、まるで苦しみの表現かとさえ思われた。

そんななかでエドモンはふと、闇に浮かんでいる、蒼白になって威嚇するようなフェルナンの暗い人影に気がついた。カタルーニャ村の青年は、じぶんでもよく分からない動作で、ベルトに差した短刀に手をやっていた。

「ああ、失礼」今度はエドモンが眉をひそめながら言った。「三人だとは気づかなかった」

それから、メルセデスのほうを振りむいて、

「この方は誰？」と尋ねた。

「この方はあなたのいちばんの友だちになるひとよ、ダンテスさん。なぜって、この方はわたしの友だちで、従兄で、兄のような人、フェルナンよ。つまり、エドモン、あなたの次に、わたしがこの世でもっとも好きな人なの。見覚えはない？」

「もちろん、覚えているよ」とエドモン。

とはいえ彼は、片方の手でメルセデスの手を握ったまま離そうとせず、もう片方の手を、親しみのしるしにカタルーニャ村の男に差しだした。

しかしフェルナンはその親しみの仕草に応えるどころか、石像のように無言のまま身動きしなかった。

そこでエドモンは探るような眼差しを、動揺し震えているメルセデスから、陰険で威嚇的なフ

ェルナンに移した。

そしてその眼差しひとつですべてを呑み込んだ。

怒りがかっと頭にのぼってきた。

「ぼくはあんなに急いでここにやってきたのに、メルセデス、まさか敵を見つけるためだったとは」

「敵ですって！」とメルセデスは声をあげ、憤怒の眼差しを従兄のほうに投げかけた。「わたしのところに敵がいたって言うのね、エドモン！ そうと知っていたら、わたしだってあなたの腕を引っぱってマルセイユに行っていたでしょうよ。この家を出て、二度ともどってこないつもりで」

フェルナンの目がキラリと光った。

「あなたにもしものことがあったら、エドモン」彼女は持ちまえの冷徹な沈着さで続けたのだが、フェルナンはその沈着さに、じぶんの腹黒い考えの奥底まで見透かされたと悟った。「あなたにもしものことがあったら、わたし、モルジウ岬にのぼって、真っ逆さまに岩のうえから身投げするわ」

フェルナンは真っ青になった。

「でも、ねえ、エドモン、あなた間違っているわよ」と彼女は続けた。「ここにいるのは敵なんかじゃない。わたしの兄みたいなフェルナンよ。ほら、彼はこれから、仲のいい友だちにするような握手をしてくれるから」

こう言いながら娘は、有無を言わさぬ顔をカタルーニャ村の青年のほうに向けた。すると青年は、その眼差しに射すくめられたように、ゆっくりとエドモンに近づき、手を差しだした。激しかった彼の憎悪も、娘の気迫に阻止され、力のない波のように砕けちってしまったのだ。しかし彼は、エドモンの手に触れるや、できるだけのことはしたと感じて、家の外に飛び出してしまった。

「ウオー！」と彼は声をあげ、気が狂ったように走りだし、手を髪に突っ込んだ。「ウオー！　誰かおれをあの男から救い出してくれ。おれは不幸だ！　不幸だ！」

「おーい、カタルーニャ村の若いの！　おーい、フェルナン！　おまえさん、どこを走ってるんだい？」という声がした。

青年はぴたりととまって、あたりを見まわし、葉叢のトンネルの下で、ダングラールといっしょにテーブルを囲んでいるカドルッスの姿を認めた。

「おーい」カドルッスが言った。「なんでこっちに来ないんだ？　もしかして、おまえ、友だちに挨拶する暇もないほど急いでんのか？」

「おまけに、その友だちの前には、手をつけたばかりの酒瓶があるというのに、よ」とダングラールが付け加えた。

フェルナンはぽかんとした様子でふたりの男を眺めたが、なにも答えなかった。

「ずいぶんとしょげてるようだぞ」ダングラールは膝でカドルッスを突きながら言った。「どうやら、おれたち、間違っていたのかもしれんぞ。予想とは逆に、ダンテスが勝ったみてえだぜ」

「あたりめえよ！　けど確かめてみなくちゃな」とカドルッスが言った。

それから青年のほうを振りむいて、

「おい、カタルーニャ村の若いの、ここはひとつ、肚《はら》を決めたらどうだ?」

フェルナンは額から流れる汗を拭いながら、ゆっくりと葉叢のトンネルの下に入ってきたが、その葉叢のおかげで気持ちがやや落ち着きをとりもどし、涼しさも手伝って、疲れ切った身体もいくらか楽になるようだった。

「こんにちは」彼は言った。「おれのこと、呼んだか?」

そして彼はテーブルを囲んでいる座席のひとつにすわるというより、倒れ込んだ。

「おめえに声をかけたのは、狂ったように走ってたからよ。海に身投げでもするんじゃねえかって心配したぜ」カドルッスは笑いながら言った。「いいか、友だちってもんはな、酒を一杯飲ませてやるだけが能じゃねえんだぜ。海の水を三パイントも、四パイント〔一パイントは約〇・五リットル〕も飲ませねえようにしてやるためにもいるってことよ」

フェルナンは嗚咽にも似た呻き声を出して、テーブルに十字に置いた両の手首のうえに頭を落とした。

「おい、どうだ、フェルナン。言ってもらいてえか」カドルッスは言葉をついで、好奇心のあまりどんな気配りも忘れてしまう庶民の粗野な下品さむき出しの会話をはじめた。「おい、おめえ、ふられた色男って顔してるぜ」

彼はそう軽口をたたいて大笑いした。

「まさか」とダングラールが答えた。「これほど男っぷりの若者が、恋に破れて不幸になるわけはないさ。カドルッス、冗談もほどほどにしろ」

「いやいや、そうじゃない」とカドルッスが言葉をつぎ、「こいつがどんな溜息をついているか聞いてみろ。おい、おい、フェルナン。顔をあげて、おれたちに返事しろよ。元気かと尋ねてる友だちに、なにも答えねえのは無礼だぜ」

「元気だよ」とフェルナンは言って、拳を引き強く握ったが、顔はあげなかった。

「ほらな、ダングラール」とカドルッスは相棒に目配せしながら言った。「ことの次第はこうだ。おめえの見ているフェルナンは気立てのいい勇敢なカタルーニャ男で、マルセイユでも指折りの漁師だが、メルセデスという名のきれいな娘に惚れている。ところが、あいにくそのきれいな娘は、ファラオン号の副船長に恋してる。そしてそのファラオン号が今日、帰港した。これであとは察しがつくだろう？」

「いや、分からんな」とダングラールは言った。

「それで、あわれにも、彼はお役ごめんてえわけさ」

「それがどうした？」とフェルナンは言って頭をあげ、怒りをぶつける相手を見つけようと、カドルッスをにらみつけた。「メルセデスは誰にも頼らない女だ。誰を好きになろうと彼女の勝手じゃないか？」

「ああ、おめえがそんなふうに思ってるんだったら」とカドルッスが言った。「話は別よ！　おれはてっきり、おめえをカタルーニャ男子だと思ってたんでね。聞いた話じゃ、カタルーニャ村の男はそうやすやすと恋敵に冑を脱がねえし、なかでもフェルナンは復讐となると手がつけられねえってことだったんでね」

フェルナンは憐れむように微笑した。

「愛してれば、そんな恐ろしい奴にはぜったいなれない」

「かわいそうな若者だ」ダングラールは心底青年に肩入れするふりをしながら言った。「どうしろってえんだ。奴はダンテスがこんなふうに、いきなりもどってくるとは思ってもいなかったんだぜ。ひょっとして死んだか、気が変わったかもしれないと思い込んでたんだ！　この種のことは、突然起こると、よけいこたえるもんだからな」

「まあ、どっちにしろ」と言ったカドルッスは、しゃべりながらも飲んでいたが、そんな彼に頭をくらくらさせるラ・マルグの酒が効き出した。「どっちにしろ、ダンテスのめでたい帰還が面白くねえのはフェルナンだけじゃねえ。なあ、そうだろう、ダングラール？」

「いや、まったくだ。こっちとしては、なんとか災いがふりかかってもれえてえよ」

「ま、どっちだっていいけどよ」とカドルッスは引き取って、フェルナンに一杯酒をついでやり、じぶんのグラスには七杯か八杯目の酒をついだ。「どっちだっていいけど、さしあたって、あいつはメルセデス、あの美人のメルセデスを嫁にする。そのためにもどってきたようなもんさ」

その間ダングラールは刺すような眼差しで青年の挙動を窺っていた。ダングラールの言葉が、この若者の心に煮えたぎる鉛のように落ちてきた。

「で、結婚式はいつの予定なんだ？」

「いや、まだ決まってない」とフェルナンが呟いた。

「どっちにしろ、いずれ決まるさ」とカドルッスが言った。「これはダンテスがファラオン号の船長になるのと同じくらい間違いないことだ。な、そうだろう、ダングラール？」

ダングラールは予期せぬその攻撃に身震いしてカドルッスのほうを向き、この一撃があらかじめ考えられていたものかどうか知ろうとしたが、すでにほとんどへべれけになっていたその顔には、ただの妬ましさしか読みとれなかった。

「じゃあ」と、カドルッスはそれぞれのグラスに酒を注ぎながら言った。「美形のカタルーニャ娘の夫、エドモン・ダンテス船長に乾盃！」

カドルッスはもったりした手つきでグラスを口に運び、一気に飲み干した。

フェルナンはじぶんのグラスを取ると、地面に叩きつけ、割ってしまった。

「おい、おい、おい！」カドルッスが言った。「あそこの、カタルーニャ村の方角の、丘のうえに見えるのはなんだ？　フェルナン、見てくれ。おめえ、おれより目がいいんだからよ。どうやらおれも目が霞んできた。酒は裏切り者っていうだろ。あれは手に手を取って、並んで歩いてる恋人同士のようじゃねえか。こう言っちゃなんだが、ふたりはおれたちに見られてるなんて思ってもいねえぜ。ほら、いまキスまでしたじゃねえか！」

ダングラールはフェルナンの苦悩をひとつも見逃さなかった。その顔はみるみる歪んでいった。

「フェルナンよ、あのふたりを知ってるか？」と彼は言った。

「ああ」とフェルナンは陰にこもった声で答えた。「エドモンとメルセデスだ」

「ほらな！」とカドルッス。「おれにゃ、それが分からなかったんだよ。おーい、ダンテス！

おーい、きれいなお嬢さん！　ちょっと、こっちに来て、結婚式はいつだか教えてくれねえか。ここにいるフェルナンはむくれて、言ってくれねえからよ」

「黙らないか」とダングラールは、酔っ払い特有のしつこさで、葉叢のトンネルの外に身を乗り出そうとするカドルッスを引きとどめるふりをして言った。「ちゃんと真っ直ぐに立て。それから、恋人同士はそっと愛し合わせてやるもんだ。さあ、フェルナンくんを見習え。この男は物分かりがいいぜ」

もしかしたらフェルナンは、バンデリリエロ〔3〕に駆り立てられる闘牛のように、ダングラールによって窮地に追いこまれ、いまにも突進しようとしていたのかもしれない。というのも、すでに立ち上がって身をかがめ、恋敵に躍りかかろうとしていたのだから。だが、にこやかにすっくと立っているメルセデスは美しい顔をあげ、すずやかな視線を放った。そこでフェルナンは、エドモンが死んだら、じぶんも死ぬと言ったメルセデスの脅しのことを思い出し、すっかり意気阻喪して、椅子にへたりこんでしまった。

ダングラールはこのふたりの男を代わる代わる眺めた。一方は酔いのために呆け、他方は恋人に頭があがらない。

「こんな馬鹿どもを相手にしてても、なんの得にもなりゃしねえ」彼はそう呟いた。「酔っ払いと意気地なしに挟まれていたんじゃ話にならねえ。こっちには憎悪じゃなしに酒に酔っている羨ましがり屋、あっちには目の前で恋人をかっさらわれて、子供みたいに泣いて駄々をこねている大馬鹿者。よく見れば、こいつは仇討ちに長けていて上手に恨みを晴らすスペイン人、シチリア人、カラブリア人みたいに燃えあがるような目をし、肉屋の大槌と同じくらいに牛の頭を打ち砕くような拳をしているんだがな。こいつは、やっぱしエドモンの運が優ったってことか。あいつは美しい娘と結婚し、船長になり、おれたちのことを馬鹿にするようになるのだろう。もっとも……」ダングラールの唇に陰険そうな暗い微笑が浮かんだ。「もっとも、おれがちょっかいを出さないとしての話だが」

「おーい！」とカドルッスはテーブルに拳をつけ、半分立ち上がって叫び続けた。「おーい、エドモン、なんだ、友だちの顔が見えねえのか。それとも偉くなりすぎて、口もきけねえのか？」

「違いますよ、カドルッスさん」とダンテスが答えた。「偉そうにしているんじゃないですよ。幸せなだけなんです。どうも、幸せってやつは誇らしさ以上にひとを盲目にするようです」

「そういうもんか！　うまい説明だよ」とカドルッスが言った。「やあ！　こんにちは、ダンテス夫人」

メルセデスは厳しい表情で挨拶して、

「それはまだわたしの呼び名ではありません」と言った。「わたしの国では、許婚が正式の夫になる前に、娘を許婚の名前で呼ぶと、必ず災いがあると言われています。ですから、どうか、わたしのことをメルセデスと呼んでください」

「お隣のカドルッスさんを許してあげなくちゃ。まあ、ほんのちょっとした勘違いじゃないか！」とダンテスが言った。

「では、ダンテスさん、挙式はもうじきなんだね？」と、ダングラールは若いふたりに挨拶しながら言った。

「できるだけ急いでやります、ダングラールさん。今日にも、父とダンテス家で段取りをすませ、明日か遅くとも明後日、この〈ラ・レゼルヴ〉亭で婚約披露宴をやります。友人たちも来てくれると思います。ということはつまり、ダングラールさん、あなたも招待されているということです。カドルッスさん、あなたも招待客のひとりです」

「で、フェルナンは?」とカドルッスがにたりと笑って言った。「フェルナンも招待されるのか?」

「わたしの妻の兄はわたしの兄も同じです」とエドモンが言った。「こんな機会を辞退されるようなことがあれば、メルセデスとわたしにとって大変残念なことです」

フェルナンはなにか答えようと口を開いたが、声が喉につかえ、たったひと言も出てこなかった。

「今日は結婚の段取り、明日か明後日には婚礼の式……まあ、ずいぶんとお急ぎですな、船長さん」

「ダングラールさん」とエドモンが言葉をついだ。「わたしはさきほどメルセデスがカドルッスに言ったのと同じことを言いたいですね。わたしにはまだふさわしくない肩書きを勝手につけないでもらいたい。それが災いをもたらすかもしれないので」

「おっと、これは失礼」とダングラールは答えた。「おれが言ったのはただ、あんたはだいぶ事を急がれるが、なになに、時間はたっぷりある。ファラオン号は三月もしなければ航海に出られないということだけだよ」

「人間誰しも幸せになるのを急ぐものですよ、ダングラールさん。長く苦しんだ者にはじぶんの幸福がなかなか信じられないのです。でも、わたしを駆り立てているのは、必ずしも利己主義だけではありません」パリに行かねばならないのです」

「ああ、それは本当か！　「パリだって！　パリに行くのは初めてか？」

「ええ」

「仕事で行くのか？」

「わたしの用事じゃありません。気の毒なルクレール船長に頼まれた最後の任務を果たすためです。分かるでしょう、ダングラールさん。これは神聖な仕事ですよ。それに心配はご無用。ちょっと行って帰ってくるだけですから」

「そうか、そうか、分かった」とダングラールはいたって大きな声で言った。

それから、ひどく小さな声になって、

「パリだと？　おそらく大元帥が託した手紙を宛名人に届けるためだろう。そうだとも！　その手紙で、おれにはひとつの考え、名案がうかんだぞ！　ああ、わが友ダンテス、おまえはまだ、ファラオン号の登録簿の筆頭に記入されていないんだぜ」

それから、すでに遠ざかろうとしているダンテスのほうを振りむいて、

「では、いい旅を！」と叫んだ。

「ありがとう」とダンテスは頭をそちらに向けて答え、その答えに親しみの仕草を添えた。

やがてふたりの恋人は、天に昇るべく選ばれた者といったように、心静かに嬉々として道を歩き続けた。

4 陰謀

ダングラールはふたりの恋人がサン・ニコラ城砦の一角の背後に姿を消すまで、エドモンとメルセデスを目で追っていたが、ふとフェルナンの姿に目を向けた。蒼白な顔をし、震えながらふたたび椅子にすわりこんでいる。他方、カドルッスのほうは酒飲みが得意とする歌の文句をぶつぶつ呟いていた。

「なあ、これじゃ」ダングラールはフェルナンに言った。「この結婚でみながみな幸せになるってわけじゃなさそうだな」

「おれは絶望している」とフェルナンが言った。

「つまり、メルセデスを愛してたってことか?」

「崇めていた!」

「ずっと前から?」

「ふたりが知り合ってこのかた、ずっと愛してた」

「なのに、なんの手も打たずに、髪をかきむしってばかりいるじゃないか! なんてこった! あんたの国のもんがこんなふうに振る舞うなんて思ってもいなかったぜ」

「このおれにどうしろと？」とフェルナンが尋ねた。

「そんなこと、おれの知ったことか？　おれになんの関係があるんだよ？　メルセデス嬢に惚れているのはおれじゃなく、あんたなんだぜ。聖書にも言うだろう、求めよ、さらばあたえられん[1]、とな」

「おれにだって打つ手はあったさ」

「どんな手だ？」

「男を刺し殺してやろうとしたんだ。そしたら、許婚にもしものことがあったら、じぶんも自殺するって、女が言ったんだ」

「けどよ、そんなことを口にしても、ふつうは実行しないもんだぜ」

「あんたはメルセデスという女をまったく知らない。そう脅したからには、必ず実行する女だ」

「馬鹿な奴だ」とダングラールが呟いた。「メルセデスが自殺しようがしまいが、どっちだっていいさ。ただダンテスさえ船長にならなきゃな」

「でも、メルセデスが死ぬ前に」フェルナンは、揺るぎない決意を秘めた口調で言葉をついだ。「おれのほうが死ぬかもしれない」

「これぞ色恋ってもんだ！」とカドルッスはだんだん酔いがまわってきた声で言った。「おれにゃ、とんと分からん世界だが」

「まあまあ」ダングラールが言った。「あんたはなかなか気立ての良さそうな青年じゃないか。だからこっちがぶったまげてるのさ！　なんならあんたをその苦しみから助け出してやりたい、ただ……」

「そうだ、そうだ」とカドルッス。「さあ、やってやれ」

「なあ、おまえ」ダングラールが言葉をついだ。「おまえはすでに酔っ払ってる。瓶を空にしろ。そうすりゃ、完全に酔っ払っちまう。飲め、そしておれらがやることには口出しをすんな。おれらの計画をやり遂げるためには、頭がすっきりしてなきゃならねえんでね」

「なに、おれが酔っ払ってるって?」カドルッスが言った。「おい、おい、こんな瓶なんぞ、あと四本だって飲めるぜ。こいつはオーデコロンの瓶よりちっちゃいじゃねえか。パンフィルの親父さん、酒だ! 酒だ!」

そしてカドルッスは言葉を行動で証明するかのように、グラスでテーブルを叩いてみせた。

「さっきの話だけど」とフェルナンは言葉をつぎ、中断されたダングラールの言葉の続きをじりじりと待ちうけた。

「なんて言ってたかな? もう思い出せなくなった。この酔っ払いのカドルッスのせいで、考えの糸が切れちまったんだ」

「いくらだって酔っ払ってやるさ。酒を怖がる奴らにはおあいにくさまだが、そいつらは良からぬことを考えてるから、酒のせいで腹の内をうっかりバラしちまうのを怖れてるだけよ」

そしてカドルッスは、この時代によく流行っていた歌の最後の二行を口ずさんだ。

悪い奴らはみんな水呑み

大洪水がその証拠〔2〕

「さっきの話は」とフェルナンは言葉をついだ。「あんたを苦しみから助け出してやりたい。ただ、となにか付け加えようとしていたところ」

「そうだったな。ただ……あんたを苦しみから助け出すには、ダンテスがきみの好きな女と結婚しない、それだけでいいってことだ。おれの見るところ、ダンテスが死ななくても、この結婚は充分つぶせるぜ」

「死にでもしなきゃ、ふたりは別れっこない」とフェルナンは言った。

「なあ、おめえも頭が固い奴だな」とカドルッス。「ここにいるのは狡賢く、抜け目なく、ギリシャ人みたいに老獪なダングラールさまだぜ。おめえが間違ってることをはっきりさせてくれるさ。おれが請け合う。おい、ダンテスが死ぬ必要はないと、こいつに言ってやれよ。もっとも、ダンテスに死なれても困るが。あれはいい奴だ。おれは好きだぜ。ダンテスの健康に乾盃！」

フェルナンはいたたまれず立ちあがった。

「勝手に言わせとけ」ダングラールは青年を引きとめて言葉をついだ。「それに、すっかり酔っ払ってはいるが、言うことはそう間違ってるわけじゃねえ。留守は死に劣らずひとの心を引きはなすもんだ。たとえば、エドモンとメルセデスのあいだに監獄の塀があると思ってみな。ふたりは墓石があるのと同じくらい離ればなれになっちまうぜ」

「そりゃそうだが、やがて出獄してくる」と、カドルッスは残っている理性のありったけをふりしぼって、会話にしがみついてきた。「出獄してくる男がエドモン・ダンテスだったとしてみな、あいつはたっぷり復讐するぜ」

「構うもんか！」フェルナンが呟いた。

「だいたい」とカドルッスは言葉をついだ。「なんだってダンテスを監獄に入れるんだ？　あいつは泥棒も、人殺しも、闇討ちもしてないじゃねえか」

「黙ってろ」とダングラールが言った。

「おれのほうは黙ってられない。なんでダンテスを監獄に入れるのか言ってくれ。おれはダンテスが好きだ。ダンテスの健康に乾盃！」

そして彼はさらに一杯引っかけた。

ダングラールは、仕立屋のどんよりした目のなかで酔いが深まっていくのを確かめてから、フェルナンのほうを振りむいて、

「これで分かったか！」と言った。「彼を殺す必要はないってことが？」

「ええ、さっき言われたように、これでダンテスを逮捕させる手立てさえあれば。で、そんな手立てがあるとでも？」

「よく探せば」とダングラールが言った。「なんとか見つかるだろう」それからさらに続けて、

「おれはいったい、なんてことに首を突っこもうとしてるんだ！　こんなこと、おれになんの関係があるっていうんだ？」

「どんな関係があるのか知らないが」と、フェルナンはダングラールの腕をとらえて言った。

「おれに分かっているのは、あなたにはなにか、ダンテスを憎む特別な理由があるってことだ。じぶん自身がひとを憎んでいる者なら、他人の感情についても見間違わないもの」

「おれにダンテスを憎む特別な理由があるだと？　誓ってなんの理由もない。おれは不幸なあんたを見て、ほうっておけなくなった。それだけの話さ。だが、おれがじぶんの欲得で動いてると思われたからには、これっきり、手を引かしてもらう。おさらばだ。じぶんのことはじぶんで始末してくれ」

そして今度は、ダングラールのほうが立ちあがるふりをした。

「どうか」フェルナンが彼を引きとめて言った。「ここにいてください！　とどのつまり、あなたがダンテスを恨んでいようといまいと、おれにはどっちだっていいんだ。おれは彼を恨んでいる。堂々とそう認める。なにか手立てを見つけてください。あとはおれがやる、ひとの死さえ見なければ。なにしろメルセデスは、もしダンテスが殺されたら、じぶんも死ぬって言っているんだから」

カドルッスはテーブルに頭を落としていたが、額をあげ、力のない、とろりとした目でフェルナンとダングラールを眺めて、

「ダンテスが殺されると！」と言った。「ここにいるどいつがダンテスを殺すってえんだ？　このおれは、ダンテスが殺されるのはいやだ。あいつはおれの友だちだ。前におれがしてやったように、今朝も金を分けようと言ってくれたんだぜ。おれは、ダンテスが殺されるのはいやだ」

「誰がダンテスを殺すと言ってる、この馬鹿野郎！」とダングラールは言葉をついだ。「これは

ほんの冗談だ。ほら、おまえの健康のために飲め」と付け加えて、カドルッスのグラスを満たした。「おれたちをそっとしておいてくれないか」

「そうか、そうか、じゃあ、ダンテスの健康に乾盃！」とカドルッスはグラスを空にして言った。「彼の健康に……彼の健康に……さあ！」

「それで手立て、その手立ては？」とフェルナンが言った。

「まだ見つからないのかい、あんたには？」

「ええ、それはお任せしました」とフェルナンが言った。

「そうだったな」とダングラールは引きとり、「スペイン人がフランス人にかなわないのは、スペイン人がぐずぐずしているところで、フランス人がさっさとなにかを考えだすってことだよ」

「じゃあ、なんか考えだしてくださいよ」とフェルナンはむっとして言った。

「給仕」とダングラールが言った。「ペンとインクと紙だ！」

「ペンとインクと紙か！」とフェルナンは呟いた。

「そうよ、おれは会計係だ。ペンとインクと紙はおれの商売道具さ。道具がなければ、話にならねえ」

「ペンとインクと紙だ！」と今度はフェルナンが声をあげた。

「お望みのものならあのテーブルのうえにありますと、求められたものを指さしながら給仕が答えた。

「じゃあ、もってきてくれ」

給仕はペンとインクと紙を取って、葉叢のトンネルのテーブルに置いた。

「おれが思うに」カドルッスが紙のうえに手を落として言った。「森の隅で闇討ちするより、もっと確実にひとを殺せるのはこれだぜ！　おれが剣やピストルよりずっと怖かったのは、ペンとインクと一枚の紙だったぜ」

「このならず者、存外酔いが足りないようだな」とダングラールは言った。「もっと注いでやれ、フェルナン」

フェルナンがグラスを満たしてやると、根っからの飲んべえのカドルッスは紙のうえから手をはなして、口のほうにもっていった。

カタルーニャ村の青年は、新たな攻撃に負けたカドルッスがふたたびグラスをテーブルにもどす、というよりも落とすまでの動きを見届けた。

「それで？」とカタルーニャ村の青年は、この最後の一杯でカドルッスに残っていた理性が消えはじめるのを見極めてから言った。

「たとえば」とダングラールが引きとった。「今度のようにナポリ〔3〕とエルバ島に寄港した旅のあとなのだから、誰かがダンテスはボナパルト派の手先だと検察官に告発したらどうだろう……」

「おれが告発してやる、このおれが！」とフェルナンは勢いこんで言った。

「そうか。でもそうなると、きみは訴状に署名させられる。告発された男と対面させられる。おれのほうが事情によく通じているから、告訴の根拠となるものを渡してやってもいい。ところが、ひとはいつまでも監獄にいるわけではない。いつの日か出獄する。その出獄の日こそ、彼を投獄した者にとんでもない災いがふりかかってくるぜ！」

「ああ、おれの願いはたったひとつ」とフェルナンが言った。「奴がおれに喧嘩を売りにくることだ！」

「そうか、でもメルセデス、メルセデスはどう出るか！　最愛のエドモンにかすり傷ひとつでも負わせようものなら、おまえを憎むことになるぜ！」

「その通りだ」とフェルナン。

「そいつは拙《まず》いだろ」とダングラールが言葉をつぎ、「どうせそこまで腹をくってるんなら、ほら、おれがやるように、ただこのペンを取って、インクに浸し、筆跡がばれないように、左手でこんな訴状を書くのがいいんじゃないか？」

そしてダングラールは弟子に範をしめして、左手で、平素の筆跡とは似ても似つかない左傾斜の文字を数行書いて渡すと、フェルナンは小声で読みあげた。

〈王室検事閣下殿
王室と宗教の友である者がお知らせ申し上げます。イズミルを出発し、ナポリとポルト・フェライオに寄港した後、今朝寄港したファラオン号副船長、エドモン・ダンテスなる者が、ミュラ[4]により、簒奪者[5]宛の書状、および簒奪者により、パリのボナパルト派委員会宛の書状を託されております。
この犯罪の証拠はその者の逮捕によって得られるでありましょう。なぜなら、この書状は

その者が身につけているか、父親のもとにあるか、ファラオン号の船室にあるか、そのいずれかで見つかるからであります〉

「結構じゃないか」とダングラールは続けた。「こうすりゃ、あんたの復讐にも公的な意味が生まれるだろう。だって、どう転んでも、あんたにはとばっちりはこないし、なにもしなくても事は運ぶだろうよ。あとはこんなふうに手紙をたたんで、そのうえに〈王室検事殿〉と書くだけでいいんだ。言うことなしじゃないか」

そしてダングラールはふざけながら宛名を書いた。

「そうさ、言うことなしだろうさ」と声をあげたカドルッスは、最後の気力をふりしぼってこの朗読を聞き取り、本能的にその密告がどんな災いをもたらすかすっかり悟った。「そうさ、言うことなしだろうさ。だが、そいつは破廉恥なことだぜ」

そして腕をのばして、その手紙を取ろうとした。

「だから」とダングラールは言って、手紙を彼の手が届かないところに押しやり、「だから、おれが言ったり、したりしていることは、ほんの悪ふざけだっていうんだ。だいいち、ダンテスに、あの好人物のダンテスになにかあったら、おれだって気を悪くするぜ。だから、ほら……」

彼は手紙を取って、手のなかでくしゃくしゃにし、それを葉叢のトンネルの片隅に投げ捨てた。

「よかったよ」とカドルッスが言った。「ダンテスはおれの友だちだから、あいつに悪さをしてほしくねえんだ」

「おい！　いったい誰がそんなことを考える、あいつに悪さをするなんて！　おれもフェルナンもそんな人間じゃない」とダングラールは言って立ちあがり、すわったままではいるものの、片隅に捨てられた密告の手紙を横目でにらんでいる青年から目をはなさなかった。

「それじゃ」カドルッスが言葉をついだ。「酒をくれ、おれはダンテスと美女のメルセデスの健康のために乾盃してえ」

「とっくに飲み過ぎだよ、酔っ払い」とダングラールは言った。「こんなことを続けてると、じぶんの脚で立っていられなくなって、ここで寝ることになるぜ」

「おれが」とカドルッスが言って、いかにも酔漢らしい傍若無人さで立ちあがり、「このおれがじぶんの脚では立っていられないだと！　賭けてもいい、おれはアクール寺院の鐘楼にだって昇れるぜ、ふらつかずに！」

「そうか、じゃあ」とダングラール。「賭けよう、だが明日だ。今日のところは、そろそろ帰る頃だ。さあ、腕を貸せ、帰ろう」

「帰ろう」とカドルッスが言った。「だが、そのためにおめえの腕なんかいらねえよ。フェルナン、くるか？　おめえもいっしょにマルセイユに帰るか？」

「いや」とフェルナンは言った。「おれはカタルーニャ村に帰る」

「そいつはお門違い。おれたちといっしょにマルセイユに来い。さ、来いよ」

「おれはマルセイユでやることなんかないし、行きたくもない」

「なんでそういうことを言うんだ？　来たくねえんだな、大将。じゃあ、勝手にしろ！　万人に自由を、だよ！　来い、ダングラール。このお方のお望みだから、カタルーニャ村にお帰りいただこう」

ダングラールはそんなふうにカドルッスが好意を見せた瞬間をとらえて、マルセイユの方角に引っ立てていった。ただ、フェルナンにもっとも近く簡単な道を開けてやるために、リーヴ・ヌーヴ海岸通りからではなく、サン・ヴィクトール門から帰った。カドルッスは、よろよろしながら彼の腕にもたれて、ついていった。

二十歩ほどあるいたとき、ダングラールがうしろを振りかえると、フェルナンが例の紙片に駆けより、それをポケットに入れるのが見えた。それから青年はたちまちのうちに葉叢のトンネルから飛びだし、ピヨンの方角に向かった。

「ところで、あいつはなにしてるんだ？」とカドルッスが言った。「おれに嘘をついたな。カタルーニャ村に行くと言っていたくせに、町のほうに行きやがる！　おーい、フェルナン！　おめえは間違ってるぜ、若いの！」

「おまえは目がかすんでいるんだ」とダングラールが言った。「あいつは真っ直ぐ、ヴィエイユ・ザンフィルムリへの道を歩いているじゃねえか」

「ほんとだ」とカドルッス。「おれはてっきり右に曲がったとばかり思ったんだが。まったく、酒ってやつは裏切り者よ」

「しめ、しめ」ダングラールが呟いた。「どうやら、これで出だしは上々のようだ、あとは成り行きに任せるだけでいいぞ」

5　婚約披露

翌日は晴天だった。明るい太陽が燦々と輝き、明け方の深紅の光線が泡立つ波頭をルビーの色に飾りたてていた。

わたしたちにはすでにお馴染みの、葉叢のトンネルのある、あの〈ラ・レゼルヴ〉亭の二階に、宴会の用意がされていた。会場は五つか六つの窓から明かりの射しこむ大きな広間で、窓の上方にはそれぞれ——誰かにぜひこの珍現象を説明してもらいたいものだ！——フランスの大都市のひとつの名が書かれていた。

この店の他の部分と同じように、これらの窓に沿って、木製の欄干が取りつけられていた。

宴会は正午開始と知らされていたのに、午前十一時からすでに、待ちきれない者たちが欄干のあたりに押しかけていた。ファラオン号の選ばれた船員たちと、ダンテスの友人の何人かの兵隊たちだった。全員が婚約者たちに敬意を表して、一世一代の装いをこらしていた。

招待客のあいだでは、ファラオン号の船主たちが副船長の婚礼の宴に臨席されるという噂が流れていた。これはダンテスが浴するにはあまりにも大きな名誉だったので、誰も信じようとはしなかった。

ところが、今度はダンテスがカドルッスといっしょにやってきて、その噂は本当だと請け合った。朝、本人に会ったとき、モレル氏から〈ラ・レゼルヴ〉亭での正餐にうかがうと告げられたのだった。

じっさい、みなからしばらく遅れて、モレル氏が室内に登場し、ファラオン号の船員たち全員の拍手喝采で迎えられた。彼らにとって船主の出席は、ダンテスがいずれ船長に任命されるという、すでに流れていた噂を裏書きするようなものだった。ダンテスは船上で大層慕われていたので、これらの善良な者たちはそんなふうに、船主の選択がたまたま彼らの願いに合致したことに感謝したのだった。モレル氏が姿を現すや、みんなが声をそろえてダングラールとカドルッスを花婿のほうに急ぐよう促した。ふたりの役目は、いましがた姿を見せたときに深い感動を呼んだこの重要人物の到来を、さっそく花婿に知らせ、急いで迎えにくるように伝えることだった。

ダングラールとカドルッスは駆けだしていったが、百歩もいかないうちに、火薬庫の前あたりから、小さな一隊がこちらのほうに向かってくるのに気づいた。

その一隊は花嫁に付きそうメルセデスの友だちで、花嫁と同じカタルーニャ村の娘たち四人と、花嫁に腕を貸しているエドモンだった。花嫁のそばをダンテスの父親が歩き、そのうしろに意地悪そうな笑みを浮かべたフェルナンがいた。

メルセデスにもエドモンにも、その意地悪そうな笑みは見えなかった。無邪気にも、かわいそうなこのふたりには、幸福のあまり、じぶんたちとじぶんたちを祝福してくれる美しく澄んだ空しか目に入らなかったのである。

ダングラールとカドルッスは使者の役目を果たすと、エドモンと力強く親しげな握手をかわし、ダングラールがフェルナンのそばに、そしてカドルッスがみんなの目を惹いているダンテスの父親のかたわらに行って並んだ。

老人は鋼の切り子ボタンがついた、タフタの晴れ着をまとっていた。その細いけれども力強い脚は、水玉模様の見事な木綿の靴下につつまれていたが、それがイギリスからの密輸品であることは一目瞭然だった。彼の三角帽から白と青のリボンがたくさん垂れていた。

さらに老人は、古代の牧神の杖のようによじれ、先の曲がった木製の杖に身をもたせかけ、さながら革命後の一七九六年にふたたび開かれたリュクサンブール公園やチュイルリー公園を闊歩する伊達男《ミュスカダン》のようだった。

すでに述べたように、カドルッスは老人のそばに滑り込んでいた。彼はおいしい食事にありつけるという下心からダンテス親子と和解をすませていた。前日にあったことがなんとなく記憶に残っていたものの、それは朝に目覚めて、睡眠中に見た夢の名残を心に見いだすようなものだった。

ダングラールはフェルナンに近づいて、落胆した恋人に鋭い視線を注いだ。フェルナンは未来の夫婦のうしろを歩いていたが、メルセデスにはすっかり忘れられていた。メルセデスは自分勝手な若い恋心から、エドモンにしか目が向かないのだ。フェルナンは蒼白だったが、突然発作が起こったように赤くなり、発作がおさまるたびにますます蒼白になるのだった。ときどきマルセイユのほうを眺めたが、そんなときには、無意識の神経質なおののきに四肢を震わせていた。フェルナンはなにか大きな出来事を期待、あるいは少なくとも予測しているようだった。

ダンテスは小ざっぱりした服装をしていた。商船の船員だったから、軍服と平服の中間といった出で立ちだった。そんな出で立ちの彼の顔色は、花嫁の喜びと美しさによってさらに引き立ち、申し分がなかった。

黒檀の目、珊瑚色の唇のメルセデスは、キプロス島か、はたまたケオス島のギリシャ美人のように美しく、アルルの女かアンダルシアの女みたいに、自由闊達な足取りで歩いていた。都会の娘ならヴェールか、少なくともビロードのような瞼の下にみずからの喜びを隠そうとするところだろうが、メルセデスはじぶんを取り巻く人びと全員をにこやかに見まわしていた。その笑顔も眼差しも、こんな言葉を率直に告げているようだった。「みなさんがわたしの友だちなら、いっしょに喜んでください。だって、わたしはほんとに幸せなんですから」

婚約者とその同行者たちが〈ラ・レゼルヴ〉亭からよく見えるようになると、今度はモレル氏が姿を見せて、彼らのほうに進んできた。あとにしたがっていたのは、モレル氏といっしょに来て、ダンテスがルクレール船長のあとを継ぐという約束を改めて耳にした船乗りや兵隊たちだった。モレル氏がやってくるのが見えると、エドモンは許婚の腕を放し、その腕をモレル氏の腕の下に渡した。そこでモレル氏と若い娘がまず範をしめす恰好になって、宴席の用意されている広間に通じる木製の階段を降りた。その階段は五分のあいだ、招待客のずしりとした足の重みに踏まれてぎしぎし軋んでいた。

「お父さま」とメルセデスはテーブルの中央で立ちどまり、「どうか、わたしの右隣にすわってください。左隣にはこれまでわたしの兄代わりだった方にすわっていただきます」彼女はそう優しく言ったのだが、その優しさがかえってフェルナンの心の奥底に短刀のように突き刺さった。彼の唇は青ざめ、その男らしい濃褐色の顔色から、またしても血の気がみるみる引いて、心臓に流れ込むのが見てとれた。

一方ダンテスも同じ手順をふんで、右隣にモレル氏、左隣にダングラールにすわってもらってから、手をあげて、みんなが好きな席につくように合図した。

テーブルのまわりにはすでに、褐色で香りの強いアルルのサラミ、まばゆいばかりの甲羅の伊勢エビ、桜色の殻をした紅蛤、棘のある殻につつまれて栗のように見える雲丹、南仏の食通たちが北の牡蠣にもまさると称賛するアサリ、要するに、波によって砂浜に運ばれ、漁師たちが感謝をこめて「海の果実」と総称している絶妙な前菜類がまわされていた。

「みなの衆、やけにしんとしておるの！」と、ダンテス老人はパンフィル親父がみずからメルセデスの前に運んできたばかりの、黄玉の色をしたワインを一口味わいながら言った。「ここにおる三十名の方々は、いつでも笑う気でおるというのに」

「なに、いざ夫ともなると、いつも笑ってばかりはいられないってことですよ」とカドルッスが言った。

「じつを言えば」とダンテス。「わたしはいま幸せすぎて、笑ってなんかいられないんですよ。お隣さん、もしあなたがそんなふうに理解しておられるなら、その通りですよ！　喜びはときに奇妙な効果を発揮して、痛みのように胸をふさぐものですから」

ダングラールはフェルナンを観察したが、その青年が感じやすい性質から、動揺をひとつ吸収したかと思うと、またそれを追い払うといったことを繰りかしているのが分かった。

「ええ、なんだと」とダングラールがダンテスに言った。「じゃあ、きみはなにかを怖れてでもいるのか？　おれの見るところ、それどころか、万事きみの願いどおりに進んでいるじゃないか！」

「いや、わたしが怖れているのはまさにそのことなんです」とダンテスは言った。「人間、そう簡単に幸せになるようにはできていないような気がするんです！　幸福は龍に門を守られている、あの魔法の島の宮殿のようなもので、それを手に入れようと思ったら、戦わなくてはならない。なのに、このわたしはじつのところ、どうしてメルセデスの夫になるという幸福に恵まれたのか分からないのです」

「夫、夫か」とカドルッスが笑って言った。「まだじゃないか、船長さん。ちっとは夫らしいことをやってみな。どんな扱いをされるか分かるだろうよ」

メルセデスは顔を赤らめた。

フェルナンは椅子のうえで思い悩み、どんな小さな物音にもびくびくしていた。ときどき、雷雨の最初の雨粒のように、額の広範な場所にあらわれる汗をぬぐっていた。

「いや、お隣のカドルッスさん」ダンテスが言った。「そんなささいなことでわたしをやりこめようとしても無駄ですよ。たしかにメルセデスはまだわたしの妻ではありません。それは事実ですが……（彼はじぶんの時計を出した）でも、一時間後にわたしの妻になります！」

みんなが驚きの叫び声を発したが、ダンテスの父親だけは別で、大笑いしてみせると、その歯はまだ美しかった。メルセデスは微笑んだが、顔を赤らめなかった。フェルナンは痙攣するように短刀の柄をぎゅっとにぎりしめた。

「一時間後だって！」今度はダングラールまでが顔色を変えて言った。「それはどういうことだ？」

「みなさん」とダンテスは答えた。「父の次にわたしがこの世でもっとも恩義のあるモレルさんの信用のおかげで、あらゆる困難がことごとく解決されたのです。婚姻公示完了の資格を買い取ることができました。それでマルセイユの市長さんが二時半にわたしたちを待っておられます。いま一時十五分の鐘が鳴ったばかりですから、一時間半後にはメルセデスがダンテス夫人と呼ばれることになると言っても、ほぼ間違いないはずです」

フェルナンは目をつむった。彼の瞼は一抹の火に焼かれた。彼は卒倒しないように、テーブルに体をもたせかけた。しかし、いくら努めてみても、にぶい呻き声を発するのを抑えきれず、その呻き声も満座の笑い声や祝辞の声のなかに呑まれてしまった。

「ほう、ずいぶんと手際がよいのう」とダンテスの父親が言った。「おまえの考えでは、時間を無駄にするとはそういうことなんだな？　昨日の朝に帰ってきて、今日の三時に結婚とは！　こんなにてきぱきと物事を片づける船乗りとは、なんとも見上げた男よな」

「でも他の手続きは？」とダングラールがおずおずと異論を口にした。「契約書とか、いろんな書類とかは……」

「契約なら」笑いながらダンテスは言った。「すっかりできあがっていますよ。メルセデスは無一物だし、わたしだって同じようなもの！　わたしたちは共通財産制で結婚する。それだけの話です！　書くのに手間も暇もかからないし、高い手数料なんかも要りませんからね」

この冗談に、新たな歓喜の声と喝采がどっと爆発した。

「つまり、おれたちが婚約の祝宴だと思っていたものが」とダングラールが言った。「じつは結婚の祝宴だというわけか」

「いや、違います」とダンテスが言った。「みなさんにはなんの損もおかけしませんから、ご安心ください。明日の朝、わたしはパリに発ちます。行きに四日間、帰りに四日間、任された役目をきちんと果たすのに一日。三月一日にもどってきて、三月二日には正式の結婚披露宴をやるつもりです」

このように新たな供応が予告されると、一同がいちだんと陽気な雰囲気になって、がやがや会話するなかで、宴会の当初、みなの口数が少ないと嘆いたダンテスの父親もいまや、さてさて花婿花嫁の繁栄を願う祝辞をどこでやろうかと、さんざん頭を悩ませていた。

ダンテスは父親の気持ちを察して、愛情のこもった微笑で応えた。メルセデスが会場の鳩時計を見て、エドモンにさりげなく合図をした。

テーブルのまわりには、庶民の宴会の締めくくりにはつきものの、騒々しい上機嫌さや個々人の勝手な振る舞いが見られた。席が不満だった者たちはテーブルを離れ、他の仲間を探しにいった。みんなが一斉に話しだしたが、誰も相手の言うことに耳をかたむけず、ひたすらじぶん自身の考えにひとりで頷いていた。

　フェルナンの蒼白な顔色はいまや、ダングラールの頬に乗りうつっていた。フェルナン自身はもう生きた心地もせず、業火の湖にいる亡者[1]のように見えた。彼は最初に席を立った者のひとりで、会場をあちこち歩きまわって、俗謡やグラスの触れあう物音に耳をふさごうとしていた。

　彼が避けたがっているらしいダングラールが近づいたとき、カドルッスもまたその会場の片隅にやってきて加わった。

「じっさい」と、ダンテスの親切な立ち居振る舞いや、とりわけパンフィル親父の美酒のせいで、ダンテスの望外の幸福を見て心に芽ばえた憎しみの残りもすっかり消えうせたカドルッスが言った。「じっさい、ダンテスはいい男だよ。あいつが許婚のそばにすわっているのを見ながら、おれは思ったぜ。昨日おまえらが企んでいた悪ふざけを実行に移したら、とんでもなく酷い目にあうことになるところだった、とな」

「だからよ」とダングラールが言った。「おまえも見たろうが、あれには続きがなかったんだって。このかわいそうなフェルナンくんがあんまり動転していたもんだから、おれも最初は心配したが、ほら恋敵の婚礼の、第一の介添人になったぐらい心を切り替えた以上、おれはもうなにも言うことはない」

　カドルッスはフェルナンをじっと見た。彼は蒼白だった。

「はらった犠牲は」ダングラールが続けた。「あの娘がじっさい美人だから、よけいに大きいのさ。なんだ！　おれの未来の船長はなんと果報者なんだ。おれだって、半日でいいからダンテスと呼ばれてみたいもんだ」

「出かけましょうか？」とメルセデスの優しい声が尋ねた。「いま二時になったわ。約束は二時十五分よ」

「そうだ、そうだ、出かけよう！」ダンテスが勢いよく立ちあがって言った。

「出かけよう！」会食者全員が声をそろえて繰りかえした。

ちょうどそのとき、窓のへりにすわっているフェルナンを見失っていなかったダングラールには、フェルナンが凶暴な目を見開いて、どこか痙攣するような身動きで立ちあがったかと思うと、ふたたびその窓ガラスの下枠に倒れ込むようにすわるのが見えた。次の瞬間、なんともしれない物音が階段から鳴り響いてきた。ずしりとした足音の響き、武器の触れあう音にまじるざわざわした人声が、あんなにも騒々しかった会食者たちの叫び声を圧して、みんなの注意を惹きつけたのだが、それもたちまち不安の沈黙に変わった。

その物音が近づいてきて、戸の羽目板が三度叩かれた。めいめいがびっくりしたように隣席の者の顔をうかがった。

「法の名において！」と震える声が叫んだが、それに応える声はひとつとしてなかった。間もなく扉が開いて、顋章を巻いたひとりの警視が会場に入ってきた。そのあとに、伍長に率いられ、武装した四人の兵士が続いていた。

不安が恐怖になった。

「どういうことですか？」と、船主が顔見知りの警視の前に進みでて尋ねた。「これはきっとなにかの間違いでしょう」

「モレルさん、もし間違いなら」と警視は答えた。「その間違いは迅速に正されるでしょう。だがさしあたって、本官には逮捕令状があります。かかる任務を果たすのは、まことに心苦しいのですが、だからといって果たさないわけにはまいりません。このなかの誰がエドモン・ダンテスですか?」

みんなの視線が、ひどく動揺しているものの威厳を失わず、一歩前進してこう言った青年に向けられた。

「わたしですが、どのようなご用件でしょうか?」

「エドモン・ダンテス」と警視が言葉をついだ。「法の名において貴様を逮捕する!」

「わたしを逮捕する、ですって!」ダンテスはやや青ざめながら言った。「でも、なぜわたしを逮捕するのですか?」

「本官も承知していない。だが、最初の尋問でそれが分かるだろう」

モレル氏はこのような厳酷な状況にたいし、できることはなにもないと理解した。顯章を巻いた警視はもはや人間ではなく、なにも耳に入らず、無言で冷たい、法の権化になってしまうのだ。ダンテス老人は逆に、官吏のほうに駆けよった。父親ないし母親の心には、どうしても理解できないことがあるものだ。

彼は哀願し、懇願した。涙も願いもなんの役にも立たなかった。だが、老人の絶望の激しさに、さしもの警視もほろりとして、

「ご老人」と言った。「落ち着いてください。ご子息はおそらく、税関か検疫の手続きでも怠られたのでしょう。ですからどう見ても、当局がご子息からしかるべき供述が得られたなら、すぐにも釈放されましょう」

「こりゃ！　こりゃいったい、どういうことなんだ？」カドルッスが、驚いたふりをしているダングラールに眉をひそめて問いただすと、

「そんなこと、おれが知るもんか」と彼は答えた。「おれもおまえと同じで、いま起こっていることを目の当たりにしているだけだ。なにがなんだかさっぱり分からず、こうやって呆気にとられている」

カドルッスは目でフェルナンを探した。彼は行方をくらましていた。

するとカドルッスの心に、前日の光景がすべて、恐ろしいほどはっきりと浮かんできた。まるでこの破局によって、前日の酩酊が彼と彼の記憶のあいだにかかったヴェールが取りのぞかれたとでもいうように。

「ああ、ああ！」彼はしゃがれた声で言った。「ひょっとしてこれは、おまえらが昨日話していた悪ふざけの結果なのか、ダングラール？　そうなら、こんなことをやらかした奴に災いあれ！　ずいぶん悲しいことじゃないか」

「とんでもない！」とダングラールが声をあげた。「それどころか、おまえも知っているだろう。おれはあの紙を破いたんだぜ」

「破いてなんかいないさ」とカドルッス。「片隅に捨てただけだよ」

「黙れ、おまえはなにも見ちゃいなかった、酔っ払っていたんだから」

「フェルナンはどこだ?」とカドルッスが尋ねた。

「そんなこと知るもんか」ダングラールは答えた。「おおかたじぶんの用事をすませてるんだろうさ。だが、そんなことを心配しないで、悲しんでいる気の毒な連中を助けに行こうぜ」

じっさいこの会話のあいだ、ダンテスは微笑し、友人たち全員と握手をかわし、こう言いながら捕縛されたのだった。

「安心してください。いずれこの手違いは解明され、たぶんわたしは監獄に行かなくてすむでしょう」

「ああ、そうだとも。なんなら、おれが請け合ってもいい」と、さきほど述べたように、みんなのほうに近づいてきたダングラールが言った。

ダンテスは警視に先導され、兵士たちに囲まれながら階段を降りた。玄関のところに、扉を開けはなった馬車が待ちうけていた。彼が馬車に乗り込むと、二名の兵士と警視があとに続いた。扉が閉められ、馬車はマルセイユ方面の道に向かった。

「さようなら、ダンテスさん! さようなら、エドモン!」と、メルセデスは欄干に飛びついて声をあげた。

囚われの身になった男の耳に、許婚の引き裂かれた心から発せられる嗚咽のような、最後のその叫び声が響いた。彼は扉から顔を出して、「さようなら、メルセデス!」と叫んで、サン・ニコラ城砦の一角の蔭に消えた。

「ここで待っていてくれ」と船主が言った。「わたしは最初にきた辻馬車に飛びのってマルセイユに駆けつけ、その後の消息をきいてこよう」

「そうしてください！」みんなの声が叫んだ。「そうしてください！　そして急いでもどってきてください」

この二度の出発のあと、残っていた者たち全員のあいだに、恐ろしい茫然自失の瞬間があった。

ダンテス老人とメルセデスはしばらく、めいめいの苦しみにうち沈んで別々にいたのだったが、やがてふたりの目が合った。ふたりは同じ打撃を受けた犠牲者同士だと認めあい、たがいの腕のなかに身を投げた。

そのうちフェルナンがもどってきて、グラスに水を注いで飲んだ。そして椅子のうえにすわり込んだ。

たまたまその隣の椅子に、老人の腕を離れたメルセデスが倒れ込んだ。

フェルナンは本能的にじぶんの椅子をうしろに引いた。

「奴のせいだぜ」と、カタルーニャ村の青年を見失っていなかったダングラールにカドルッスが言った。

「そうは思わないね」とダングラールが答えた。「あいつはそれほど頭がよくない。どのみち、やった奴が因果応報の目に合うさ」

「おまえは、そそのかした奴の話はしないわけだ」とカドルッスが言った。

「当たり前だろ」とダングラールが言った。「出任せに言った言葉にいちいち責任は取れない」

「だが、その出任せに言った言葉が切っ先から落ちてきたとしたら、話はまた違ってくるぜ」

その間、招待客はあちこちに固まって、今度の逮捕のことであれこれ意見をかわしあっていた。

「ところで、ダングラールさん」と、ある声がした。「あなたはこの出来事をどう考えておられるのだ?」

「わたしは」ダングラールは答えた。「彼がなにか禁制の商品の荷物をもちかえったのだと思います」

「だがもしそうなら、あなたは知っておられてもいいはずじゃ。ダングラールさん、あなたは会計係だったのだから」

「そう、そうですよ。でも会計係は申告された荷物のことしか知りません。わたしどもは綿花を積んだ。知っているのはそれだけです。アレクサンドリアのパストレ商会、イズミルのパスカル商会で積荷をした。それ以上のことを訊かれても困ります」

「ああ、それで思い出した」哀れな父親は、藁にでもしがみつくように言った。「昨日、息子はわしのためにコーヒー一箱と煙草一箱がとってあると言っておったぞ」

「ほら、それですよ」とダングラールが言った。「わたしどものいないあいだに税関がファラオン号を臨検し、秘密の品を見つけ出したのでしょう」

メルセデスはそんなことをまるで信じていなかった。そのときまで、抑えられていた苦しみが突如、嗚咽となって爆発した。

「まあ、希望をもつのじゃ、希望を」とダンテスの父親が、じぶんでもなにを言っているのかよく分からないまま言った。

「希望ですよ」とダングラールが繰りかえした。

「希望」とフェルナンは呟こうとした。

しかし言葉が喉につかえ、唇は動いたものの、いかなる音も口から出てこなかった。

「みんな」と欄干のところで見張りに立っていた会食者のひとりが叫んだ。「みんな、馬車がきたぜ。ああ！　モレルさんだ。元気を出せ、元気を出せ！　きっといい知らせをもってきてくれたんだ」

メルセデスと老父は船主を迎えに駆けだし、玄関のところで出会った。

「どうでしたか？」ふたりは声をそろえて叫んだ。

「それがな」と船主は頭を振って答えた。「事は思っていたよりずっと深刻なんだよ」

「でも、モレルさん」メルセデスが声をあげた。「彼は無実ですよ！」

「わたしもそう信じている」とモレル氏は答えた。「でも彼は告訴されている……」

「いったいどんな廉《かど》で？」と老ダンテスが尋ねた。

「ボナパルト派の手先だとして」

この物語が展開する時代を生きられた読者のなかには、モレル氏が口にしたような告訴が、当時どんなに恐ろしい告訴だったか覚えている方々もいるだろう。[2]

メルセデスは叫び声をあげ、老人は椅子にへたり込んだ。

「ああ」カドルッスが呟いた。「ダングラール、おまえはおれを騙したな。あの悪ふざけを実行に移したんだな。でもおれは、あの老人とあの娘が苦しみのあまり死んでしまうのを、このまま放っておけない。これからふたりに全部バラしてやる」

「黙れ、なんていう奴だ！」と、ダングラールはカドルッスの手をつかんで声をあげた。「さもないと、おまえ自身の身の上も保証できなくなるぞ。ダンテスが本当に罪人でないと、いったい誰が言ったんだ？　船はエルバ島に寄港し、彼は島に降りて、丸一日ポルト・フェライオにいたのだぞ。もし彼が、身を危うくするなんらかの手紙をもっているのが見つかったら、彼の肩をもつ者は共犯者と見なされることだろう」

カドルッスは素早い保身本能の働きによって、その推理がまったくもって正しいことを理解した。彼は恐れと苦しみでぼうっとした目でダングラールを見つめ、前に一歩進んだが、二歩後退して、

「じゃあ、様子を見るか」と呟いた。

「だったら、様子を見よう」ダングラールが言った。「もし奴が無実なら、釈放されるだろうし、もし有罪なら、そんな陰謀家と関わり合いになっても、なんの得もないからな」

「さあ、出ようか。これ以上ここにいるのはもういやだ」

「じゃあ、こい」と、退却の仲間が見つかって喜んだダングラールが言った。「こいよ、みんなにはめいめい勝手に引き上げてもらおう」

ふたりは立ち去った。ふたたび若い娘の支え役になったフェルナンは、メルセデスの手を取って、カタルーニャ村に連れ帰った。

他方、ダンテスの友人たちはほとんど気を失っている老人をメヤン大通りに送りとどけた。

間もなく、ダンテスがボナパルト派の手先として逮捕されたという噂が町中に広がることになった。

「ダングラールくん、こんなことを信じられるかね？」と、モレル氏が会計係とカドルッスに合流したときに言った。というのも、彼自身も大急ぎで町にもどり、いくらか面識のある検事代理のヴィルフォール氏の口からエドモンの消息を得ようとしていたからだった。「きみにはこんなことが信じられるかね？」

「もちろんですよ、モレルさん」ダングラールは答えた。「前にも申し上げましたが、ダンテスは理由もなくエルバ島に寄港しました。だからあの寄港が疑わしいと思われたわけです」

「きみはそうした疑いをわたし以外の誰かに話したのか？」

「話すのは控えましたよ」と、ダングラールは小声になって付け加えた。「ご承知のように、前に皇帝に仕え、いまでも、じぶんの思想を隠そうとされない伯父さまのポリカール・モレル氏のせいで、あなたご自身もナポレオンを懐かしがっているのではないか、と疑われています。そこでわたしとしては、まずエドモンに、その次にあなたに累が及ぶのを怖れたのです。部下として船主に話しても、他人にたいして厳に隠しておかねばならない事柄もあるのですから」

「そうか、ダングラール、そうだったのか」と船主は言った。「きみは律儀な男だ。だからわたしは、あの気の毒なダンテスがファラオン号の船長になる場合に、まずきみのことを考えたのだ」

「どういうことでしょうか？」

「なに、わたしはダンテスに、きみのことをどう思っているのか、きみがいまの地位にとどまることに異存はないのかと尋ねたのだ。というのも、なぜだか知らないが、きみたちふたりの仲には、どこかよそよそしいところがある、と感じたことがあったからだ」

「で、彼はどう答えましたか？」

「くわしく言ってはくれなかったが、ある状況で、きみにたいしてなにかの落ち度があったが、じぶんは船主に信頼されるどんな人物も信頼する、と」

「偽善者め！」とダングラールは呟いた。

「かわいそうなダンテス！」とカドルッスが言った。「それは、彼がすばらしい人間だという証拠じゃないか」

「そうだとも、だが、さしあたって」とモレル氏は言った。「ファラオン号には船長がいない」

「なあに、希望はありますよ」とダングラールが返した。「わたしどもは三か月後でないと発てません。これからその時期までに、ダンテスは釈放されるでしょう」

「たぶんな、しかしそれまでは？」

「それまでのことなら、わたしがいますよ、モレルさん」とダングラールが言った。「ご承知でしょうが、わたしは船の操縦にかけては、遠洋航海のどんな船長にも負けやしません。また、このわたしをお使いくださると、別の利点もございます。エドモンが牢屋から出てきても、誰も解雇しなくてすみますからね。彼がじぶんの地位を取りもどし、わたしがじぶんの地位をとりもどす。それだけの話です」

「ありがとう、ダングラール」と船主が言った。「これで万事に折り合いがつく。じゃあ、わたしが許そう。指揮をとって、荷下ろしの監督をしてもらいたい。個々人にどんな災難が起ころうとも、仕事に差し障りがあってはならないからな」

「どうか、ご安心ください、モレルさん。でも会えるのでしょうか、あの好漢のダンテスに？」

「それはいずれきみに知らせる、ダングラール。わたしはこれからヴィルフォール氏に直談判し、なんとかダンテスのために執りなしてもらえるよう努める。あのお方が熱烈な王党派だとは知っている。だが、なに、いくら王党派で国王の検事だろうと、彼も人間だ。さほど悪人だとは思えない」

「それはそうですが」とダングラールは言った。「噂では大変な野心家だとか。このふたつは大いに相通じるところがありますよ」

「まあ、いい」モレル氏は溜息をついて言った。「いずれ分かるさ。船に行ってくれ。そっちで会おう」

そして彼はふたりと別れ、裁判所方面に道をとった。

「ほらみろ」ダングラールがカドルッスに言った。「これで、ことの成り行きが分かっただろう。それでも、おまえ、まだダンテスの肩をもちたいか？」

「たぶんそうじゃないが。それでもこんな結果を招いた悪ふざけも、空恐ろしいことだぜ」

「もちろんだ！　誰がこれをやった？　おまえでもおれでもないだろう？　フェルナンさ。おまえも知っての通り、おれはあの紙を隅に捨てた。破りさえしたと思うぜ」

「いや、違う」カドルッスが言った「ああ、そのことなら、おれには確信がある。いまでもありありと見えるぜ、葉叢のトンネルの一角にすっかりしわくちゃになり、丸められたあれが。あの紙がまだあそこにあってくれればいいが！」

「しかたないじゃないか？　フェルナンが拾ったんだ。フェルナンがあれを写したか、誰かに写してもらったに違いない。でも、フェルナンはそれほど手間をかけなかったのかもしれんぞ。ああ、そうか！……ひょっとすると、おれ自身が書いた手紙を送ったのかもしれない！　幸い、筆跡を変えておいたが」

「じゃあ、おまえはダンテスが陰謀にからんでいることを知っていたのか？」

「おれはなにも知らない。さっきも言ったが、おれとしてはただの悪ふざけのつもりだった。しかしどうやら、道化師のアルルカンみたいに、おれは笑いながら、本当のことを言ったようだな」

「どっちみち同じことさ」とカドルッスが言った。「こんな事件が起こらなかったら、少なくともおれにどんな関わりもなかったら、どれほどよかったか。こいつはおれたちにも祟ってくるぜ、ダングラール！」

「もし誰かに祟りがあるなら、本当の犯人に、だよ。そして本当の犯人はフェルナンで、おれたちじゃない。いったい、おれたちにどんな祟りがあるって言うんだ？　おれたちはこの件についてひと言も洩らさず、じっとおとなしくしてりゃいいんだ。やがて嵐は、雷を落とさずに通りすぎるさ」

「アーメン！」とカドルッスが言って、ダングラールに別れの仕草をし、ひどく心配事があるひとがよくするように、頭を振り、ひとり言をいいながら、メヤン大通りのほうに向かった。

「よーしと」とダングラールは言った。「おれが予測したように、事が進んでいるぞ。これで、おれは船長代理だ。あの馬鹿のカドルッスが黙っていてくれさえすりゃ、本物の船長にだってなれる。ただ裁判所がダンテスを釈放した場合に、どうするかだけが問題だが、まあ」と、彼は微笑しながら付け加えた。「裁判所は裁判所、おれは裁判所に任せよう」

そう言いざま、小舟に飛びのり、ファラオン号まで行くよう船頭に命じた。思い出されようが、そこで船主との待ち合わせがあったのだ。

6 検事代理

これと同じ日、同じ時刻に、グラン・クール通りのメデューズの泉に面して、ピュジェ[1]によって建てられた、とある貴族風の古い館でも、婚約披露宴が催されていた。

ただ、さきの場面に出てきた人物たちが水夫や兵士といった庶民階級の者たちだったのにたいして、ここの者たちはマルセイユの上流階級に属していた。彼らは王位簒奪者ナポレオンの治下で辞表を出した元の司法官たち、国軍から脱走して反革命のコンデ公の軍隊に転じた元の将校たち、それからまだ生計の基盤が安定していないのに兵役逃れの代役四、五人に金を払っていながら、五年間の追放によって殉教者に、十五年間の王政復古が終わると神にされることになった、あの男〔ナポレオン〕への憎悪をもつ家族に育てられた若い人びとであった。

招待客は食卓についていた。会話は、ありとあらゆる熱烈な情念が渦巻くなかで展開されていた。この時代の情念は、とくに南仏では五百年来、宗教的な情念が政治的な情念の加勢をするものだから、なおのこと活発で仮借なく、恐るべき情念であった。

皇帝、すなわち一度は世界の一部の君主となり、一億二千万の臣下に、十の異なった言葉で「ナポレオン万歳!」と叫ばれるのを聞いたあと、わずか五、六千人ばかりの住民に君臨するエルバ島の王にすぎなくなった皇帝は、ここではフランスおよび王座にとって永久に没落した者として扱われていた。司法官たちは失政をあげつらい、軍人たちはモスクワやライプツィヒでの敗戦のことを論じ、女たちはジョゼフィーヌとの離婚を話題にしていた。その男ナポレオンの失墜ではなく、政体の消滅を愉快に感じ、得意になっているこの王党派の社会にとっては、つらい夢からさめ、ふたたび世がはじまったように思われていた。

サン・ルイ十字勲章を胸に飾った老人がひとり、やおら立ちあがって、ルイ十八世[2]の健康を祈念して乾盃することを会食者たちに提案した。それがサン・メラン侯爵だった。

ハートウェルへの亡命者にして、フランスを平定した国王を思い出させるこの祝杯に、ざわめきが高まり、イギリス風に杯があげられ、女たちは花束をほどいて、それをテーブルクロスにまき散らした。これはほとんど詩的な熱狂と言ってよかった。

「もしここにいたら、あの人たちだって認めるでしょうよ」冷たい目、小ぶりの唇、貴族的な物腰、五十という歳にもかかわらずまだ優雅な女性、サン・メラン侯爵夫人が言った。「あの革命家たちがみな、革命の恐怖政治の時代にわたくしたちを追いはらってから、パン一切れの値段で買いとった古いお城のなかで、平然と陰謀をめぐらしているのが野放しにされています。そんな彼らでさえ認めるでしょう、本当の忠誠がわたくしたちのほうにあったのだと。だって、わたくしたちが崩れそうになっていた君主制を敬愛していたというのに、彼らときたら逆に、あの簒奪者を昇る太陽のように崇めて、こちらが財産を失っているというのに、せっせとじぶんたちの財産を築いたのですからね。そこで、彼らだってわたくしたちの国王がまさしく〈最愛〉のルイであり、王国の簒奪者は結局〈呪われた〉ナポレオンでしかなかったことを認めるでしょう。ねえ、ヴィルフォールさん、そうじゃありませんこと?」

「侯爵夫人、なんとおっしゃられたのですか?……お許しください。わたしは会話に加わっていなかったもので」

「まあ、侯爵夫人、この子たちをそっとしておいてあげなさい」と、乾盃の音頭をとった老人が引きとった。「この子たちはこれから結婚をしようとしている。だから、当然、政治以外に話すべきことがあるのだよ」

「ごめんなさい、お母さま」と言ったのは金髪で、真珠色の液体に浮かぶビロードのような目をした、若く美しい女性だった。「わたしがしばらく独り占めしていたヴィルフォールさんをお返ししますわ。ヴィルフォールさん、お母さまがお話がおありよ」

「わたしにはよく聞こえなかったご質問を、侯爵夫人がもう一度してくださるなら、お答えする心づもりはできています」とヴィルフォールが言った。

「いいのよ、ルネ」侯爵夫人は優しそうな微笑を浮かべて言った。素っ気のない顔にそんな微笑が浮かぶとは驚きだったが、女性の心というものは偏見の影響や礼儀作法の必要に応じて、なんとも潤いのないものになるけれども、つねに豊かで明るい一面を残している。それは神が母性愛にあたえた一面である。「よろしいのよ……それで、ヴィルフォールさん。わたくしが申していたのは、ボナパルト主義者には、わたくしたちのような信念も、熱情も、忠誠もないということでしたの」

「ああ、奥さま。彼らには少なくとも、それらすべてに代わるものがあるのです。狂信です。ナポレオンは西欧のマホメットです。あのように下劣で、度外れの野心をもっている連中にとって、彼は立法者と主君であるばかりでなく、ひとつの原型、平等の原型なのです」

「平等の、ですって！」侯爵夫人は声をあげた。「ナポレオンが平等の原型ですって！　じゃあ、ロベスピエールはどうなさるおつもり？　わたくしには、あなたがロベスピエールの地位を取りあげて、あのコルシカ人にあたえているような気がいたしますわ。あれは王位簒奪者というだけで充分です」

「そうではありません、奥さま」とヴィルフォールが言った。「わたしはめいめいをそれぞれの台座のうえに置いてみます。ロベスピエールはルイ十五世広場の処刑台、ナポレオンはヴァンドーム広場の円柱のうえです。ただし、前者は人心を低下させる平等を、後者は高める平等を実現しました。前者は王たちをギロチンの水準まで引きさげ、後者は民衆を玉座の水準にまで引きあげました。といってもこれは」とヴィルフォールは笑ってつけくわえた。「このふたりが低劣な革命家ではなかった、熱月《テルミドール》九日と一八一四年四月四日〔3〕がフランスにとって吉日でなかったということではありません。この二日は秩序と君主制を愛する者たちによって、同じように祝われて当然です。しかし、このことはまた、二度と立ちなおれないほど――とわたしは願っていますが――倒れたとはいえ、なぜナポレオンにまだ信奉者がいるのかを説明してくれます。これはやむを得ないことなのです、奥さま。なにしろ、ナポレオンの半分程度の人物にすぎなかったクロムウェルにさえ、それなりに信奉者がいるのですから！」

「ヴィルフォールさん、おっしゃることを伺っていると、革命の匂いがぷんぷんしてきますわよ。でも、許してさしあげましょう。ジロンド党員[4]のご子息でいらっしゃるのに、お里が知れないようにするのも容易ではないことでしょうから」

ヴィルフォールは額をぽっと赤くして、

「父はジロンド党員でした、奥さま」と言った。「たしかにそうでしたが、ただし国王ルイ十六世の死に賛成投票はしていません。父はあなたがたを追放したのと同じ恐怖政治によって追放され、あなたのお父上が首を落とされたのと同じ断頭台に、危うく首を差しだされるところだったのです」

「そうでしたわね」と、侯爵夫人はそんな血なまぐさい思い出にも表情ひとつ変えずに言った。「ただ、ふたりとも断頭台に昇ったのだとしても、正反対の主義のためでした。その証拠にわたくしたちの一家が揃って、亡命された王族の方々に愛着し続けたのにたいして、あなたの父上はさっさと新政府に味方され、市民ノワルティエがジロンド党員になったあと、ノワルティエ伯爵が貴族院議員におなりになられましたが」

「お母さま」とルネが言った。「そのような悪い思い出のことは、もう口にしない約束でしょう」

「奥さま」とヴィルフォールが答えた。「わたしもサン・メラン嬢と同意見です。どうか過去のことはお忘れくださいますように。神のご意志さえ無力だった事柄についていまさら非難しても、なんになりましょうか？　神は未来を変えることはできても、過去を修正することはできません。わたしたち、わたしたち人間にできることは、過去を否認しないまでも、せめて過去に覆いをかけてやることぐらいです。そこでこのわたしは、父の主義だけでなく、さらに名前とも訣別したのです。わたしの父はボナパルト主義者でした。あるいはいまだにそうなのかもしれませんが、ノワルティエという名前です。わたしのほうは王党主義者で、ヴィルフォールと名乗っています。革命の樹液の残りは古い幹のなかで朽ちてもらうことにして、どうか、奥さま、その幹から離れた新芽だけを見てやっていただけないでしょうか、たとえその新芽にはそうできない、さらに必ずしもそうは望めないのだとしても」

「いいぞ、ヴィルフォール」と侯爵が言った。「いいぞ、うまい返事だ！　わたしもかねがね、過去を忘れるように侯爵夫人に言っているのだが、うまくいったためしはない。きみのほうはうまくやれるよう願いたいものだ」

「よろしいですよ」と侯爵夫人が言った。「過去は忘れましょう。願ってもないことです。そういたしましょう。でも、少なくともヴィルフォールさんには、未来に関して厳正になっていただかないと。ヴィルフォールさん、わたくしたちは陛下に、あなたのことは責任をもつと申し上げたことをお忘れにならないでくださいね。それから、あなたの願いどおり、わたくしが過去を忘れるのと同じように、陛下のほうでもわたくしたちの助言によってお忘れくださったことも（と言って彼女は彼に手を差しだした）。ただ、どこかの陰謀家があなたの手に落ちるようなことがあれば、そんな陰謀家たちと関係があるかもしれない家族の出であるだけに、よけいあなたが耳目を集めることに留意してくださいね」

「不幸にして、奥さま」ヴィルフォールが言った。「わたしの職務、そしてとりわけ、わたししたちが生きている時代はわたしに厳格であることを求めています。わたしは厳格になります。これまで政治告訴をいくつも扱ってきましたが、その点に関しては本領を発揮できたと思っています。ただ不幸なことに、この種のことはあとを絶たないものでして」

「そうお考えなのですか?」と侯爵夫人。

「そのように怖れています。エルバ島のナポレオンはフランスの目と鼻の先にいます。この国の海岸からでも見えそうなところにいるので、彼の信奉者たちは希望をもち続けているのです。マルセイユは元ナポレオン軍の予備兵たちで満ちあふれています。この連中が毎日、王党主義者に喧嘩を売るのです。そのため上層階級のあいだでは決闘が、庶民のなかでは暗殺が起きるのです」

「そうなんだ」と言ったサルヴィユ伯爵は、サン・メラン氏の旧友で、アルトワ伯〔5〕の侍従だった。「そうなんだが、神聖同盟〔6〕がナポレオンを追いたてようとしているのをご存じだろう」

「そうそう、わたしたちがパリを発とうとしたとき、そういうことが問題になっていた」とサン・メラン氏が言った。「それで、今度はどこに流す気か?」

「セント・ヘレナだよ」

「セント・ヘレナですって! どんなところなんですの?」と侯爵夫人が尋ねた。

「赤道を越えて、ここから二千里〔一里は約四キロメートル〕も離れたところにある島ですよ」と伯爵が答えた。

「よろしいじゃありませんか! ヴィルフォールが言うように、あの男を生まれ故郷のコルシカと、義弟ミュラがまだ支配しているナポリの中間、しかも息子のローマ王〔ナポレオン二世〕のための王国にしようとしていた、あのイタリアの対岸に置いておくなんて、無分別にも程がありますわよ」

「残念ながら、一八一四年の条約[7]があります。わたしたちはこの条約に違反せずに、ナポレオンに指一本ふれられないのです」

「じゃあ、その条約に違反すればいいではないか」とサルヴィユ氏が言った。「あいつはあの不幸なアンギャン公[8]を銃殺したとき、そんなものを一顧だにしなかったではないか？」

「そうですとも」と侯爵夫人が言った。「これで決まり。神聖同盟がヨーロッパからナポレオンを厄介払いする。そしてヴィルフォールがマルセイユからあの男の信奉者たちを厄介払いする。国王は君臨されるか、されないか、そのどちらかです。もし君臨されるのなら、政府は強力で、官吏は厳正でなければなりません。それが悪を予防する手立てです」

「残念ながら、奥さま」ヴィルフォールは微笑みながら言った。「検事代理の出番はつねに、悪がなされたあとになるものです」

「それなら、悪の矯正をされたらよろしいでしょう」

「さらに申し上げると、奥さま。わたしたちの仕事は悪の矯正ではなく、悪に復讐をすることだけなのです」

「ああ、ヴィルフォールさま」と言ったのはサルヴィユ伯爵の息女で、サン・メラン嬢の友だちの若く美しい女性だった。「わたくしたちがマルセイユにいるあいだに、どうかひとつ華々しい裁判を見せてくださいませんこと。わたくし、重罪裁判というものをまだ見たことがありませんが、ずいぶん興味ぶかいものだそうですわね」

「ええ、じっさいすこぶる興味ぶかいものですよ、お嬢さま」と検事代理は言った。「といいますのも、これはまがい物の悲劇ではなく、正真正銘のドラマだからです。演技された苦しみではなく、じっさいの苦しみだからです。そこに見える男は、幕が下りると帰宅し、家族揃って夕食をとり、翌日ふたたびはじめるために、ぐっすりと眠るのではなく、監獄にもどって死刑執行人の顔に出くわすのです。心が躍るようなことを求める血気盛んな者たちにとって、これに優る芝居はないことがお分かりでしょう。ご安心ください、お嬢さま。機会があれば、ぜひご覧にいれましょう」

「そんな話、身震いするわ。しかもこの人、笑っている！」と、ルネは真っ青になって言った。

「どうしろとおっしゃるんですか……これは決闘なんですよ……わたしはすでに五、六回、政治犯その他に死刑を求刑したことがあります……だから、いまこの瞬間でも、どれだけの短刀が闇で研がれ、あるいはもうわたしに向けられているか、知れたものではありません」

「ああ、なんてことを！」と、ルネがますます顔を曇らせて言った。「ヴィルフォールさん、あなたは真面目に話されているのですか？」

「これ以上真面目にはなれませんよ」若い司法官は唇に微笑を浮かべて言った。「それで、このお嬢さまが好奇心を満たすために望まれ、わたしが野心を満たすために望んでいる、その華々しい裁判のことですが、状況はますます深刻になってきているのです。敵に向かって闇雲に突進することに慣れている、あのナポレオンの兵士どもが、弾丸を撃ちながら、あるいは銃剣で突撃しながら、果たして、いちいちものを考えると思われますか？　そんな連中がみずからの個人的な敵とみなす男を殺すのに一度も会ったことがないロシア兵、オーストリア兵、あるいはハンガリー兵を殺すことのほか、果たしてなにかものを考えるでしょうか？　もっとも、こちらとしては、そうあってもらわねば困るのですが。でなければ、わたしたちの仕事はなくなります。わたし自身も、被告の目に憤怒の光が輝くのが見えると、勇気が湧き、高揚してくるのを感じます。もはや裁判ではなく、戦闘になるのです。わたしは相手を攻撃し、相手が反撃し、わたしが応酬します。あらゆる戦闘と同じく、この戦争も勝利か敗北のどちらかで終わります。弁論とはそういうものなのです。危険こそがひとを雄弁にするのです。わたしの抗告のあと、もし被告がわたしに微笑んだら、それはわたしの話し方がまずかった、わたしの言ったことが不充分で、力が足りず、さえなかったと思うほかありません。ですから、被告の有罪を確信している検事が、証拠の重みと雄弁の稲妻のしたで、犯人が青ざめ、うなだれるのを見るときにおぼえる、あの誇らしい高揚感がどのようなものか思ってもみてください！　その頭は垂れ、やがて地に落ちるのですよ」

ルネは小さな叫び声をあげた。

「これぞ雄弁というものだ」と会食者のひとりが言った。

「いまのような時代に欠かせない人物だよ！」ともうひとりの会食者が言った。

「だから」と第三の男が言った。「このあいだの事件でも、きみは立派だったわけだね、ヴィルフォールくん。ほら、あの父親殺しの男のことだよ。あれは、死刑執行人が手を触れる前に、きみがあの男を殺したも同然だったね」

「ああ、親殺しのことなんか」とルネが言った。「わたしにはどっちでもいい。そのような人間には重すぎる刑罰などありません。でも、不幸なのは政治犯……」

「いや、そのほうがもっと悪いんですよ、ルネ。だって、国王は国民の父親だというのに、その国王を打倒するとか、殺害しようとかするのは、三千二百万の人間の父親を殺そうとすることだから」

「どちらにしても、ヴィルフォールさん、わたしがあなたに頼む人たちにたいしては寛大な扱いをすると約束してくださるわね？」

「ご安心ください」ヴィルフォールは、このうえなく魅力的な笑みを浮かべて言った。「なんならふたりでいっしょに論告文を書くことにしましょうか」

「ねえ、あなた」と侯爵夫人が娘に言った。「あなたはハチドリや、スパニエル犬や、おしゃれの品なんかのことを考えていればいいの。未来の旦那さまには、黙ってじぶんの仕事をさせてあげるものよ。いまは、軍人さんはお暇で、法官が注目されるご時世ですよ。これにつけ、意味深いラテン語の言葉がございますわね」

「軍服ハ法衣ノ前デ退ク[9]」とヴィルフォールが言って軽く頭をさげた。

「わたくしはラテン語を口にするのをあえて控えたのです」と侯爵夫人が答えた。

「わたしは、あなたにはお医者さまになっていただくほうがいいわ」とルネが言葉をついだ。

「いくら天使でも、皆殺しの天使には、わたし、いつも、びくびくしておりましたから」

「ルネは優しい！」とヴィルフォールは呟いて、娘を愛の眼差しで包み込んだ。

「娘よ」と侯爵が言った。「ヴィルフォールさんはこの地方の精神的、政治的なお医者さんになられるのだ。いいかい、これは立派なお役目だよ」

「そして、この方のお父さまが果たされたお役目を人びとに忘れさせる手立てにもなるのですよ」と侯爵夫人は懲りずに言葉をついだ。

「奥さま」ヴィルフォールは悲しそうに薄笑いしながら言葉を引きとった。「すでに申し上げましたが、父は過去の過ちを公然と放棄しています。少なくともわたしはそう思っています。そして宗教と秩序の熱心な友で、おそらくわたしよりもしっかりした王党主義者になっているのです。といいますのも、父の場合は改悛から、わたしの場合は熱狂から、王党主義者になったのですから」

そしてこの秀抜な言葉のあと、ヴィルフォールはみずからの雄弁の効果を測るために会食者たちを見まわした。それは法廷で同じような雄弁をふるったあと、聴衆を見まわすのと同じようなものだった。

「それだよ、ヴィルフォールくん」とサルヴィュ伯爵が言葉をついだ。「それこそまさしく、わたしが一昨日、チュイルリー宮殿で宮内大臣に言ったことだ。大臣はジロンド党員のご子息とコンデ軍士官のご令嬢という、この奇抜な婚姻について少し説明するよう求められたのだ。そして大臣にはよくご理解をいただいた。このような融和方策はルイ十八世の方策でもある。だから国王は、わたしらには思いもよらないことだったが、ふたりの会話を耳にされ、割って入られて、こう言われたのだ。『ヴィルフォールは』――ノワルティエという名前を口にされず、逆にヴィルフォールという名前に力をこめられたことに注意されたい――『ヴィルフォールは』と言われたのだ。「出世するだろう。あれはなかなかしっかりした青年で、こちらの味方だ。サン・メラン侯爵夫妻があれを婿に迎えられることを嬉しく思うぞ。もし彼らが許しを求めにやってこなかったら、わたしのほうからこの婚姻を取り結ぶように勧めるところだった」と」

「国王がそのように言われたのですか?」とヴィルフォールは陶然となって声をあげた。

「わたしは国王ご自身のお言葉を伝えているのだが、もし侯爵が忌憚なく言ってくださるなら、いまわたしが伝えていることは、六か月まえ、侯爵がご令嬢ときみとの結婚の計画を話したとき、国王が侯爵自身に言われたことと完全に一致すると認められるでしょう」

「それは事実だ」と侯爵は言った。

「ああ、それでは、わたしはあの威厳ある君主のすべての恩恵を受けることになるのですね。あの方にお仕えするためなら、わたしはなんでもいたします」

「願ってもないことですわ」と侯爵夫人が言った。「これであなたのことが好きになれますわね。こんなとき、どこかから陰謀家が出てこないものかしら。飛んで火に入る夏の虫、ってところですのに」

「でもお母さま」とルネは言った。「わたしのほうは神さまにこうお祈りするわ。どうかお母さまの言われることに耳を貸さず、ヴィルフォールさんにはみみっちい泥棒、無力な破産者、気の弱い詐欺師しか寄こされないように、と。そうすれば、わたしは枕を高くして眠れるでしょう」

「それはつまり」とヴィルフォールが笑いながら言った。「医者には頭痛だとか、麻疹だとか、蜂に刺された傷だとか、要するに上っ面しか痛めない病気しか望まないということですね。しかし逆に、もしわたしが検事正になるのを見たいとお望みなら、その治療が医者の名誉になるような恐ろしい病気を、わたしのために願っていただきたいものです」

このとき、まるで偶然がこのような願いを叶えるためにヴィルフォールの発する言葉を待っていたかのように、ひとりの従僕が入ってきて、なにごとか耳打ちした。するとヴィルフォールは、無礼を詫びてテーブルを離れたが、しばらくすると、晴れやかな顔で、唇に笑みを浮かべながらもどってきた。

ルネはそんな彼を愛おしそうに見つめた。というのも、改めて見ると、青い目、しっとりとした肌の色、顔をふちどる顎髭も手伝って、彼が優雅な美青年だったからだ。そこで若い娘の全神経はそっくり彼のその唇に集中し、彼が暫時退席した理由を説明するのを待った。

「さて、お嬢さん」ヴィルフォールは言った。「あなたはさきほど、医者を夫にもちたいと言われましたね。わたしには少なくとも、〈アスクレピアデスの弟子たち〉[10]（一八一五年には医者はそのように呼ばれていた）とこんな類似点があります。それは現在の時間がけっしてじぶんのものではなく、あなたのそばにいても、婚約披露の宴会にいても、ひとに呼び出されるということです」

「それで、どんな理由で呼び出されたのですか？」若く美しい娘はやや不安げに尋ねた。

「ああ悲しいことに、聞いたところによると、今度ばかりは瀕死の病人です。この病気は処刑台すれすれの病気ですよ」

「まあ！」とルネは蒼くなって声をあげた。

「本当か！」と一座の者たちは一斉に言った。

「話は簡単で、どうやらボナパルト派の陰謀が発覚したようです」

「まさか？」と侯爵夫人が言った。

「ここに密告書があります」

そこでヴィルフォールは読みあげた。

〈王室検事閣下殿
王室と宗教の友である者がお知らせ申し上げます。イズミルを出発し、ナポリとポルト・フェライオに寄港した後、今朝寄港したファラオン号副船長、エドモン・ダンテスなる者が、ミュラにより、簒奪者宛の書状、および簒奪者により、パリのボナパルト派委員会宛の書状を託されております。
この犯罪の証拠はその者の逮捕によって得られるでありましょう。なぜなら、この書状はその者が身につけているか、父親のもとにあるか、ファラオン号の船室にあるか、そのいずれかで見つかるからであります〉

「でも、これは匿名の密告書で、しかもあなたではなく、検事に宛てられたものですよ」とルネが言った。

「そうなのですが、検事は不在です。不在のあいだに、書簡が検事秘書に届いたのです。秘書には手紙類を開く任務があります。だから秘書はこれを開封して、わたしを捜させたのですが、わたしが見つからないので、逮捕令状を出したわけです」

「そして犯人は逮捕されたのですね」と侯爵夫人が言った。

「犯人ではなく、容疑者ですよ」とルネは言葉をついだ。

「そうです、奥さま」とヴィルフォールが言った。「さきほどルネお嬢さまに申し上げた通り、問題のこの手紙が見つかったとなると、病人は大変な重病ということになります」

「で、その不幸なひとはどこにいるのですか?」とルネが尋ねた。

「わたしのところです」

「さあ、行きなさい!」と侯爵が言った。「国王への奉公が別のところで待っているというのに、こんなところにいて、みずからの義務にそむいてはならない。国王への奉公が待っているところに行きなさい」

「ねえ、ヴィルフォールさん」とルネが手を合わせて言った。「寛大になってくださいね。なにしろ今日は婚約の日なのですから!」

ヴィルフォールはテーブルを一周してから、その若い娘がすわっている椅子に近づき、椅子の背にもたれかかって、

「あなたの不安を取りのぞくために、ルネ、わたしはできるだけのことをします。でも、証拠が確かで、告訴に偽りがないなら、ボナパルト派の毒草は刈り取らねばならないのです」

ルネはこの「刈り取る」という言葉に身震いした。なぜなら、刈り取られるこの草には人間の

頭がついているのだから。

「まあ、まあ、ヴィルフォールさん」と侯爵夫人が言った。「こんな小さな娘の言うことなどに耳を貸すことはありませんわよ。いずれ慣れてきますから」

そして侯爵夫人が潤いのない手を差しだすと、彼はルネを見て、目でこう言いながらその手に接吻した。

「わたしが接吻する、少なくともいま接吻したいのはあなたの手です」

「なんとも悲しい前兆だわ！」とルネが呟いた。

「まったく、あなたってひとは」と侯爵夫人は言った。「どうしようもないくらいねんねなのね。あなたの気まぐれや感傷なんか国家の命運とどういう関係があるのか聞いてみたいわ」

「まあ、お母さま！」とルネが呟いた。

「侯爵夫人、この不熱心な王党主義者を赦してあげてください」とヴィルフォールは言った。「わたしは誠心誠意、検事代理の職務を果たし、このうえなく厳正に振る舞うことをお約束しますので」

しかし、司法官としての彼はこのような言葉を侯爵夫人にかけているのと同時に、許婚としての彼はこっそりと結婚相手に眼差しを投げて、こう言っているようだった。

「安心しなさい、ルネ、あなたへの愛のために、わたしは寛大になりますから」

ルネはその眼差しに、思いっきり優しい微笑のお返しをした。そこでヴィルフォールは天にも昇る気持ちで外に出た。

7
尋問

ヴィルフォールは食堂の外に出るや、喜色の仮面をかなぐり捨て、同じ人間たちの人生に判決を言いわたす至高の使命を帯びた人間特有の、重々しい顔つきに変わった。表情を自在に変えられるというこの特技、それは名優がよくやるように、検事代理が一度ならず鏡の前で練習した特技だったのだが、今度ばかりは眉をひそめたり、面差しを暗くしたりするのにひと苦労した。じっさい、じぶんの父親が辿り、もし彼が完全に遠ざからなければ、みずからの未来を挫折させかねない政治路線のことを別にすれば、このときのジェラール・ド・ヴィルフォールはひとりの人間に許されるかぎり最高の幸運にめぐまれていたからだ。彼にはじぶんの財産があり、二十七歳で司法界の要職を占め、愛する若く美しい女性と結婚しようとしていた。もっともこの愛は、情熱ではなく、検事代理としてできるかぎり愛に譲歩した理性によるものだった。一方、婚約者のサン・メラン嬢は人目を惹く美貌の持ち主だったうえ、当時宮廷でもっとも受けのよかった家柄のひとつに属していた。彼女の両親には影響力があったが、他に子がなかったので、その影響力をそっくり婿のためにとっておくことができた。さらに彼女は十五万フランの持参金をもってくるし、結婚の仲介人のおぞましい言い方を借りれば、将来の相続財産見込みでは、いずれ百五十万フランもの遺産が転がりこんでくることになっていたのだ。

こうした要素がすべて合わさって、ヴィルフォールにはまばゆいばかりの至福感が漲《みなぎ》っていた。彼が心の目でみずからの家庭生活をじっくり展望したあとでは、太陽にさえ斑点があるように見えるほどだった。

門口に警視が待っていた。この黒ずくめ服を見たとたん、彼は第三天国の高みから、わたしたちが歩いているこの物質的な地上にふたたび落ちてしまった。彼は先述したように顔をつくりなおし、警視に近づいて、

「やあ、わたしだ」と言った。「手紙は読んだ。よくぞその男を逮捕してくれた。では、その男と陰謀に関して集めたすべての情報を教えてもらいたい」

「陰謀に関しては、検事代理殿、わたしどもはまだなにも知りません。男に関する押収された書類はすべてひと束にまとめ、封印して机のうえに置いてございます。告発状で読まれたように、被告人はエドモン・ダンテスという者で、三本マストの船、ファラオン号の副船長です。船はアレクサンドリアとイズミルで綿花の交易をおこなう、マルセイユのモレル父子商会所有のものです」

「その者は商船で働く以前に、海軍に勤めたことがあるのか？」

「いいえ、そんなことはありません。いたって若い男ですから」

「何歳か？」

「せいぜい十九か二十歳というところでしょう」

ここにくるまで、ヴィルフォールはグランド・リュ通りを歩いていて、コンセイユ通りの角に達した。そのとき、途中で待ち受けていたらしいひとりの男が近づいてきた。モレル氏だった。

「ああ、ヴィルフォールさん！」と、この律儀な男は検事代理の姿を見かけて声をかけた。「ここでお目にかかれたのは幸いです。世にも奇怪で、前代未聞の手違いが生じました。わたしどもの船の副船長のエドモン・ダンテスがさきほど逮捕されたのです」

「知っています」とヴィルフォールは言った。「その者の尋問をしにきたのです」

「そうですか！」モレル氏は、青年にたいする情愛にわれを忘れて続けた。「あなたは告発された男のことをご存じありませんが、わたしは知っています。考えてもみてください。あれはこのうえなく心根の優しい、誠実な人物で、海運の仕事にかけては右に出る者がいないと言ってもいいくらいの男です。ああ、ヴィルフォールさん！　なにとぞ、彼のことをよしなに取りはからってくださるよう、本当に、心からお願いいたします」

さきに見たように、ヴィルフォールは町の貴族階級に属していたが、モレルは平民階層に属していた。前者はウルトラ王党主義者で、後者は秘かなボナパルト主義者ではないかと疑われていた。ヴィルフォールは軽蔑の眼差しでモレル氏を見て、冷淡に答えた。

「ご承知のように、ひとは私生活では心根優しく、商売関係では誠実で、職務に通じていることもありえます。だからといって、政治的に大罪人にならないとはかぎらないのです。そんなこと、とっくにご存じのはずではないですか？」

しかも司法官は、あたかも船主自身に当てはめたいとでもいうように、この最後の言葉に特に力をこめた。その一方で、彼の詮索の眼差しは、じぶん自身が寛大なお目こぼしを必要としているのを知っていながら、別の人間のために取りなそうという、この大胆な男の心の奥底まで読み取ろうとしているようだった。

モレル氏は赤くなった。というのも、こと政治的な意見に関しては、必ずしも良心に曇りがないとは感じていなかったからだ。それに、ダンテスが大元帥との会見や皇帝にかけてもらったいくつかの言葉について打ち明けてくれたことに、いささか心を乱されてもいた。それでも彼は、このうえなく強い関心の感じられる口調で付け加えた。

「どうか、ヴィルフォールさん。ぜひお願いします。お役目により公正に、いつもどおりの親切心をもって、一刻も早く、あの憐れなダンテスをわたしどもにお返しください！」

この「わたしどもにお返しください」という言葉が、検事代理の耳には革命的なもののように聞こえた。

「そうか、そうか！」彼は小声でひとりごちた。「わたしどもに返せだと……庇護者がそんなふうに、思わず集団的な言い回しをしてしまうからには、そのダンテスとやらは、炭焼き党《カルボナーリ》の一派[1]に加盟しているかもしれないぞ。たしか逮捕されたのが居酒屋だと警視は言っていた。しかも大勢ひとが集まっていたという」そして彼はこう付け加えた。「おおかた、炭焼き党員の集まりかなんかだったのだろう」

それから声を高めて、

「どうか、ご安心ください」と答えた。「もし被疑者が無実なら、司法当局にたいするあなたの訴えが無駄でなかったことになるでしょう。しかし、もし逆に有罪なら、わたしたちは難しい時代に生きていますから、処罰しないことは致命的な悪例になります。それゆえ、わたしとしてはみずからの義務を果たさざるをえません」

こう言いざま彼は、ちょうど裁判所と隣り合わせになっている官舎に到着していたので、冷たい慇懃《いんぎん》さをもって挨拶したあと、堂々と家に入っていった。不幸な船主はヴィルフォールが離れていった場所に、化石のように取り残された。

控え室は、大勢の憲兵や巡査でごった返していた。その中央に、厳重に見張られ、燃えあがるような憎悪の眼差しに囲まれながら、落ち着いて身じろぎひとつしない囚人が立っていた。

ヴィルフォールは控え室を横切りながら横目でダンテスを一瞥し、巡査の渡す紙の束を受けとってから、こう言って姿を消した。

「囚人を連れてくるように」

その一瞥がどれほど素早いものだったとしても、ヴィルフォールにとってはこれから尋問する男について、およその考えをまとめるには充分だった。その広く明るい額には聡明さが、じっと動かない目とひそめた眉には勇気が、厚い唇と半ば開かれ、象牙のような白い二列の歯をのぞかせている口には率直さが認められた。

第一印象はダンテスにとって好意的なものだった。しかしヴィルフォールはしばしば、深い政治的な箴言《しんげん》として、たとえそれがどれほど良いものであっても、最初の反応は警戒すべきだということを聞かされていたので、このふたつの言葉のあいだにある違いを無視して、その箴言を印象に当てはめた。

だから彼は、心に侵入し、そこから精神を攻撃しようとする好意的な直感を押し殺して、鏡の前で改まった表情をつくろい、暗く威嚇的な態度で事務机の前にすわった。

ややあって、ダンテスが入ってきた。

青年はいぜん蒼白だったが、落ち着いて、感じがよかった。彼はもの柔らかな慇懃さで判事に挨拶し、まるで船主のモレル氏の居間にでもいるように、すわる椅子を目で探した。

そのときになってようやく彼は、ヴィルフォールのくすんだ眼差し、他人にじぶんの考えを読みとられまいとして、目を曇りガラスのようにしてしまう、あの司法界の人間特有の眼差しに出会った。その眼差しによって彼は司法、すなわち陰気な物々しさの世界にじぶんがいることを知ったのである。

「あなたの姓名と職業は?」とヴィルフォールが、入りしなに巡査から渡された書類をめくりながら訊ねた。その書類は一時間のあいだに厖大になっていた。腐敗した諜報活動というものは、それほどまでに素早く被疑者と呼ばれるあの不幸な者たちの身辺にまで及ぶものなのだ。

「わたしはエドモン・ダンテスという名前です」と、青年は落ち着いた、よく響く声で答えた。

「モレル父子商会所有のファラオン号の副船長です」

「年齢は?」ヴィルフォールが続けた。

「十九歳です」とダンテスは答えた。

「逮捕されたとき、なにをしていましたか?」

「わたしはじぶんの婚約式に出席していました」と、やや動揺した声でダンテスが答えた。それほどまでに、あの喜びの時と今なされつつある陰気な儀式の対照がつらいものだったのだ。それほどまでにヴィルフォール氏の暗い顔がメルセデスの晴れ晴れとした姿をありったけの光で輝かせたのである。

「じぶんの婚約式の宴会に出席していたわけですね？」検事代理は、心ならずも身震いしながら言った。

「はい、そうです。わたしは三年前から愛している女性と結婚しようとしていたところです」

ふだんは非情な男だったとはいえ、ヴィルフォールはこのような偶然の一致に驚いた。そして幸福のただなかで不意打ちされたダンテスの動揺したその声が、彼の心の奥底で、共感の糸を目覚めさせた。――おれもまた結婚しようとしていた、おれも幸福だった。ところが、同じように幸福に手が届こうとしていたひとりの男の、その幸福の破壊を手伝うために、おれの幸福が乱されたというわけか。

彼はこう思った。このあとサン・メラン氏のサロンにもどって、いまのような哲学的な対比をしてみせれば、さぞかし大受けするだろうと。そこで彼は、ダンテスが新たな尋問を待っているあいだ、雄弁家たちが喝采を狙い、ときに雄弁と勘違いされることにもなる、あのメリハリのきいた言い回しを、あらかじめ心のなかで組み立てた。

そんな内面のちょっとした言説が整うと、ヴィルフォールはじぶんに向けて微笑み、それからダンテスにもどって、

「続けてください」と言った。

「なにを続けろと言われるのですか？」

「裁判所に事実を明らかにすることです」

「どんな点を明らかにすればよいのか、裁判所のほうで言ってください。そうすれば、わたしは知っていることをすべてお話しします。ただ」と、今度は彼が微笑しながら付け加えた。「あらかじめ申し上げておきますが、わたしは大したことを知りません」

「あなたは簒奪者のもとで奉職したことがありますか？」

「わたしが海軍に編入されようとしていたとき、彼は失脚しました」

「あなたが過激な政治的意見の持ち主だという話がありますが」とヴィルフォールは言ったのだが、誰ひとりそんなことを吹き込んだ者はいなかった。ただ彼は、告発するように質問することを好んだだけなのである。

「わたしの政治的意見ですって？　残念ながら、口に出すのも恥ずかしいことですが、わたしは政治的意見と呼ばれるものをもったことはありません。わたしはようやく十九歳になったところです。いま申し上げた通り、わたしはなにも知りませんし、なにかしらの役割を演じる柄でもありません。わたしはつまらない人間で、これからもそうでしょうが、いま望んでいる地位があたえられるなら、それはもっぱらモレルさんのおかげです。ですから、わたしの、政治的とは申すまい、私的な意見のすべては、次の三つの感情にかぎられます。わたしは父親を愛し、モレルさんを尊敬し、メルセデスを熱愛しています。以上が、わたしが裁判所にたいして言えるすべてです。裁判所にはあまり役に立たないことがお分かりでしょう」

ヴィルフォールはダンテスの話を聞きながら、その優しく率直な顔をながめているうちに、ルネの言葉が記憶に立ちもどってくるのを感じた。ルネはダンテスのことを知らないのに、被疑者にたいして寛大になるよう求めていた。犯罪や犯罪人について検事代理の身についた経験から、彼はダンテスの言葉の一つひとつに、無実の証拠がにじみ出てくるのを見た。じっさい、ほとんど子供と言えそうな、率直で、自然で、得ようとしてもなかなか得られるものではないあの心情からくる雄弁な青年、そしてじぶんが幸福なので、その幸福は意地の悪い人間をも善良にすると思うから、すべての人びとにたいする情愛に満ちたこの青年は、判事にたいしてまで、ごく自然に心からあふれでる優しい態度を見せるのだった。ヴィルフォールがぶっきらぼうで、厳しかったにもかかわらず、エドモンの眼差しにも、声にも、動作にも、じぶんを尋問している人物にたいする情愛と善意しか見受けられなかった。

「いや、まったく」ヴィルフォールは内心思った。「これはなかなか感じのいい若者じゃないか。これなら大した苦労をせずに、ルネの最初の頼みを叶えてやれて、面目が立つだろう。そうなれば、みんなの前で心のこもった握手をしてもらえるし、物陰で優しいキスだってしてもらえるかもしれない」

このような甘美な希望に、ヴィルフォールの顔は晴れやかになった。そのため、関心をじぶんの思いからからダンテスにもどしたとき、判事の表情のあらゆる動きを目で追っていたダンテスは、ヴィルフォールの予想どおり、にっこり笑った。

「ところで」ヴィルフォールが言った。「あなたには誰か敵はいますか?」

「わたしの敵ですか?」とダンテスは言った。「幸い、わたしは大した身分でもないので、地位によって敵をつくるようなことはありません。また、わたしの性格については、たしかに少し激しすぎるところがありますが、部下たちにたいしては、そのあたりを抑えるように努めています。わたしは十人か十二人ほどの水夫を指揮していますが、どうか彼らにお尋ねください。彼らはわたしのことを好きで、尊敬していると言うでしょう。それも父親のようにではなく――それにはわたしは若すぎます――兄貴分のようにです」

「しかし、敵ではなくても、あなたを妬んでいる者がいるかもしれませんよ。あなたは十九歳で船長に任命されようとしている。これはこの仕事では高い地位です。あなたはあなたのことを愛している美しい娘さんと結婚されようとしている。これはこの世のどんな身分においても、めったにない幸福です。このように二重の幸運にあずかるとなれば、妬む者がいても不思議ではないでしょう」

「おっしゃる通りです。あなたはわたしよりずっと人間のことをよく知っておられます。そうかもしれませんが、しかしわたしは、たとえ友人のなかにそのように妬んでいる者がいるとしても、その者たちを憎まなくてもすむように、彼らの名前を知らないほうがいいと考えます」

「それは間違っていますよ。じぶんのまわりのことは、たえず、できるかぎりきちんと見ておかなくてはなりません。じっさいわたしには、あなたはじつに立派な青年だと思えるので、ここは司法の通常の規則を脇に置き、あなたをここまで連れてくることになった密告書を示して、事態解明の手助けをしましょう。これが告発状です。この筆跡に見覚えがありますか？」

そしてヴィルフォールはポケットからその手紙を取りだして、ダンテスに渡した。ダンテスはそれを眺め、読んだ。一瞬、顔が曇ったがこう言った。

「いいえ、わたしはこのような筆跡を知りません。書体が変えてあります。それでも、形はすっきりとしています。いずれにしろ、器用な手で書かれたものでしょう。わたしはあなたのような方に取り調べを受けることを大変嬉しく思います」と言い、感謝の思いでヴィルフォールを見ながら、こう付け加えた。「といいますのも、じっさい、わたしを妬んでいる者は本当の敵だからです」

ヴィルフォールは、この言葉を発したときに青年の目に走った稲妻を見て、最初の優しさの下に隠された、激烈なエネルギーの程を推し測ることができた。

「それでは」と検事代理は言った。「率直に答えてください。といっても、被疑者が判事にたいしてではなく、困った立場にある人間が、その人間に関心を寄せる別の人間に答えるように、です。この匿名の密告状に真実が含まれていますか？」

そう言ってヴィルフォールは、さも不快そうに、ダンテスから返されたばかりの手紙を机のうえに放り投げた。

「すべてがそうであり、またなにひとつ真実ではありません。船乗りの名誉にかけて、メルセデスへの愛にかけて、父の命にかけて、次のようなことが嘘偽りのない真実です」

「話しなさい」とヴィルフォールは声を高くあげて言った。

そしてずっと小声になってこう付け加えた。

「もしルネがおれを見ることができたら、これに満足し、おれのことを首切り人などとは呼ばなくなるだろう」

「それでは、申し上げます。ナポリを離れたとき、ルクレール船長は脳膜炎で病の床に伏されました。船には医者がいないうえ、船長がエルバ島に行くのを急がれ、沿岸のどこにも寄港することを望まれなかったので、病気はしだいに悪くなっていきました。三日目のおわりごろ、重症化の末、いよいよ死期が迫っていると感じられた船長が、わたしを枕元に呼ばれました。

「ダンテスくん」と船長は言われました。「きみの名誉にかけて、これからわたしの言うことを必ず実行すると誓ってくれ。これには最高の利害がかかわっているのだ」

「誓います、船長」とわたしは答えました。

「それでは、わたしの死後、副船長としてきみが船の指揮をとるのだ。きみはこの船の指揮をとり、航路をエルバ島に向け、ポルト・フェライオに上陸し、大元帥に面会を求めて、この手紙を渡してくれ。おそらくそのとき、きみは別の手紙を渡され、なんらかの任務を託されるだろう。わたしが果たすべきものであったその任務を、ダンテスくん、わたしに代わって、きみに果たしてもらいたい。その名誉はすべてきみのものになる」

「そのようにいたします、船長。しかし大元帥のおそばには、考えておられるほど容易には近づけないかも知れませんが」

「ここに指輪がある。これを大元帥に届ければいい」と船長は言いました。「これがあらゆる困難を取りのぞいてくれるだろう」と。

そう言って船長はわたしに指輪を渡してくれました。

あやうく手遅れになるところでした。その二時間後、船長は譫妄《せんもう》状態になり、翌日に亡くなられたのですから」

「それできみはどうしたのか?」

「わたしのなすべきこと、わたしの立場であれば、誰でもするはずのことをしました。なにはともあれ、死のうとしている人の願いは神聖です。また、船乗りであれば、上司の願いは命令にひとしいものです。わたしは帆をエルバ島のほうに向け、翌日島に到着すると、船員全員に禁足令を出してから、単身で上陸しました。予想していたように、大元帥のそばに案内されるにあたっては、様々な困難がありました。しかし、身分証明の代わりになる指輪を届けると、あらゆる扉がわたしの前に開かれました。大元帥は面会を許され、亡くなった気の毒なルクレール船長の最期の状態について尋ねられました。それから、船長が予告されたように、わたしに手紙を渡され、パリに届ける任務をあたえられました。わたしはそのとおり約束をしました。なぜなら、それが船長の最後の意志を実行することだからです。帰港したわたしは、船の仕事を手早く片づけ、許婚のもとに駆けつけました。再会した許嫁は、以前よりずっと美しく優しく感じられました。モレルさんのおかげで、わたしたちは教会関係の面倒な手続きを免除されました。それから、前に申し上げたように、わたしは婚約披露の宴会に出席し、その一時間後に結婚することになっていました。そして翌日パリに出発しようとしていたところ、いまはわたしと同様、あなたも軽蔑されているようにお見受けするこの密告によって、逮捕されたのです」

「なるほど、なるほど」とヴィルフォールは呟いた。「それらはすべて真実だと思われます。だから、もしあなたに罪があるのだとしたら、それは慎重さを欠いたということでしょう。しかし慎重さを欠いたといっても、船長の命令だったということで正当化されます。あなたがエルバ島で手渡された書状を提出してください。それから、最初の審理請求に出席すると約束してから、どうか友人の方々のところにお帰りください」

「では、わたしは自由の身になれるのですね！」ダンテスは有頂天になって声をあげた。

「そうです、ただその手紙を渡してください」

「それは目の前にあるはずです。他の書類とともに押収されたのですから。その束のなかにいくつか、見覚えのある書類もあります」

「ちょっと待ってください」と検事代理は、手袋と帽子を取ろうとしていたダンテスに言った。

「その手紙は誰に宛てたものでしたか？」

「ノワルティエ殿、パリ、コック・エロン通り宛です」

ヴィルフォールはたとえ雷が落ちてきたとしても、これほどまでに急激で予想外の打撃を受けることはなかっただろう。彼は肘掛け椅子にへたり込んだが、そこから半ば起きあがって、ダンテスから押収した書類の束に手を伸ばした。そしてそれを慌ただしくめくりながら、問題の手紙を取りだし、名状しがたい恐怖の刻みこまれた目つきで一瞥した。

「ノワルティエ殿、コック・エロン通り、十三番地か」と、彼はますます蒼白になって呟いた。

「そうです」とダンテスがびっくりして尋ねた。「この方をご存じですか?」

「いや」とヴィルフォールは勢いこんで答えた。「いやしくも国王陛下の従僕たる者、陰謀家などに知り合いはいない」

「それでは、これはなにかの陰謀と関わりがあるのですか?」と尋ねたダンテスは、自由の身になったと信じたあとだけに、今度は当初よりも大きな恐怖を覚えた。「いずれにしろ、先ほども言いましたが、わたしはじぶんが届けるはずの文書の内容をまったく知らなかったのです」

「そうか」とヴィルフォールはくぐもった声で引き取った。「しかしきみはその密書の宛先人の名前は知っているだろう!」

「当人に手渡すためには、名前を知っておかねばならなかったのです」

「ところできみは、この手紙を誰にも見せていないだろうね?」とヴィルフォールは、手紙を読むうちに、ますます蒼ざめながら言った。

「誰にも見せていません、名誉にかけて誓います!」

「きみがエルバ島から出され、ノワルティエ氏に宛てられた手紙をもっていたことを誰も知らないのだね?」

「これを渡された方を除いて、誰も知りません」

「とんでもないことだ。これだけでも、どえらい話だぞ」とヴィルフォールは呟いた。

手紙が終わりに近づくにつれ、ヴィルフォールの額はだんだん曇ってきた。その白い唇、震える手、らんらんと光る目を見て、ダンテスの心にこれまでなかったほどの不安が押し寄せてきた。

読みおわると、ヴィルフォールは両手のあいだに頭を落とし、しばらく打ちひしがれていた。

「これは、これは！　いったい、どうされたのですか？」ダンテスはおずおずと尋ねた。

ヴィルフォールは答えなかったが、しばらくすると、蒼白の歪んだ顔をあげて、ふたたびその手紙を読み返した。

「きみはこの手紙の内容を知らないと言っていたね？」とヴィルフォールは言葉をついだ。

「繰りかえしますが、名誉にかけて知りません」とダンテスは言った。「それにしても、どうかされましたか？　ご気分が悪そうですよ。呼び鈴を鳴らしましょうか？　ひとを呼びましょうか？」

「いや、結構」とヴィルフォールは勢いよく立ちあがって言った。「きみは一歩も動いてはならない。ひと言も口をきいてはならない。ここで命令をくだすのはわたしであって、きみではないのだ」

「はい、でも」とダンテスはむっとして言った。「ただお助けしようとしただけです」

「わたしはどんな助けもいらない。ちょっと目眩がしただけだ。わたしのことより、じぶんのことを気にかけるほうが先だ。さあ、答えてもらおうか」

ダンテスは言われるままに、予告された尋問を待ったが無駄だった。ヴィルフォールがふたたび椅子に倒れこみ、汗の流れる額に冷たい手を当てながら、三度目にその手紙を読みはじめたからだ。

「ああ！」彼は呟いた。「もしこの男が手紙の内容を心得ていて、ノワルティエとはヴィルフォールの父親のことだと知れば、おれの身の破滅だ、永久に身の破滅だ！」

それから彼は、ちらちらダンテスをながめた。まるでその眼差しが、口が守っている秘密を心のなかに閉じ込めている障壁を、打ちこわすことができるとでもいうように。

「もう疑いの余地はない！」と、突然彼は声をあげた。

「でも、お願いです」と不幸な青年も声をあげた。「もしわたしを疑っておられるのなら、なにか怪しいところがあると思っておられるなら、どうかわたしを尋問してください。なんでもお答えします」

ヴィルフォールは必死の努力で自制し、相手を安心させるような口調になってこう言った。

「尋問の結果、あなたにはこのうえなく重大な嫌疑が生じてきました。したがってわたしには、当初期待したように、あなたをただちに釈放する権限はなくなったのです。そのような措置をとる以前に、予審判事との相談が必要だからです。わたしがあなたにたいし、どのような振る舞い方をしたか、お分かりになったでしょう」

「はい、分かります！」とダンテスは声をあげた。「感謝します。判事というより友人として接してくださったからです」

「それでは、あなたをなおしばらく拘束します。ただし、できるだけ長期にわたらないようにしましょう。あなたの不利になる主要な証拠品はこの手紙です。だから、ほら……」

ヴィルフォールは暖炉に近づき、その手紙を火に投げ入れ、それが灰になるまでその場にとどまっていた。

「ごらんの通り」と彼は続けた。「すっかりなくなってしまいました」

「ああ！」とダンテスは声をあげた。「あなたは正義の人という以上に、善意の人です！」

「しかし、ここはひとつよく聞いてください」とヴィルフォールが続けた。「このようなことまでしたのですから、わたしが信頼に値する人間だということがお分かりいただけたでしょうね？」

「はい、その通りです。命令してください。どんな命令にもしたがいます」

「いやいや」ヴィルフォールは青年に近づきながら言った。「あなたには命令でなく、忠告をしたいのです」

「おっしゃってください。わたしは命令にしたがうように、お言葉どおりにします」

「あなたの身柄を夕方まで、この裁判所に確保しておきます。おそらく別の者があなたを尋問することになるでしょうが、わたしに述べたことをすべてお話しください。ただし、あの手紙のことだけはひと言も洩らしてはなりません」

「お約束します」

懇願しているのがヴィルフォールで、判事を安心させているのが被疑者のようだった。

「お分かりですね」と、彼はまだ紙の痕跡をとどめ、炎のうえをひらひら飛んでいる灰を一瞥しながら言った。「いまや、あの手紙は無と化しました。あれが存在したことを知っているのはあなたとわたしだけです。あれを二度とふたたび目にすることはないでしょう。だから、その話が出たら、否認してください。思いきって否認してくださいよ。それであなたは安全です」

「ご安心ください。わたしは否認します」とダンテスが言った。

「よろしい、よろしい」とヴィルフォールは言って、呼び鈴の紐のほうに手を伸ばした。

やがて呼び鈴を鳴らす段になると、彼は手をとめ、

「あなたがもっていたのはあの手紙だけだったのですね？」と言った。

「あれだけでした」

「誓ってください」

ダンテスは手を差しのべて、

「誓います」と言った。

ヴィルフォールは呼び鈴を鳴らした。

警視が入ってきた。

ヴィルフォールがそばにより、耳元になにごとかささやくと、警視はうなずいた。

「この者のあとについて行きなさい」とヴィルフォールはダンテスに言った。

ダンテスはお辞儀をして、ヴィルフォールに最後の感謝の一瞥を向けてから、外に出た。

背後で戸が閉まるやいなや、ヴィルフォールは体から力が抜け、ほとんど気を失って、肘掛け椅子のうえに倒れ込んだ。

ややあって彼はこう呟いた。

「ああ、人生や幸運とは、いったいどんな根拠のうえに乗っているものなのか！……もし検事がマルセイユにいたら、もしわたしではなく予審判事が呼ばれていたら、おれの身の破滅だった。

そしてあの手紙、あの呪われた手紙はおれを奈落の底に突き落としていた。ああ、父よ、あなたはいつまでわたしがこの世で幸福になるのを阻まれるのですか？　そして、わたしは、永遠にあなたの過去と戦わねばならないのですか？」

するとと、突然、思いもしない微光が心をよぎり、彼の顔を輝かせた。引きつっていた口元に微笑が浮かび、うつろだった目が定まり、あるひとつの考えに集中できるようになった。

「これだ」と彼は言った。「そうだ、おれを破滅させかねなかったあの手紙は逆に、もっけの幸いとなってくれるかもしれないぞ。さあ、ヴィルフォールよ、仕事にかかるのだ！」

それから検事代理は、被疑者が控え室からいなくなっているのを確かめたあと、じぶんも外に出て、勇み立つように婚約者の家のほうに向かった。

8 イフ城

警視は控え室を横切りながら、ふたりの憲兵に挨拶した。そのひとりはダンテスの右に、もうひとりは左に控えていた。彼らは検事官舎が裁判所に通じる扉を開けて、しばらくのあいだ、広くて暗い通路を歩いたが、そこを通る者は誰しも、身震いするなんの理由もないのに、思わず身震いしてしまう。

ヴィルフォールの官舎が裁判所に通じていたのと同じく、裁判所は牢獄に通じていた。それは裁判所に並置された暗い大建造物で、目の前にあるアクール寺院の鐘楼が窓という窓をすべて大きく開け放って、物珍しそうに見下ろしている。

ダンテスは通路を何度も曲がったあと、鉄の覗き穴のある扉が開けられるのを見た。警視が鉄の槌で三度叩いたが、ダンテスはまるでじぶんの心臓が叩かれるような気がした。扉が開くと、ふたりの憲兵が、まだためらっている囚人を軽く押した。ダンテスがおぞましい閾《しきい》をこえると、扉は背後で騒々しく閉じた。彼は別の空気、悪臭を放つ重苦しい空気を吸った。牢獄のなかにいたのだった。

彼は格子がはまり、差し錠がかかってはいるが、小ぎれいな部屋に連れていかれた。そのためその新たな居場所にもさして恐怖を感じなかった。それに、ダンテスには好意に満ちていると感じられる声で発せられた検事代理の言葉が、優しい希望の約束のように耳に響いていた。ダンテスがその部屋に連れてこられたとき、すでに四時になっていた。先に述べたように、それは三月一日のことだったので、この囚人の部屋は間もなく暗くなった。

消えてゆく視覚の代わりに、聴覚が鋭くなった。彼は届いてくるどんな小さな物音にも、てっきり誰かがじぶんを釈放しにきてくれたのだと思い込んで、勢いよく立ちあがり、扉のほうに一歩踏みだした。しかし、その物音は間もなく遠ざかり、別の方角に消えていって、ダンテスはまたもや腰かけにすわることになった。

とうとう夜の十時ごろになり、ダンテスが希望をなくしかけたとき、新たな物音が聞こえてきて、今度ばかりはじぶんの部屋のほうに向かってくると思われた。じっさい、足音は通路で鳴り響き、彼の扉の前でやんだ。錠前のなかで鍵がまわり、差し錠がきしんだ。そして、頑丈な樫の木の扉が開いて、暗い部屋のなかに、突如ふたつの松明のまぶしい光が射しこんできた。

そのふたつの松明の光で、ダンテスには四人の憲兵のサーベルと小銃がきらめくのが見えた。彼は二歩ばかり前に出たが、あまりにも物々しい警備を見て、その場に立ちすくんだ。

「わたしを連れにこられたのですか?」とダンテスは尋ねた。

「そうだ」と憲兵のひとりが答えた。

「検事代理殿の指示ですか?」

「むろん、そうだと思うが」

「それでは」とダンテスが言った。「まいりましょう」

検事代理の指示で連行されるという確信があったので、この不幸な青年はどんな危惧も抱かなかった。そこで彼は心静かに、足取りも軽く進みでて、みずから護衛の中心に身を置いた。

一台の馬車が通りに面した門で待っていた。馭者が席につき、馭者のそばにひとりの将校がいた。

「この馬車はわたしのためですか?」とダンテスは尋ねた。

「そうだ。あんたのためだ。さあ、乗れ」と憲兵のひとりが答えた。

ダンテスは二、三観察したかったのだが、馬車の扉が開いて、なかに押しこまれるのを感じた。彼には抵抗する余地も、またその気もなく、またたく間に馬車の奥の、ふたりの憲兵のあいだにすわらされた。あとのふたりは前座席にすわっていた。やがてこのどっしりとした馬車は、不吉な音を立てながら走りだした。

囚人は窓に目をやったが、そこにも格子がかかっていて、ここもやはり牢獄であることに変わりはなかった。ただ、こちらの牢獄のほうは走っていて、走りながら皆目見当もつかない目的地に彼を運んでいた。それでもダンテスには、かろうじて手が入るか入らないかの狭い格子越しに、現在ケスリ通りに沿って進んでいること、サン・ロラン通りとタラミス通りを経て、河岸のほうに下っていることだけが分かった。

間もなく馬車の格子と、いま近くまでやってきた大建造物の格子のあいだに、灯火管理所の明かりが輝いているのが見えた。

馬車がとまり、将校が降りて、警備詰所に近づいた。そこから、十二名ほどの兵士が出てきて、人垣をつくるのが見えた。ダンテスには河岸の街灯で、彼らの銃が輝くのが見えた。

「これほどの兵力を動員したのは、ひょっとしておれのためだろうか?」と、ダンテスは自問した。

鍵のかかった扉を開けた将校は、ただのひと言も発せずにその疑問に答えた。というのも、ダンテスには二列の兵士のあいだに、馬車から港にいたる道が、彼のためにつくられているのが見えたからだ。

まず前座席にすわっていたふたりの憲兵が降り、やがて彼を降ろし、彼のあとに、脇にすわっていた憲兵が続いた。みんなは税関の水夫が鎖で河岸のそばに繋いでいる一艘の小舟のほうに進んだ。兵士たちはダンテスが通るのを、物珍しそうに茫然とながめていた。彼は一瞬のうちに船尾にすわらされたが、依然として四人の憲兵に囲まれていた。将校のほうは舳先に陣取った。大きくひと揺れして、船は岸を離れた。四人の漕ぎ手が力強くピロンのほうに漕ぎ出した。小舟から発せられた叫び声に応じて、港口を閉ざしていた鎖が降ろされ、ダンテスはフリウールと呼ばれているところ、すなわち港外に出ていた。

野外に出たときの、この囚人の最初の反応は喜びだった。外気とはすなわち自由ということだ。そこで彼は胸いっぱいに生き生きしたそよ風を吸い込んだ。そよ風は翼に乗せて、夜と海のあらゆる未知の匂いを運んでくる。けれども、彼は間もなく溜息をついた。今朝、逮捕されるまえの一時間、あんなにも幸せだった〈ラ・レゼルヴ〉亭の前を通ったのだ。折しも、ふたつの窓が赤々と輝き、舞踏会の陽気な物音が彼の耳にまで届いてきた。

ダンテスは両手を合わせ、天を仰いで祈った。

小舟は進み続け、テット・ド・モール岬を過ぎ、ファロの入江の正面にきていた。そこでさらにスピードをあげようとしていたが、それはダンテスにとって理解しがたい操船だった。

「いったい、わたしをどこに連れていくのですか？」彼は憲兵のひとりに尋ねた。

「いまに分かるさ」

「でも……」

「どんな説明もしてはならないと言われている」

海員であるダンテスは半ば兵隊だった。そこで、答えてはならぬと言われている配下の者に質問するのは非常識だと考えて、口をつぐんだ。

するとこのうえなく奇怪な考えが頭をよぎった。――このような小舟で長い航海をすることはできないし、向かっている方角に停泊している船は一艘もいないのだから、おれは海岸から遠くの地点にまで連れていかれ、そこでおまえは自由だと言われるのかもしれない。おれは縛られていないし、これまで手錠をかけられようともされなかった。これは良いことの前兆に違いない。それにおれにたいして、あれほど親身になってくれた検事代理は、もしノワルティエというあの致命的な名前さえ口にしなければ、なにも怖れることはないと言ってくれたではないか？　ヴィルフォールはおれの目の前であの危険な手紙、おれに不利な唯一の証拠を焼き捨ててくれたではないか？

そこで彼は黙ってひとり考えに耽りながらじっと待って、闇に鍛えられ、海域に慣れている水夫の目で夜の暗闇を透視しようとした。

小舟は右手に灯台の火が灯っているラトノー島を残し、ほとんど海岸すれすれに進んで、カタルーニャ村の入江のあたりまできていた。そこで、この四人の視力は倍増した。それはメルセデスのいるところだった。暗い海辺にひとりの娘のはっきりしない、おぼろげな姿が見える気がたえずしてきた。

彼女になにかの予感が働いて、いまじぶんの恋人が三百歩のところを通っていると告げなかったとは、誰に言えようか？

カタルーニャ村で輝いている明かりはひとつしかなかった。その明かりの位置から考え、それが許嫁の部屋を照らしているものだと分かった。この小さな入植地で、ひとりメルセデスだけが目を覚ましていたのだ。大声で叫べば、許嫁の耳に聞こえるかもしれなかった。

しかし彼は、羞恥心から無理やり自制した。おれが狂ったように叫ぼうものなら、まわりで見ているこの男たちは、いったいなんと言うだろうか？　結局彼は無言のまま、じっとその明かりを見据えていた。

このあいだにも小舟は進み続けたのだが、四人は小舟のことなどまるで考えず、メルセデスのことだけを考えていた。

陸地の起伏の関係でその明かりが見えなくなった。ダンテスは振りかえって、小舟が沖合に出ていることに気づいた。

彼がじぶんの考えに浸ってながめているあいだに、櫂が帆に代えられていた小舟がいまや、風に押されて前進していた。

ダンテスは憲兵にわざわざ声をかけて質問するのは嫌だったけれども、近づいてその手を取り、「憲兵さん」と言った。「あなたの良心と兵士の身分にかけて、わたしを哀れと思い、返事してもらえないだろうか。なにやら訳の分からない裏切りの嫌疑をかけられているけれども、わたしは船長ダンテス、正直者の良きフランス人だ。わたしをどこに連れていくのか、言ってもらえないか？　船乗りの沽券にかけて、わたしはじぶんの義務を受けいれ、運命にしたがうつもりだ」

憲兵は耳を掻きながら同僚を見やった。その同僚はある動きをしたが、それはほぼ、ここまできたからにはもう不都合はないだろうと言っているような仕草だった。そこで憲兵はダンテスのほうを振りむいて、

「あんたはマルセイユ人だね」と言った。「なのに、どこに行くのか尋ねているのだね？」

「はい、名誉にかけて、わたしは知らないのだ」

「なにかしら感づいていないのか？」

「まったく」

「まさか」

「この世でもっとも神聖なものにかけて誓う。お願いだから、どうか答えてくれないか」

「じゃ、命令はどうなる？」

「命令といっても、わたしが十分後、半時間後、あるいは一時間後に知ることを告げることとま

で禁じてはいないはずだ。わたしはただ、それまでの長い、長い不安をなくしてもらいたいだけだ。友だちだと思って、どうかお願いする。見てくれ。わたしは逆らおうとも逃げようともしていないではないか。もっとも、そんなこと、できもしないが。いったい、わたしたちはどこに行くのか？」

「あんたは目隠しでもされているのか。これまでマルセイユの港の外に出たことがないというなら話は別だが、どこに行くかの見当ぐらいついていてもいいはずだが」

「いや、つかない」

「まわりを見てみな、ほら」

ダンテスは立ちあがって、船が向かっているらしい地点にさりげなく目をやると、目の前二百メートルほどのところに、黒く険しい岩がそびえ、そのうえに火打ち石を付け足したような、暗いイフ城が乗っているのが見えた。

その奇怪な姿、周囲に底知れぬ恐怖を振りまくその監獄、三百年前からマルセイユにさんざん不気味な言い伝えを広めてきたあの城砦が、突然ダンテスの眼前に出現した。そんなことを夢にも思っていなかった彼には、死刑囚がいきなり断頭台を目にしたような気がして、

「ああ、まさか」と声をあげた。「イフ城じゃないか！　あそこになにをしに行くのだ？」

憲兵は薄笑いを浮かべた。

「まさかわたしをあそこに連れていって、閉じ込めるというんじゃないだろうな？」とダンテスは続けた。「イフ城は国の監獄で、重大な政治犯だけが収監されるところだ。わたしはどんな

罪も犯していない。イフ城には予審判事とか、なんらかの司法官がいるのか？」

「あそこにいるのは」と憲兵が言った。「所長と看守、守備隊、それから立派な壁があるだけだろう。おい、おい、おまえさん、そんなにびっくりした顔をするなよ。それではまるで、おれの好意に感謝する代わりに、おれを馬鹿にしているみたいじゃないか」

ダンテスは砕けそうになるほど強く憲兵の手を握って言った。

「それじゃ、わたしを閉じ込めるためにイフ城に連れていくというのか？」

「そうかもしれない」と憲兵が言った。「どうでもいいけど、おまえさん、そんなにきつくおれの手を握ってもなんにもならないぜ」

「なんの調査も、なんの手続きもなしに、か？」と青年は尋ねた。

「手続きは終わっているし、調査もされている」

「ヴィルフォールさんの約束があったのに、こうなのか？」

「ヴィルフォールさんが約束したかどうかは分からないが、おれが知っているのは、おれたちがイフ城に行くってことだけだ。おい！　なんてことをするんだ？　さあ、みんな、手を貸せ！」

憲兵の熟練の眼力には予見されていたこととはいえ、ダンテスは稲妻のような迅速な身のこなしで、海のなかに飛びこもうとしたのだった。だが、足が舟板から離れようとしたとき、四つのがっしりした手首に捉えられてしまったのである。

彼は激昂し、わめき声をたてながら、ふたたび舟底に倒れた。

「よーし！」と、憲兵は彼の胸を膝で押さえつけながら声をあげた。「よーし、これが船乗りの約束の守り方か！　猫かぶりの口車に乗せられたら、このざまだ！　こうなったら、おまえさん、ちょっとでも身動きしてみろ。たったひとつの身動きでも、あんたの頭に弾をぶちこんでやるからな。おれは最初の命令に背いた。だが、いいか、二番目の命令は必ず実行するからな」

そして彼はじっさいに小銃をダンテスに向けた。ダンテスはこめかみに銃口を押しつけられるのを感じた。

一瞬、彼は禁じられた動きをして、わが身に降りかかり、いきなり禿鷹の爪に捉えられたようなこの予想外の不幸に、荒々しくケリをつけようかと考えた。しかし、その不幸がまさしく予想外だったために、ダンテスはこんなことが長続きするわけはないと考えた。そのうえ、ヴィルフォール氏の約束が心によみがえってきた。そして、これは言っておかねばならないことだが、憲兵の手にかかって、そんなふうに舟底で死ぬのは、みっともなく恥ずかしいことだと思った。

そこで彼は激昂し、わめき声をたて、猛烈にじぶんの手を咬みながら、舟板にふたたび倒れ込んだのだった。

同じ瞬間、激しい衝撃で舟が揺れた。小舟の舳先が触れたばかりの岩に、漕ぎ手のひとりが飛びうつり、滑車から巻きだされる綱がきしんだ。ダンテスには小舟が到着し、係留されるのが分かった。

じっさい、彼の腕と服の襟を同時につかまえていた憲兵が、彼を無理やり立ちあがらせ、陸に降ろして、城砦の門へ続く階段のほうに引き立てていった。他方、将校のほうは銃剣を構えてあとからついてきた。

もっとも、ダンテスは無駄な抵抗をいっさいしなかった。歩みがのろかったのは抵抗というより無気力のせいだった。彼は酔っぱらいのようにふらふらし、よろめいていた。彼にはふたたび、兵士たちが急勾配の坂のうえに梯形に並んでいるのが見え、足をあげざるをえない階段を感じとり、じぶんがある門のしたをくぐり、その門が背後で閉まるのに気づきはしたものの、それらすべては無意識のうちに、まるで霧のなかにいるように、なにひとつはっきりとは見分けられなかった。彼には海さえもはや目に入らなかった。囚人たちがあれを越える力はもう残ってないという恐怖を感じながら空間をながめる、あの途轍もない苦悩のせいだった。

短い小休止があったが、そのあいだに彼は、なんとか考えをまとめようと努めた。まわりを眺めてみると、四方が高い壁からなる四角い中庭だ。歩哨たちのゆっくりと規則正しい足音が聞こえてくる。やがて、歩哨たちが城内に輝く二、三の光が反射する壁の前を通るたびに、彼らの銃身がきらめくのが見える。

そこで十分ほど待った。ダンテスがもはや逃げられないと確信した憲兵たちは彼を放していた。彼らは命令を待っているようだったが、その命令が届いた。

「囚人はどこだ？」と尋ねる声がした。

「ここだ」と憲兵たちが答えた。

「あとについてこい。ねぐらに案内してやる」

「さあ、進め」と憲兵たちは彼の背中を押しながら言った。

囚人は案内人のあとについていったが、案内人は彼を半地下室のようなところに導いた。そこのむき出しでびしょびしょの壁には、涙の蒸気が染みこんでいるようだった。腰かけのうえに置かれ、芯が悪臭のする油脂に浸かっているカンテラのようなものが、このおぞましい住まいの、つるつるした内壁を照らしているので、ダンテスには案内人の姿が見えた。案内人は粗末な身なり、下品な顔つきの、いわば下級看守といった男だった。

「これが今夜のねぐらだ」とその男は言った。「もう遅いから、所長殿はお休みだ。明日、目を覚まされ、おまえに関する指令書に目を通されたら、居場所を変えられるかもしれんが、さしあたってはここにパンがある。あの壺に水がある。それから、あそこの一角に藁がある。囚人が望むことができるのはそれだけだ。おやすみ」

ダンテスが答えるために口を開こうとする間も、看守がそのパンを置いた場所に注目する間も、その壺が置いてある場所が分かる間も、ベッド代わりになる藁が待っている一角のほうに目を向ける間もなく、看守はカンテラをもって扉を閉め、監獄のぬめぬめした壁を稲妻の微光のように映し出している、ほの暗い明かりを囚人から奪ってしまった。

彼は暗闇と沈黙のなかで、ひとりになった。彼は、氷のような冷気が熱い額のうえに降りてくるそこの丸天井と同じくらい、無言で沈鬱だった。

朝の最初の光がこの洞窟にわずかの明かりをもたらしたとき、看守は囚人を今いるところに留めておくようにという命令を受けてもどってきた。ダンテスの居場所に変更はなく、彼は前夜とまった場所に鉄の手で釘付けにされたようだった。ただ彼の深くくぼんだ目だけが、涙によって膨れあがった瞼の下に隠れていた。彼は身動きひとつせずに、じっと地面を見つめていた。

彼はそんなふうに一晩中立ったまま過ごし、一睡もしなかった。

看守が近づいてきて、彼のまわりを回ったが、彼にはその姿も見えないようだった。

ダンテスは看守に肩を叩かれて身震いし、頭を振った。

「なんだ、おまえ眠らなかったのか？」と看守が尋ねた。

「分からない」とダンテスは答えた。

看守は驚いて彼を見つめた。

「腹が空かないのか？」と看守は続けた。

「分からない」とダンテスはまた答えた。

「なにか欲しいものがあるか？」

「所長に会いたい」

看守は肩をすくめて、出ていった。

ダンテスはその姿を目で追い、半ば開いた扉のほうに手を伸ばしたが、扉はふたたび閉まった。

彼の胸は、長い嗚咽のために引き裂かれるようだった。胸をふくらませる涙が二筋の小川のように湧き出てきた。彼は身を投げ出し、額を地面につけて、長いあいだ祈った。心に過去がそっくり浮かんできて、じぶんがまだ若い身空でこんなにまで残酷な罰に値する、どんな罪を人生で犯したのか自問した。

昼はそんなふうに過ぎた。彼はかろうじて幾口かパンを食べ、幾滴か水を飲んだ。あるときはじっとすわったまま物思いにふけり、あるときは鉄の檻に入れられた野生動物がやるように、牢獄のなかをぐるぐる歩きまわった。

とりわけひとつの考えが彼に地団駄を踏ませた。どんなところに連れていかれるのか分からないまま海を渡っているあいだ、彼はじつに静かに落ち着いていたのだったが、その気になれば十回でも海に飛び込むことができただろう。そして、一旦水のなかに入ってしまえば、彼の遊泳術の巧みさ、彼をマルセイユでも指折りの潜り手にしていた習慣のおかげで、水面下に消え、憲兵たちから逃れ、海岸に着き、どこかのひと気のない入江にでも身を隠し、ジェノヴァかカタルーニャの船を待って、イタリアかスペインに行き、そこからメルセデスを呼び寄せる手紙を書くこともできただろう。生計に関しては、どこの国に行こうと心配はなかった。どこであれ優秀な船乗りは稀だからだ。彼はトスカーナ人のようにイタリア語を、古カスティーリャ育ちのようにスペイン語を話した。彼はメルセデス、それから父親とともに——というのも父親もきっと合流するに違いないから——幸せに、自由に暮らすこともできただろう。だというのに、いまは囚人になって、イフ城の、この越えるに越えられない牢獄の壁に閉じ込められ、父親がどうなったのか、メルセデスがどうなったのか知らないままなのだ。これはなにもかもヴィルフォールの言葉を信じたせいだった。そう考えると気が狂いそうになった。ダンテスは凶暴になって、看守がもってきた新しい藁のうえを転げまわった。

翌日、同じ時刻に、看守が入ってきて、

「どうだね！」と尋ねた。「昨日より少しはまともになったか？」

ダンテスは答えなかった。

「まあ、まあ」と看守が言った。「ちょっとは元気を出せ！　なにかおれにしてやれることはないか？」

「所長に会いたい」

「またか！」と看守は苛立って言った。「無理だと言っただろう」

「なんで無理なんだ？」

「監獄の規則で、囚人にはそんな要求をすることが許されていないからだよ」

「じゃあ、ここではなにが許されているのだ？」とダンテスは尋ねた。

「金を払えば、もっとましな食い物、散歩、そして、ときには本だ」

「おれは本なんか要らないし、散歩する気にもならないし、食事もこれで結構。だから望むのはただひとつ、所長に会うことだけだ」

「同じことでしょっちゅう難題をふっかけるなら」と看守は言った。「もう食い物はもってきてやらないぞ」

「いいだろう！」とダンテスは言った。「食べ物をもってこないのなら、飢え死にするまでのことだ」

その言葉を発したダンテスの口調から、看守にはこの囚人が本気で死ぬ気だと分かった。そこで、囚人ひとりにつき十スーばかりの収入になる看守は、ダンテスの死によって生ずる損失のことを考え、まえよりずっと穏やかな物言いになって、

「よく聞け。おまえの望んでいることは無理難題なのだ。だから、これ以上、要求してはなら

ない。囚人の要求に応じて、所長が囚人の部屋にやってくるといった前例はないからだ。ただ、おまえが大人しくしていれば、散歩が許されるだろう。そして、いつかおまえが散歩しているときに、所長が通りかかるかもしれない。そのときに尋ねてみるがいい。答えてくれるかどうかは、所長次第だが」

「しかし、そんな偶然が起こるまで、いったいどれだけ待つんだ?」とダンテスは言った。

「そりゃ、おまえ」と看守。「ひと月、三月、半年、ひょっとして一年だ」

「長すぎる、おれは今すぐ会いたいんだ」とダンテス。

「やれやれ」看守は言った。「そんな具合にたったひとつの、無理筋の願い事のことばかり考えるものじゃない。さもないと、二週間もしないうちに気が狂っちまうぞ」

「ああ、そう思うか」とダンテス。

「そうよ、気が狂っちまうぞ。いつだってそんな具合に狂気がはじまるもんよ。ここでもそんな例があった。釈放してくれれば、所長に百万の大金を差しだすと、事あるごとに言っていたために、おまえの前にここいた神父の頭がおかしくなったのよ」

「いつまでここにいたのだ?」

「二年まえまで」

「釈放されたのか?」

「いや、地下の独房に入れられた」

「聞いてくれ」ダンテスは言った。「おれは神父じゃない。気が狂ってもいない。いずれ気が狂ってしまうかもしれないが、今のおれは、残念ながらまだ正気を保っている。だから別の申し出をしよう」

「どんな?」

「おれは百万の大金をあげるなんてことは言わない。そんなことできやしないから。しかし、今度マルセイユに行った折に、カタルーニャ村まで降りていって、メルセデスという名前の娘に手紙を一通渡してくれれば、三百フランあげよう。いや、そいつは手紙でさえない、たったの二行だ」

「もしおれがその二行をもっていって、バレでもしたら、いろんな特典やら食事を別にしても、年に千フランになるこの仕事を失うことになる。三百フラン稼ぐために三千フラン失う危険をおかすなど、大馬鹿者のやることだぐらい分かるだろう」

「じゃあ! よく聞いて覚えておけ」とダンテスは言った。「もしおまえがメルセデスに二行届けること、あるいは少なくともおれがここにいると知らせることを断るなら、この扉の陰に隠れて待ち伏せ、おまえが入ってきたら、この腰掛けで頭をぶち割ってやるからな」

「脅迫か!」看守は一歩うしろに退き、防御の姿勢になって声をあげた。「まったく、おまえの頭はどうかしてるぜ。神父の場合もおまえと同じだった。おまえも三日後には神父みたいに完全に狂ってしまうぜ。幸い、イフ城には地下の独房があるが」

ダンテスは腰掛けを取って、頭のうえで振りまわして見せた。

「よーし! よーし!」と看守は言った。「おまえがどうあってもそうしろと言うなら、所長に知らせにいこう」

「勝手にしろ!」と言ったダンテスは、腰掛けを地面におろし、そのうえにすわって頭を垂れ、血走った目つきになって、じっさいに正気をなくしたようだった。

看守は出ていき、しばらくしてもどってきたが、四人の兵士と伍長もいっしょだった。

「所長の命令により、囚人を一階、下に降ろせ」

「じゃあ、地下の独房か」と伍長が言った。

「独房だ。狂人同士いっしょにしてやらなくては」

四人の兵士がダンテスを摑まえたが、彼は一種の虚脱感におちいり、抵抗もせずに兵士たちのあとにしたがった。

階段を十五段降ろされ、独房の扉が開けられた。彼はこう呟きながらそこにはいった。

「あいつの言う通りだ。狂人同士いっしょにならなくてはな」

扉が閉められ、ダンテスは手を伸ばし、壁を感じとるまで、前に進んだ。それから片隅にすわって、じっと動かなかったが、やがて徐々に暗がりに慣れていった目が、物を見分けられるようになった。

看守の言うことはもっともだった。ダンテスはすんでのところで気が狂っていたかもしれなかったのである。

9　婚約式の晩

さきに述べたように、ヴィルフォールはふたたびグラン・クール広場に向かう道筋を辿った。サン・メラン侯爵邸に入っていくと、食卓に残してきた客たちはサロンに移って、お茶を飲んでいるところだった。

ルネはそわそわと落ち着かずに彼を待っていたが、他の客たちにしても同じだった。だから彼は満座の歓呼で迎えられた。

「よう、首切り名人、国家の支柱、王党派のブルートゥス！〔1〕」と、ひとりが声をあげた。「いったい、どういうことなのか？」

「じゃあ、わたしたちは新しい恐怖政治体制に脅かされるわけか？」とふたり目が尋ねた。

「コルシカの鬼が、いよいよ洞穴から出てきたというのか？」と三番目が尋ねた。

「侯爵夫人」ヴィルフォールは未来の義母に近づいてこう言った。「さきほどはあんなふうに中座せざるをえなくなって失礼いたしました……侯爵、内々にお耳にいれたいことがあるのですが、よろしいでしょうか？」

「まあ！　ではほんとうに重大な事態なのね」と侯爵夫人は、ヴィルフォールの額に暗い翳りを見て尋ねた。

「重大な事件なので、わたしは数日のあいだお暇をいただかなくてはなりません。そういうわけで」とヴィルフォールはルネのほうを振りむいて続けた。「ことの重大さが分かっていただけますね」

「出発なさるのですか?」ルネは予想外の知らせがもたらした動揺を隠しきれずに言った。

「悲しいことに、そうなのです、お嬢さま。どうしても発たなくてはならないのです」とヴィルフォールは答えた。

「いったい、どこにいらっしゃるの?」と侯爵夫人が尋ねた。

「それは職業上の秘密です、奥さま。でも、ここにどなたかパリに用事があるという方がいらっしゃれば、わたしの友人のひとりが今晩発ちますので、喜んでその用事を仰せつかります」

みんなが顔を見合わせた。

「きみはわたしとしばらく話したいということだったね?」と侯爵が尋ねた。

「はい、そうです。よろしければ、書斎にまいりましょうか」

侯爵はヴィルフォールの腕を取り、いっしょに出ていった。

「それで!」と侯爵は書斎に着くなり尋ねた。「いったいなにがあったというのだ? 話してくれ」

「わたしが思うに、このうえないほど重大なことで、そのためにどうしても直ちにパリに発たねばならなくなったのです。ところで、侯爵、まことにぶしつけな質問をお許しください。国債をおもちでしょうか？」

「わたしの財産はすべて記名債券になっている。六十か七十万ぐらいだろう」

「では、お売りください、侯爵。お売りください。さもないと破産ですよ」

「しかし、どうやってここから売れというのかね？」

「出入りの仲買人がいるのでは？」

「いるが」

「仲買人宛の手紙をわたしにください。一分も、一秒も無駄にせずに売ってもらわなくてはなりません。それでもわたしの到着が遅すぎるかもしれませんが」

「ちくしょう！」と侯爵は言った。「では時間を無駄にしないようにしよう」

そして侯爵は机に向かって、仲買人宛の手紙を書き、値段にかまわず売却するよう命じた。

「この手紙を手にしたいま」ヴィルフォールは、それを入念に紙入れにしまいながらこう言った。「もう一通必要なのです」

「誰宛のか？」

「国王陛下宛の」

「国王陛下宛だと？」

「そうです」

「だが、わたしが陛下に宛てて手紙を書くなど畏れ多い」

「だから、わたしは侯爵にお願いするのではなく、サルヴィユさんに頼んでいただきたいのです。その手紙を書いていただけば、貴重な時間を奪いかねない、謁見の手続きをふまずに、陛下のおそばに行けるからです」

「きみには司法大臣がついているではないか。彼は自由にチュイルリー宮殿に出入りしているし、彼の手蔓で昼も夜も国王のおそばに行けるのではないかね？」

「はい、たしかにそうです。ですが、わたしがもっていく知らせの手柄を他人と分かちあうつもりはないのです。お分かりでしょう？　司法大臣は当然、わたしを二次的な役割に格下げし、わたしから手柄を奪ってしまうでしょう。侯爵、ひとつだけ申し上げておきます。もしわたしが最初にチュイルリー宮殿に駆けつけるなら、将来が保証されるということです。なぜなら、わたしが国王にとっても忘れられない殊勲を立てることになるからです」

「そういうことなら、きみ、ここを出て旅の支度をしなさい。わたしのほうはサルヴィユを呼んで、通行証の代わりになる手紙を書いてもらおう」

「分かりました。急ぎましょう。と申しますのも、わたしは十五分後には駅馬車に乗っているもので」

「馬車は門の前に回してもらいなさい」

「こんな日に、深く後悔しながらお別れすることを、どうかわたしに代わって侯爵夫人、そしてサン・メラン嬢にお詫びしていただけますように」

「ふたりをこの書斎に呼んでおこう。そうすれば別れの挨拶もできる」

「重ね重ね、ありがとうございます。手紙のことをよろしくお願いします」

侯爵が呼び鈴を鳴らすと、従僕があらわれた。

「わたしがお待ちしているとサルヴィユ殿にお伝えしてくれ……さあ、行きなさい」と侯爵はヴィルフォールに向かって続けた。

「分かりました。ただ行って帰ってくるだけですから」

それからヴィルフォールは走りながら外に出た。しかし、門に達したところで、彼はふと、検事代理がこのように慌ただしく歩いているところを人に見られたら、町中の安寧を乱しかねないと思った。そこでいつもの、重々しい歩き方に変えた。

彼はじぶんの家の門の前で、白い亡霊のような何者かが、物影にじっと立ち、彼を待っているのに気づいた。

それはカタルーニャの美しい娘で、彼女はエドモンの消息が分からないので、夜になってファロを抜けだし、恋人の逮捕の理由をみずから尋ねにやってきたのだった。

ヴィルフォールが近づいてくると、彼女は寄りかかっていた壁を離れて歩み寄り、道をふさいだ。ダンテスが検事代理に話していたので、メルセデスは名前を言う必要もなく、ヴィルフォールにはすぐに彼女だと分かった。彼はその娘の美貌と気品に驚き、恋人の行く末を問い詰められたときには、まるで被告がじぶんで、相手が判事になったような気がした。

「お話の男は重大な犯罪人ですから」ヴィルフォールはいきなり言った。「わたしにはなにもできないのです、お嬢さん」

メルセデスは鳴咽の声をもらしたが、ヴィルフォールが構わず突っ切ろうとしたのでふたたび

彼をとめ、

「せめて、あの人の居場所を教えてくださいませんか?」と尋ねた。「彼が生きているのか、死んでいるのか知りたいのです」

「知りません、もうわたしの管轄ではなくなったのです」とヴィルフォールは答えた。

それから彼は、その優美な眼差しと嘆願する態度にいたたまれず、メルセデスを押しのけて、なかに入り、まるで外からもたらされたその苦しみを置き去りにするといったふうに、勢いよく扉を閉めてしまった。

しかし、苦しみとは、そんなふうに押しかえされるままにはならないものだ。ウェルギリウス〔2〕の語る毒矢と同じで、傷つけられた人間はその矢をずっともちはこぶのである。ヴィルフォールは自宅にもどって扉を閉めたのだが、広間に達すると、急に脚ががくがくした。彼は嗚咽にも似た溜息をつき、肘掛け椅子に倒れ込んだ。

このとき、この病んだ心の奥底に、致命的な腫瘍の最初の芽が生まれた。みずからの野心のために犠牲にしたあの男、罪人となり、じぶんの父親に代わって償いをさせられたあの無実の男が、蒼白な顔で脅すような形相であらわれ、同じように顔面蒼白の婚約者に腕を貸し、背後に悔恨を引きつれているような気がした。その悔恨は古代悲劇の猛り狂った人物のように、病人をして思わず跳ねあがらせるといった悔恨ではなく、あるときどきに心を叩き、過去のある行為の記憶に胸が痛むといった、ひそやかで苦しい余韻であり、そのずきずきする傷の痛みが病をうがち、この病が徐々に深刻になって死にいたるのである。

そのとき、この男の魂にはまだためらう瞬間があった。彼はこれまで何度も、判事と被告の戦いの緊張以外に、なんの動揺もなしに被疑者に死刑を求刑してきた。思わず判事もしくは陪審員を引きずり込む、彼の圧倒的な雄弁のせいで処刑されたそれらの被疑者たちは、彼の額に影ひとつ残さなかった。というのも、これらの被疑者は有罪だからだ。少なくともヴィルフォールはそう信じていた。

しかし今度ばかりは事情が違っていた。彼は無実の人間、これから幸福になろうとしていた無実の人間に終身禁固の刑を科したところであり、その人間の自由ばかりか、幸福までも破壊したのである。今の彼は判事でなく、死刑執行人だった。

そんなことを思いながら、筆者がさきに述べたような、それまで知らなかったひそやかな鼓動を感じ、それが彼の心の奥底で鳴り響き、彼の胸を漠とした不安で満たした。傷ついた者はそんなふうに激しい苦痛によって警告されるのであり、その者は傷口がふさがるまで、震えることなしに、開いて血が出ているその傷口に指を近づけることはけっしてできない。

しかしヴィルフォールが受けた傷はふさがることのない傷、たとえふさがっても、以前よりもさらに血を流し、苦痛を呼ぶ傷だった。

もしこのとき、ルネの優しい声が彼の耳に響いて赦免を願ったとしたら、もし美しいメルセデスが入ってきて、「わたしたちを見ておられ、裁かれる神の名にかけて、わたしの許嫁を返してください」と言ったとしたら、そう、否めない明白な事実のもとに、なかば屈していた彼の額も完全に垂れて、のちに生じかねないいっさいの危険をおかして、冷たい手でダンテスの釈放命令書に署名したことだろう。しかし、この沈黙のなかでは、いかなる声もささやかず、戸が開いて入ってきたのはヴィルフォールの従僕で、馬車の支度ができたと告げた。

ヴィルフォールは立ちあがり、というより内面の闘いに打ち克った人間のように跳びあがり、書き物机に駆けより、引き出しにあった金貨をそっくりポケットに突っ込むと、手を額に当て、支離滅裂な言葉を発しながら、そわそわと部屋を一周した。やがて、従僕がマントを肩に着せかけてくれるのを感じながら外に出て、馬車に飛びのり、グラン・クール広場のサン・メラン邸に向かうよう手短に命じた。

不幸なダンテスの命運はこれで尽きてしまった。

サン・メラン侯爵の約束どおり、書斎には侯爵夫人とルネがいた。ヴィルフォールはルネの姿を見かけて、身震いした。てっきりダンテスの釈放を求められると思ったからだ。しかし、残念ながら、人間の利己心とはなんとも恥ずかしいもので、美しい娘の気がかりはたったひとつ、ヴィルフォールの出発のことだけだった。

彼女はヴィルフォールを愛していた。一方、当のヴィルフォールは、じぶんの夫になろうという段になって、出発しようとしている。しかも、いつもどるとも言わなかった。だから、ルネとしてはダンテスを哀れに思うどころか、その罪によって愛するひととじぶんを引き離した男を呪ったのだった。

ではメルセデスとしては、いったいどう言えばいいのか！

あわれなメルセデスはロージュ通りの一角で、あとをつけてきたフェルナンに出会った。彼女はカタルーニャ村にもどり、絶望し、息も絶え絶えになって、ベッドに身を投げだした。フェルナンはそのベッドの前に跪き、メルセデスの冷たい手を強く握っていたが、メルセデスは引っ込めようともしなかった。彼はその手に熱い口づけを浴びせたが、メルセデスはそのことを感じてさえいなかった。

彼女はそのように夜を過ごした。ランプは油がなくなると消えた。彼女には暗がりも明るさも感じられなかった。昼間がもどってきたが、彼女には日の光も見えなかった。苦しみのあまり彼女の目には、ただエドモンしか見えない目隠しがされたようだった。

「あら！　あなたそこにいたの」と、彼女はようやくフェルナンのほうを向いて言った。

「おれはきのうの夜から、ずっとここにいたよ」と、フェルナンは辛そうな溜息をついて答えた。

モレル氏はまだ万策尽きたとは思っていなかった。尋問のあと、ダンテスが牢獄に連れていかれたことを知った彼は、あらゆる友人たちのあいだを駆け巡り、影響力のありそうなマルセイユの有力者たちの家に出向いた。しかし、すでにその青年はボナパルト派の手先だという噂が広まり、そしてこの当時は、どれほど無謀な者でも、ナポレオンが再度玉座にのぼろうとすることなど常軌を逸した夢だと見なしていたので、どこに行っても冷淡さ、懼《おそ》れ、そして拒絶にしか出会わなかった。彼は絶望しながら帰宅したのだが、それにしても事態は深刻で、誰にも手の出しようがないことを認めざるをえなかった。

カドルッスのほうもまた不安になり、ひどく心を痛めていた。といっても彼はモレル氏のように外に出て、無力ながらもダンテスのためになにかをしようとはせず、カシス酒を二本抱えて家に閉じこもり、不安を酔いにまぎらそうとした。しかし、彼がおちいった精神状態では、たったふた瓶では判断力をなくしてしまうのに充分ではなかった。だが別の酒を買いに行くには酔いすぎ、いろんな思い出をかき消してもらうには酔いが足りないので、がたつくテーブルのうえにおいた二本の空瓶を前に肘をついたまま、じっとして、芯の長い蠟燭に照らされながら、ホフマン〔3〕がポンチ酒でしめった紙のうえに書き散らしたような亡霊が、まるで黒く奇怪な埃のように踊るのをながめていた。

ダングラールだけは不安でもなく、心を痛めてもいなかった。彼はむしろ嬉々としていた。というのも、彼は敵に仕返しし、失うのを怖れていたファラオン号での地位を確保したからだ。ダングラールは耳にペンを挟み、心のかわりにインク壺をもって生まれてきたような、あの計算高い人間のひとりだった。彼にとってこの世のすべては引き算か掛け算であり、ある数字がひとりの人間が減らすかもしれない合計を増やすときには、その数字はひとりの人間の命より尊いものなのだった。

だから、ダングラールはいつもの時刻に床につき、ぐっすりと眠った。

ヴィルフォールはサルヴィユの手紙を受けとり、ルネの両頰、サン・メラン侯爵の手に接吻してから、侯爵と握手し、駅馬車にエクスへの道を走らせた。

ダンテスの父親は、心痛と不安のあまり死にそうだった。

エドモンに関しては、わたしたちはすでに彼がどうなったか知っている。

10　チュイルリー宮殿の書斎

三人もの案内人にたっぷり金をはらったおかげで、パリに向かってまっしぐらに邁進しているヴィルフォールを街道に残しておき、いまは二、三の広間を通り抜け、チュイルリー宮殿の小さな書斎に入りこんでみることにしよう。窓がアーチ形のこの書斎は、ナポレオンとルイ十八世お気に入りの書斎として有名で、現在はルイ・フィリップ〔1〕のものとなっている。

国王ルイ十八世はその書斎の、お偉方によく見られる偏愛によってわざわざ亡命先のハートウェルから運ばせ、ことさら愛用している胡桃の木の机の前にすわって、年のころ五十から五十二歳、グレーの髪、貴族的な容貌の入念に身だしなみを整えた男に、かなりいいかげんに耳を貸しながら、ホラティウス〔2〕の一巻の余白に傍注をほどこしていた。この巻は珍重されているが、かなり不正確なグリフィウス版である。それでも陛下の炯眼《けいがん》な文献学的所見に大いに寄与していた。

「はて、なんと言っておったのだ、そなたは?」と国王が言った。

「わたくしはこれ以上ないくらい心配なのであります、陛下」

「本当か?　そなたは七頭の太った雌牛と七頭の痩せた雌牛の夢でも見たのではないか?」

「いいえ、違います、陛下。と申しますのは、その夢は七年の豊作と七年の凶作を告げているだけでありますが、陛下のように先見の明のある国王のもとでは、凶作などといった恐れはないからであります」

「では、ほかにどんな災厄があるというのかね、ブラカス公爵〔3〕?」

「陛下、わたくしが思いますに、どうみても南仏方面に嵐が起ころうとしているようであります」

「だが、公爵」とルイ十八世は応えた。「その情報は間違っておるぞ。わたしはまさに、あちらの方面は逆に、たいそう上天気だと聞いたが」

才人ではあったが、ルイ十八世は気軽な冗談も好んでいた。

「陛下」とブラカス氏が言った。「たとえひとりの忠臣を安心させるためであれ、陛下におかれましてはラングドック、プロヴァンス、ドフィネ、これら三地方の人心について報告してくれるような、信頼できる人間を差し向けていただけないものでしょうか?」

「ワレラハ聾者ノタメニ歌ウ〔4〕」と、国王はホラティウスの注記を続けながら言った。

「陛下」と、廷臣はヴェノーザ生まれの古代イタリア詩人〔ホラテイウス〕の半句が分かるふりをするために笑いながら言った。「陛下がフランスのよき精神に期待されるのは、しごくごもっともではございますが、わたくしがなんらかの捨て鉢な暴挙を怖れるのは、必ずしも間違ってはいないと存じます」

「誰の暴挙か?」

「ボナパルト、あるいは少なくともボナパルト派の、でございます」

「なあ、ブラカス」と国王が言った。「そなたはそんな怖気をふるってわたしの仕事をさまたげる気かね」

「こちらのほうから申しますと、陛下のそのようなご安心が、わたくしの安眠をさまたげているのでございます」

「待ってくれ、待ってくれ。わたしは〈牧人ハ攫《さら》ッタ〉[5]に、とてもすばらしい注釈を見つけたぞ。待ってくれ。そなたの話はあとで聞こう」

しばらく沈黙の時があったが、そのあいだにルイ十八世は、できるだけ細かな字でホラティウスの余白に新しい注釈を書き込んだ。やがて書き込みを終えると、

「公爵、続けてくれ」と国王は言って、他人の考えを評釈するときに、名案を思いついた人間特有の、あの満足げな面持ちで身を起こした。「続けたまえ。話を聞こう」

「陛下」と、一瞬、じぶんに有利になるようにヴィルフォールを出し抜く希望をいだいたブラカスが言った。「ぜひとも陛下に申し上げねばなりません。わたくしが憂慮いたしますのは、なんの根拠もないたんなる噂、ただの風評などではございません。良識があり、わたくしがすっかり信頼して、南仏のほうの監視をまかせている（公爵はこの言葉を口にするときにためらった）男が、駅馬車でやってきて、「大変な危険が国王に迫っている」と申したのでございます。そこで、わたくしが駆けつけた次第です、陛下」

「汝、凶兆ノモトニ、カノ女ヲ連レユクカ」[6]と、ルイ十八世は注記を続けながら言った。

「この件についてこだわるのをやめよ、というご命令でしょうか？」

「そうではない、公爵。手を伸ばしてくれ」

「どちらの手でございましょうか？」

「好きなほうを。そこの、左だ」

「こちらでございますか、陛下？」

「わたしが左だと言っておるのに、そなたは右を探している。わたしの左だと言っておるだろ。そうそう、そこだよ。昨日の日付の、警察大臣の報告書が見つかるはずだ……なになに、ダンドレ氏本人？……たしかにダンドレ氏と言ったな？」とルイ十八世は言葉を切って、じっさいに警察大臣の参内を告げにきた廷臣にそう問いかけた。

「さようでございます、陛下。ダンドレ男爵様がお見えです」と廷臣が応じた。

「ちょうどいいときにきた、男爵」ルイ十八世はかすかに笑いを浮かべて言葉をついだ。「入りなさい、男爵。そして公爵に、そなたがボナパルトについて知っている、もっとも最新の様子を話してもらいたい。いかに重大だろうと、現状についてなにひとつ隠すでないぞ。さて、エルバ島は活火山かな？　そこから炎と燃えあがって猛り狂う戦争が出てくるかな？　〈戦争ガ、ゲニ恐ロシキ戦争ガ〉〔7〕？」

ダンドレ氏は肘掛け椅子の背に両手をついて、優雅に体を揺すりながら言った。

「陛下におかれては、昨日の報告書をご覧になっていただけましたでしょうか？」

「見た、見たとも。しかし、その報告書を見つけられない公爵に直接、内容を話してやってくれ。簒奪者が島でなにをしているか、詳しく教えてやってくれ」

「公爵殿」と男爵が言った。「陛下の臣下はみな、エルバ島からわたしどもに届いた最近の知らせに喝采するはずです。ボナパルトは……」

ダンドレ氏はルイ十八世を見たが、国王は注釈を書くのに余念がなく、顔をあげさえしなかった。

「ボナパルトは」男爵はしかたなく続けた。「死ぬほど退屈し、来る日も来る日も、ポルト・ロンゴンヌの鉱夫どもが働くのを見て暮らしております」

「そして、気をまぎらすために体を掻いている、とな」と国王が言った。

「体を掻くとは？」と公爵が尋ねた。「陛下、どういう意味でしょうか？」

「ま、そういうことなのだ、公爵。してみるとそなたは、あの偉人、あの英雄、あの半神が痒疹と呼ばれる皮膚病に侵され、蝕まれていることを忘れておるのかね？」

「加えてこういうことがあるのです、公爵殿」と警察大臣が続けた。「わたしどもは、もうしばらくすれば簒奪者が狂人になるとほぼ確信しております」

「狂人に？」

「手のつけられない狂人に、です。頭が弱ってきたあの男は、あるときは熱い涙を流し、あるときは大声で笑っています。別の折には、海岸で何時間も小石を海に投げて時間をつぶしています。そして小石が五、六回跳ねあがろうものなら、まるで別のマレンゴの戦い、あるいは新しいアウステルリッツの戦いに勝ったとでもいうように、いたってご満悦の様子なのです。これこそ狂気の兆候だとお認めになるでしょう」

「あるいは叡智の兆候、男爵、叡智のな、ほっほ」とルイ十八世は笑いながら言った。「古代の名将は、海に小石を投げながら英気を養ったものだ。プルタルコスの『対比列伝』を見たまえ。あのなかのアフリカ人スキピオを」

ブラカスは両者の脳天気ぶりに挟まれて、しばらく夢かと思いそうになった。たしかにヴィルフォールは、じぶんが得た秘密の手柄を他人に取りあげられないように、あらいざらい話したがらなかったのは事実だが、それでも彼に深刻な憂慮をもたらすには充分なほどのことは言ったのである。

「ほれ、ほれ、ダンドレ」とルイ十八世は言った。「ブラカスはまだ納得していないぞ。今度は簒奪者の転向の話をしてやれ」

警察大臣は一礼した。

「簒奪者の転向!」と公爵は呟き、まるでウェルギリウスのふたりの牧人みたいに、交互に話す国王とダンドレを見て、「簒奪者の転向、ですか?」

「そうなのです、公爵殿」

「よき原則に。男爵、そのことを説明してあげなさい」

「じつはこういうことなのです」警察大臣は世にも大まじめに言った。「最近ナポレオンは閲兵をおこなったところ、彼のいわゆる老近衛兵二、三名がフランスにもどりたいという意志を表明したのです。すると彼ナポレオンは、彼らに暇を取らせ、おまえらの善王に仕えよと勧めたというのです。公爵殿、これが彼自身の言葉だったということは確かです」

「どうだ！　ブラカス。どう思うかね？」と、国王は勝ち誇ったように、目の前に広げた分厚い注釈書を参照するのを一瞬やめて言った。

「陛下、わたくしが思いますに、警察大臣かわたくしのどちらかが間違っているのでございましょう。しかるに、陛下の安全と名誉をお守りしている以上、それが警察大臣であるはずはありません。ですから、このわたくしが間違いをおかしていることは、大いにありそうでございます。しかしながら、陛下、わたくしは陛下に代わって、さきほど申し上げた者に問いただしてみとうございます。これはたってのお願いです。どうかその者に謁見の栄誉をお許しください」

「公爵の口添えがあれば誰でも、喜んで謁見しよう。だが、その者に会うからには、しかるべき用意をしておきたい。警察大臣、そなたはこれより新しい報告書をもっているか？　というのも、これは二月二十日付けだ。そして今日は三月三日だよ！」

「いえ、もっておりません。しかし、わたくしは今か今かと待っているのであります。今朝から出ておりましたもので、おそらくわたくしの不在中に着いているかもしれません」

「それじゃ、役所にもどってきなさい。そして、もしないようだったら」とルイ十八世は笑いながら続けた。「ひとつでっちあげるがよい。ほっほ、いつもそんなふうにやっておるのだろ？」

「ああ、陛下」と大臣は言った。「その点に関しては、なにもでっちあげる必要はございません。毎日、わたしどもの机にはこのうえなく詳細な密告書が山とつまれるのです。その密告書は、やってもいないが、やりたいと願っている仕事にたいするいくらかの感謝を期待して、大勢の落伍者どもが送りつけてくるものです。この者どもは偶然を当てにし、いつか予想外の何らかの出来事がおこって、じぶんたちの予言に現実味をあたえると見込んでいるのであります」

「それは結構、さあ男爵、行きたまえ」とルイ十八世は言った。「それから、わたしがそなたを待っていることを忘れないように」

「わたくしはただ行って帰ってくるだけです。十分後にはもどっております」

「それでは、陛下、わたくしのほうは」とブラカス氏が言った。「例の使者を呼んでまいりましょう」

「いや、待て、待ってくれ」とルイ十八世は言った。「じつは、ブラカス、そなたの紋章を変えることにした。翼を広げた鷲が空しく逃れようとする獲物を爪のあいだに摑まえている図柄で、そこにTenax〔ラテン語で、放そうとしない、の意〕という銘をつけるのだ」

「陛下、わたくしは承っております」とブラカス氏はじりじりしながら拳を咬んで言った。

「わたしは〈臆病者メ、息ヲ切ラシテ逃ゲルノカ〉[8]という件についてそなたの意見をきいてみたいのだ。言うまでもなく、狼を前にして逃げる鹿のことなのだが、そなたは狩猟官にして狩狼官ではなかったか？　その二重の資格において、〈臆病者メ、息ヲ切ラシテ逃ゲルノカ〉をどう思うか？」

「すばらしいと思います、陛下。ですが、わたくしの使者もお話の鹿のようなものでして、駅馬車で二百二十里も走ってまいったのでございます。しかも三日足らずで」

「いまでは三、四時間しかかからず、いささかも息切れすることのない電信機というものがあるというのに、それはさぞかし疲れる、ご苦労な旅だったろう」

「ああ、陛下、それはあのかわいそうな青年には、ずんぶんとつれないお言葉でございます。この青年は陛下に有益な意見を申し上げようと、遠路はるばる、熱い思いで参上したのです。わたくしに口添えを頼んできたサルヴィュ氏だけのためでも、どうかあの青年に拝謁を許されるようお願いします」

「それは兄上〔ルイ十六世〕の侍従だったサルヴィュのことか？」

「ご本人です」

「なるほど、あの男はマルセイユにいたのか」

「彼の地からわたくし宛に手紙を寄こしたのでございます」

「あの男がその陰謀のことも話してきたのか？」

「いいえ、彼はわたくしにヴィルフォールと申す青年を紹介してきて、ぜひ陛下に拝謁させてやってくれと頼んでいるのでございます」

「ヴィルフォールだと？」と国王は声をあげた。「では、その使者はヴィルフォールという名前の者なのか？」

「さようでございます、陛下」

「その者がマルセイユからやってきたのか？」

「本人でございます」

「なぜすぐにその名前を言わなかったのか！」と言葉をついだ国王は、顔に不安の兆しをのぞかせた。

「わたくしは陛下がその名前をご存じないと思っておりましたもので」

「いや知っている、知っているとも、ブラカス。あれは真面目で、気高く、とりわけ野心満々の男だ。もちろん、そなたは彼の父親の名前ぐらいは知っていような」

「父親でございますか？」

「そう、ノワルティエだ」

「ジロンド党のノワルティエ、貴族院議員のノワルティエでございますか？」

「まさしく、そうだ」

「それで陛下は、あのような男の息子をお取り立てになったのでございますか？」

「なあ、ブラカス、そなたはなにも分かっておらんの。言ったように、ヴィルフォールは野心家だ。出世するためなら、なんでも犠牲にする男だ、じぶんの父親までも」

「では陛下、その者を呼ばせましょうか？」

「すぐにだ、公爵。どこにいる？」

「下の、わたくしの馬車のなかで待っているはずです」

「行って連れてまいれ」

「走って行きましょう」

公爵は青年のように活気づいて出ていった。筋金入りの王党主義者の熱意が二十歳の若さをあたえていた。

ひとり残ったルイ十八世は、半開きのホラティウスに目を転じ、こう呟いた。

ソノ意図ノ正シク堅固ナル男〔9〕

ブラカスは降りたのと同じ速さで昇ってきたのだが、控えの間では国王の権威を振りかざさざるをえなかった。ヴィルフォールの埃だらけの衣服、宮廷の作法になにひとつそぐわない服装のため、儀典長のブレゼ氏の機嫌を損ねたのである。儀典長はそのような身繕いで国王のお目通りを願う青年の厚かましさに驚いた。しかし公爵は、「勅令」のひと言であらゆる困難を撥ねのけた。原則の尊重にこだわる儀典長がなおもあれこれ異を唱え続けたけれども、ヴィルフォールは国王の書斎に案内された。

国王は公爵が去ったのと同じ場所にいた。扉が開かれると、ヴィルフォールは国王の真ん前にいた。若い司法官がおこなった最初の動きは、ぴたりと立ちどまることだった。

「入りなさい、ヴィルフォールくん、入りたまえ」と国王が言った。

ヴィルフォールは一礼して、数歩前に進みでて、国王のご下問を待った。

「ヴィルフォールくん」と国王が続けた。「ここにおるブラカス公爵が、きみがなにか重大なことを言いにきたと申しておるが」

「陛下、公爵がおっしゃる通りです。陛下におかれましても、いずれそのことをお認めになるものと存じます」

「まず、なにより先に、きみの意見では、悪事は言われているほど重大なものなのか？」

「陛下、わたくしは事態が切迫していると信じております。しかし、わたくしがとった緊急措置により、まだ手遅れにはなっていないかと存じます」

「なんなら、もうちと詳しく話してくれ」と言った国王にも、ブラカス氏の顔を動転させ、ヴィルフォールの声を変えている動揺が伝わってきたらしい。「話してくれ。なにより、初めからはじめてくれ。わたしは何事においても順序を好むのだ」

「陛下」とヴィルフォールは言った。「わたくしは陛下に正確な報告をいたしますが、それでもいまは動揺しておりますので、わたくしの言葉に曖昧なところが残るといたしましたら、どうかご容赦ください」

このような言葉巧みな前置きのあと、ヴィルフォールは国王を一瞥し、厳かな聞き手の好意を確信して、こう続けた。

「陛下、わたくしが取るものも取りあえずパリに参ったのは、わたくしの職権の管轄のうちで、このところ毎日のように民衆や軍隊の最下層で謀られているような、平凡で取るに足らない陰謀などではなく、正真正銘の陰謀、まさしく玉座を脅かす陰謀を見つけたとお知らせするためでございます。陛下、簒奪者は三艘の船に武装させ、常軌を逸した、しかし常軌を逸しているだけになおさら恐るべき、なにかしらの計画をめぐらしているのです。こうしている間にも、あの男はエルバ島を離れているはずです。どこに行くのか？　それは分かりませんが、しかし確実にナポリか、トスカーナの海岸か、はてはフランスの海岸で下船するでしょう。陛下もご承知のように、エルバ島の支配者はイタリアやフランスとの関係を保っているからです」

「そうだ、わたしも承知しておる」と、国王はひどく動揺して言った。「そして、つい最近も、ボナパルト派の集会がサン・ジャック通りであったという進言を受けた。だが、どうか続けたまえ。きみはどうやってそのような詳細を知ったのかね？」

「陛下、それはわたくしが久しく監視し、わたくしの出発当日に逮捕させた、ひとりのマルセイユの男にたいしておこなった尋問の結果えられたものであります。わたくしがずっと目を付けていたその男は、血気盛んなボナパルト派の船乗りで、秘かにエルバ島に行ったのであります。そこで大元帥に会い、パリのボナパルト派のある人物宛の口頭の伝言を託されました。その人物の名前はどうしても聞き出せませんでしたが、ともかくその任務とはこのボナパルト派の人物に皇帝の帰還（ご留意ください、わたくしは尋問調書をそのまま申し上げているのでございます）、必ずや近い将来に起こる皇帝の帰還のために人心を準備させせよ、というものでありました」

「で、その男はどこにいるのか？」とルイ十八世は尋ねた。

「牢獄でございます、陛下」

「で、きみは事態を深刻だと思うのかね？」

「あまりにも深刻だと思われましたので、陛下、この出来事に不意をつかれたわたくしは、婚約の日の、家族の祝い事の最中でしたが、許嫁とも友人たちとも別れ、すべてを後回しにして、陛下の足元にわたくしをおそった危惧の念とわたくしの献身の証しを捧げにまいった次第であります」

「そうであったか」とルイ十八世は言った。「きみとサン・メラン嬢のあいだに婚姻の計画があったはずだが？」

「それは陛下のもっとも忠実な臣下の娘でございます」

「そう、そう、だがヴィルフォールくん、陰謀のことにもどろう」

「陛下、わたくしはこれがたんなる陰謀ではなく、謀反ではないかと怖れているのでございます」

「いまの時代、謀反は」と国王は微笑しながら言った。「思い巡らすのは容易だが、目的に達するのは困難だろう。まさについ先頃、先祖代々の王座に復帰したわたしが過去と現在と未来に、同時に目を光らせているからだ。十か月前から、わたしの大臣たちは監視を倍にして、地中海沿岸の守備を固めている。もしボナパルトがナポリに上陸するなら、同盟軍全体が警戒態勢に入るだろうから、ピオンビーノに行けるかどうかさえ怪しい。またトスカーナに上陸すれば、敵国に足を踏みいれることになる。フランスに上陸すれば、どのみち一握りの兵士しかいないのだから、我々は苦もなく制圧できるだろう。なにしろ彼は民衆に忌み嫌われておるものでな。だから、安心したまえ。だが、国王としてきみに感謝することに変わりはない」

「ああ、ダンドレ殿だ！」とブラカス公爵が声をあげた。

このとき、じっさいに扉の閾のところに、青ざめ、震え、まるで目眩に襲われたように、目を泳がせている警察大臣があらわれた。

ヴィルフォールは退出しようと一歩動いたが、ブラカスが手を握ってひきとめた。

11　コルシカの鬼

ルイ十八世は、警察大臣の動転した顔を見て、目の前にあった机を激しく押しやって、「男爵、いったい、どうしたのか？」と声をあげた。「そなたはすっかり動転しておるようではないか。そのようにも動揺し、ためらっておるのはブラカス氏が言っていたこと、そしていまヴィルフォール氏が確認してくれたことと関係があるのか？」

一方、ブラカス氏も勢いよく男爵に近づいたが、宮廷人としての遠慮が政治家としての自尊心をうわまわっていた。じっさい、このような場合、彼には同じ問題で警察大臣を辱めるよりも、じぶんが辱められる側にまわるほうが、ある意味ではるかに得策だったのである。

「陛下……」男爵は言いよどんだ。

「それで、どうしたというのだ！」と国王が言った。

すると警察大臣は絶望の衝動に屈して、国王の足元に身を投げた。国王は眉をひそめ、一歩うしろに退いて、

「話してくれ」と言った。

「ああ、陛下、なんという恐ろしい不幸でしょう！　わたくしほど惨めな人間がいるでしょう

か？　わたくしはこの打撃からけっして立ちなおれないでしょう！」

「大臣、わたしは話せと命じておる」とルイ十八世は言った。

「それでは、陛下。簒奪者は二月二十八日にエルバ島を去り、三月一日に上陸しました[1]」

「どこにか？」と国王は勢いこんで尋ねた。

「フランスの小さな港、アンティーブ近くのジュアン湾であります」

「簒奪者は三月一日、パリから二百五十里、アンティーブ近くのジュアン湾に上陸した。そなたはやっと今日、三月三日になってそれを知ったというのか！……大臣、そなたの言っていることは、ありえない。報告書が偽物か、あるいはそなたの気が狂ったのか」

「不幸にして、陛下。これは紛れもない事実であります！」

ルイ十八世は言いようのない怒りと怯えの仕草をしてから、まるで心と顔を同時に不意打ちされたとでもいうように、すっくと立ちあがり、

「フランスだと！」と声をあげた。「簒奪者がフランスにおると！　しかしあの男を見張っていたのではないのか？　では、もしや、あの男と通じている者がおったというのか？」

「ああ、陛下」とブラカス公爵が声をあげた。「ダンドレ氏のような方を裏切り者として非難することはできません。陛下、わたしども全員が盲目だったのでございます。警察大臣もみなと同じように盲目だったというだけであります」

「しかしながら……」とヴィルフォールが言いかけたが、たちまち話をやめた。「ああ、お許しください、陛下」と言って一礼し、「熱意のあまり、よけいな口出しをいたしました。国王陛下

には、どうかご寛恕《かんじょ》を」

「話しなさい、きみ、遠慮なく話したまえ。きみだけが悪事のことを予め知らせてくれたのだ。対抗策を見つけるのを手伝ってもらいたい」

「陛下」とヴィルフォールが言った。「南仏では簒奪者は忌み嫌われております。もし彼が南仏に足を踏みいれようものなら、プロヴァンスとラングドックに叛旗を翻《ひるがえ》させることは容易だと思われます」

「そうかもしれないが」と大臣が言った。「しかし彼はギャップとシストロンから進軍している」

「進軍、奴が進軍しておるだと!」とルイ十八世は言った。「それではパリに向かっているというのか?」

警察大臣は沈黙を守っていたが、それは完全な肯定にひとしかった。

「ならば、ドフィネ地方はどうか」と国王はヴィルフォールに尋ねた。「そこもプロヴァンスと同じように蜂起させることができると思うか?」

「陛下、まことに心苦しいかぎりですが、残酷な真実を申し上げれば、ドフィネの人心はプロヴァンスとラングドックにはとうてい及びません。あの山岳地帯の住民はボナパルト派なのであります」

「いやはや」とルイ十八世は呟いた。「この者はよく事情に通じておる。それで、あの男の兵力はいかほどのものなのか?」

「陛下、わたくしは知りません」と警察大臣が言った。

「なんだと、知らないと！　そなたはその程度の状況を調べることさえ忘れておったのか？　なるほど、これはさして重要なことではあるまいな」と、国王は威圧するような冷笑を浮かべて付け加えた。

「陛下、わたくしは何事も調べることができなかったのであります。至急文書は、ただ簒奪者の上陸と辿った道を知らせてきただけなのであります」

「それでは、いったいどのように、その文書がそなたのもとに届いたのか？」

大臣はうなだれ、額を真っ赤にして、

「電信であります」と口ごもって言った。

ルイ十八世は前に一歩進み、ちょうどナポレオンがやったように、腕を組んで、

「それでは」と、怒りのあまり蒼くなりながら言った。「七か国の同盟軍があの男を失脚させ、わたしが二十五年の亡命のあと、天の奇蹟によって先祖代々の玉座に復帰した。その二十五年のあいだに、わたしに約束されていたこのフランスの人間や物情のことを研究し、観測し、分析した。そして、まさにすべての願いがかなえられたいまになって、この両手に握っていた力が破裂し、わたしを打ち砕いてしまうというのか！」

「陛下、宿命でございます」大臣は、運命にとっては軽い、その程度の重みでもひとりの人間を押しつぶすには充分なのかと感じながら呟いた。

「それでは、敵どもがわたしたちについて言っていたことが本当だったのか。「なにも学ばず、

なにも忘れず」と？　もしわたしがあの男のように裏切りにあったというなら、まだしも慰められもしよう。ところがどうだ、わたしのまわりには、わたしによって顕職に引き立てられ、じぶんたちのことよりもわたしのことを大切にすべき者たちしかいないはずだ。わたしとその者たちは運命共同体なのだ。というのも、わたし以前の彼らは何ものでもなく、わたし以後の彼らもまた何ものでもなくなって、無能と無為によって惨めに朽ち果てるのだろうから。ああ、大臣、よくぞ言ったものよ、これが宿命だと」

大臣はこのような恐ろしい呪詛を浴びながら、ずっと頭を垂れたままだった。

ブラカス氏は汗のしたたる額をぬぐっていたが、ヴィルフォールは内心、ほくそ笑んでいた。みずからの重みが増してくるのを感じていたからである。

「倒れる」とルイ十八世は、君主制の破局を一瞬で感じ取って続けた。「倒れ、その転落を電信で知るとは！　おお、わたしは物笑いの種になって追われ、チュイルリー宮殿の階段を降りるより、兄のルイ十六世のように断頭台に昇ったほうがよほどましだ……フランスで物笑いの種にされるとは、どういうことか、そなたは知らないであろう。だが、知っておくべきなのだ」

「陛下、陛下、なにとぞ、お赦しを！」と大臣が呟いた。

「近こう寄れ、ヴィルフォール」と国王は続けて、青年に声をかけた。彼はうしろに立ったまま身動きせず、一国の運命の浮沈がかかっている会話の成り行きを見守っていた。「近こう寄って、このお方が知らなかったことを、あらかじめ知っていたと言ってやりなさい」

「陛下、あの男が人びとに隠していたことを見抜くのは、物理的に不可能だったのでございます」

「物理的に不可能！　そうか、これは大層な言葉だな。残念ながら、偉大な人物と同じで、大層な言葉にもいろいろあって、わたしにはだいたいの見当はつく。役所、出張所があり、役人、密偵、間諜、密告者などがいて、百五十万フランもの機密費をもっている大臣に、フランスの沿岸六十里以内で起きていることを知ることが、物理的に不可能だというのか！　では、ほれ、ここにそんな手立てをなにひとつもたず、一司法官の身で、全警察をしたがえたそなたよりもよく知り、そなたのように電信を使えたら、わたしの王冠を救ってくれたかもしれない人間もおるのだぞ」

警察大臣の眼差しが心底悔しそうな表情でヴィルフォールに向けられたが、彼は勝ち誇った者の謙虚さで黙礼した。

「これはそなたのために言っているのではないぞ、ブラカス」とルイ十八世は続けた。「というのも、そなたはなにを発見したわけでもないからだ。少なくとも如才なく、そんな疑いをずっと抱き続けてくれはしたが。そなたでなかったら、ヴィルフォールくんの発見を取るに足らない、あるいは金銭的な野心から出たものと見なしたかもしれない」

この言葉は、一時間前に警察大臣があれほどの信頼をもって口にした者たちへの当てこすりだった。

ヴィルフォールには国王の駆け引きが読めた。彼でなかったならそんな称賛に一も二もなくうっとりして、我を忘れたに違いない。しかし彼は、警察大臣の失脚は決定的だと感じたとはいえ、大臣を宿敵にすることを怖れた。じっさい、権力の最盛期においてナポレオンの秘密を見抜けなかった大臣が、最後の悪あがきによって、ヴィルフォールの秘密を看破するかもしれなかった。そのためには、ダンテスを尋問するだけでよい。そこで彼は、大臣を打ちのめすよりも、手助けをしてやることにして、

「陛下」と言った。「出来事の急速な成り行きから見て、このような嵐を巻き起こしておいてから、それを阻止することができるとすれば、それはまさに神業というべきでしょう。陛下がわたくしの深い洞察の結果とお考えになられたことは、ただたんに偶然にすぎません。わたくしはその偶然を忠実な臣下として活用したまでです。どうか陛下におかれましては、じっさいのわたくしに実力以上のことをお認めになられないようにお願いいたします。結局、のちのち最初に抱かれたお考えにもどられることになりましょうから」

警察大臣は表情豊かな眼差しで青年に感謝したので、ヴィルフォールはじぶんの目論見、すなわち国王の感謝をなんら失うことなしに、万が一の場合に当てにできる友人をつくるのに成功したことを理解した。

「もう結構だ」と国王は言った。「それでは、そなたたち」とブラカス氏と警察大臣に向かって続けた。「これでそなたたちに用はない。引き取ってよろしい。これからなすべきことは陸軍大臣の管轄になる」

「幸いにして、陛下」とブラカス氏が言った。「わたくしどもは軍隊を当てにすることができます。ご承知のように、あらゆる報告書は軍隊が政府に忠実だと述べておりますから」

「報告書の話はやめにしてもらいたい、公爵。今度という今度は、報告書というものをどれほど信頼していいものか、身にしみて知ったからな。あ、そうそう！　ところで男爵、報告書と言えば、サン・ジャック通りの事件でなにか新しいことが分かったのか？」

「サン・ジャック通りの事件！」と、ヴィルフォールは驚きを抑えきれずに思わず声をあげたが、ただちに自制して、

「失礼しました、陛下。わたくしは陛下への献身のため、常に忘れるのでございます。いや、陛下にたいする敬意ではありません。その敬意はわたくしの心に深く刻まれております。いや、敬意ではなく、礼儀作法を忘れるのでございます」

「なんでも言って、なんでもするがいい」とルイ十八世は言葉をついだ。「きみは今日、質問する権利を得たのだよ」

「陛下」と警察大臣は答えた。「わたくしが今日、まさしくその事件に関して集めた新しい情報をお伝えすべく参内したのですが、ちょうどそのときゴルフ湾の恐るべき破局によって、陛下のお心が逸らされたのであります。いまとなっては、国王におかれましてはそんな情報などなんの関心もおありにならないでしょうが」

「逆だ、大臣、逆なのだよ」とルイ十八世は言った。「この事件はいまわたしたちの心を占めている事件と直接つながっているような気がするのだ。そしてケネル将軍[2]の死は、おそらく国内の大陰謀の糾明になにかの手がかりをあたえてくれるだろう」

ケネル将軍という名前を耳にして、ヴィルフォールは身震いした。

「お説の通りであります、陛下」と警察大臣は言葉をついだ。「あらゆる状況から見て、ケネル将軍の死は、当初信じられたような自殺ではなく、暗殺によるものと思われます。ケネル将軍はボナパルト派のクラブから出たあと、行方が分からなくなったとのことでございますから。その朝、見知らぬ男が彼に会いにきて、サン・ジャック通りで会う約束を取りつけました。不幸にして、この見知らぬ男が部屋に通されたとき、将軍の整髪をしていた召使いがサン・ジャックという名前ははっきりと聞きましたが、番号までは覚えていないとのことでございました」

警察大臣がこれらの情報を国王に伝えているあいだ、大臣の言葉に熱心に耳を傾けているようだったヴィルフォールの顔色は、赤くなったり蒼くなったりしていた。

国王は彼のほうを振りむいた。

「なあ、ヴィルフォールくん、きみもわたしと同じ意見だろうね？　つまり、簒奪者と結びついていると思われていたケネル将軍は、じつはわたしの味方だったから、ボナパルト派の待ち伏せにあい、その犠牲者として果てたのだと」

「ありそうなことでございます、陛下」ヴィルフォールは答えた。「しかし、それ以上のことはなにも分からないのでしょうか？」

「待ち合わせの約束をした男の足跡を追っているところです」

「男の足跡を追っている？」と、ヴィルフォールは繰りかえした。

「そうです。召使いがその人相を教えてくれました。五十から五十二歳で、褐色の髪、黒目に濃い眉、それに口髭を生やしている。紺のフロックコートを着て、ボタン穴にはレジオン・ドヌール勲章の略綬をつけていたという。昨日、いま申したのと正確に一致する人相の男の尾行をしました。ところが、ジュシエンヌ通りとコック・ヘロン通りの角で見失ったのであります」

ヴィルフォールは肘掛け椅子の背に体をもたせかけていた。というのも、警察大臣が話すにつれ、立っている脚から力が抜けていくような気がしたからだった。しかしその見知らぬ男があとをつけてきた警官を巻いたことを知ると、ほっと一息ついた。

「その男を捜しだしてもらいたい」と国王は警察大臣に言った。「どう見ても、こんなときに有益だったに違いないケネル将軍が、ボナパルト派によるものであれそうでなかれ、殺人の犠牲になったのであれば、わたしとしてはその犯人を厳しく罰してやりたいのだ」

ヴィルフォールはこの国王の強い勧告によって吹き込まれた恐怖心を外に表さないようにするために、ありったけの冷静さをかき集めねばならなかった。

「それにしても奇態なことよの」と、国王は不機嫌そうな身振りをして続けた。「警察は、殺人がおこなわれましたと言って、すべてを言ったつもりでおる。そして、犯人の足跡を追っていると付け加えて、すべてをやり尽くしたつもりでおるのだから」

「陛下、少なくともこの点に関してはご満足いただけるものと存じます」

「よろしい。結果を待とう。男爵、わたしはこれ以上そなたを引きとめない。ヴィルフォールくん、きみも長旅で疲れたことだろう。行って休みなさい。むろん、父上のところに泊まるのであろうな?」

「いいえ、陛下」と彼は言った。「わたくしはトゥルノン通りのマドリード・ホテルに投宿します」

「それでも会うことは会ったのだろう？」

「陛下、わたくしはいの一番にブラカス公爵のお宅に参ったのでございます」

「しかし、いずれ会うことになっておるのだろう？」

「そのつもりはございません、陛下」

「ああ、それはよい心がけだ」と、ルイ十八世はこれまで繰りかえした質問がなんの意図もなしになされたわけではない、といったふうな微笑を浮かべて言った。「きみがノワルティエ氏と不仲だということを忘れておった。これは王室のためになされた新たな犠牲だ。なんとか償ってやらねばのう」

「陛下、いまお示しになられたご厚情は、わたくしのあらゆる野心をはるかに超えるご褒美です。わたくしはこれ以上、国王にお願いすることはなにもございません」

「なに、かまうものか。こちらはきみのことを忘れまいぞ。安心したまえ。（国王はふだん青地の礼服の胸につけているサン・ルイ十字勲章、その脇につけたノートル・ダム・デュ・モン・カルメル・エ・ド・ラ・サン・ラザール教団の記章、そのまたうえにつけている、レジオン・ドヌール十字勲章を外して、ヴィルフォールにあたえながら）さしあたって、これでも取っておきたまえ」と言った。

「陛下、間違っておられます」ヴィルフォールは言った。「これは士官位勲章でございます」

「おお、そうか」とルイ十八世は言った。「だが、それはそれとして、取っておきたまえ。別のものを取り寄せる暇はない。ブラカス、ヴィルフォール氏にこの勲章の証書を授与する手配をしてくれ」

ヴィルフォールの目は誇らしい歓喜の涙に濡れた。彼は十字勲章を手に取り、それに接吻した。

「それでは、これからわたくしにどんな命令をくだされるのでしょうか?」と彼は尋ねた。

「さがって、きみに必要な休息を取りなさい。パリで働いてもらうことはできないが、きみにはマルセイユで大いに役立ってもらうことになるだろう」

「陛下」とヴィルフォールは一礼しながら答えた。「わたくしは一時間後にはパリを離れています」

「さあ、行きなさい」と国王が言った。「それから、もしわたしがきみのことを忘れているようだったら(国王の記憶というものは頼りないからな)、遠慮なしに言ってもらいたい……男爵、陸軍大臣を呼ぶ命令を出してもらいたい」

「ああ、あなた」と、チュイルリー宮殿を出るとき、警察大臣はヴィルフォールに言った。「あなたは良き門から入られました。あなたの幸運にお墨付きがあたえられましたな」

「この幸運は長続きするだろうか?」と、ヴィルフォールは職責が終わった警察大臣に挨拶しながら呟き、帰りの馬車を目で探した。

一台の辻馬車が河岸を通りかかった。ヴィルフォールが合図すると近づいてきた。彼は行き先を告げ、馬車の奥に身を投げて、野心に満ちた様々な夢想にふけった。十分後に宿に着いた。彼は、二時間後に出発する馬車の手配をしてから食事を注文した。

彼が食卓につこうとしていたとき、呼び鈴が無遠慮に、けたたましく鳴らされた。従僕が扉を開きにいくと、ヴィルフォールにはじぶんの名前を発する声が聞こえた。

「いったい誰が、おれがここにいることを知ったのか」と、ヴィルフォールは自問した。

このとき、従僕がもどってきた。

「どうした?」とヴィルフォールは言った。「いったい、どうしたんだ? 誰が呼び鈴を鳴らしたのだ? 誰がわたしに会いたいというのか?」

「見知らぬ方で、お名前はおっしゃいません」

「なんだって? 名前を言いたがらない、見知らぬ方? で、その見知らぬ方が、わたしになんの用があるというのか?」

「旦那さまと話をされたいとのことです」

「わたしと?」

「そうです」

「わたしの名前を言ったのか?」

「ちゃんと」

「その人物はどのような様子だった?」

「五十歳ぐらいのお方です」

「小柄か、大柄か?」

「ほぼ旦那さまと同じような背格好でございます」

「髪は褐色か、ブロンドか？」

「褐色、とても濃い褐色でございます。目も、眉毛も黒々とした方です」

「で服装は」とヴィルフォールは勢いこんで尋ねた。「どのような服装だったか？」

「上から下までボタンがかかる紺のフロックコートで、レジオン・ドヌール勲章をつけておられました」

「彼だ」とヴィルフォールは青ざめながら呟いた。

「そうだとも！」と言って戸口に姿を見せた人物は、これまですでに二度にわたって人相を描写したその当人だった。「ずいぶんと勿体をつけるな。息子が父親を長く待たせるのは、マルセイユの習慣なのかね？」

「父上！」とヴィルフォールは声をあげた。「やっぱり間違っていなかった。そうじゃないかと思っていたんですよ」

「そう思っていたのなら」と、新来者は片隅にステッキを、椅子のうえに帽子を置いて言葉をついだ。「言っちゃ悪いが、わたしをこれだけ待たせるのは、あんまり親切でないね」

「ふたりにしてくれ、ジェルマン」とヴィルフォールが言った。

従僕は驚きの表情もあらわに出ていった。

12　父と子

ノワルティエ氏――というのも、じっさい入ってきたのは彼自身だったから――は、従僕が扉を閉めるまでずっとその姿を目で追っていた。それから、たぶん控え室で立ち聞きされるのを警戒し、あとについていって扉をもう一度開けた。その用心は無駄ではなかった。従僕のジェルマンの去り方が慌ただしかったのを見れば、彼もまたわたしたちの祖先を滅ぼした、あの好奇心という罪を免れていないのは明らかだったから。そこでノワルティエ氏はわざわざ、控え室の扉をじぶんで閉めに行き、帰ってくると寝室の扉も閉め、閂《かんぬき》をおろした。それからようやくヴィルフォールのところにもどってきて、手を差しだした。ヴィルフォールはその一挙手一投足を驚きながら見守っていたが、まだその驚きから覚めやらなかった。

「おいおい、どうした、ジェラール?」と彼は青年に言って、なんとも形容しがたい薄笑いを浮かべながら眺めた。「わたしに会っても、ちっとも嬉しそうな顔をしていないな?」

「それは違います、父上」とヴィルフォールは言った。「わたしは非常に嬉しいのですが、なにしろこんなふうに訪ねていただけるとは、まったく思いがけないことだったので、いささか戸惑っていただけです」

「だが、きみ」ノワルティエ氏は腰をおろしながら言った。「わたしのほうでも同じことが言えそうだな。どういうことだ！　二月二十八日にマルセイユで婚約式をすると告げておきながら、三月三日にパリにいるじゃないか？」

「パリにいるとしても」ジェラールはノワルティエ氏に近づきながら言った。「非難しないでください。わたしが来たのは父上のためだったのですから。おそらくこの旅で父上は救われるでしょう」

「ああ、そうかね」とノワルティエ氏は、掛けていた肘掛け椅子のなかで無造作に脚をのばして言った。「そうかね！　じゃあ、その話を聞かせてもらおうか、司法官殿、きっと面白い話に違いない」

「父上、サン・ジャック通りでおこなわれている、あるボナパルト派のクラブの噂を耳にされましたか？」

「五三番地のか？　わたしはその副会長だ」

「父上のそのような泰然自若ぶりを見ていると、こっちが身震いします」

「しかたがないだろう。山岳党から追放され、干し草の車に隠れてパリを脱出し、ボルドーの荒れ地でロベスピエールの密偵に追い詰められた者は、たいがいのことに慣れているものだよ。続けてくれ。さて、サン・ジャック通りのボナパルト派のクラブでなにがあったというのか？」

「ケネル将軍がそこに呼び出され、晩の九時に自宅を出たのですが、翌々日セーヌ川で発見されたのです」

「そんな素晴らしい話を誰から聞いた？」

「国王ご自身です」

「それでは、その話と交換にひとつ情報を教えてやろう」

「父上、これからおっしゃろうとされていることを、わたしはとっくに知っているのです」

「ああ、皇帝の上陸のことを知っているのだね？」

「しーっ、父上、お願いしますよ。まず父上のため、それからわたしのために。そうです。わたしはその知らせを知っていました。しかも父上よりも先に。というのも、この三日来マルセイユからパリまで、心が掻きみだされるその知らせを、二百里先まで投げられないものかと、もどかしさでじりじりしながら、馬車を全速力で走らせてきたものですから」

「三日前だと！　どうかしたのか？　三日前には、皇帝はまだ乗船されていなかったのだぞ」

「それは関係ありません。わたしはその計画を知っていたのです」

「それはまた、どうやって？」

「エルバ島から父上に宛てた手紙によってです」

「わたし宛に？」

「そうです、父上宛です。使者の紙入れにあったのを見つけたのです。もしこの手紙が別人の手に落ちていたら、父上、今ごろあなたは銃殺されていたかもしれません」

　ヴィルフォールの父親は笑いだして、

「やれやれ」と言った。「復古王政は事を手短に片づけるやり方を帝国から学んだようだな……

銃殺だと、それはあんまりだ！　ところで、その手紙はどこにある？　きみのことだから、まさかそこら辺にほったらかしているとは思えないが」

「焼却しました、その切れ端でも残しておくのを怖れたからです。あれは父上にとっては死刑判決と同じものでしたから」

「それから、きみの将来も台無しになる」と、ノワルティエは冷たく言い放った。「だが、きみが守ってくれるのだから、わたしはなにも怖れなくてもいいわけだ」

「わたしはそれ以上のことをします。父上を救うのです」

「やれやれ、話が芝居がかってきたぞ。どういうことか説明してくれないか」

「話をサン・ジャック通りのボナパルト派のクラブにもどします」

「どうやらそのクラブのことが、警察のお歴々の心に引っかかっているようだな。なんでもっと捜さなかったのだ。見つけられたかもしれないのに」

「見つけられませんでしたが、手がかりは摑んでいます」

「そいつは決まり文句さ。よく知っているよ。警察は誤りを犯すと、手がかりは摑んでいると言う。それで政府がじっと待っていると、ある日、警察が耳を垂らしてやってきて、手がかりがなくなりましたと言うのだよ」

「そうかもしれませんが、死体が見つかっています。つまりケネル将軍は殺されたのです。世界のどの国でも、これは殺人と呼ばれるものです」

「殺人、と言うのかね？　しかし、将軍が殺人の犠牲者だったとする証拠はどこにもない。セーヌ川には毎日、絶望のあまり身投げするとか、泳ぎを知らなかったために溺れる者たちがいるではないか」

「父上、将軍が絶望のあまり溺死したのではないし、一月のセーヌ川で水浴する者などいないことをよくご存じでしょう。いいえ、いいえ、思い違いなさらないでください。この死はまさしく殺人と呼ばれるべきものです」

「誰がそう呼んでいるのだ?」

「国王ご自身です」

「国王が! わたしはまた、国王はひとかどの哲学者だから、政治において殺人というものは存在しないと理解しているとばかり思っていた。ねえ、きみ、わたしと同じように、きみもよく心得ているだろう。政治においては、人間は存在せず思想があるだけ、感情は存在せず利害があるだけだと。政治においては、ひとは人間を殺すのではなく、障害を取りのぞくだけなのだと。その事態がどのようにして起こったのか知りたいか? だったら、わたしが説明してやろう。——みなはケネル将軍を当てにできると思っていた。エルバ島からの推薦があったからだ。我々のひとりが彼の自宅に行き、仲間のいるサン・ジャック通りの集まりにくるように誘った。彼はやってきた。そこでエルバ島からの出発、上陸予定地など計画のすべてを打ち明けた。やがて、すべてを聞き、了解し、もう知るべきことがなにもなくなった段になって、彼はようやく、じぶんは王党派だと答えた。全員が顔を見合わせ、なにも口外しないという誓約をさせた。ところが誓約はしたものの、いかにも不承不承で、あのような誓約の仕方では神をためすのにもひとしかったよ。それにもかかわらず、我々は将軍を自由に、まったく自由にして、外に出してやった。彼は帰宅しなかった。しかたがないではないか？　彼は我々のところから出ていった。そして、たぶん道を間違えたのだろう。それだけの話だよ。殺人だと！　驚かせるじゃないか、ヴィルフォール、検事代理たるきみが、そんな脆弱な証拠に基づいてひとを告発するとは。きみが王党主義者としてじぶんの仕事をし、我々の仲間の首を斬らせたとき、わたしは一度でも、「息子よ、おまえは殺人を犯した」と言ったことがあるか？　ないだろう。わたしはこう言った、「結構だ。きみは戦いに勝った。明日は、こちらの復讐だ」と」

「しかし、父上、どうかご用心ください。わたしたちがおこなう今度の復讐は凄まじいものになりますよ」

「意味が分からない」

「簒奪者の復帰を当てにしておられるのですか？」

「そう認めてもいい」

「間違っておられます、父上。彼はフランスの国内に入って十里も行かないうちに、追跡され、追い詰められ、野獣のように捕らえられますよ」

「なあ、きみ、皇帝は今ごろグルノーブル〔1〕に向かっておられる。十日か十二日にはリヨンに、二十か二十一日にはパリに着かれるだろう」

「住民が立ちあがるでしょう……」

「彼を迎えに、な」

「彼には数人の部下がいるだけです。その彼にいくつもの軍隊が差し向けられるのですよ」

「皇帝はその軍隊に付き添われて、パリに帰還されるだろう。じっさい、ジェラール、きみはまだほんの子供にすぎないのだ。上陸の三日後に、〈簒奪者は数名の部下とともにカンヌに上陸。現在追跡中〉という電信を受けとったから、事情に通じていると思い込んでいる。だが、彼がどこにいて、なにをしているか、きみらはなにも知らないではないか。現在追跡中、これがきみらの知っているすべてだ。それじゃ、一発も撃たずにパリまで追跡することになるだろうよ」

「グルノーブルとリヨンは王家に忠実な町ですから、乗り越えがたい障害で対抗するでしょう」

「グルノーブルは熱狂して門を開き、リヨンは町ぐるみ彼を迎えに行くだろう。わたしを信じてくれ、我々はきみらと同じくらい情報をもっているし、我々の警察はきみらの警察に優るとも劣らない。証拠をひとつ見せようか。きみは今度の旅をわたしに隠しておこうとした。ところが、わたしはきみがパリの城門を通った三十分後に到着を知ったのだ。きみは馭者以外の誰にも居場所を知らせなかった。ところが、このわたしは知っている。その証拠に、まさにきみが食卓につこうとしているときに、ここに着いているではないか。呼び鈴を鳴らして、もう一人前注文してくれ。夕食をともにしよう」

「参りました」と、ヴィルフォールは驚いて父親をながめながら答えた。「なるほど、ずいぶん事情に通じておられるようですね」

「なに、簡単な話だよ。権力を握っているきみらには、金銭によって得られる手段しかない。ところが権力を待望している我々には、献身によってあたえられる手段があるのだよ」

「献身ですって?」とヴィルフォールは笑って言った。

「そう、献身さ。もっと正直な言い方で、期待する野心と呼んでもいいが」

そしてヴィルフォールの父親は、息子がなかなか呼ぼうとしないので、みずから従僕を呼ぼうと、呼び鈴の紐に手をのばした。

ヴィルフォールはその腕をとめた。

「お待ちください、父上」と青年が言った。「もうひと言」

「言ってみなさい」

「王党派の警察がどれだけお粗末でも、ひとつ恐ろしいことを知っています」

「なんだね?」

「ケネル将軍が行方不明になった朝、将軍の家にやってきた男の人相です」

「ほう、知っているのか、あのご立派な警察が? で、その人相はどのようなものか?」

「浅黒い肌色。髭も目も黒。顎までボタンがある紺のフロックコート。ボタン穴にレジオン・ドヌール勲章の略綬をつけ、つば広の帽子。それに籐製のステッキ」

「おやおや、そいつを知っているのか」とノワルティエは言った。「それなら、どうしてその男を捕まえなかったのか?」

「昨日か一昨日、コック・ヘロン通りの角で見失ったからです」

「きみらの警察は間抜けだと言っただろう」

「そうですが、すぐにもその男を見つけるかもしれません」

「そうだな」とノワルティエは応じて、無頓着そうにあたりを見わたした。「もしその男があらかじめ警告されていなかったら、な」そして、微笑しながらこう付け加えた。「その男はこれから顔と衣装を変えるぞ」

こう言ったと思うと、彼は立ちあがり、フロックコートとネクタイをかなぐり捨て、息子の身支度に必要なものがすべて整っていたテーブルに向かい、剃刀を取りだし、顔に石鹼をつけ、いかにもしっかりした手つきで、警察にはじつに貴重な目印になる口髭を剃りおとした。

ヴィルフォールは父親のやることを恐怖の眼差しで見ていたが、そこに感嘆の気持ちもないではなかった。

ノワルティエは口髭を剃りおとすと、髪の分け目を変えた。それから、黒のネクタイに代えて、トランクの上にあった色物のネクタイを着け、ボタンのついた紺のフロックコートの代わりに、裾が広がった栗色のフロックコートを身にまとい、鏡の前でつばの反り返った青年の帽子を試してみて、その見栄えに満足げだった。そして、暖炉の脇に置いていた籐製ステッキを放っておき、筋張った手に竹製の細杖を握って、ヒューと鳴らしてみせた。それはお洒落な検事代理が、当時は長所のひとつとされていた屈託のなさを、身のこなしにあたえる小道具だった。

「これでよし」と彼が言って、啞然とする息子のほうを振りかえったときには、この一種の公開変装劇というべき作業は終わっていた。「これで、きみの警察にわたしだと分かると思うかね？」

「いいえ、父上」とヴィルフォールは口ごもって言った。「少なくとも、そうだといいのですが」

「それでは、ジェラール」とノワルティエは続けた。「きみの慎重さを信頼して、ここに残しておくものはすべて、処分してもらおう」

「はい、ご安心ください、父上」とヴィルフォールが言った。

「そうか、そうか！　いまになって、きみの言っていたことが正しいと分かったぞ。じっさい、きみのおかげで命が助かったのかもしれない。だが、安心しろ。近々このお返しをさせてもらうからな」

ヴィルフォールは首を横に振った。

「きみは確信していないのか？」

「少なくとも、父上が間違っておられるよう願っています」

「きみはまた国王に会うか？」

「おそらく」

「国王に予言者だと思われたいのか？」

「宮廷では、不幸の予言者はあまり歓迎されませんよ、父上」

「そうだな。しかし、いつの日か、彼らは正しく評価されるかもしれない。第二次王政復古があるかもしれない。そうなると、きみはいっぱしの大人物としてまかり通るかもしれない」

「結局、わたしは国王になんと言えばいいのですか？」

「こう言ったらいい――陛下、陛下はフランスの国情、街々の意見、軍の気質などについて欺かれておられます。パリではコルシカの鬼と呼ばれている男は、ヌヴェールではまだ簒奪者と呼ばれていますが、リヨンではすでにボナパルトと、グルノーブルでは皇帝と呼ばれているのです。陛下は、その男が追い詰められ、追いかけられ、逃げまわっていると思われていますが、じつは鷲のような速さで進軍しているのです。飢えのため死に瀕し、疲労に打ちひしがれ、いまにも脱走すると思われていた兵士は、急坂を転げ落ちる雪だるまのように増え続けています。陛下、お発ちください。フランスを買収したのではなく、征服した真の支配者に委ねてください。陛下、お発ちください。それは陛下になんらかの危険が及びかねないからではありません。敵は充分に強いので陛下を容赦してくれましょう。聖王ルイのご子孫たる者がアルコーレ、マレンゴ、アウステルリッツの戦いの勝者に命乞いをするなど屈辱きわまりないことだからです——と、そう言ってやれ、ジェラール。あるいは、むしろなにも言わないほうがいいかもしれない。今度の旅のことは伏せておくのだ、パリにしにきたこと、そしてしたことを吹聴してはならないぞ。ふたたび駅馬車に乗るのだ。来たときに急いだのなら、それ以上に大急ぎでもどるのだ。マルセイユには夜にもどれ。自宅には裏門から入れ。そこで静かに、控えめに、目立たないようにしていろ。とりわけ余計な手出しは無用だぞ。なぜなら、誓っていうが、今度こそ我々は、おのれの敵を知り、容赦しない人間として振る舞うことになるからだ。さあ、行け、息子よ。行け、ジェラール。そして、もしきみが父親の命令に服従するなら、あるいはこのほうがいいなら、一友人の忠告に敬意をはらうなら、きみのいまの地位はそのままにしておこう。そうしておけば」と、ここでノワルティエは微笑しながら付け加えた。「ある日、ふたたび政治のシーソーがひっくり返って、きみが上に、わたしが下になったら、きみがもう一度わたしを救う布石にもなる。さらばだ、ジェラール。次の旅では、わたしのところに泊まれよ」

そんな言葉を残して、ノワルティエはこの困難な会見のあいだ、ただの一瞬も失わなかった平静さを保ちつつ立ち去った。

青ざめ興奮したヴィルフォールは窓のところまで走っていって、カーテンを細めに開けた。落ち着きはらい泰然とした父親が、標石の隅や通りの角で待ち伏せしている、顔つきの良くない二、三の男たちのあいだを悠然と通りすぎるのが見えた。たぶんその男たちは黒い口髭、紺のフロックコート、つば広の帽子の男を逮捕するためにそこにいたのだろう。

ヴィルフォールはそんなふうに立ったまま、息を殺して、父親がビュシーの十字路で姿を消すまでじっとしていた。それから、父親が捨てていった物に飛びついて、黒のネクタイと紺のフロックコートをトランクのいちばん奥に入れ、帽子を丸めて簞笥の底に突っこみ、籐製のステッキを三つに折って火に投げ込み、旅行用の帽子をかぶって従僕を呼んだ。従僕があれこれ質問しそうなのを目で制し、ホテルの勘定をすましてから、すっかり用意が整っていた馬車に飛びのり、リヨンではボナパルトがグルノーブルにはいったばかりだと知り、道中そこかしこで沸き返っていた騒ぎのなかを、野心と最初の名誉につきものとして人間の心に入り込む、ありとあらゆる不安に苛まれながらマルセイユに着いた。

13　百日天下

ノワルティエ氏は良き予言者だった。彼が言ったように、事態は急速に進展した。誰でもこのエルバ島からの帰還、あの奇妙で奇跡的な帰還のことを知っている。それは過去に類例がなく、おそらく将来においても真似のできない事例だろう。

ルイ十八世は、このじつに手強い攻撃を弱々しくかわそうとしただけだった。彼は人間をあまり信頼していなかったため、出来事にもまともに立ち向かえなかった。彼によって再建されたばかりの王制というか、むしろ君主制はもともと不安定だった基盤そのものが動揺し、皇帝のたったひとつの身振りで、古い偏見と新しい思想からなる不定形の混合だった建物全体が崩壊した。そこでヴィルフォールが国王から得たものは、さしあたって無益になったばかりでなく、むしろ危険なものにさえなった感謝と、あのレジオン・ドヌール士官位勲章だけになった。ブラカス氏は丁重にも、国王の申しつけ通りに証書を送ってきたが、彼は用心してそれを人目にさらすことはなかった。

ノワルティエ氏の庇護がなければ、ナポレオンはおそらくヴィルフォールを解任していたことだろう。ノワルティエはそれまでに立ち向かった危険と成しとげた功績によって、百日天下の宮廷で全能になっていた。そのおかげで、息子に約束していたように、この一七九三年のジロンド党員、一八〇六年の上院議員は、さきにじぶんを庇護してくれた者を庇護してやれたのだった。

したがって、この帝政復活のあいだ――もっともその二度目の失墜は容易に予見できたのだが――ヴィルフォールの権限でできることといえば、ダンテスによって暴露される直前に、例の秘密を握りつぶすことだけだった。

解任されたのは、ボナパルト主義者としての態度が微温的だと疑われた検事ひとりだった。けれども、帝政権力が再建されるや、つまり皇帝がルイ十八世の去ったチュイルリー宮殿に住み、筆者がヴィルフォールに続いて読者を案内した、あの小さな書斎から数多くの命令を四方八方に発し、例の胡桃の木のテーブルに中身が半分詰まったまま開けっぱなしの煙草入れを見いだしたところだというのに、マルセイユの町の人びとは、司法官たちの態度にお構いなく、南仏でまだくすぶっていた内戦の火種が燃えあがろうとするのを感じていた。報復行為が、閉じこもった王党派の自宅周辺でやらかす大騒ぎや、それでもあえて外に出てくる者を追っかけておこなう、公道での面罵の域を越えそうになっていたのだ。

ごく自然の成り行きで、筆者が平民階層に属すると述べたあの尊敬すべき船主は全能とはとうてい言えず――というのも、商売でゆっくり、こつこつ財産を築きあげたすべての者たちと同様、モレル氏は慎重でやや臆病な人間だったから――、熱心なボナパルト主義者たちに先を越され、穏健派扱いされていたとはいえ、それでも声をあげてなにかしらの要求ができる立場にあった。読者が容易にご賢察されるように、その要求とはダンテスのことだった。

ヴィルフォールは上司の失脚にもかかわらず現職にとどまり、結婚のほうも解消されずに、よりふさわしい時期まで延長されただけだった。もし皇帝が玉座にとどまれば、ジェラールには別の婚姻が必要になるだろうが、そうなれば父親がよい相手を見つけてくれるだろう。また、もし第二次王政復古になり、ルイ十八世がフランスにもどってくれれば、サン・メラン氏と同じように、じぶんの影響力が倍加し、この縁組みはいちだんと晴れがましいものになるだろう。

そんなわけで、検事代理がマルセイユの司法界の第一人者になったある朝、執務室の戸が開いて、モレル氏の来訪が告げられた。

もし彼とは別の人間だったら、いそいそと船主を迎えに行き、その熱心さによってうっかり弱みを曝すことになっただろう。ところが、ヴィルフォールはなかなかそつがない男で、なんにつけても、経験とまでは言わないが勘がはたらいた。そばに誰もいなかったにもかかわらず、彼は復古王政時代と同じくモレル氏を待たせた。それは王室検事代理たる者は人を待たせるものだという習慣にすぎない。それから、十五分ほど二、三の傾向の違う新聞を読んで時間をつぶしたあと、ようやく船主を通すように命じた。

モレル氏はさぞかしヴィルフォールが打ちひしがれているだろうと思い込んでいた。ところが、六週間前に見たときと同じく、落ち着きはらって毅然とした、あの冷ややかな慇懃さになんの変わりもなかった。このような慇懃さこそ、高貴な人間と平俗な人間とをへだてるあらゆる障壁のなかでも、もっとも越えがたいものなのである。

モレル氏はじぶんの姿を見れば司法官が震えあがるだろうと確信して、その執務室にはいったのだったが、事態はまったく逆で、事務机に片肘をついて待っている、もの問いたげなその人物を前にして、思わず震えて動揺してしまった。

彼は戸口で立ちどまった。ヴィルフォールは、まるで見覚えがないとでも言わんばかりに、そんな彼を見た。そして彼が手のなかで帽子をいじくりまわしているのを、数秒ほど黙って探るように見つめてから、

「モレルさん、でしたね?」と言った。

「そうです、わたしでございます」と船主は答えた。

「こちらにどうぞ」と検事代理は続け、いかにも庇護者然とした手つきで招きよせた。「どんな御用向きで、まいられたのですか?」

「見当がおつきでないですか?」と船主は尋ねた。

「いいえ、まったく。それでも、ことがわたくしの権限内であれば、喜んでお話をうかがいましょう」

「これは全面的にあなたさまのさじ加減ひとつで決まることなのです」とモレルが言った。

「それなら、ご説明ください」

「では」と続けた船主は、話すうちに自信を取りもどしていったが、その自信はみずからの言い分が正しく、立場が清廉だということで揺るぎないものとなった。「思い出されるように、みんなが皇帝陛下の上陸を知る数日まえ、わたしはひとりの不幸な青年、船乗りで、わたしの船の副船長のために寛大な扱いをお願いにまいりました。覚えておられるなら、彼はエルバ島との関

係で告訴されました。当時は犯罪であったその関係は、今日では厚情に値する理由になります。当時あなたはルイ十八世に仕えておいででしたから、彼を容赦されませんでした。それがあなたの義務だったからです。しかし現在あなたがナポレオンに仕えておられるからには、彼を庇護すべきです。それもまたあなたの義務でしょう。というわけで、わたしは彼がどうなったのか尋ねにまいったのです」

ヴィルフォールは自制するのにひどく苦労したが、

「その男の名前は？」と尋ねた。「その男の名前を言っていただけませんか」

「エドモン・ダンテス」

もちろんヴィルフォールとしては、面と向かってその名前が口にされるのを聞くより、決闘で二十五歩さきの相手の銃火を受けるほうが、よほど気が楽だったろう。しかし彼は眉ひとつ動かさなかった。

「こうやっておけば」とヴィルフォールは内心思った。「あの青年の逮捕が純粋に個人的な問題だったと責められずにすみそうだ」

「ダンテス？」と彼は繰りかえした。「エドモン・ダンテスとおっしゃいましたね」

そしてヴィルフォールは、傍らの整理棚に入れてあった分厚い記録簿を開いたあと、あるテーブルのところに駆けより、そのテーブルから別の資料があるところに移動した。それから船主のほうを振りむいて、

「なにかのお間違えではないでしょうね？」と、世にも平然と言い放った。

もしモレル氏がこの件についてもっと鋭敏、あるいは見識のある人間だったら、王室検事代理が所管とはまったく関係のない事案について、あえて答えようとするのを奇妙に思ったことだろう。そして、なぜ収監記録所とか、監獄の所長とか、県知事のところなどにじぶんを回さないのか、自問したに違いない。しかしモレルには、ヴィルフォールの心中の後ろめたさを探る手立てはなく、いかなる危惧もなかったため、ただ親切な心遣いしかそこに見なかった。ヴィルフォールの計算通りだった。

「いや、間違っておりません」とモレルは言った。「それに、わたしはあの気の毒な若者を十年前から知っておりまして、四年間わたしのところで働いてもらっておりました。覚えておいででしょうか？　わたしは六週間まえ、寛大な処遇を乞いにまいったように、今日はあの気の毒な若者のために、正しい措置をお願いにまいったわけです。あのときはずいぶんと冷たくあしらわれ、不機嫌そうに応対されました。ああ！　あの頃の王党派の方々はボナパルト派にたいして、ずいぶんと厳しかったのですね」

「モレルさん」と、ヴィルフォールはふたたび、いつもの機敏さと冷静さを見せつけて答えた。「ブルボン家が玉座の正統な継承者であるばかりでなく、国民に選ばれた方々でもあると信じていたあの当時、わたしは王党主義者でした。しかし、わたしたちが目の当たりにした、あの奇跡的な帰還によって、みずからの間違いを悟らざるをえませんでした。ナポレオンの天才が勝ったのです。正統な君主制とは愛される君主制のことですから」

「それはなによりです！」と、モレル氏は持ち前の人のいい、こだわりのない率直さで応じた。

「そんなふうに話してくださるのは、嬉しいかぎりです。これでダンテスの身の上にも、明るい見通しが開けるというものです」

「ちょっとお待ちください」とヴィルフォールは新しい記録簿をめくりながら言った。「これですか。カタルーニャの娘と結婚しようとしていた船乗りですね？　ああ、そう、そう、やっと思い出しました。あれはきわめて深刻な案件でしたね」

「どういうことですか？」

「わたしのところを出てから、彼は裁判所の牢獄に連れていかれたのです」

「はい、それで？」

「それで、わたしはパリに向けて報告書を書いたのです。彼に関して見つかった書類も送りました。それはわたしの義務で、いたしかたのないことだったのです……そして逮捕から一週間して、その囚人はさらわれたのです」

「さらわれた！」とモレルは声をあげた。「いったい、あの気の毒な若者をどうするつもりだったのですか？」

「ああ！　ご安心ください。きっとフェネストレルか、ピニュロルか、サント・マルグリット島あたりの監獄に移されたのでしょう。役人の言葉では、気分転換と呼んでいます。ですから、いずれひょっこりもどってきて、船の指揮をとることになりますよ」

「あれは好きなときにもどってくるがいい。地位はちゃんと確保しておきますから。それにしても、なぜ彼はまだもどっていないのですか？　わたしにはボナパルト派の裁判所が第一にすべきことは、王党派の裁判によって投獄された者たちを牢の外に出してやることだと思われるのですが」

「ねえ、モレルさん。そう軽々に非難しないでくださいよ」とヴィルフォールは答えた。「何事も合法的にやらねばなりません。投獄命令は上からきたものですから、釈放命令も上からこなければならないのです。ところが、ナポレオンがもどって、まだ二週間にもなりません。ですから、赦免状も発送されたかどうか、というところでしょう」

「しかし、我々が勝利したいま、手続きを急かせる手立てが、なにかないものでしょうか？　わたしには友人もいますし、いくらか影響力もあります。判決の解除を求めることもできましょう」

「判決はありませんでした」

「では、収監記録は？」

「政治案件では、収監記録はないのです。政府はときにその痕跡を残さずにある人間をなき者にすることがあります。収監記録があると、それがあとで追跡の手がかりになるからです」

「ブルボン王家の治下ではそうだったのかもしれませんが、いまは……」

「いつの時代もそうなのですよ、モレルさん。政府は次々に変わりますが、どれも似たようなものです。ルイ十四世の時代に定められた監獄制度はバスチーユを除いて、いまだに存続しているのです。監獄の規則については、皇帝はつねに太陽王〔ルイ十四世〕ご自身よりも厳格でした。収監記録になんの痕跡もとどめていない囚人は、数え切れないほどなのです」

これほど懇切丁寧に説明されると、確信も行き場を失ってしまうのかもしれない。モレル氏は疑いさえなくしてしまった。

「それでは、ヴィルフォールさん、哀れなダンテスの帰国を早めるための、どんな手立てがありますか?」

「たったひとつしかありません、モレルさん。司法大臣に嘆願書を書くことです」

「ああ、ヴィルフォールさん! 嘆願書がどんなものか、わたしどもは知っています。大臣は毎日二百通ほど受けとって、そのうちの四通も読まれないのでしょう」

「そうです」とヴィルフォールは言葉をついだ。「しかし、わたしが添え書きをつけ、じぶんで宛名を書き、直接送ったものなら読まれますよ」

「それでは大臣の手元に嘆願書を届ける役割を果たしていただけると?」

「喜んで。ダンテスは当時有罪でしたが、こんにちでは無罪です。あのとき投獄させることがわたしの義務だった若者に、いま自由を返してやるのはこのわたしの義務ですから」

このようにヴィルフォールはまさかと思うが、あるかもしれない調査、やられたら救いようのない破滅を招きかねない調査の危険にたいして、先手を打ったのだった。

「しかし、大臣にどのように書けばよいものやら?」

「ここにおすわりください、モレルさん」とヴィルフォールは言った。「わたしがこれから口述しましょう」

「そこまでご親切に?」

「まあまあ。時間を無駄にしてはなりません。すでにだいぶ無駄にしていますからね」

「そうでした。あの気の毒な若者が待ち、苦しみ、そしてきっと絶望していることを考えましょう」

ヴィルフォールはあの囚人が沈黙と暗闇のなかでじぶんを呪っていることを思って身震いした。しかし、あまりにも前がかりになっていたので、いまさら退くわけにもいかなかった。つまり、ダンテスは彼の野心の歯車に噛まれ、打ち砕かれねばならなかったのである。

「それではどうぞ」と、船主はヴィルフォールの肘掛け椅子にすわって、ペンを片手に言った。

ヴィルフォールは要望書を口述した。そこではもちろん、善意あふれる目的で、ダンテスの愛国的な至情、ボナパルト主義の大義によってなされた彼の貢献のことが誇張して述べられた。また、ダンテスがナポレオンの帰還のもっとも活動的な立役者のひとりだともされていた。このような文面を読めば、まだ正しい措置が取られていない場合、大臣が即刻その措置をとらねばならないことは明白だった。

嘆願書が仕上がると、ヴィルフォールは大声で読んでみせて、

「これでいいでしょう」と言った。「あとはわたしにお任せください」

「それで、この嘆願書はすぐに送られるのでしょうね?」

「今日にも送りましょう」

「あなたの添え書きをつけて?」

「わたしにできる最良の添え書きとは、モレルさん、あなたがこの要望書で言われているすべ

てが真実だと保証することです」

そして今度はヴィルフォールがすわって、嘆願書の隅にじぶんの名前を書きくわえた。

「これからはなにをすべきでしょうか?」とモレルは尋ねた。

「待つことです」とヴィルフォールは言葉をついだ。「万事わたしが責任をもちます」

このような確約にモレルは希望を取りもどした。彼は検事代理に大満足して、そのもとを辞し、ダンテスの父親に、間もなく息子に再会できると告げに行った。

ヴィルフォールはといえば、その要望書をパリには送らず、大切にじぶんの手元にとっておいた。それは現在のダンテスを救うものであったが、ヨーロッパの様相や出来事の成り行きからしてすでに想定できること、すなわち第二次復古王政という事態を考えれば、将来、彼の身をひどく危うくしかねないものだったのだ。

だからダンテスはずっと囚人のままだった。独房の奥にうち捨てられた彼には、ルイ十八世の玉座失墜の凄まじい音も、さらに恐ろしい帝国崩壊の音も聞こえてこなかった。

しかしヴィルフォールは、すべてを周到な目で辿り、注意深い耳で聞いていた。百日天下と呼ばれるあの帝国の短い出現のあいだ、モレルは二度にわたって突撃を試み、あいかわらずダンテスの釈放を求めた。しかしそのたびに、いろんな約束やら希望やらを聞かされ、なだめられた。そしてついにワーテルロー[1]がやってきた。モレルは二度とヴィルフォールのところに姿をあらわさなかった。船主は若い友のために、人間としてできるかぎりのことをした。第二次復古王政のもとで、新たな試みをするのは無駄にじぶんを危険にさらすことだったのである。

ルイ十八世はふたたび玉座についた。ヴィルフォールは、いまやマルセイユがことごとく後悔の種になる思い出しかない町になったので、空席となっていたツールーズの検事の席を申請し、あたえられた。新しい官舎に落ち着いた二週間後、彼はルネ・ド・サン・メラン嬢と結婚した。彼女の父親はかつてなかったほど宮廷で幅をきかすことになった。

こうしてダンテスは、百日天下のあいだも、ワーテルローのあとも、ずっと監禁され、人間はもとより、神からも忘れられていたのである。

ダングラールはナポレオンがフランスにもどるのを見て、じぶんがダンテスにあたえた打撃の重大さをまざまざと思い知らされた。彼の密告は的を射ていたのだ。そして、犯罪にたいしては一定の知的水準をもち、通常の生活にたいしては平均的な知性しかもたないあらゆる人間と同じく、その奇妙な偶然の一致を「神の意志」と呼んだ。

しかしナポレオンがパリにもどり、その声がふたたび傲然と力強く響きわたったとき、ダングラールは怖くなった。彼はたえずダンテス、すべてを知っているダンテス、あらゆる報復で威嚇する強いダンテスがいまにも姿を現すような気がした。彼は海の仕事を離れたいという希望をモレルに伝え、スペインの仲買業者に推薦してもらった。彼はそこに注文担当の店員として三月の終わりごろ、すなわちナポレオンのチュイルリー宮殿帰還の十日か十二日後に入った。マドリードに発っていったので、以後彼の噂は聞かれなくなった。

フェルナンのほうはなにも理解していなかった。ダンテスがいなくなること、彼にとって必要なのはそれだけだった。ダンテスがどうなったか？　彼はそんなことを知ろうともしなかった。

ただダンテスの不在によって生じた猶予の期間、彼はその不在の理由についてメルセデスを騙したり、メルセデスを攫ってどこかに移住する計画をめぐらしたりしていた。またときどき、これが彼の人生でもっとも暗い時期だったので、マルセイユとカタルーニャ村が同時に見わたせる場所だったファロ岬の端に腰をおろし、ふたつの道路の一方から、背の高い美青年が闊達な足取りでやってくるのが見えはしないかと、悲しげに、それでいて猛禽のような目でじっと見つめていた。彼にとってもその男は手強い復讐の使者になっていたのだった。そうなったときのフェルナンの肚《はら》は決まっていた。ダンテスの頭を銃でぶち割り、その殺人を美しく飾るために、じぶんも死んでみせようと密かに思っていたのだ。しかし、フェルナンは思い違いをしていた。この男はけっして自殺などしなかったに違いない。なぜなら、つねに希望を忘れなかったから。

そうこうするうちに、痛ましい浮沈を重ねていた皇帝は、最後の召集令を発し、武器をもてる男はみな、皇帝のよく響く号令一下、フランスの外に飛びだすことになった。他の者たち同様、彼もまた出発し、じぶんの小屋とメルセデスのもとを去っていったが、じぶんがいなくなったら、恋敵がもどってきて、じぶんの愛する娘と結婚するかもしれないという、暗く恐ろしい考えに苛まれた。

もしフェルナンが自殺するとしたら、このようにメルセデスと別れるときだったろう。

メルセデスにたいする気配り、彼女の不幸に寄せるかのように見える同情、どんなささやかな望みをも叶えてやろうとする心遣いは、たとえそれが見せかけの献身だろうと必ず寛大な心に及ぼす効果を発揮した。メルセデスはずっと友情からフェルナンが好きだったのだが、その友情に感謝という新たな感情がくわわった。

「お兄さん」と、メルセデスはカタルーニャ男の肩に新兵の背嚢を通してやりながら言った。「お兄さん、あなたはわたしのたったひとりの友だち、殺されちゃいやよ。この世でわたしをひとりっきりにしないでね。あなたがいなくなったら、わたしはこの世でたったひとり取り残され、泣いてばかりいるわ」

出発の間際に言われたこの言葉は、フェルナンにいくらか希望をあたえた。もしダンテスがもどってこなければ、メルセデスはじぶんのものになるかもしれないと。

メルセデスはただひとり、この荒涼とし、地平にはただ広大な海しかない殺風景な土地に残った。痛ましい物語に語られる狂女のように、涙にかきくれ、カタルーニャ村の周囲をたえずさまよっている彼女の姿が見られた。あるときは、南仏の灼熱の太陽の下で足をとめ、まるで彫像のように、じっと黙ったままマルセイユのほうを見ていた。またあるときは海辺にすわり、じぶんの苦しみと同じように終わらない、海の呻き声に耳を傾けながら、こんなふうに希望のない待機という残酷な二者択一に苦しむより、いっそのこと身体を前に傾け、じぶんの重さに引かれてこの深淵に呑みこまれたほうがいいのではないかとたえず自問していた。

メルセデスがそんな企てを実行しなかったのは勇気がなかったからではなく、信仰が彼女を助けにきて、自殺から救ったからだった。

カドルッスもフェルナンと同じく召集された。しかし彼はカタルーニャ村の青年より八歳年長で、既婚者だったので、第三次召集にまわされ、沿岸地方に配属された。

もはや希望だけが支えだった老ダンテスは、皇帝の失脚で希望をなくしてしまった。彼は息子と別れてから五か月後の同じ日、息子が逮捕されたのとほぼ同じ時刻に、メルセデスの腕に抱かれながら息を引きとった。

モレル氏は葬儀の費用を出し、病気のあいだ老人がこしらえたわずかな借金を払ってやった。こんなふうに振る舞うにはただの親切心以上のもの、すなわち勇気がなければならなかった。南仏は炎上していた。だから、たとえ死の床にあっても、ダンテスのように危険なボナパルト派の父親を援助することは犯罪だったからである。

14　怒る囚人と狂う囚人

ルイ十八世の復帰からほぼ一年して、警務視察官の巡視があった。

地下独房の奥にいたダンテスには、その準備作業のために物が転がったり、軋んだりする音が聞こえた。この種の作業は地上では大変な喧噪になるが、地下では囚人以外の者の耳には、ほとんど聞き取れない程度のものになる。囚人は夜の静寂のなかで、巣を張る蜘蛛の気配や、独房の天井に一時間かけて溜まり規則的に落ちる水滴の音などに、じっと耳を澄ます習慣がついているのである。

彼は、さては上で生きている者たちになにか変わったことが起きているのだな、と見抜いた。ずいぶん久しく墓に住んでいたので、じぶんを死者のように眺めることができたのである。

じっさい視察官はいくつもの部屋、小部屋、独房などを一つひとつ見てまわり、数人の囚人が問いかけられた。それは、その穏やかさ、あるいは愚かしさのために監獄当局の覚えめでたい囚人たちばかりだった。視察官は、食事はどうかとか、なにか要求がないか、などと彼らに尋ねた。

彼らは異口同音に食事は不味い、自由がほしいと答えた。

そこで視察官は、ほかになにか言うことはないのかと尋ねた。

彼らは頭を振った。囚人にとって自由以外にどんな良きことを要求できようか？

視察官は微笑しながら所長のほうを振りむいて言った。

「わたしはなんでこんな無益な巡回をやらされるのか分からんね。囚人ひとりに会うと百人に会ったことになる。ひとりの話を聞くと千人の話を聞いたのと同じことになる。食い物が不味い、じぶんは無実だといつも同じ話ばかりだ。ほかにも囚人はいるのかね？」

「はい、危険というか、気が狂った囚人がおりまして、地下独房に収容してあります」

「まあ」と、視察官は心底うんざりした顔で言った。「最後まで職責を果たそう。では、地下牢まで降りていくとするか」

「お待ちください」と所長は言った。「せめて部下ふたりぐらい同行させましょうか。囚人どもはときどき、生きるのがいやになったとか、死刑にされるためだとかで、自暴自棄になって無益な行為をやらかすのです。あなたさまがそんな行為のひとつの犠牲にならないともかぎりませんから」

「それなら、きみの善処にまかせよう」と視察官は言った。

じっさい、ふたりの兵士が呼びにやられ、一同は通るだけで視覚、嗅覚、呼吸に不快感を催すほど悪臭がひどく、不潔で、黴だらけの石段を降りはじめた。

「ああ！」と、半分降りたところで視察官が言った。「いったい、こんなところに誰が住めるというのだ？」

「ここにいるのはもっとも危険な陰謀家のひとりで、なにをしでかすか分からない男だという、特別な連絡が入っています」

「ひとりでいるのか?」

「もちろんです」

「いつからここにいるのか?」

「かれこれ一年前からです」

「入獄してすぐこの独房に入れられたのか?」

「食べ物をとどける役目の看守を殺そうとしたあとでございます」

「看守を殺そうとしたのか?」

「さようでございます、視察官殿。いま明かりをかざしているこの者を、です。そうだな、アントワーヌ?」と所長が尋ねた。

「なんといっても、このわたしを殺そうとしたのですから」と看守が答えた。

「それは、それは! じゃあ、その男は気が狂っているのだな?」

「もっと質が悪いやつ、悪魔ですよ」

「じゃあ、そのことを上申しておこうか?」

「無駄でしょう、視察官殿。その男は、この状態で充分罰を受けているのですから。それにいまや発狂寸前です。わたしどもの観察に基づく経験からして、これから一年もしないうちに、完全に廃人になるでしょう」

「たしかに、そのほうがまだしも気が楽だな」と視察官は言った。「一度まったくの狂人になってしまえば、苦しむことも少なくなるからな」

見られるように、この視察官は人情味にあふれ、果たしている博愛的な役割にふさわしい人物だった。

「おっしゃる通りです」と所長は言った。「お考えをうかがいますと、この分野のことを深く研究されていることが察せられます。じつは、別の階段から降りたところ、ここから二十尺も離れていない独房に老神父がひとりいます。イタリアの独立派の元党首で、一八一一年からここにいますが、一三年末あたりから気が変になり、それ以来、外見も同じ人間だとは思えないほど変わりました。泣くかと思えば笑い、痩せたかと思えば太ってきます。こちらよりむしろ、あちらのほうをごらんになりますか？　あちらの狂気には面白味があって、気が滅入ることはいささかもございません」

「双方ともに見ることにしよう」と視察官は答えた。「それぞれきちんと報告する必要があるのでな」

視察官にとっては、これが最初の巡視だった。そのために上層部の受けを良くしたいと願っていたのだ。

「それでは最初に、こっちから入ることにしよう」と彼は付け加えた。

「いいでしょう」と所長が答えた。

そして所長が看守に合図すると、看守は扉を開けた。

がっしりした錠前の軋む音、錆びついた蝶番が心棒のうえを回る、悲鳴にも似た音に、ダンテスは頭をあげた。彼は鉄格子がはまった狭い換気窓をとおして射してくる、わずかな日の光をなんとも言えない楽しみにして、独房の一角にうずくまっていた。ふたりの看守のもつ松明に照らされ、帽子を手にし、ふたりの兵士に付き添われた所長に話しかけられている未知の男を見ると、ダンテスはさっと事情を察し、ようやく当局の上層部に懇願する機会が訪れたと感じて、両手を合わせながら前に飛びでた。

兵士たちはたちまち銃剣を交叉させてさえぎった。ふたりは囚人が剣呑《けんのん》な意図から視察官めがけて突進したと信じたからだ。

視察官自身も一歩うしろに退いた。

ダンテスにはじぶんが危険な人間として紹介されていたことが分かった。

そこで彼は、人の心がもちうるだけの寛大さと謙虚さを眼差しに集中し、まわりの者たちを驚かせるような敬虔な雄弁を駆使して、訪問者の魂を揺りうごかそうとした。

視察官はダンテスの話に最後まで耳を傾けたが、やがて所長のほうを向いて、

「この男はいずれ真っ当な信心に立ちかえるかもしれないな」と小声で言った。「見たまえ、恐怖心がそれなりに働いている。銃剣を前にして怯んだだろう。ところが、狂人というものはなにを前にしても怯まないものだ。これに関してわたしは、シャラントンの監獄で面白い観察をしたことがある」

それから、ふたたび囚人のほうを向いて、

「要するに、きみはなにを求めているのかね?」と尋ねた。

「わたしはじぶんがどんな罪を犯したのか知りたいのです。ちゃんと判事を決めて、裁判を開いてもらいたいのです。そして、もし有罪なら銃殺し、無罪なら釈放してもらいたいのです」

「食べ物は充分か？」

「そう思いますが、よく分かりません。しかし、それはどうでもいいことです。不幸な囚人であるわたしばかりでなく、正義を司るすべての公務員の方々、わたしたちを治める国王にとっても大事なのは、ひとりの無実の人間が破廉恥な密告の犠牲になり、加害者らを呪いながら獄中で死んでいくなど、あってはならないということではないですか」

「今日のおまえは馬鹿にへりくだっているな」と所長が言った。「いつもはこうでなかったぞ。おまえが看守を殴り殺そうとしたあの日とは、話し方がまったく違っている」

「そうです、所長」とダンテスは言った。「あのことについてもわたしは、いつも親切だったこの方に謹んで赦しを乞います……でも、わたしにどうしろと？　あのときは怒り、狂っていたのです」

「で、もうそうではなくなったのか？」

「はい、所長。この捕囚生活で、わたしは折れ、砕かれ、打ちのめされました……ずいぶん永いあいだここにいるものですから」

「ずいぶん永いあいだ？……いったいきみはいつ逮捕されたのだ？」と視察官が尋ねた。

「一八一五年二月二十八日午後二時です」

視察官は計算した。

「今日は一八一六年七月三十日だ。なにを言っているのかね？　囚人になってまだ十七か月しか経っていないではないか」

「十七か月しかですって！」とダンテスは言葉をついだ。「ああ、視察官殿は十七か月の獄中生活がどんなものかご存じありません。十七年、十七世紀にも感じられるものですよ。とくにわたしのようにまさに幸福を手にしようとしていた男、愛する女性と結婚しようとしていた男、目の前に立派な将来が開けようとしていたのに、すべてが一瞬にしてなくなった男にとっては。また、このうえなく素晴らしい昼から、このうえなく深い夜に落ち込んだ男、将来がめちゃくちゃにされ、愛する女性がまだじぶんを愛してくれているのかどうかさえ分からない男、年老いた父親が死んでいるのか生きているのかさえ知らない男にとっては。海の空気、船乗りの独立、空間、無辺、無限に慣れた男にとっての十七か月の獄中生活、それは人間の言葉がこのうえなくおぞましい言葉で名指すあらゆる犯罪にも劣らないものです。どうかわたしを哀れと思し召し、わたしに代わって、寛大ではなく厳正な処置を、恩赦ではなく判決を求めてください。視察官殿、判事です。わたしは判事しか求めません。被告が判事を拒否されることはよもやありますまい」

「よく分かった。考えておこう」と視察官は言った。

それから所長を振りむいて、

「じっさい」と言った。「この哀れな男の話には胸が痛む。上にあがったら、収監記録を見せてくれ」

「むろんそういたします」と所長は言った。「しかし、この男に不利な記載がいろいろありますよ」

「視察官殿」とダンテスは続けた。「あなたの一存でわたしをここから出すことができないのは承知しています。しかし、わたしの求めを当局に伝えること、調査に着手すること、そしてわたしを裁判にかけることはおできになります。そうなれば、わたしがどんな罪を犯したのか、どれだけの刑に処されるのか知ることができます。不確かさこそ、あらゆる苦悶のうちで最悪のものですから」

「もっと照らしてくれ」と視察官が言った。

「視察官殿」とダンテスは声をあげた。「お声で、あなたがいくらかお心を動かしてくださったことが分かります。どうか希望をもてとおっしゃってください」

「そこまで言うわけにはいかないが」と視察官が答えた。「きみの一件、資料を調べてみることだけは約束できる」

「ああ、そうしてくだされば、わたしは自由です。救われます」

「誰がきみを逮捕したのか？」と視察官は尋ねた。

「ヴィルフォールさんです。あの方に会って、話してください」

「ヴィルフォール氏は一年前からマルセイユにはいない。いまはツールーズだよ」

「そういうことか」とダンテスは呟いた。「おれのたったひとりの保護者が遠いところにいたってわけか」

「ヴィルフォールにはなにかきみを憎む理由があったのか？」と視察官が尋ねた。

「まったくありません。それどころか、わたしには親切にしてくださいました」

「それでは彼がきみに関して残していった記録、あるいはこれから渡してくれる資料を信用してもいいのだね?」

「もちろんです」

「分かった。待っていなさい」

ダンテスは倒れるように跪き、両手を天にあげて、祈りを呟いたが、その祈りのなかで、人びとの魂を地獄から解き放ちにくる〈救い主〉のように、監獄まで降りてきたその男に神の祝福があるように願った。

ふたたび扉がしまったが、視察官とともに降りてきた希望は、そのままそっくりダンテスの独房に封じ込められた。

「ただちに収監記録をごらんになりますか?」と所長が尋ねた。「それとも神父の独房に行かれますか?」

「独房のことは一挙に済ませておこう」と視察官が答えた。「いったん日の光のもとにもどると、もうこんな悲しい仕事を続ける勇気がなくなるだろうからな」

「ああ、あちらのほうはこちらとは全然違った囚人です。この囚人の狂気はその隣人の理性と違って気を滅入らせるようなことはありません」

「で、それはどんな狂気なのだ?」

「ああ、奇妙な狂気であります!　じぶんが巨万の財宝の所有者だと信じ込んでいるのであります。囚われの身となった最初の年、もし所長が釈放してくれるなら百万ローマ・エキュの金を出そうと申し出ました。二年目になると二百万、三年目になると三百万と、だんだん増えていくのです。彼の拘留は今年で五年目になりますから、きっとあなたに内々の話があると言い、五百万出すと申しでるでしょう」

「ほ、ほう！　それはまた奇態な話だな」と視察官は言った。「その百万長者の名前は？」

「ファリア神父でございます」

「二十七号か！」と視察官は言った。

「ここです。開けなさい、アントワーヌ」

看守は言いつけにしたがい、視察官は好奇の眼差しを「狂った神父」の独房に注いだ。

この囚人はふつうそのように呼ばれているのだった。

部屋の中央の、壁から引きはがされた石膏の断片で地面に描かれた円のなかに、裸も同然の男が伏していた。それほどまでに衣服が切れ切れになっていたのだ。囚人はその円のなかにかなり明確な線を描いていて、アルキメデスがマルケッルスの兵士によって殺されたとき[1]と同じような難問を解こうと専念しているようだった。だから独房の扉が開くときに立てる物音にさえも身じろぎひとつせず、見慣れない灯火の光で、彼が仕事をしているじめじめした地面が照らされたときになって、ようやく我にかえったようだった。そこで彼は振りかえり、独房に降りてきたばかりの一行を見て驚いた。

そして彼は勢いよく立ちあがり、惨めなベッドの下に投げ出してあった毛布を取って、急いで身にまとい、見知らぬ者たちの目にいくらかなりともマシな恰好に見せようとした。

「きみはなにを求めているのかね?」と、視察官が言い回しを変えることなく言った。

「わしが?」と、神父は驚いた様子で言った。「わしはなにも求めておらん」

「あなたはなにも分かっていないようだ」と視察官が言葉をついだ。「わたしは政府の役人だ。監獄をまわって囚人の要望をきく役目なのだ」

「ああ、そうか! それなら話は違ってくる」と神父は勢いこんで声をあげた。「それなら、話も通じるだろう」

「ほらほら」と所長は小声で言った。「わたしが予告したような出だしではないですか?」

「お役人」と囚人は続けた。「わしはローマ生まれのファリア神父と申す。二十年間スパダ枢機卿〔2〕の秘書を務めておったが、一八一一年の初めごろ、理由はよく分からんが、逮捕された。そのとき以後、わしはイタリアとフランス当局に釈放を求めておる」

「なぜフランス当局なのか?」と所長が尋ねた。

「わしはピオンビーノで逮捕されたのだが、ピオンビーノはフランスのどこかの県の、県庁所在地になったと思っておるからだ」

視察官と所長は顔を見合わせて笑った。

「こりゃまた」と視察官は言った。「あなたのイタリア情報もあまり新しいとは言えないですな」

「それはわしが逮捕された時期のことだ」とファリア神父は言った。「それで、皇帝陛下が天から授かった第一子〔3〕のためにローマ王国をつくられたので、そのまま征服が順調に進んで、マキャヴェリやチェーザレ・ボルジアの夢、すなわちイタリア全体を唯一の王国にするという夢が成し遂げられたと思っておった」

「だが、幸いにして、神はその遠大な計画にやや変更を加えられた。あなたは、その遠大な計画のかなり熱心な信奉者のようだが」

「それがイタリアを強く、独立した、幸福な国にする唯一の方策だったのだ」

「そうかもしれないが」と視察官は答えた。「しかし、わたしは何もアルプスの彼方の政治問題を論じにここに来たわけでなく、さっきすでにしたこと、すなわち食べ物や住まいについて、なにか要望があるかどうか尋ねにきたのだ」

「食べ物はどこの監獄でも同じようなもの」と神父は答えた。「つまり、ひどく不味い。住まいはといえば、ごらんの通り、湿っぽく、不衛生だ。とはいえ、独房としては、まあまあだろう。ただ、今のところ、問題はそこにはない。大事なのは、わしが最高度に重要で、有益な新事実を政府に知らせたいということだ」

「ほらきましたよ」と所長は小声でそっと視察官に言った。

「だからわしは、あなたにお会いできてじつに嬉しい」と神父は続けた。「もっともわしはじつに重要な計算、成功すればおそらくニュートンの法則を変えるかもしれない計算をしているところを邪魔されたのだったが。ところで、ふたりだけで話す機会をあたえてもらえないだろうか?」

「ほら、言った通りでしょう」と所長。

「さすがに人員をよく把握しておられる」と視察官は微笑しながら答えた。

それからファリアのほうを向いて、

「あなたの要望には応じかねます」と言った。

「では」とファリアが言葉をついだ。「政府が巨額、たとえば五百万もの大金を手にすると言ったらどうだ？」

「たしかに」と、今度は視察官が所長のほうを向いて言った。「数字まで言い当てられましたな」

「なにも」と、神父は視察官が引きあげようとする動きに気づいて言葉をついだ。「どうしてもふたりだけというわけでもない。所長が会見に立ちあっても一向にかまわない」

「ねえ、あなた」と所長が言った。「残念ながら、当方にはあなたの言われようとすることがとっくに分かっていて、空で言えるほどですよ。例の財宝のことなんでしょう？」

ファリアはそんなふうに冷笑する男をじっと見つめた。公正無私な観察者なら、きっとその目に理性と真実の閃きが光るのが見えたことだろう。

「そうかもしれない」と彼は言った。「そのこと以外に、いったいなにを話せと言われるのか？」

「視察官殿」と所長は続けた。「わたしはその話を神父と同じくらい上手に話せますよ。なにしろ、四、五年も前から耳にタコができるほど、さんざん聞かされましたからね」

「それは」と神父が言った。「あなたが聖書に言う、目あれど見えず、耳あれど聞かざる、[4]といった人びとの同類だからだ」

「ねえ、あなた」と視察官が言った。「ありがたいことに、政府は豊かで、あなたのお金を必要としていません。そのお金はどうか、あなたが監獄から出られる日のためにとっておいてください」

神父は目を開き、視察官の手を取って、

「もしわしが監獄から出られず」と言った。「もしあらゆる正義に反して、わしがこの独房に引きとどめられ、誰にも秘密を明かさずに死んだら、その財宝は失われてしまうではないか？　それより政府が、そしてわしも、それを活かしたほうがいいではないか？　六百万まで出そう。そうだ、もしわしに自由を返してくれるなら、六百万を捨て、じぶんは残りで満足しよう」

「いやはや」と視察官は小声で言った。「もしこの男が狂人だと聞かされていなかったら、なんとも確信ありげな口調で話すものだから、てっきり真実を言っているものと思うところだった」

「わしは狂人ではない。ちゃんと真実を言っておるのだ」と、囚人特有の研ぎ澄まされた聴覚で、視察官の言葉をただひとつ聞き漏らさなかったファリアが言葉をついだ。「わしが話しているその財宝は、じっさいに存在する。あなたと協定を結ぼう。その協定にしたがい、わしが指示する場所に連れていってもらおう。それから、目の前で土を掘りかえしてもらおう。そして、もしわしが嘘をついていて、なにも見つからない、つまりおっしゃっていたように、わしが狂人だったら、そのときにはわしをこの同じ独房に連れもどすがいい。わしは永遠にここにとどまり、もはやあなたにも誰にも、なにも求めることなく死んでいこう」

所長が笑いだして、

「その財宝はここから遠いところにあるのか？」と尋ねた。

「ここから約百里のところだ」とファリアが言った。

「話はよくできていますな」と所長が言った。「もしあらゆる囚人が看守を百里もの散歩に連れだしたら面白いと考え、そしてもし看守がそんな散歩をすることに同意するなら、それは囚人どもが折あらば逃げだす算段をする、絶好の機会になりましょう。そしてそのような旅のあいだに、脱走の機会は確実に訪れましょう」

「よく知られた手だよ」と視察官が言った。「なにもこの男に発明の才があるわけではない」

それから、神父のほうを振りむいて、

「食べ物はちゃんと出されているか、と聞いたのだが？」と言った。

「視察官殿」とファリアが答えた「もしわしが本当のことを言ったなら、釈放するとキリストにかけて誓ってもらいたい。これから財宝が埋めてある場所を教えよう」

「食べ物は充分か？」と視察官が繰りかえした。

「そうすれば、視察官、あなたはなんの危険もおかさなくていい。これはなにも、わしが逃げる算段をするためではないことがお分かりになるだろう。旅をされているあいだ、わしのほうは監獄に残っておるのだから」

「あなたはわたしの問いに答えていない」と、視察官はいらいらしながら言葉をついだ。

「あんたのほうも、わしの求めに答えていない！」と神父が声をあげた。「あんたもまた、わしの言うことを信じようとしなかった他の狂者どもと同じように、呪われるがいい！　あんたにはわしの金がいらない。じゃあ、じぶんのために取っておくことにしよう。わしに自由をあたえない、それなら神さまが授けてくださるだろう。行ってくれ、わしにはもうなにも言うことはない」

そして神父は毛布を投げすて、石膏の破片を拾うと、ふたたびじぶんの円の中央に行ってすわりこみ、線を引き、計算を続けた。

「なにをやっているのだ？」と、引きあげながら視察官が尋ねた。

「財宝の計算でしょうよ」と所長が応じた。

ファリアはそんな嘲弄に、このうえない軽蔑が込められた一瞥で応えた。

彼らは外に出た。看守は彼らのうしろで扉を閉めた。

「じっさい、あの男はなんらかの財宝をもっていたのかもしれないな」と、階段をのぼりながら視察官が言った。

「あるいは、もっているという夢を見たのかもしれませんな」と所長が応じた。「そして、翌日目が覚めると狂人になっていたのでしょう」

「じつのところ、もし本当に金持ちだったのなら、今ごろ監獄にはいないだろうに」と、はしなくも視察官は、賄賂の横行を認めてしまうようなことを言った。

かくして、ファリア神父にとっての冒険は終わった。彼は囚人としてとどまったのだが、この訪問のあと、面白い狂人としての彼の評判はますます高まった。

不可能なものを認める偉大な宝石探索者だった、あの古代ローマのカリギュラやネロだったなら、このみすぼらしい男の言葉に耳をかたむけ、男が求める大気、じつに高い価格をつけている空間、莫大な代償をはらうと申し出る自由をあたえたかもしれない。しかし現代の王たちは無難な範囲内にとどまり、もはや大胆な意志をもたない。命令を聞く者たちの耳、彼らの行為を覗《うかが》う者たちの耳を怖れる。もはやみずからの神的な本質の優位を感じない。ただ王冠を戴いた人間というにすぎない。かつて彼らはジュピターの息子だと信じ、少なくともそう自称し、父なる神の振る舞い方をどこかとどめていた。ひとは雲のうえで生じることに容易には手を出せなかった。だが現代の王たちは簡単に追いつかれてしまう。ところが、専制政府が監獄や拷問の結果を白日のもとに曝すのをつねに嫌ってきたように、精神的な審問の犠牲者が、砕かれた骨やしたたる血とともにふたたび現れたという事例が少ないように、独房の泥のなかで精神的な拷問の結果生まれる潰瘍というべき狂気は、ほとんどつねにそれが生まれた場所に入念に隠されるか、あるいはもし外に出される場合には、どこかの暗い病院に覆いかくされて、そこの医者たちは牢番たちが運んできた不格好な残骸に、人間も思想も認めることができない。

牢獄で気が狂ったファリア神父は、みずからの狂気そのものによって、終身禁固に処されていた。

ダンテスについては、視察官は約束を守った。所長の執務室にもどると、収監記録をもってこさせた。その囚人に関する記載はこのようなものだった。

……………………エドモン・ダンテス
過激なボナパルト主義者。エルバ島からの帰還に
積極的に関わった者。
……………………厳重な監視の下に、極秘に監禁すること
この記載は他の記録とは別の筆跡とインクでのものだった。それはダンテスの収監のあとで書きくわえられたことを示していた。
この告発はあまりにも具体的なものだったので、とうてい反論できなかった。だから視察官は括弧の外にこう書いた。
「打つ手なし」
この訪問が、いわばダンテスを活気づけた。入獄して以来、彼は日にちを数えるのを忘れていた。しかし視察官が新しい日付を教えてくれたので、ダンテスは忘れなかった。彼は天井の石膏の破片で背後の壁に、一八一六年七月三十日と書いた。そして、このときから毎日、時間の尺度を見失わないように、一日ごとに刻み目をつけた。
日々が過ぎ去り、やがて数週が、数か月が過ぎた。ダンテスはずっと待っていた。彼はじぶんの自由を得るのに二週間の期限を定めた。視察官があのとき覚えたようだった興味の半分でも上層部にあげるには、二週間で充分だと考えていたのだ。その二週間が過ぎると、視察官がパリに

もどる前にじぶんのことを心配してくれるなどと考えるのはまったく馬鹿げていると思った。ところが、視察官がパリにもどるのはようやく巡視がおわったときだし、その巡視は二、三か月続くだろう。そこで彼は二週間でなく三か月待つことにした。その三か月が過ぎたとき、新たな考えが浮かんで、今度は六か月待ってみることにした。しかし日に日に数えていって、その六か月間を過ぎてしまうと、結局九か月半も待ったことに気がついた。この十か月近くのあいだ、彼の監獄の体制はなにひとつ変わらなかった。心を慰めてくれるどんな知らせもなかった。看守に問いかけてみても、いつものように無言だった。ダンテスはみずからの感覚を疑いだし、じぶんの思い出は頭脳の幻覚にほかならず、この牢獄にあらわれた慰めの天使が夢の翼に乗って降りてきたのではないかと思いはじめた。

一年して、刑務所の所長が代わった。彼はハム城砦の責任者に栄転し、数人の部下、とりわけダンテスの看守をいっしょに連れていった。新しい所長がやってきたが、彼には囚人のリストが長すぎて覚えきれないので、ただ番号だけで呼ばせることにした。この恐ろしい家具付きホテルには五十室あり、それぞれの住人は入っている部屋の番号で呼ばれることになって、哀れな青年は、名前のエドモン、あるいは苗字のダンテスとは呼ばれなくなった。

15　三十四号と二十七号

ダンテスは牢獄に忘れられた囚人がこうむるあらゆる段階の不幸を通りぬけた。

彼はまず自尊心を保つことからはじめた。それは希望の続きであり、無実の自覚だった。やがて、みずからの無実を疑うようになった。これは精神病に関する前所長の考えをかなり裏づけるものだった。それから彼は自尊心の高みから落ちて、まだ神ではないが、人間たちに祈ることになった。神は最後の頼りだった。まず〈主〉からはじめるべきだったこの不幸な男は、他のあらゆる希望が潰《つい》えたあとになって、ようやく神に期待することになったのである。

だからダンテスは、じぶんの独房から引きだされ、もっと暗く、もっと奥まっていても、とにかく別の独房に入れてもらいたいと願った。たとえ不便でも変化に変わりはなく、数日間気晴らしをもたらしてくれるかもしれない。彼は散歩、大気、本、楽器を頼んだが、どれひとつとして認められなかった。しかし彼はそれしきのことでへこたれず、要求をやめなかった。新しい看守は前の看守よりもさらに無口だったが、それでもできるかぎり話しかけた。たとえ無口でも、ひとりの人間に話しかけることは、まだしも楽しいことなのだ。ダンテスはじぶんの声を聞くために話した。ひとりでいるときでも話そうとしたが、このときばかりはさすがにじぶんでも怖くなった。

まだ自由の身だった時代、ダンテスは放浪者、強盗、殺人犯などがいる大部屋の牢獄のことを耳にして、ひたすら恐れおののいていたものだった。彼らのおぞましい楽しみはといえば、訳の分からない乱痴気騒ぎとか、ぞっとするような仲間づきあいだという噂だった。けっして口を開こうとしないこの無情な看守とは別の顔を見るために、彼はそんな大部屋のひとつに投げ込まれたいと願うようになった。不名誉な服を着せられ、足に鎖をつけられ、肩に烙印を押される徒刑場が羨ましかった。徒刑囚は少なくとも同類たちの社会にいて、大気を呼吸し、空を見ているのだから、それだけでも幸せなのだ。

ある日彼は看守に、誰でもいいから仲間がほしい、それが噂に聞いているあの狂える神父でもかまわないと懇願した。看守は見かけこそいかにも無骨だったが、それでもいくらか人間らしいところがあった。顔にこそ出さなかったものの、なんとも過酷な獄中生活を送っているこの不幸な青年を、しばしば心の底から気の毒に思っていたので、三十四号の要求を所長に伝えた。しかし、まるで政治家のように慎重だった所長は、ダンテスが囚人たちを扇動し、陰謀を企み、友人の助けを借りて逃亡を試みるのではないかと想像して、要求を拒んだ。

ダンテスは人間を仲立ちとする方策をすっかりなくしてしまった。そこで、筆者がいずれそうなるだろうと述べておいた通り、神のほうを向くことになったのだった。

そうすると、この世に散らばっている、運命に打ちひしがれた不幸な者たちの拾い集める敬虔な想念がこぞってかけつけ、彼の精神をよみがえらせた。むかし母に教えてもらったお祈りを思い出し、かつてのじぶんが知らなかった意味を見つけた。というのも、幸福な人間にとって祈りとは、単調で無意味なものの寄せ集めにすぎないが、それは苦しみがやってきて、神とでも話せる崇高な言葉を、不運な者たちに説明しにくる日までのことだからだ。

だから彼は熱情ではなく、激情をこめて祈った。声高く祈りながらも、じぶんの言葉に怯えなかった。すると無我の境地に陥り、ひと言発するごとに、輝ける神が見えた。彼は失敗した凡庸な人生のあらゆる行為を全能の神に報告し、そこから教訓を得て、これからなすべきじぶんの任務を心に描いた。そしてそれぞれの祈りの最後に、多くの場合、人間が神よりも人間に向ける私心のある願いを忍びこませた。「われらが人にゆるすごとく、われらの罪をゆるしたまえ」といったように。

熱烈な祈りにもかかわらず、ダンテスはずっと囚人だった。

そこで彼の精神は暗くなり、目の前の雲が厚くなった。ダンテスは教育を受けていない素朴な人間だった。彼にとって過去は、暗いヴェールに覆われていたが、そのヴェールは学識によってのみ取りのぞかれるものだった。独房の孤独と想念の砂漠にいた彼には、過ぎ去った時代を復元し、消滅した民族をよみがえらせ、古代の都市を再建することなどできなかった。それらは想像力をもった者たちが拡大し、美化して初めて、マーチン[1]のバビロンの絵のように、天の光に照らされ、偉容を見せるものなのだ。ところが、彼にはあまりにも短い過去、あまりにも暗い現在、あまりにも不確実な未来しかなかった。おそらく無辺となる夜のなかで、十九年の光のことに思いをよせねばならないのだ！　だからダンテスには、どんな気晴らしも助けにきてくれなかった。精力的で、いくつもの時代を越えて飛翔したかったに違いない彼の精神は、籠のなかの鷲のように、ずっと囚われの身たらざるをえなかった。そこで彼はひとつの考え、みずからの幸福が明白な理由もなく、とんでもない不運によって破壊されたのだという考えにしがみついた。彼はその考えに襲いかかり、それをあらゆる面にひっくり返し、さらに何度もひっくり返したりしてみて、ダンテの『地獄篇』のウゴリノ[2]がロジェ大司教の頭蓋を貪り食らうように、その考えをいわばがつがつと貪り食らった。ダンテスには力に基づく、かりそめの信仰しかなかった。他の者たちと同様、彼は成功のあとその信仰を失った。ただ、彼はその信仰のご利益に少しも与《あずか》らなかった。

苦行のあとに激怒がきた。エドモンは暴言を吐いて、看守を怖じ気づかせ、後ずさりさせた。体を牢獄の壁にぶつけて砕こうとした。一粒の砂、一本の藁屑、一吹きの風など、なんでもないものに向かっ腹を立て、周囲のすべてのもの、とくにじぶん自身にたいして当たり散らした。そのときである。ヴィルフォールに見せられて、彼自身がたしかに見て、手に触れたあの密告状が心に浮かんできた。その一行一行がまるでバルタザール王の宴席の壁に浮かび上がった三語、「メネ、テケル、パルシン」[3]のように、はっきりと壁のうえに燃えあがって見えた。彼は心に思った——このような深淵におれを沈めたのは神の復讐ではなく、人間たちの憎悪なのだと。彼はその未知の人間たちをありとあらゆる責め苦にあわせてやりたいと願った。彼の熱い想像力がその責め苦をいろいろ考えだしてくれたのだったが、どんなに恐ろしい責め苦でもまだまだ手ぬるく、とくにあの連中には短すぎた。なぜなら、苦悶のあとには死がやってくるが、死には休息でないにしろ、休息に似ている無感覚があるからだ。

みずからの敵について、死とは平静のことであり、残酷に敵を罰するには死以外の手立てが必要だとじぶんに言い聞かせているうちに、彼はやがて思いがけずみずからの自殺という陰気で身動きができない想念にはまり込んでしまった。運命の下り坂で、このような暗い想念に立ちいった者こそ不幸だ！　それは紺碧の澄んだ海のように広がっているが、そこを泳ぐ者はべとべとした泥に足がだんだんはまり込み、引きよせられ、呑みこまれるのを感じる、あの死の海のひとつなのだ。いったんそこに捉えられたら最後、神の救いに助けられないかぎり、万事休してしまう。彼が試みる努力の一つひとつが、ますます彼を死のなかに押し込むことになるのである。

けれども、このような精神的な苦悶の状態も、それに先だった苦悩、そしておそらくそのあとにくる業罰ほどに恐ろしいものではない。それは目眩《めまい》を起こすような一種の慰めであり、口が開いた深淵を見せるが、その深淵の底には虚無がある。この地点に達したエドモンは、その想念にいくらかの安らぎをみいだした。あらゆる痛み、あらゆる苦しみ、それらに付きそう亡霊の行列は、いま死の天使が足を置いている、この牢獄の一隅から飛び去るようだった。ダンテスは落ち着いて過去の人生を、怯えながら未来の人生をながめ、避難所だと思えるその中間の地点を選んだ。

そのとき彼はこう心に思った。「遠い航海に出て、おれがまだ人間で、その人間が自由で力強く、他の人間たちに命令を発し、その命令が実行されていたとき、たまに空がかき曇り、海が震えながら吠え、空の一角に嵐が生まれ、まるで大鷲のようにその両翼で水平線を打つのを見たことがある。そんなとき、おれはじぶんの船が無力な避難所でしかないと感じたものだった。その船がまるで巨人の手にある羽のように、ひとりで揺れ、震えていたからだ。間もなく、波の凄まじい音がして、切り立った岩が死を予告しているようだった。おれは死ぬのが嫌だった。死を逃れるためにありとあらゆる努力をした。人間の力と船乗りの伎倆を目いっぱいに集めて、神とともに闘った！……それはあの当時のおれが幸福だったからだ。生にもどることは幸福にもどることだったからだ。その死はおれが呼んだものでも、選んだものでもなかったからだ。だからあの海藻と小石の床のうえでの眠りが過酷に思われたのだ。じぶんが神の姿に似せてつくられていると信じていたおれの死後、鷗や禿鷹の餌食になることが腹に据えかねたのだ。しかし、いまでは話は別だ。おれは人生を愛すべきものにしてくれる一切のものをなくしてしまった。いまでは乳母が子供をあやそうとするように、死がおれに微笑んでくる。いまのおれは好きなように死んでいくのであり、ぐったり疲れて眠り込むのだ。これはちょうど、あの絶望と激情の晩のひとつに、おれがこの独房のなかを数えながら三千周、つまり三千歩、つまり十里を歩いたあとに眠り込んだのと同じようなことではないか。

そのような考えが精神に芽ばえると、この青年は以前より優しく、明るくなった。固いベッドや黒パンのことで文句をつけなくなり、ものをあまり食べなくなり、あまり眠らなくなった。そして、着古した着物を捨てるように、いつでも捨てられるのだと確信できる残りの人生を、ほぼ耐えうるものと見なすようになった。

死ぬにはふたつのやり方があった。ひとつは単純なもので、じぶんのハンカチを窓の格子に結んで首を吊るだけだった。もうひとつは食べるふりだけをして、おのれを餓死させることだった。ダンテスは最初のやり方に強い嫌悪感を覚えた。彼は船の帆桁に吊して処刑する海賊を忌み嫌う環境のなかで育てられた。つまり、縊死《いし》は彼にとって不名誉な苦悶だったので、じぶんに適用したくなかった。そこで彼は、二つ目のやり方を選んで、その日から実行しはじめた。

いま述べた生か死かという二者択一を自問自答するうちに、ほぼ四年が過ぎていた。二年目の終わりになると、ダンテスは日にちを数えるのをやめ、かつて視察官によって引きだしてもらった時間の忘却のなかにふたたび落ち込んでしまっていた。

ダンテスは「おれは死にたい」と言い、みずからの死の様式を選んだ。それからその様式をじっくり検討し、せっかくの決心を翻すことがないように、そのやり方で死ぬことをみずからに誓った。「朝晩の食事が出されたら」と彼は考えた。「食べ物を窓から捨て、食べたふりをしてやろう」

彼はみずからに約束した通りのことをした。一日に二度、空しか見えない小さな格子窓の隙間から食料を捨てた。最初は喜んで、やがてためらいながら、その後は残念に思いながら。そんな恐ろしい目論見を遂行する力をもつには、じぶんにした誓いを思い出さねばならなかった。かつては胸がむかついたその食べ物が、いまや鋭い歯をもった飢えのために、目には食欲をそそるように映り、鼻には香りよいもののように感じられた。ときには一時間も、それらを乗せた盆を手にしたまま、腐った肉の切れ端、悪臭を放つ魚、黴の生えた黒パンのうえに目が釘付けになった。彼のうちでまだ闘い、ときどき彼の決意を打ちのめすのは、生命の最後の本能だった。そうなってくると、じぶんの独房もさして暗くなく、境遇もさほど絶望的ではないように思えてきた。彼はまだ若かった。二十五か六になるところだった。生きる時間がまだ五十年ほど、つまりこれまで生きた年月の倍もあった。これらの果てしない期間に、イフ城の扉をこじ開け、壁をひっくり返し、彼を自由の身にする、なにがしかの出来事がいくつかあるかもしれないのだ！　そのため彼は、食べ物に歯を近づけたが、みずからの意志でタンタロス〔4〕になっていたので、それを口から遠ざけた。このとき、みずからの誓いの思い出が心によみがえったのである。この高潔な青年は、みずからの誓いに背くことでじぶんを軽蔑するようになるのを怖れたのだった。こうして彼は、厳格かつ非情にも、残っていたわずかな生命力を使いはたし、ついにある日、運ばれてきた夕食を天窓から捨てるために立ちあがる力もなくなっていた。

翌日になると、目が見えなくなり、耳もわずかに聞こえるだけだった。看守はなにか深刻な病気だと考え、エドモンは死も近いと期待した。

昼間はそんなふうに過ぎた。エドモンはある種の安らぎをともなう、漠然とした麻痺に領されるのを感じた。神経的な胃の痙攣は和らぎ、激しい渇きも治まっていた。目を閉じると、夜の沼地を駆けまわる鬼火にも似た、きらきら輝く微光の群れが見えた。それは死と呼ばれる未知の国の黄昏だった。晩の九時ごろ、身を寄せて横たわっている内壁に、突然鈍い物音が聞こえた。

この牢獄には、多数の汚らわしい動物がやってきて音を立てるので、ダンテスはそんな些細なことで睡眠が妨げられることがないような習慣を身につけていた。しかし今度ばかりは、断食によって感覚が高ぶっていたためか、音が普段よりじっさいに大きかったためか、このようなぎりぎり最後の瞬間になると何事も重大に思えるためか、ダンテスは頭をあげてもっとよく聞こうとした。

それはなにかを責めるように規則正しく引っ掻く音、巨大な爪か、頑丈な歯か、はたまたなんらかの道具が石に押しつけられるような音だった。

青年の頭脳は弱りきっていたとはいえ、自由という、囚人の心にたえず浮かんでくる、あの月並みな考えに襲われた。その音はまさしく、彼にとってあらゆる音がやみ、神がついに彼の苦しみに情けをかけられ、すでによろめいている彼の足を墓の縁で踏みとどまるよう通知してきたと思われる瞬間に出現した音だった。彼の友人のひとり、彼があまりにもしばしば思うので、じぶんの思いを使いはたしたと感じるほど愛する人のひとりが、いま彼のことを気にかけ、ふたりをへだてる距離を近づけようとしていなかったとは、いったい誰が知ろう？　だが、もしかしたらダンテスは間違っていたのかもしれない。それは死の戸口に漂っている夢のひとつだったのかもしれない。

それでもエドモンはずっと、その音に耳を傾けていた。その音はほぼ三時間続いた。やがて、エドモンにはなにかが崩れるような音が聞こえ、しばらくすると音がやんだ。

何時間かあと、その音はふたたび、まえよりも強く、間近に聞こえた。彼はすでに、なじんでいたその作業に関心を集中したが、そのとき看守が入ってきた。

死のうと決意してからほぼ一週間、その計画を実行に移してから四日間、エドモンはその男に言葉をかけていなかった。どんな病気に罹っているのか尋ねられたときには返事をしなかったし、あまりにもじろじろ見られると壁のほうを向いていた。しかし今日は、この看守にその鈍くかすかな音がきこえて警戒され、それをとめられてしまうかもしれない。そうなると、思ってみるだけで最後の瞬間を楽しませてくれる、希望のようなものを台無しにしかねなかった。

看守は朝食をもってきた。

ダンテスは床のうえに起きあがり、声を張りあげて、もってこられる食い物が不味いこと、独房はひどく辛く寒いことなど、考えられるあらゆることについて話しはじめた。ささやいたり、怒鳴ったりし、強く叫ぶのもやむを得ないと思わせることで、看守をうんざりさせた。ちょうどその日、看守はわざわざ病気の囚人のためにスープと新しいパンを取り寄せ、もってきてくれたというのに。

幸い看守はダンテスが錯乱したものと思い込み、いつものように、脚が不揃いのひどいテーブルのうえに食べ物を置いて引きさがった。

そこで自由になったエドモンは、喜び勇んでふたたび耳を澄ました。

音はじつにはっきりとしてきて、いまや青年には苦もなく聞き取れるようになった。

「もう疑いの余地はない」と彼は心に思った。「昼になってもまだ、この音が続いているということは、おれみたいに不幸な囚人がみずからの解放のために働いているということだ。もし近くにいたら、どれだけおれが手伝ってやれたことだろうか！」

やがて、突然その期待の曙光も、不幸に慣れ、なかなか人間らしい喜びになじむことができない頭脳のなかで、一抹の暗い雲にさえぎられた。ただちにこんな考えが生じたのだ。この音の原因は所長が隣室の修繕のために雇った作業員たちの仕事かもしれないと。

それを確かめるのは容易だったが、どうしたらそんなきわどい質問ができるのか？　たしかに看守がやってくるのを待ってその音を聞かせ、それを聞きながら彼がどんな顔をするのか見るのは簡単なことだった。しかしそのような安心感を手にするのは、ほんの束の間の安心のために、みすみす大事な関心事を暴露してしまうことではないだろうか？　不幸にして、エドモンの頭は空っぽの鐘のように、ひとつの考えのざわめきに聾されていた。彼はすっかり衰弱し、精神が靄《もや》のように漂い、ひとつの想念のまわりに集中することができなかった。エドモンには考察を明確にし、判断を明晰にする手立てはたったひとつしか見えなかった。彼は看守がテーブルに置いていったばかりの、まだ湯気を立てているスープに目を向け、立ちあがり、よろめきながらそこまで辿りつき、茶碗を取って唇にもっていき、なかの飲み物を、曰く言いがたい至福感を覚えながら飲み干した。

このとき彼は勇気をもってそこまでにした。彼はかつて、難破して救出された不幸な男たちが、飢えに疲れはて、あまりにも栄養のある食べ物をがつがつ貪ったために、死んだという話を聞いたことがあったのだ。エドモンはすでに口のそばまでもっていったパンをテーブルのうえにもどし、ふたたび横たわりに行った。エドモンはもはや死にたくなくなっていたのだ。

間もなく彼は、頭のなかに昼の光がもどってくるのを感じた。曖昧でほとんど捉えがたかったあらゆる想念が、すばらしい碁盤のうえでそれぞれ場所を得た。この碁盤上では、おそらくひとつの升目が加わるだけで、動物にたいする人間の優位が確立される。彼は考え、その考えを理詰めで強固なものにした。

このとき彼はこう思った。

「思い切って試してみることは必要だが、誰の身も危うくしてはならない。もし作業をしているのが普通の労働者なら、おれはこの壁を叩くだけでいい。彼はとたんに仕事をやめ、いったい誰が、なんの目的で叩いているのか見抜こうとするだろう。だが、彼の作業がまっとうなものであるばかりか、注文されたものなら、まもなく仕事を再開するだろう。逆に、もしそれが囚人なら、おれの立てる音に怯え、発覚するのを怖れて、仕事をやめるだろう。そしてみんなが床につき、眠りこんでいると思える晩になってから、ようやく仕事を再開するだろう」

ほどなくエドモンはふたたび起きあがった。今度は脚がよろめくこともなく、目がくらむこともなかった。彼は牢の一角に行き、湿気にやられて、がたついた石を引きはがし、もどってくると壁の、音がいちばんよく響く場所を叩いた。

彼は三度叩いた。

一度目から、まるで魔法にかかったように、音はやんだ。

エドモンは一心に耳を澄ました。一時間経ち、二時間経ったが、二度と音は聞こえてこなかった。エドモンは壁の向こう側に完全な沈黙を生じさせたのだった。

希望にあふれたエドモンは、パンを幾切れか食べ、水を幾滴か飲んだが、もって生まれた頑丈な体質のおかげで、ほぼ以前のじぶんを取りもどしていた。

昼は過ぎたが、沈黙は続いていた。

夜がやってきたが、ふたたび音がすることはなかった。

「あれは囚人がやっているのだ」と、彼はえも言われぬ喜びを覚えながら思った。

それからというもの、彼の頭はかっと燃えあがり、活動しはじめたことで生命力も荒々しくもどってきた。

夜が過ぎ去ったが、どんな小さな音も聞こえなかった。

その夜、エドモンはまんじりともしなかった。

ふたたび昼になって、看守が食べ物をもってやってきた。すでに先の食べ物を貪り食っていたエドモンは新たな食べ物も貪り食ったのだが、聞こえてこないあの音のことがたえず気になり、これっきりやんでしまうのではないかと心配した。彼は独房のなかを十里も、十二里も歩きまわり、何時間も風窓の鉄格子を揺さぶってみては、久しく忘れていた鍛錬によって四肢の弾力と活力を取りもどそうとし、まるで闘士が競技場に入る前に腕を延ばし、体に油を塗りたくるように、来たるべき運命との格闘の準備をした。それから、その熱のこもった活動の合間に、あの音が立ちかえってこないかと耳を澄まし、自由を求める作業が、少なくとも同じだけ自由になろうと急いている別の囚人によって妨害されたことを見抜けない、その囚人の慎重さに苛立ちを覚えた。

三日が過ぎた。死ぬ思いで分ごとに数えた七十二時間が！

やっと三日目の晩、看守が最後の見回りを終えたあと、ダンテスが百度目に耳を壁にくっつけてみると、沈黙する石に押し当てられた頭のなかに、わずかな揺れがかすかに響いてくるように思われた。

ダンテスは揺すられた頭脳を落ち着かせるために後ずさりし、独房を数回ぐるぐるまわってから、ふたたび同じところに耳を押し当てた。

もはや疑いの余地はなかった。向こう側でなにかがおこなわれているのだ。その囚人はじぶんの操作の危険に気づいて、なにか別のやり方を考え、より安全に作業を続けるために、鑿《のみ》の代わりに梃《てこ》を使っているらしい。

この発見に勇気づけられたエドモンは、その倦《う》むことを知らない仕事人の手助けをしてやろうと決心した。彼はまずベッドの位置をずらした。そのうしろで解放への作業がなされていると察したからだ。それから壁に切り込みを入れ、湿ったセメントを剝がし、石を取り外すのに役立ちそうなものはないかと目で探した。

なにも見当たらなかった。彼はナイフをもっていなかったし、刃物らしいものをなにももっていなかった。あるのは格子の鉄だけだったが、その格子がしっかりと埋め込まれていることは何度も確かめていたので、いまさらそれを揺り動かしてみるまでもなかった。

家具といっては、ベッド、椅子、テーブル、バケツ、水差しだけだった。

ベッドにはたくさんの鉄の柄がついていたが、その柄はネジで木にしっかりと嵌めこまれていて、ネジを引き抜いて、柄を外すにはネジ回しが必要だった。

テーブルと椅子にはなにもなかった。バケツにはかつて取っ手があったのだが、いまは外されていた。

ダンテスにはただひとつの手立てがあるだけだった。それは水差しを壊して、その砂岩の破片を三角にして、仕事にとりかかることだった。

水差しを敷石に落とすと、水差しは粉々に砕け散った。

ダンテスは二、三の鋭い破片を選んで、藁布団のなかに隠し、残りは地面に散らばったままにしておいた。水差しを割ってしまうことはよくある事態なので、とくに怪しまれる気遣いはなかった。

エドモンは一晩まるまる働けるはずだったが、暗闇のなかでは仕事がはかどらなかった。というのも、手探りで働かねばならなかったからで、彼は間もなく、もともと心許ない道具がより固い砂岩に当たると役に立たなくなるのを実感した。そこでベッドをもとにもどして、昼を待つことにした。希望とともに、忍耐もよみがえってきたのだ。

彼がひと晩中耳を澄ましていると、見知らぬ坑夫が地下作業を続ける音が聞こえてきた。

昼になって看守が入ってきた。ダンテスは看守に、前夜、水差しから直に飲もうとしたら、手が滑って落とし、水差しが壊れてしまったと言った。看守は文句を言いながらも新しい水差しを取りにいったが、前夜の破片をいっしょにもっていこうともしなかった。

しばらくして看守がもどってきて、以後もっと大事に扱えと言ってから出ていった。

ダンテスは錠前が軋む音を聞いて、かつてはそれが閉まるたびに胸が締めつけられる思いをしたものだったのに、このときばかりは言うに言われぬ喜びを覚えた。彼は看守の足音が遠ざかるのを聞いた。それから、その足音が消えるとすぐに、じぶんのベッドに飛んでいって、それをずらした。独房に射しこんでくる弱い日の光で、前夜のじぶんがやった作業が無益だったことを知った。彼は石の端にある漆喰ではなく、石の本体を削ろうとしたのだった。

湿気のためにその漆喰は砕けやすくなっていた。

ダンテスは、漆喰が破片となって引きはがされるのを見て、嬉しさのあまり胸がどきどきした。破片と言ってもほとんど粉のようなものだったのは事実だが、それでも半時間後に、ダンテスはほぼ一握りほど引きはがしていた。数学者なら、このような作業を約二年間継続すれば、岩にぶつからないとしての話だが、おそらく二尺四方、深さ二十尺の坑道が掘れると計算したかもしれない。

このとき、この囚人は瞬く間に、そのあとは次第にゆっくりと流れて、期待、祈り、絶望のうちに空費したこれまでの長い時間を、この作業に費やさなかったじぶんを責めた。

おれがこの独房に閉じ込められてからの六年間、たとえゆっくりとであっても、どれだけの仕事を成し遂げられていたことか！

そう思うと新たな熱意がみなぎってきた。

彼は三日間で、信じられないほど用心しながら、セメントをすっかり剝がし、石をむき出しにすることができた。壁は石灰岩の石材でできていて、そのあいだにところどころ、補強のための切石が嵌められていた。彼はその切石のひとつを露出させ、あとはそれが嵌めこまれている小さな穴のなかで揺すってやるだけでよかった。

ダンテスはじぶんの爪でそれを試みたが、爪では不充分だった。

隙間に差しいれた水差しの断片も、ダンテスが梃のように使ってやろうとすると砕けてしまった。

一時間むなしく試みたあと、ダンテスは額に汗と不安の色を浮かべて立ちあがった。

だからといって、せっかくやりかけた仕事を最初からこんなふうにやめてしまうというのか。

そして隣人、ことによると疲れてしまうかもしれない隣人が向こう側ですべてをやりとげるのを、おれは無為無策にただ待っていなければならないというのか！

そのとき、ある考えが心に浮かんで、彼はじっと立ったまま微笑んだ。汗にぬれた額はたちまち乾いてしまった。

看守は毎日ダンテスのスープをブリキの鍋に入れてもってきた。その鍋には彼のスープともうひとりの囚人のスープが入っていた。というのも、ダンテスは、看守が食べ物を配るのにダンテスを先にするか、同輩を先にするかによって、その鍋が一杯だったり半分空だったりすることに気づいていたのだ。

その鍋には鉄の柄がついていた。そしてダンテスはこの鉄の柄をぜひとも欲しいと願い、かりにその代償を求められたら、十年の命でも投げ出したことだろう。

看守はその鍋の中身をダンテスの皿に注いでいた。木の匙でスープを飲んだあと、ダンテスは翌日も使うその皿を洗った。

その晩、ダンテスは皿をわざと扉とテーブルの中間の地面に置いておいた。入ってきた看守は皿を踏んで、粉々にしてしまった。

今度ばかりは、看守もダンテスに文句は言えなかった。たしかに皿を地面に置いておいたのはダンテスの過失だが、じぶんの足元をよく見なかったのは看守の過失だったからだ。

看守としてはぶつぶつ文句を言うことしかできなかった。

そこで彼はいったいスープをなんに入れたものか、とあたりを見まわしたが、ダンテスの什器といえば、その皿だけだったので、選択の余地はなかった。

「鍋を置いていったらどうだろう」とダンテスは言った。「明日、朝食を運んで来るとき、もちかえればいいではないか」

この忠告は怠惰な牢番には好都合だった。そうすれば、さらに階段を上ったり下ったりする手間が省けるのだ。

彼は鍋を置いていった。

ダンテスは喜びで身震いした。

そうと決まるとダンテスは、勢いよくスープを飲み、監獄の習慣にしたがってスープに添えられる肉を食べた。それから看守が考えを変えないと確信できるように、一時間待ったあと、ベッドの位置をずらし、鍋の柄の先をセメントが剝がれた切石と隣接する石灰岩の石材のあいだに差し込み、梃の代わりをさせた。

軽い揺れがあったので、ダンテスは仕事がうまくいく手応えを感じた。

じっさい一時間もすると、石は壁から外れ、直径一尺五寸以上もある穴ができた。

ダンテスは念入りに漆喰をかき集め、牢獄の四隅にもっていき、水差しの破片で灰色がかった土を引っかき、その土で漆喰を覆いかくした。

それから、偶然、いやむしろ彼が思いついた巧みな策略によってじつに貴重な道具が手にはいったこの夜を有効に使うために、なおも執拗に掘り続けた。

夜が明けそめるころ、ダンテスは石をもとの穴にもどし、ベッドを壁にくっつけて眠りについた。

朝食はパン一切れだった。牢番は入ってくると、そのパンをテーブルのうえに置いた。

「なんだ！　新しい皿をもってこなかったのか？」とダンテスは尋ねた。

「そうだ」と看守は答えた。「あんたは粗忽者だ。水差しを壊し、おれが皿を壊したのも、もとはと言えばあんたのせいだ。もし囚人どもが揃ってこんな被害をかけたら、政府はもたないだろう。鍋を残しておく。スープはそのなかに入れてやる。そうしておきゃ、あんたも家財道具をもう壊せまい」

ダンテスは毛布のしたで天を仰ぎ、両手を合わせた。

手元に残された鉄の柄は、彼の心中を天にたいする熱烈な感謝の念でいっぱいにした。それは過去の人生でもっとも幸せなことがあったときにも、生まれなかったほどの感謝だった。

ひとつ、彼が気づいたのは、じぶんが仕事をはじめるようになってから、相手の四人のほうが働かなくなったことだった。

なに、かまうものか。だからといって、おれの任務を途中で終わりにするわけにはいかない。なに、お隣さんがやってこないなら、こちらのほうから行ってやろうじゃないか！

その日は一日中、彼は休みなしに働いた。晩になると、新しい道具のおかげで、壁から十握り以上の石材、漆喰、セメントの断片を引きだしていた。

巡回の時刻になると、彼は鍋の捻れた柄をできるだけもとどおりにして、いつもの場所にもどしておいた。看守はそこにいつもと同じ分量のスープと肉、と言うか、スープと魚を入れた。というのも、その日は肉断ちの日だったからで、囚人には週三度も肉断ちの日があるのだ。もしダンテスがずっと前からやめていなければ、このこともまた時間の計算の目安になっていたことだろう。

やがて、スープを注ぐと、看守は引き取った。

たちまちダンテスは、隣人が本当に仕事をやめたのかどうか確かめたくなった。

彼は耳を澄ました。

仕事が中断されたここ三日間と変わりなく、ひたすら静寂があるばかりだった。

彼は溜息をついた。隣人が彼のことを警戒しているのは明らかだった。

けれども彼はいささかも落胆することなく、夜中働き続けた。ところが、二、三時間すると、ひとつの障害物に出くわした。鉄が食いこまず、平らな表面を滑るだけになったのだ。

ダンテスはその障害物に手でふれてみて、じぶんが梁に到達したことを理解した。

その梁はダンテスが掘りはじめていた穴を横切る、というか完全に塞いでいた。

とすれば、その上か下を掘らねばならない。

不幸な青年はこんな障害物があるとは思ってもみなかった。

「ああ、主よ、主よ！」と彼は声をあげた。「わたしはあれほど祈ったではありませんか。わたしの願いを聞き届けてくださったとばかり思っておりましたのに。ああ、主よ！　わたしの人生から自由を取りあげられ、死の安息を取りあげられたあと、わたしをふたたび生に呼びもどされた主よ、どうかこのわたしを憐れんでください。わたしを絶望のうちに死なせないでください！」

「神と絶望のことを同時に語っておるのは、いったい誰か？」とはっきり言う声がした。その声は地の底からやってきたように思われ、しかも闇をへだてているので、さながら墓の底から響いてくるように青年には聞こえた。

エドモンは頭の毛が逆立つのを感じ、膝をついたまま後ずさりした。

「ああ！」エドモンは呟いた。「人間が話すのが聞こえる」

四、五年も前から、エドモンは看守が話す声しか聞いたことがない。囚人にとって看守は人間ではなく、樫の扉に付け加えられた生きた扉、鉄の格子に添えられた肉の格子にすぎないのである。

「主の御名において！」とダンテスは声をあげた。「お話をしてくださったお方、もっとお話しください。怖いお声でしたが、どなたですか？」

「そういうきみはどなたかな？」とその声が尋ねた。

「不幸な囚人です」と、ダンテスはいささかもためらわずに言葉をついだ。

「どこの国の者か？」

「フランス人です」

「名前は？」

「エドモン・ダンテス」

「職業は？」

「船乗りです」

「いつからここにいる？」

「一八一五年二月二十八日からです」

「どんな罪で？」

「わたしは無実です」

「だが、なんで告訴されたのか？」

「皇帝の帰還のための陰謀をおこなったと」

「なんだと！　皇帝の帰還のためだと！　それでは皇帝はもう玉座におられないというのか？」

「皇帝は一八一四年フォンテーヌブローで譲位され、エルバ島に流刑にされました。しかし、そういうことをご存じないとは、あなたはいつからここにおられるのですか？」

「一八一一年からだ」

ダンテスは身震いした。——ということは、おれの四年も前から監獄にいたのか。

「これで結構。もう掘らなくてもよい」とその声はひどく早口で言った。「ところで、きみが掘った穴はどれほどの高さのところか？」

「地面と同じ高さです」

「その穴をどうやって隠している？」

「ベッドのうしろに」

「投獄されてから、ベッドの位置が変えられたことはあったか？」

「一度もありません」

「きみの牢は何に面している？」

「廊下です」

「で、その廊下は？」

「中庭に通じています」

「しまった！」とその声は呟いた。

「ああ、いったいどうされたのですか？」とダンテスは声をあげた。

「わしは間違っていた。図面が不完全だったためにこんな誤りをしでかしたのだ。コンパスがなかったのが命取りになった。図面上で線を一本間違えると、じっさいには十五尺の違いになる。わしはきみが掘っている壁を城砦の壁と取り違えておったのだ！」

「それでは海まで行こうとされたのですか？」

「そう望んでいた」

「それがうまくいっていたら？」

「飛びこんで泳ぐ。それからイフ城周辺の島のひとつ、ドーム島かティブラン島、あるいは直接、どこかの海岸に行く。そうすれば助かっていた」

「そこまで泳いで行けたでしょうか？」

「神がその力をあたえてくださっただろう。だが、今となっては万事休すだ」

「万事？」

「そうだ。掘った穴を用心深く塞がれよ。もう仕事をしなくてもよい。なにもせず、わしが連絡するのを待っておられよ」

「あなたは誰ですか？……せめてお名前ぐらいは教えてくださいませんか？」

「わし……わしは……二十七号だ」

「わたしを警戒しておられるのですね?」とダンテスは尋ねた。

エドモンには苦々しい笑いのようなものが天井を貫き、彼のところまで聞こえたような気がした。


「ああ、わたしはよきキリスト教徒です」エドモンはその男に見捨てられるのだな、と本能的に感じ取って声をあげた。「キリストに誓って申し上げます。あなたやわたしの虐殺者どもに真実のかけらなりとも察知されるより、わたしは死んだほうがましですと。ですから、神かけて、どうか、わたしの前から消えないでください。わたしからあなたの声を奪わないでください。さもなければ、わたしはきっと、というのも、わたしはもう精根尽き果てている状態なので、この壁で頭をぶち割ってしまいます。わたしの死はあなたのせいになりますよ」

「きみは何歳か? 声は青年のようだが」

「わたしはじぶんの年齢を知りません。ここに入れられてから、時間を数えていませんから。知っているのはただ、一八一五年二月二十八日に逮捕されたとき、十九歳になろうとしていたということだけです」

「二十六にもなっていないのか」とその声は呟いた。「まあ、その年では裏切り者にはなれまい」

「ええ、もちろん、もちろんです。誓います」とダンテスは繰りかえした。「すでに言いましたが、もう一度言います。あなたを裏切るくらいなら、この身をズタズタにされても構いません」

「よくぞ話しかけてくれた。よくぞわしを頼りにしてくれた。というのも、わしは別の計画を立て、きみから遠ざかろうとしておったからだ。しかし、きみの歳を聞いて安心した。いずれそこまで行こう。待っておられよ」

「それはいつですか？」

「可能性をいろいろ計算してみる必要がある。こちらから合図するまでそっとしておいてもらいたい」

「しかし、わたしを見捨てないでくださいよ。ひとりにしないでくださいよ。あなたがこちらに来られるのですか、それともわたしがそちらにうかがうのですか？　いっしょに逃げましょう。もし逃げることができないなら、いろいろと話し合いましょう。あなたはあなたの愛する人たちのことを、わたしはじぶんの愛するひとたちのことを。きっと誰かを愛しておられるのでしょう？」

「わしは天涯孤独だ」

「では、わたしを愛してください。もしあなたが若ければ、わたしはあなたの仲間になれるでしょう。もしお年寄りなら、あなたの息子になります。わたしには、もし生きていれば七十歳になるはずの父親がいます。わたしが愛していたのはその父親とメルセデスという名前の娘だけでした。父親はわたしのことをよもや忘れてはいないでしょうが、彼女、彼女のほうがまだわたしのことを思っていてくれるかどうか、神さまにしか分かりません。わたしは父親を愛していたように、あなたを愛します」

「結構」と四人は言った。「では、明日」

このわずかな言葉はダンテスを納得させるに充分な語調で発せられた。彼はそれ以上のことを求めずに立ちあがり、壁から削り取った破片を、まえと同じように細心の注意を払って片づけ、ベッドをふたたび壁のほうに押しやった。

そのとき以来、ダンテスはすっかり幸福に身を任せた。もはや孤独でなくなったのは確実だった。もしかすると、自由にさえなれるかもしれない。最悪の場合、たとえこのまま囚人だったとしても、仲間がいる。これで、共有される獄中生活は半ば獄中生活でなくなる。共同で洩らす不平はほとんど祈りになり、ふたりで唱える祈りはほとんど神の恵みを受けるに等しいものになる。

一日中、ダンテスは喜びで心を弾ませながら、独房を行ったり来たりしていた。ときどき、喜びのあまり息苦しくなった。彼はベッドのうえにすわり、手を胸に押しあててみた。廊下でするどんなささいな物音にも扉のところに飛んでいった。一度か二度、見知らぬ人とはいえ、すでに友人のように愛している男から切り離されるかもしれないという危惧が頭をかすめた。そこで覚悟を決めた、もし看守がベッドをずらし、頭をさげて例の穴を調べようとしたら、水差しが置いてある敷石でその頭を叩きわってやろうと。

そんなことをすれば死刑になるのはよく分かっていたが、あの奇跡的な物音が生に連れもどしてくれたとき、彼は倦怠と絶望のあまり死のうとしていたのではなかったか？

夕方になって看守がやってきた。ダンテスはベッドのうえにすわった。そこからなら、まだ完成していない穴を見張りやすいと思ったからだった。たぶん彼は、嫌な訪問者を妙な目つきで睨んでいたに違いない。というのも、相手がこう言ったからだ。

「なあ、あんた、もう一回狂人になるつもりか？」

ダンテスは返事をしなかった。動揺が声に出て、うっかり秘密を暴露してしまうのを怖れたのだ。

看守は頭を振りふり、引き取った。

夜になって、ダンテスはてっきり隣人が沈黙と暗がりを利用して、ふたたび彼と会話をはじめるものとばかり信じた。だが、彼は間違っていた。その夜はどんな物音も彼の熱い期待に応えることなく過ぎ去った。しかし翌日、看守の巡回のあと、彼がベッドを壁から離したばかりのとき、等間隔で三度叩く音が聞こえた。彼は急いで跪き、

「あなたですか?」と言った。「わたしです!」

「看守は行ってしまったか?」とその声が尋ねた。

「はい」とダンテスは答えた。「夕方でないと、もどってきません。わたしたちは十二時間自由です」

「では、わしは行動してもいいのか?」

「はい、そうしてください。少しでも早く、今すぐにでも、お願いします」

するとたちまち、ダンテスが体を半分開口部に突っこんで、両手で押していたあたりの地面が落ちてくるように感じられて、とっさにうしろに身を引いた。と同時に、彼自身が掘った開口部に穴が開いて、引きはがされた土や石の塊が崩れ、そこにどっと流れてきた。そして、深さは測れなかったが、暗いその穴の底に、ひとつの頭、両肩、そしてひとりの人間の姿全体があらわれるのが見えた。その男はかなり敏捷に穴から出てきた。

16　イタリアの学者

ダンテスはじつに永く、じつに忍耐強く待ったその新しい友を腕にかき抱き、窓のほうに連れていった。独房に射してくるわずかな光で友の姿をはっきり照らし出してみるためだった。

小柄な人物で、年齢よりもむしろ苦しみによって白くなった髪、白髪混じりの太い眉毛に隠されている眼光鋭い目、胸まで垂れているまだ黒い顎髭。深い皺が刻まれ痩せた面立ち、独特の毅然とした表情から見て、肉体の力よりも精神の力を駆使するのに慣れている男のようだった。この新来者の額は汗びっしょりだった。

彼の服装はといえば、その原型を見分けるのは不可能だった。すっかりぼろぼろになっていたからだ。

彼は少なくとも六十五歳に見えたが、身動きにある種の活力があるので、永い獄中生活によってそう見えるよりも、じっさいにはもっと若かったのかもしれない。

彼は青年の熱狂的な誓いをある種の喜びをもって受けとめた。氷のように冷たかった彼の心はその熱烈な心にふれて、一瞬、温まり、溶けたようだった。自由に出会えるとばかり思っていたところに、第二の独房を見た失望も大きかったに違いないが、それでもずいぶん厚く青年の親切に感謝した。

「さて、まずは」と彼は言った。「看守どもの目にわしの移動の痕跡を隠す手立てがあるかどうか見てみよう。これからわしらが安心していられるには、これまでのことを連中になにひとつ知られてはならないからな」

それから彼は開口部に身をかがめ、石を取り、重いにもかかわらずそれを楽々ともちあげて、穴のなかに入れた。

「石の取りのけ方がかなり乱暴だったようだな」と、彼は頭を左右に振って言った。「それじゃ、きみには道具はないのか？」

「じゃあ、あなたは」とダンテスはびっくりして言った。「道具をおもちなんですか？」

「じぶんでいくつか作った。ヤスリを除けば、必要なものはすべてもっておる。鑿、やっとこ、梃」

「ああ、あなたの忍耐と工夫の作品をぜひ見せていただきたいものです」とダンテスは言った。

「ほら、まずここに鑿がある」

そう言って彼はブナの木片を柄にした強く鋭い刃を見せた。

「これをなんで作られたのですか」とダンテスが尋ねた。

「わしのベッドの止め金だよ。この道具でここまでの通路をそっくり掘った。約五十尺だ」

「五十尺ですって！」ダンテスはほとんど恐れをなして声をあげた。

「声が大きい、若者よ、声が大きい。小声で話すのだ。囚人の扉ではよく立ち聞きされるものだぞ」

「わたしがひとりだとみんな知っています」

「そんなことは当てにならぬ」

「で、ここにくるのに五十尺掘ったと言われましたね？」

「そうだ、わしの牢ときみの牢をへだてている距離は、だいたいそんなところだ。ただ、均衡尺度を設定するための幾何学の道具がなかったため、わしは曲線の計算を間違えたのだ。四十尺の楕円ではなしに、じっさいには五十尺にしてしまった。先にも言ったように、わしは外壁まで行って、その壁を穿ち、海に飛び込むつもりでおった。わしはきみの牢の下を通らず、牢が面している廊下に沿って掘っていたというわけだ。これでわしの仕事全部が水の泡になった。というのも、廊下は看守どもがうようよしている中庭に面しておるからだ」

「たしかにそうですが」とダンテスは言った。「この廊下はわたしの牢の一面に沿っているだけです。この牢には四面ありますよ」

「そうかもしれん。だが、まずその一面は岩になっておる。その岩に穴を開けていくには、あらゆる道具をそなえた坑夫が十人、十年も仕事しなければならないだろう。この別の面は所長の住居の土台を背にしているに違いない。わしらは、もちろん鍵がかかっている地下室に落ちて、捕まってしまうことだろう。さらにもうひとつの面は、待ってくれ、もうひとつの面はなにに面しておる？」

その面は光が射し込む銃眼が穿たれている面だった。銃眼は外に行くにつれ狭まっていて、光の入り口になっているところでは、子供でさえも通りぬけられそうになかった。そのうえ、三列の鉄格子が嵌まっていて、これではどんなに疑り深い看守でも、囚人の脱獄の心配をしなくてもすみそうだった。

新来者はそんな問いを発しながら、テーブルを窓のしたまで引きずっていき、

「テーブルのうえに乗ってくれ」と言った。

ダンテスは言いつけにしたがってテーブルのうえに乗り、相手の意図を察して背を壁に寄せ、両手を差しだした。

すると、みずからを牢の番号で名乗り、ダンテスがまだその本名を知らない男は、年齢からはとても予想できないほど敏捷に、まるで猫かトカゲみたいな器用さで、まずはテーブル、次にテーブルからダンテスの手、それから手から肩に飛びのった。独房の天井のせいで真っ直ぐ立っていられないため、体を二つ折りにした男は、一列目の鉄格子のあいだから頭を出し、上から下まで見下ろすことができた。

しばらくして、彼は急に頭を引っ込めて、

「そうかそうか！」と言った。「思った通りだった」

そしてダンテスの体に沿ってテーブルまで滑り、テーブルから地面に飛びおりた。

「どう思っておられたのですか？」と、不安になった青年は、今度は彼のそばに飛びおりて尋ねた。

老いた囚人は考え込んでいたが、

「そうか、そういうことか」と言った。「きみの独房の四番目の面は外の回廊に通じておる。そいつは巡回路みたいなもので、警備隊が通り、歩哨が見張っておる」

「たしかですか?」

「わしには兵士の軍帽と銃先が見えたよ。あのように急に頭を引っ込めたのも、わしのことを気づかれるのを怖れたからだ」

「それで?」とダンテスが言った。

「これで分かっただろう、きみの独房から逃げるのは不可能だと」

「それでは?」青年は問いかけるような口調で続けた。

「要するに」と老いた囚人が言った。「これが神の思し召しだということだ!」

そしてこの老人の顔に、深い諦念の色が広がった。

ダンテスはこれほどまでの諦観によって、あれほど永く育んできた希望をあっさりと断念する男を、感嘆の入りまじった驚きを覚えながらながめた。

「こうなったからには、あなたがどういうお方か教えていただけますか?」

「おお、そうだな。きみにはもうなんの役にも立たなくなったいまでも、なおわしに関心をもってくれるのなら」

「あなたはわたしを慰め、支えてくださいます。わたしにはあなたは強者中の強者だと思えますから」

神父は悲しそうな笑みを浮かべて言った。

「わしはファリア神父という。知っての通り、一八一一年からイフ城の囚人になっておる。しかし、その三年前からフェネストレルの要塞に幽閉されていた。一八一一年にピエモンテからフランスに移された。その頃、わしはナポレオンの意のままになっていた運命が、ナポレオンに息子をあたえ、揺籃にあるその息子がローマ王と命名されたことを知った。その頃のわしは、きみが先ほど教えてくれたことなど夢にも思っていなかった。それでは、あの巨人が四年後に失墜したということだな。では、いまは誰がフランスを治めておる？　ナポレオン二世か？」

「いいえ、ルイ十八世です」

「ルイ十八世、ルイ十六世の弟か！　天の命令は奇怪で謎めいている。高くもちあげた者を低く落とし、低く落としたものを高くもちあげてやる神の意図とは、いったい、いかなるものなのか？」

ダンテスはみずからの行く末をしばし忘れ、世界の成り行きを心配するこの男を目で追っていた。

「そうか、そうか」と彼は続けた。「それはイギリスみたいなものなのだな。チャールズ一世のあとはクロムウェル、クロムウェルのあとはチャールズ二世、そしてたぶんジャック二世のあとはどこかの女婿、どこかの親戚、あるいはオレンジ公のような輩が出てくるのだろう。オランダ総督が国王になる。すると、国民に新たな譲歩がなされる。やがては憲法が、さらには自由があたえられるだろう！　青年、きみにはそれが見られるだろう」と言って、ダンテスのほうを振りかえり、予言者なら誰でももっているに違いない、煌めき、射貫くような目でながめた。「きみはそれが見られる年齢だ。きっと見られることだろう」

「ええ、もしここから出られたら」

「ああ、そうだった」とファリア神父が言った。「わしらは囚人だったな。ときどきそれを忘れることがあってな、そんなときには、じぶんを閉じ込めている壁を目が突き破って、自由になったような気がするのだ」

「しかし、あなたのほうはなぜ閉じ込められることになったのですか？」

「わしかね？　一八〇七年に、ナポレオンが一一年に実現しようとした計画を夢見たからだ。イタリアを独裁的で弱小な王国の巣にしていた、あれらすべての公国を、緊密で強力な唯一の大帝国にしようと、マキャヴェリのように願ったからだ。わしを理解するふりをして、まんまと裏切ったある愚かな王さまをチェーザレ・ボルジア[1]だと見誤ったからだ。それはアレクサンデル六世[2]とクレメンス七世[3]の計画でもあった。この計画は失敗するだろう。彼らの企ては無駄だったし、ナポレオンも最後まで成し遂げられなかった。まったく、イタリアは呪われておる！」

そして老人は頭を垂れた。

ダンテスはなぜひとりの人間がそのような関心のために、命を危険にさらすのか理解できなかった。もっとも、彼は会って話したことがあるので、ナポレオンのことは知っていたが、クレメンス七世やアレクサンデル六世についてはまったく知らなかった。

「あなたは」とダンテスは、看守の意見であり、イフ城全体のものでもある意見に同調しそうになって言った。「人から……病気だと思われている神父さんじゃないですか？」

「人から狂人だと思われておる、と言いたいのではないかな？」

「とてもわたしの口からは」とダンテスは微笑みながら言った。

「そうだ、そうだ」とファリアは苦笑いしながら続けた。「そうだ。わしは気が狂っていると言われておる。わしは久しくこの監獄のお客さまに気晴らしをさせてきたが、先の希望のないこの苦しみの館に子供がくるようなことがあれば、頑是ないその子たちをも楽しませてやろう」

ダンテスはしばらく無言のまま身動きしなかった。

「では、逃げるのをあきらめられるのですね」

「わしは脱獄が不可能だと知った。神が望まれないことを試すのは、神に反抗することだ」

「どうしてそう落胆されるのですか？　最初の一撃で成功しようと願うのは、神にたいして期待のしすぎではありませんか。この方法でやられたことを別の方法でやり直すことはできないのですか？」

「やり直せと言うが、これまでわしがなにをしたか知っておるか？　もっている道具を作るのに四年かかったことを知っておるか？　二年前から花崗岩のように固い地面を引っ掻き、穿っているのを知っておるか？　昔ならとうてい動かせまいと思った石の基礎を取り崩さねばならなくなって、その大仕事にまるまる数日もかかったこと、ある晩など、石そのものと同じほど固くなっていた古いセメントを、わずか一寸四方取りのぞいただけで、幸福な気分に浸ったことを知っておるか？　知っておるか、それらの土や石をそっくり収めて隠すために階段の天井に穴をあけ、その円筒にそれらの残滓を次々に埋めていき、その結果いまでは、わずか一握りの塵芥でさえどこに入れてやればいいのか分からないくらい、円筒がいっぱいになっていることを？　そしてついに、じぶんがすべての仕事の目的に達しようとしておると信じ、もはやこの任務を終える力しか残っていないと感じる段になって、神はその目的を後ろにずらされたばかりか、それをどこか分からぬところにもっていかれたことを知っておるか？　ああ！　わしは言う、何度でも言う。以後わしは自由を得るためになにひとつしないだろう。自由は永遠に失われたというのが、神のご意志なのだから」

エドモンはうつむいた。それは仲間を得たという喜びから、もはや逃げだすことがかなわなくなったこの囚人が感じている苦しみに本当は同情すべきなのに、できないことを相手に気取られないためだった。

ファリア神父は崩れ落ちるようにエドモンのベッドのうえに倒れ込んだ。エドモンはずっと立っていた。

青年はこれまで一度も脱獄を考えなかった。あまりにも不可能なので、試みようなどと思わずに、本能的に避けてしまう事柄がある。地下を五十尺も掘り、その仕事をするのに三年も費やし、たとえ成功したとしても、辿り着くのが海に面して切り立っている絶壁。そこから五十尺、六十尺、おそらく六十尺はあろうかというところから身を投げると落ちていき、どこかの岩にぶつかって頭がこなごなになる。それも、その前に歩哨の弾丸で殺されないとしての話だ。さらに、たとえそのような危険をすべて免れたとしても、一里も泳がなくてはならない。あまりと言えばあまりのことだから、あらかじめ断念するのも無理はない。ダンテスがこの断念を死にまで推し進めそうになったことを、わたしたちは先に見た。

しかしいまや、青年は老人があれほどのエネルギーで生にしがみつき、決死の決意の手本をあたえてくれたことを見てから考え込み、みずからの勇気を測りはじめた。——おれとは別の男がおれには考えもつかないことをやろうとした。おれより若くもなく、強くもなく、器用でもない別の男が、あの信じられない作業のために必要な道具を全部、ひたすら機転と忍耐によって手にした。失敗したのはただ寸法の計算違いのせいだった。別の男がそれらをすべてやったのだ。どうしておれにできないことがあろう。ファリアが五十尺掘ったというなら、おれは百尺掘ってやろう。五十歳のファリアがその仕事に三年かけたというなら、半分の年齢のおれが六年かけてやろう。神父で、学者で、〈教会〉の人間であるファリアがイフ城からドーム、ラトノー、あるいはルメールの島まで泳いでいく危険を怖れなかったのに、おれ、船乗りのエドモン、よく海底の珊瑚の枝をとりに行っていた大胆不敵な泳者ダンテスが、わずか一里程度の水泳をためらうのか？　一里泳ぐのにどれだけ必要か？　一時間？　なんだ、おれは陸に足をつけることなく、何時間も海にいた男ではないか！　いや、いや、おれはただじぶんを勇気づけてくれる手本を必要としていただけだったのだ。別の者がやった、あるいはやることもできたことを、おれはやって見せよう。

青年はしばし考えてから、

「あなたが捜されていたものを見つけました」と老人に言った。

ファリアは身を震わせた。

「きみが？」と彼は言って、もしダンテスが言うことが本当なら、じぶんの落胆も永くは続かないだろうというように、頭をあげた。「さてさて、きみはなにを見つけたというのか？」

「あなたがここまで掘られた通路は外の回廊と同じ方向に延びていますね？」

「そうだ」

「通路と回廊のあいだの距離は十五尺ほどしかありませんね？」

「多く見積もっても」

「それでは、通路の中程に十字架の横木になるような脇道を掘りましょう。今度は計算をきちんとしてください。そうすれば、わたしたちは外の回廊に出ます。歩哨を殺して逃げるのです。この計画がうまくいくのに必要なのは勇気だけです。勇気はあなたがおもちです。また腕力が必要ですが、それはわたしが充分もっています。忍耐力については、あなたはすでに示されましたし、わたしもこれから示してみせましょう」

「ちょっと待ってくれ」と神父は答えた。「相棒よ、わしの勇気がどんなもので、わしがどんな力の使い方をするつもりか、きみはまだ分かっておらぬ。忍耐力に関しては、毎朝、前夜の仕事を再開し、毎夜、昼の仕事を再開しておったのだから、たしかにわしはかなり忍耐強いとは思う。だが、青年よ、ここでよく聞いてもらいたい。わしは、無実であるから罰を受けてはならない人間を解放することが、神に仕えることだと思っておった」

「それでは」とダンテスが尋ねた。「事態はまったく同じではないですか？　それとも、わたしと出会ってから、じぶんを有罪だと思われるようになったのですか？」

「いや、違う。わしは有罪なんぞになりたくない。これまでは、わしは事物しか相手にしていないと思っていた。ところが、きみは人間を相手にしようと言う。わしは壁に穴を開け、階段を壊すことはできたが、人の胸に穴を開け、その人生を破壊することはしないのだ」

ダンテスは軽い驚きの仕草をして、

「自由になれるというのに、なぜそんなささいなことにこだわるのですか？」

「しかし、きみ自身」とファリアが言った。「なぜある晩、テーブルの脚で看守を打ちのめし、そいつの服に着替えて、逃げようとしなかったのかね？」

「そのような考えが浮かばなかったからです」

「それはきみがそのような犯罪にたいして本能的な恐怖、夢にも思わなかったような恐怖を覚えるからだよ」と老人は続けた。「というのも、単純で許されている事柄においては、わしらの自然な欲求が権利の範囲から逸れないように教えてくれる。本性にしたがって血を流す虎は、それが虎の身分であり、宿命だから、ただひとつのことしか必要としない。その嗅覚によって、近くに獲物がいると嗅ぎつけることだ。こうなると虎はたちまち獲物めがけて飛んでいき、襲いかかって、獲物を引き裂いてしまう。それが虎の本能であり、虎はその本能にしたがう。ところが人間は逆に、血には嫌悪を覚える。殺人に嫌悪を覚えるのは社会的な法則ではなく、自然の法則なのだ」

ダンテスは呆気にとられていた。じっさい、それがいま知らぬ間に彼の精神、いや、むしろ心に生じたことの説明になっていたからだ。つまり、頭からくる考えもあれば、心からくる考えもあるわけだ。

「それから」とファリアは続けた。「わしはかれこれ十二年獄中におるが、有名なあらゆる脱獄を心に浮かべてみた。ところが、脱獄に成功した例はめったにない。うまくいった脱獄、成功に終わった完璧な脱獄は、入念に練られ、ゆっくりと準備された脱獄だ。ボフォール公爵がヴァンセンヌの城から、デュビュクワ神父がエヴェック要塞から、ラテュードがバスチーユの牢獄からまんまと逃げおおせたのがその好例だ。偶然が機会をあたえてくれる場合もあるが、これがいちばんよい。いいか、機会を待つことだ。そして機会が到来したら、それを活かそうではないか」

「あなたは待つことができるお方ですから」とダンテスは溜息をつきながら言った。「この永い作業はあなたにとって片時も気が休まらない仕事でした。その仕事がなくて気晴らしができないときには、いろんな期待をいだいてじぶんを慰めておられたのですね」

「といっても」と神父が言った。「わしはなにも、それだけをやっておったわけではない」

「いったいなにをされていたのですか?」

「ものを書くか、研究をしておった」

「紙やペンやインクが手に入ったのですか?」

「いや」と神父は言った。「じぶんでつくった」

「あなたが紙やペンやインクをつくられたのですか」とダンテスは声をあげた。

「そうだ」

ダンテスは感嘆しながらその男を見つめた。ただ彼はその男の言うことをにわかには信じられ

なかった。ファリアはそのちょっとした疑念に気づいて、

「今度わしのところにこられたら、わしの仕事をすべて見せてあげよう。わしの全生涯の思索、探求、考察の成果だ。わしがローマのコロッセウムの日陰、ヴェネツィアのサン・マルコ広場の柱のした、フィレンツェのアルノ川の河畔などで考えていたことなのだが、まさかイフ城の四方を壁に囲まれた部屋で、看守たちがそれを完成させる暇をくれようとは思ってもみなかった。それは『イタリアにおける普遍的君主制の可能性について』というもので、四つ折り判で大部の著作になるだろう」

「で、それを書かれたのですか?」

「二枚のシャツのうえにな。わしは布を羊皮紙のようにすべすべにして、均一にする方法を発明したのだ」

「では、あなたは化学者ですね?」

「まあ、多少は。わたしはラヴォワジエ〔4〕を知っておったし、カバニス〔5〕とも親交があった」

「そのような仕事には、歴史の研究が必要だったでしょう。では、本をたくさんもっておられたのですね?」

「ローマでは、図書室に五千冊ほどの蔵書があった。それらを読み、再読したおかげで、厳選された百五十冊ばかりの本があれば、人間の知識の完全な要約とまでは言わないまでも、少なくともひとりの人間が知って有益なことをすべて知りうることを学んだ。わしは人生の三年間をその百五十冊の本を読み、再読するのに費やし、その結果、逮捕されたときにはそれらを諳んじる

ことができた。監獄では、ちょっと努力すれば、それらを完全に思い出すことができた。だからきみに、トゥキュディデスでも、クセノフォンでも、プルタルコスでも、ティトゥス＝リウィウスでも、ストラーダ、ジョルダネス、ダンテ、モンテーニュ、シェイクスピア、スピノザ、マキャヴェリ、ボシュエなどでも朗誦してあげられる。もっともこれらはいちばん重要な作家たちだがね」

「それでは、何か国語もおできになるのですね？」

「わしは五か国語を話すことができる。ドイツ語、フランス語、イタリア語、英語、それにスペイン語だ。古代ギリシャ語の助けを借りて、現代ギリシャ語を解するが、話すのは得意でない。いまその勉強をしておる」

「現代ギリシャ語の勉強をされているのですか？」

「そうだ。わしは知っている単語の語彙表をつくって、じぶんの考えを表現するのに足りるだけの単語を並べたり、くっつけたり、もとにもどしたりしておる。わしは千語ほどの単語を知っておるが、それだけ知っておれば、ぎりぎりなんとかなる。辞書には十万語あるがな。ただ、わしは雄弁にはならないだろう。それでも立派にじぶんの考えを述べられるだろうし、またそれで充分なのだ」

ますます驚嘆してきたエドモンは、この人物の奇怪な能力をほとんど超自然的なものだと思いはじめていたが、どこかの点でなにかの過ちを見つけたくなって質問を続けた。

「でも、もしペンがもらえなかったとしたら」と彼は言った。「なにを使って、その厖大な作品を書かれたのですか?」

「わしはすばらしいペンを作ったのだよ。もし材料が知れたら並のペンより珍重されることだろう。肉断ちの日にときどき出される大きな鱈の軟骨を使うのだよ。だから水曜、金曜、土曜がくるのが待ち遠しくての。というのも、それがペンの蓄えをふやしてくれるのだから。また、ここで白状するが、わしがもっとも楽しいのは歴史の研究なのだ。過去のなかに降りていくと、現在を忘れる。歴史のなかをひとりで自由に歩いておるとな、じぶんが囚人であることなど思い出さないものなのだ」

「それでは、インクは?」とダンテスが言った。「インクはなんで作るのですか?」

「かつてわしの独房には暖炉があった」とファリアが言った。「その暖炉はおそらく、わしが逮捕される少し前に塞がれた。しかし、そこでは永年火がたかれていた。だから、内部はいたるところ煤《すす》で覆い尽くされておる。その煤を毎日曜日に配給されるワインのなかに溶かしてやると、これがすばらしいインクになってくれるのだ。とくに人目を惹く必要のある特記事項のためには、わしはじぶんの指を突いて、血で書くことにしておる」

「それらすべてをわたしはいつ見せていただけるのでしょうか?」

「そちらの都合がよいときに」とファリアが答えた。

「では、今すぐに!」と青年は声をあげた。

「あとについてきなさい」と神父が言った。

そして地下の通路にもどり、姿を消した。ダンテスはあとについていった。

17　神父の牢

身をかがめながら、といってもわりあい楽々と地下通路を通りぬけると、ダンテスは、神父の牢に面した道路の反対側の端に着いた。そこでは通路が縮まり、かろうじて人間ひとりが腹ばいになって体を滑り込ませられる空間になっていた。神父の牢には敷石があって、牢のもっとも暗い一角にあるその敷石のひとつをもちあげることによって、彼はダンテスがその結末を見たあの骨の折れる作業を開始したのだった。

なんとかなかに入ってすぐに立つと、青年は並々ならぬ注意力でその牢を見たが、一見したところ、特別なものはなにも見当たらなかった。

「よろしい」と神父は言った。「まだ十二時十五分だ。わしらにはまだ数時間ある」

ダンテスは周りを見わたし、神父がいったいどの時計でそれほどまでに正確な時刻を読みとれるのか探った。

「窓から射し込むあの日の光を見られよ」と神父が言った。「それからわしが壁に描いた線を見られよ。この線を地球がおこなう自転と公転という二重の運動、それに地球が太陽の周りで描く楕円と組み合わせることによって、機械よりもずっと正確な時刻を知ることができる。というのも、機械には狂いが生じるが、太陽と地球はけっして狂うことがないからの」

ダンテスにはこの説明がなにひとつ分からなかった。彼はいつも太陽が山陰から昇り、地中海に沈むのを見ながら、動くのは太陽であって、地球ではないと思ってきた。じぶんが住んでいるのに気づかない地球のその二重の運動は、ほとんどありえないもののように思われた。話し相手の言葉のいちいちに、ほんの子供の頃に旅で訪れたインドのグジャラートやゴールコンダの金鉱とダイヤモンド鉱を掘るのと同じくらいの、すばらしい学問の神秘を見た。

「あの」と彼は神父に言った。「わたしはあなたの宝物を早く見たいのですが」

神父は暖炉のほうに行き、ずっと手にもっていた鑿をつかって、かつては火床であったが、いまはかなり深い穴を隠している石をずらした。神父がダンテスに話していた物がその穴のなかに隠されていたのだ。

「まずなにを見たいのかね?」と彼は尋ねた。

「イタリアの王権についての大著を見せてください」

ファリアは秘密の戸棚から、パピルスの葉のようにくるくる巻かれた布の巻物を三つ、四つ取り出した。幅四寸ほど、長さ一尺八寸ばかりの布の帯だった。通し番号がついたその帯はダンテスにも読める文字で覆われていた。というのも、それは神父の母語のイタリア語、つまりプロヴァンス地方の人間としてダンテスにも完全に理解できる言葉だったからだ。

「ほれ」と彼は言った。「すべてがそこにある。つい一週間ほどまえ、わしは六十八巻目の下に〈完〉と書いた。わしのシャツ二枚ともっていただけのハンカチがそれに使われたのだ。いつかわしが自由になり、全イタリアにこれを印刷してくれる者がおれば、わしの名声は確たるものになるだろう」

「そうですね」とダンテスが答えた。「よく分かります。では次に、この作品を書かれたペンを見せていただけますか」

「そら」とファリアは言った。

彼は青年に六寸程度の、筆の柄ほどの大きさの短い棒を出して見せた。その端には一本の軟骨が紐で縛りつけられていた。しかも、それは神父がダンテスに話してくれたインクで汚れ、先端に行くにしたがって、普通のペンのようにふたつに割れていた。

ダンテスはそれを調べ、これほど正確にものを切ることのできる道具はなんだろうと思った。

「おお、そうか」とファリアが言った。「ナイフのことだろう？　あれはわしの傑作での。ここにある短刀と同じで、古い鉄の燭台でつくったのだ」

ナイフは剃刀のようによく切れた。短刀のほうは包丁にも匕首にも使えるという利点があった。

ダンテスは時々マルセイユの骨董店で、南方の遠洋航海から船長たちがもちかえった、未開人たちの道具類を調べたときと同じくらい注意深く、それらの物をながめた。

「インクのことは」とファリアが言った。「作り方は知っておるだろう。わしは必要に応じて作っておる」

「それにしても驚かされるのは、これらの仕事を全部されるのに昼間だけで充分だったことです」

「なあに、夜もやっておったさ」

「夜もですって！　では、あなたには猫みたいな能力があって、夜でもはっきり目が見えるのですか？」

「とんでもない。だがの、五感の乏しさを補うために、神は人間に知性をあたえられた。わしは光を手に入れたのだよ」

「どうやって？」

「運ばれてくる肉から脂身をよけておく。それを溶かして、一種の固形の油を取りだすのだ。ほら、これがわしの蠟燭だよ」

そして神父は街路を照らすときの小型ランプに似たものをダンテスに見せた。

「火はどうするのですか？」

「ここに小石二個と焦がした布がある」

「ではマッチは？」

「わしは皮膚病にかかったふりをして、硫黄をくれと言ったら、もってきてくれた」

ダンテスはもっていた物をテーブルに置いて頭を垂れた。この男の忍耐力と精神力に打ちのめされる思いだった。

「これですべてではない」とファリアが言った。「というのはな、すべての宝物を同じひとつの場所に隠すのは上策ではないからだ。ここは閉めよう」

ふたりは敷石をもとの場所にもどした。神父はそのうえに埃を少々撒き、隙間が見えないように足で踏みかためてから、寝床のほうにすすみ、ベッドをずらした。

枕元の背後に、石でほぼ完璧に密封された穴があり、その穴に二十五尺から三十尺の縄梯子がおいてあった。

ダンテスはそれを調べてみたが、なにがあってもびくともしない頑丈な縄梯子だった。

「この見事なお仕事に必要な縄を誰からもらわれたのですか?」とダンテスは尋ねた。

「まず、もっていた何枚かのシャツ、それからフェネストレルの監獄に入れられていた三年分のシーツをわしがほぐしたものだ。イフ城に移されたとき、わしはなんとか、そのほぐしかけのシーツをもってくることができた。そして、ここでその続きをやった」

「でも、シーツに縁がないことに気づかれなかったのですか?」

「わしが縫い直しておいたのだ」

「なにを使って?」

「この針だ」

そして神父はぼろぼろの衣類を開いて、肌身はなさずもっていた長く、鋭い、まだ糸のついている魚の骨を見せた。

「そうだ」とファリアは続けた。「わしはまず、この格子を外して、この窓から逃げようと考えた。ごらんのように、この窓はきみのところのよりも少し広く、いよいよ脱出する段になれば、さらに広げることもできただろう。ところが、この窓が中庭に面していることに気がつき、あまりにも無謀だと思って計画をあきらめた。それでも、この縄梯子をとっておいたのは、なにか不測の事態、さっき話したように計画に偶然が味方する機会もあろうと思ってのことなのだ」

ダンテスはその縄梯子を調べるふりをしながら、今度ばかりは別のことを思っていた。ある考えが彼の心をよぎったのだ。それは、これほど怜悧で、巧妙で、思慮深い人間なら、みずからもはっきりと摑めないじぶん自身の不幸の暗闇を、もしかすると見通してくれるのではないかということだった。

「なにを考えておるのかな？」と神父は尋ねながら、ダンテスの放心状態を最高度にまで高められた感嘆だと勘違いして微笑した。

「わたしがまず考えたのはこういうことです。あなたが辿りつかれた目的に達するためには厖大な知性を費やすことが必要だったでしょう。もし自由の身であったなら、いったいなにをされていましたか？」

「たぶん、なにも。わしの頭脳のなかにあふれ出すものは、いたってつまらないものとなって蒸発していたことだろう。人間の知性のなかに隠されている神秘の鉱脈を掘るには不幸が必要なのだ。火薬を爆発させるには圧力が必要だ。獄中生活はあちこちに漂っているすべての能力をただ一点に集中させる。それらは狭い空間でぶつかりあう。知っての通り、雲の衝突から電気が、電気から稲妻が、稲妻から光が出てくる」

「いいえ、わたしはなにも知りません」と、ダンテスはみずからの無知に打ちひしがれて言った。「口にされるお言葉の一部はわたしにはまったく意味が分からないのです。これほどまで物知りだなんて、ずいぶん幸せな方ですね、あなたは！」

神父は微笑した。

「ほかにも考えていることがある、と言われていなかったかな?」

「はい」

「最初の考えは聞かせてもらった。ほかはどんな考えかな?」

「二つ目は、あなたはご自身の生涯を話してくださいましたが、わたしの生涯ついてまだご存じないということです」

「若い方、きみの生涯は短いから、それほど重要な出来事はなかっただろう」

「ところが、途方もない不幸があったのです」とダンテスは言った。「まったく身に覚えのない不幸です。そこで、これまでもときどきあったことですが、今後二度と神さまを冒瀆しなくてすむように、わたしの不幸の種をつくった者たちに責任を負わせてやりたいのです」

「では、きみは押しつけられた事実に関して無実だと言うのだな?」

「完全に無実です。わたしにとって大切なふたりの人間の命にかけ、わたしの父親とメルセデスの命にかけて、完全に無実です」

「それでは」と神父は隠し場所を閉じ、ベッドをもとの場所にもどしてから言った。「話を聞かせてもらおう」

そこでダンテスはみずからの生涯と呼ぶものの話をした。といっても、インドに行った旅のこと、二、三度の中近東への航海のことにかぎられていた。それから彼は、最後の航海のこと、ルクレール船長の死のこと、船長から渡された大元帥宛の小包のこと、大元帥との面談のこと、大元帥に託されたノワルティエという人物宛の手紙のことを話した。最後に、マルセイユ帰港のこと、父親との再会のこと、メルセデスとの愛のこと、婚約の晩餐会のこと、逮捕、尋問、裁判所での仮入獄のこと、イフ城への最終的な投獄のことなどを語った。そこまで話すと、彼はなにもかも、獄中で過ごした時間のことすら分からなくなった。

話が終わると、神父はじっと考え込んでいたが、やがて、

「法律学には大変深遠な公理がある」と言った。「これはわしがさきほど言ったこととも重なるが、悪心はねじ曲がった体質から生まれるのかもしれないが、人間の本性はもともと犯罪に嫌悪を覚えるということだ。とはいえ、文明は人間に様々な欲求、悪徳、不自然な欲望をもたらし、これらがときに影響力を発揮して、人間の良き本能を窒息させ、人間を悪に導く。そこからこのような箴言が出てくる。もしおまえが犯人を見つけたいなら、犯された犯罪が誰に有益だったのかを探せ！　きみがいなくなって、誰が得をしたのか？」

「もちろん、誰も得をしません！　わたしなど取るに足らない人間ですから」

「そのような答え方は拙い。その答えには論理も哲学もないからだ。ねえきみ、未来の後継者の邪魔をしている国王から臨時職員の邪魔をしている職員まで、人生なにごとも相対の関係なのだよ。もし国王が死ねば、後継者が王冠を受け継ぐ。もし職員が死ねば、臨時職員が千二百フランの俸給を引き継ぐ。それが彼にとっての王室費なのだ。国王が生活するのに千二百万フラン必要なのと同じように、千二百フランが彼には必要なのだ。社会階層の底辺から頂点まで、各個人はおのれのまわりにひとつの小さな利益世界をもち、そこではデカルトの世界と同じように、そ

れなりの渦巻きもあり、鉤形原子などもある。ただ、この世界は上昇するにつれ、つねに拡大するが、これは逆向きの螺旋のようなもので、きわどい均衡によって切っ先に立っているわけだ。いや、きみの世界にもどろう。きみはファラオン号の船長に任命されようとしていたのだったね？」

「そうです」

「美しい娘と結婚しようとしていたのだったね？」

「そうです」

「もしきみが船長にならなかったら、誰か得をする者がいたか？　もしメルセデスと結婚しなかったら、誰か得をする者がいたか？　まず、最初の質問に答えてもらおう。あらゆる問題の鍵は順序だから。もしきみが船長にならなかったら、誰が得をしていたか？」

「いいえ、わたしは船では好かれていました。もし水夫たちが船長を選ぶことができたら、きっとわたしを選んだことでしょう。ただ、わたしを快く思っていない男がひとりだけいました。しばらく前に、その男とある喧嘩をしまして、決闘を申し込んだら断られたのです」

「そう、それだよ。そいつはなんという名前か？」

「ダングラールと言いました」

「船ではなにをやっていた？」

「会計係です」

「もしきみが船長になったら、その男を同じ地位につけておいたか？」

「いいえ、もしわたしの一存で決められたとすれば。というのも、彼の帳簿にいくらか不正があると思っていたからです」

「そうか。ではルクレール船長との最後の話し合いに誰か立ち会った者がいたか？」

「いいえ、ふたりきりでした」

「誰かに会話が聞かれたか？」

「はい。というのも、ドアが開いていましたから。それに……待ってください……そう、そうです。ルクレール船長が大元帥宛の包みを手渡そうとしていると、ちょうどダングラールが通りかかりました」

「これでよし」と神父。「だんだん手がかりが見えきた。エルバ島に寄港したとき、誰かいっしょについてきた者はいたか？」

「誰も」

「手紙を渡されたのだね？」

「はい、大元帥から」

「その手紙をどうした？」

「紙入れのなかにしまっておきました」

「では、ずっと紙入れを身につけていたわけだね？　どうして公文書が入っている紙入れを、一介の水夫がずっとポケットに入れていたのか？」

「おっしゃる通りです。わたしの紙入れは船に置いておきました」

「じゃあ、船にもどってから手紙を紙入れのなかにしまったというわけだね?」

「そうです」

「ポルト・フェライオから船まで、その手紙をどうしていたのか?」

「手にもっていました」

「では、ファラオン号にもどったとき、手紙をもっているのを誰かに見られたかもしれないのだな?」

「はい、そうです」

「他の者と同じようにダングラールにも?」

「他の者と同じようにダングラールにも」

「それならば、よく聞くのだ。記憶をすべてかき集めるのだ。その密告状がどのように書かれていたのか思い出してみるのだ?」

「はい、わたしは三度読みました。ですから一語一語頭に残っています」

「それを聞かせてもらおう」

ダンテスはしばらく考えてから、

「こうです」と言った。「文字通りに言います」

〈王室検事閣下殿

王室と宗教の友である者がお知らせ申し上げます。イズミルを出発し、ナポリとポルト・

フェライオに寄港した後、今朝寄港したファラオン号副船長、エドモン・ダンテスなる者が、ミュラにより、簒奪者宛の書状、および簒奪者により、パリのボナパルト派委員会宛の書状を託されております。

この犯罪の証拠はその者の逮捕によって得られるでありましょう。なぜなら、この書状はその者が身につけているか、父親のもとにあるか、ファラオン号の船室にあるか、そのいずれかで見つかるからであります〉

神父は肩をすくめて、

「明々白々ではないか」と言った。「これをただちに見抜けなかったとしたら、きみもずいぶん素朴で、お人好しだったものだ」

「そう思われますか?」とダンテスは声をあげた。「もしそうなら、なんと破廉恥な男なんだ!」

「ダングラールの普段の筆跡はどんなものだったのか?」

「きれいな筆記体です」

「匿名の手紙の書体は?」

「左傾斜の書体でした」

神父は微笑して、

「書体を偽ったのだよ」

「偽ったにしては堂々と書かれていました」

「ちょっと、待ってくれ」

彼はペン、というかペンと称しているものを取って、インクに浸し、紙代わりの布のうえに、密告状の二、三行を左手で書いた。

ダンテスは後ずさりし、ほとんど驚愕して神父を眺めて、

「ああ、これは驚きです!」と声をあげた。「この筆跡はあれとそっくりですよ」

「つまり、密告状は左手で書かれたというわけだ。それにわしがひとつ注目したことがある」

と神父は続けた。

「どういうことですか?」

「右手の筆跡はそれぞれ多様だが、左手の筆跡はどれも相似ているということだ」

「それではあなたは何事も見たうえで、そう観察されるわけですね?」

「続けよう」

「あ、はい、はい」

「二番目の問題に移ろう」

「お聞きします」

「もしきみがメルセデスと結婚しなかったら、誰か得をする者がいたのだったね?」

「はい、彼女を愛している若い男です」

「その名前は?」

「フェルナン」

「スペイン人の名前だな？」

「カタルーニャの男です」

「その者が手紙を書けると思うか？」

「いいえ！　ナイフでわたしを一突きできたかもしれませんが、その程度の男です」

「そうだろう。それがスペイン人気質なのだ。人殺しはできても、卑劣なことはできない」

「そのうえ」とダンテスは続けた。「彼は密告状に書かれた細部を一切知りません」

「誰にもそのことは口外しなかったのだね？」

「誰にも」

「きみの恋人にさえもだね？」

「わたしの許嫁にさえも」

「それでは、ダングラールの仕業に間違いない」

「ああ、いまとなっては、わたしも明らかにそうだと思います」

「ダングラールはフェルナンを知っていたのか？」

「いいえ……いや……思い出しました……」

「なにを？」

「結婚式の前日、ふたりがパンフィル親父の店の、葉叢のトンネルで同じテーブルにいるのを見ました。ダングラールは馴れ馴れしく、ひとをからかっていましたが、フェルナンのほうは顔面蒼白で、不安そうな面持ちでした」

「ふたりきりだったのか?」

「いいえ、ふたりといっしょに三人目の男がいましたが、これはわたしの知り合いで、きっとこの男がふたりを引き合わせたのでしょう。カドルッスという名前の仕立屋です。でも、この男はとっくに酔っ払っていました。待ってください……待ってくださいよ。なんでわたしはこんなことを思い出さなかったのだろう? 彼らが飲んでいるテーブルのうえにはインク壺、紙、ペンがありました(ダンテスは額に手をもっていった)。ああ! 破廉恥な、なんと破廉恥な奴らだ!」

「ほかにもまだ訊きたいことがあるかな?」と神父は笑いながら言った。

「ええ、ええ、あなたは何事も深く考えられ、どんな事柄でも明瞭に推察されるのですから。次に知りたいのは、なぜわたしが一度しか尋問されず、なぜ判事が指定されず、なぜ判決もなしに処罰されたのか、ということです」

「ああ、これは」と神父が言った。「やや深刻なことになってきたな。裁判というのは、陰気で謎めいたものだから、外から見通すのは容易でない。これまでのきみのふたりの友人の話は、まあ、児戯に等しいことだった。ただこの司法の問題に関しては、もう少し正確な情報をもらう必要がある」

「いいですよ。なんでもお尋ねください。じっさい、あなたはわたし自身よりもずっと、わたしの生涯をはっきり見通されるのですから」

「誰がきみを尋問したのか? 王室検事か、検事代理か、予審判事か?」

「検事代理でした」

「若い代理か、それとも年配の代理か？」

「若い、二十七、八歳ぐらいの人でした」

「そうか！　まだ堕落していないが、それでもすでに野心満々な男だろうな」と神父は言った。

「どういう態度で接してきた？」

「厳しい、というより、むしろ優しい態度でした」

「その検事代理にすべて話したのか？」

「はい、すべてを」

「尋問のあいだ、検事代理の態度になにか変化はなかったか？」

「一瞬、変わりました。わたしを危険にさらす手紙を読んだときです。わたしの不幸に打ちのめされたようでした」

「きみの不幸に？」

「そうです」

「検事代理がきみの不幸に同情したというのか。それは確かなことか？」

「少なくとも、大きな共感の証拠を見せてくれました」

「どんな？」

「わたしを危険にさらしかねない唯一の証拠品を焼いてくれたのです」

「どんな証拠品か？　密告状か？」

「いや、手紙です」

「確かか？」

「わたしが目撃したのですから」

「それはまた、別の話だ。こうなるとその男、きみが思っている以上のとんだ悪党かもしれんぞ」

「そううかがうと身震いしてきます、まったく！」とダンテスが言った。「ではこの世は虎や鰐だらけだということですか？」

「そう。ただ二本足の虎とか鰐は本物の猛獣よりずっと危険なのだよ」

「続けましょう、続けましょう」

「むろんだ。彼は手紙を焼いた、と言ったね？」

「ええ、こう言いながらです。『ごらんください、あなたにとって不利な証拠はこれしかありません。わたしはそれを焼却しました』と」

「そのような振る舞いはあまりに崇高すぎて不自然だ」

「そう思われますか？」

「そう確信する。その手紙は誰に宛てられたものだったのか？」

「パリ市コック・エロン通り十三番地、ノワルティエ殿でした」

「その手紙がなくなってしまうことで、検事代理にはなにか有利になることがあったと思うか？」

「たぶんあったと思います。というのも、彼の言葉では、わたしの利益のために、誰にもその手紙のことを口外しないと二度も三度も約束させ、宛名に書かれていた名前を二度と口にしないと誓わせましたから」

「ノワルティエ？」と神父は繰りかえした。「はて……ノワルティエ？　わしはもとのエトルリア王妃〔1〕の宮廷でノワルティエとかという男と知り合ったことがある。革命のときにはジロンド党員だったノワルティエ。そちらの検事代理はなんという名前だった？」

「ヴィルフォール」

神父はワハハッとばかり哄笑した。

ダンテスは呆気にとられて彼をながめて、

「どうしたんですか？」

「この陽の光が見えるかね？」と神父が尋ねた。

「はい」

「さて、いまやわしには、この透明で輝かしい光線以上に、すべてが明白になった。きみもかわいそうな子供だな、かわいそうな青年だな！　その司法官が親切だったというのかね？」

「はい」

「そのご立派な検事代理が手紙を焼いて、始末してくれたというのだね？」

「はい」

「その律儀な死刑供給の胴元が、ノワルティエという名前を二度と口にしないと誓わせたのだね?」

「はい」

「きみも気の毒な盲人だ、そのノワルティエというのが誰だか知っておるか? ノワルティエというのはな、ヴィルフォールのじつの父親だったのだぞ!」

たとえダンテスの足元に雷が落ち、深淵を穿ってその底に地獄が口を開けたとしても、この予想外の言葉ほど迅速で、電撃的で、圧倒的な効果を及ぼさなかったことだろう。彼はまるで割れるのを防ぐかのように、両手で頭を抱えて立ちあがり、

「彼の父親! 彼の父親!」と声をあげた。

「そうだ、彼の父親だ。名前をノワルティエ・ド・ヴィルフォールという」と神父が言葉をついだ。

すると強烈な光が囚人の頭脳を横切り、それまで曖昧なままとどまっていたいっさいのことが、一瞬のうちに光り輝く明かりのもとに照らされた。尋問のあいだのヴィルフォールのあの逃げ口上、焼却されたあの手紙、求められたあの誓約、脅迫というよりも懇願するような司法官のあの哀れっぽい声。すべてが記憶によみがえってきた。彼は叫び声を発し、酔っ払いのように一瞬よろめいた。それから、神父の独房からじぶんの独房に通じている入り口に突進していって、「ああ!」と言った。「このことをすべて考えるには、ひとりきりにならなきゃならない」

そしてじぶんの独房に着くなりベッドに倒れ込んだのだが、晩になっても目を据え、表情をこわばらせ、彫像のようにじっと動かず、無言のままうずくまっている姿を看守に見つけられた。

まるで数秒のように早く流れたこの数時間のあいだ、彼は恐ろしい決心をし、凄まじい誓いを立てた。

そんな夢想から彼を引きだす声があった。それはファリア神父の声で、彼のほうも看守の巡回を受けたあと、ダンテスと夕食をともにしようと誘いにきたのだった。獄内で公認の狂人、それも面白い狂人だということで、この老いたる囚人には、いくつかの特権があたえられ、そのひとつとして日曜日にやや白いパンとワインの小瓶が届けられた。まさしく今日はその日曜日だったので、神父は、そのパンとワインを若い相方と分かちあおうというつもりであった。

ダンテスは神父のあとについていった。彼の顔のすべての線は元どおりになり、しかるべき場所におさまっていたが、それでもどこか険しさと強張りが残っていた。強いて言えば、固めた決意をはっきりとうかがわせているようだった。神父はそんな彼をじっと見つめて、

「思わずきみの追及の手助けをして、あんなことを言ってしまったのを悔いている」と言った。

「なぜですか？」とダンテスは尋ねた。

「きみの心にこれまでなかったもの、つまり復讐心を忍びこませてしまったからだ」

ダンテスは微笑して、

「話題を変えましょう」と言った。

神父はなおしばらく彼をながめていたが、やがて悲しそうに頭を振り、ダンテスの望みどおりに話題を変えた。

この老いたる囚人は、たいそう苦しんだ者たちの会話と同様、その会話が数多くの教えを含み、

一貫した興味を掻きたてるような人物のひとりだった。それでいて、彼の会話はひとりよがりなものではなかったし、この不幸な男はけっしてみずからの不幸の話はしなかった。

ダンテスは彼の言葉に耳を傾けながら、いちいち感心した。あるものは彼がすでにもっていた考えや船乗りという職業に関連する知識と一致したし、別のものは未知の事柄に関わり、南緯を航海する者たちを照らす極光《オーロラ》のように、幻想的な微光に輝く新しい景色や地平を青年に見せてくれた。ダンテスは、じぶんを聡明にしようと願う者が、これほど精神的にも、哲学的にも、社会的にも高い境地を自在に動きまわる習慣のある高等な人物について学べるとしたら、どんなにか幸福だろうと理解した。

「あなたが知っておられることを、わずかなりともわたしに教えてくださるべきです」とダンテスは言った。「たとえわたしといて退屈されないためだけにでも。いまやあなたは、わたしのように無学で、取るに足らない者を相手にするよりも孤独を好まれるのが当然だという気もしますが、もしわたしの求めに応じていただけるなら、わたしはもう二度と脱獄の話はしないとお約束します」

神父は微笑んで、

「ああ、わが子よ!」と言った。「人間の学問など高が知れたものなのだ。わしがきみに数学、物理、歴史、そしてわしの話す三、四の言語を教えたら、きみはわしの知っていることを全部知ることになる。ところが、これらの学問すべてを、わしの精神からきみの精神に注ぎ込むのに二年もあれば充分なのだよ」

「二年ですか！」とダンテスは言った。「それらすべてのことを二年で学ぶことができるとおっしゃるのですか？」

「応用までは無理だが、原則は学ぶことができる。学ぶことは知ることではない。学者にもいろいろあってな、記憶によって学者になる者もいれば、哲学によって学者になる者もいる」

「では、哲学は学ぶことができないのですか？」

「哲学は学べない。哲学とは既得の諸学問を、それを応用する天才と一体にさせることだ。哲学とは輝かしい雲であり、キリストはその雲に足を乗せ、天に昇られたのだ」

「では、まずわたしになにを教えてくださるのですか？　わたしははやくはじめたいのです。学問に飢えていますから」

「すべてだ！」と神父は言った。

じっさい、その晩のうちに、ふたりの囚人は教育計画をさだめて、さっそく翌日から実行した。ダンテスは驚くべき記憶力、このうえない理解力の持ち主だった。彼の精神は数学的にできていたので、あらゆるものを計算によって理解できる一方、船乗り特有の感性によって、無味乾燥な数字や厳格な線などに縮約される証明のあまりにも唯物的な側面に彩りがあたえられた。また、彼はすでにイタリア語、東方への航海をしているうちに覚えた現代ギリシャ語を少々知っていた。そしてこのふたつの言語から、間もなく他のあらゆる言語の仕組みを理解し、半年もするとスペイン語、英語、ドイツ語を話すようになっていた。

彼がファリア神父に話したように、学習によってあたえられる気晴らしが自由の代わりを果たしたのか、わたしたちがすでに見たように、みずからの言葉を厳格に守る人間だったためか、もはや脱獄の話はしなくなり、彼にとっての日々は急速に、そして有益に過ぎていった。そして一年もすると、まるで別人になっていた。

ファリア神父のほうは、ダンテスの存在が気晴らしになってきたとはいえ、日に日に暗くなっていくようにダンテスには思えた。あるひとつの考えがたえず、間断なく彼の心につきまとっているようだった。彼は深い夢想に沈み込んだかと思うと、心ならずも溜息をつき、突然立ちあがったかと思うと、腕を組み、暗い顔をして牢獄のなかを歩きまわった。

ある日のこと、彼は牢のなかで何度も円を描くようにくりかえしている散歩の足をいきなりとめて、こう声をあげた。

「ああ！　歩哨さえいなければなあ！」

「その気になれば、いくらだって歩哨を消すことはできますよ」と、神父の頭のなかをまるで水晶を通すように見抜いていたダンテスが言った。

「ああ、以前にも言ったが、わしは殺人には嫌悪を覚えるのだ」

「といっても、もし殺人が犯されるとしても、それはあなたの自己保存の本能、自己防衛の感情によってでしょう」

「どっちみち、わしには無理だ」

「でも、そのことを考えておられるのでしょう？」

「いつも、いつもだ」と神父は呟いた。

「そしてなにか方法を思いつかれたのでしょう」とダンテスは勢いこんで言った。

「そうだ。もし回廊に盲目で聾唖者の歩哨が配置されればの話だ」

「歩哨を盲目の聾唖者にしてやればいいではないですか」と、青年がある決意を秘めた言い方をすると、神父はぎくりとした。

「いや、いや！」と彼は声をあげた。「それはいかん」

ダンテスはこの話題を続けたがったのだが、神父は首を振って、それ以上答えるのを拒否した。

三か月が過ぎた。

「きみには腕力があるか？」と、ある日、神父が尋ねた。

ダンテスは返事をせずに、鑿を取り、それを馬蹄のようにねじ曲げ、もとにもどした。

「万策尽きたときにしか歩哨を殺さないと約束できるか？」

「はい、名誉にかけて」

「それなら、計画を実行できそうだ」

「計画を実行に移すのにどれだけの時間が必要でしょうか？」

「少なくとも一年」

「ですが、すぐ仕事に取りかかれるでしょう？」

「すぐにでも」

「ああ、そうでしょう、わたしたちは一年無駄にしました」とダンテスは声をあげた。

「この一年を無駄だったと思っているのかね？」と神父が言った。

「ああ、失礼、失礼しました」とエドモンは顔を赤くして声をあげた。

「しー！」と神父は言った。「人間は要するに人間に過ぎない。それでも、きみはわしが知ったうち最良の人間のひとりだ。さあ、これがわたしの計画だ」

そして神父はじぶんの描いた図面をダンテスに示した。それはみずからの牢、ダンテスの牢、そしてふたりの牢をつなぐ通路の図面だった。この通路の中央に鉱山でつくられるような小通路が描かれている。その小通路が歩哨の歩きまわる回廊の下にふたりの囚人を導いていってくれる。そこまでくると、ふたりは大きな穴を掘り、回廊の床の敷石のひとつを取り外す。その敷石は、時が来れば、兵士の重みで落ち込み、穴のなかに埋まってしまう。そのときダンテスが転落の衝撃で茫然とし、身を守れなくなっている兵士に飛びかかり、縛りつけ、猿ぐつわをかませる。それからふたりは回廊の窓のひとつをくぐり、縄梯子を使って外壁を降りて、逃亡するという計画だった。

ダンテスは両手を叩き、その目は喜びに輝いた。この計画はじつに単純だからこそ、成功の見込みは大いにありそうだった。

この日、ふたりはさながら坑夫のように作業に取りかかった。この仕事は永い休息のあとであり、そしておそらくふたりの心の奥底に潜んでいた考えでもあっただけに、ことのほか熱心におこなわれた。

中断されるのは、ふたりが看守の巡回に姿を見せるために、それぞれの牢にもどらざるをえないときだけだった。もっとも、かすかな足音で、看守が降りてくるのを察知する習慣が身についていたので、ふたりとも不意打ちされる気遣いはけっしてなかった。新しい穴から掘り出され、古い通路を埋め尽くしかねない土は、これ以上ないほどの細心さで、少しずつダンテス、あるいはファリアの独房の窓から捨てられた。土が入念に砕かれていたので、夜風が痕を残さず遠くに運んでくれた。

道具としては鑿《のみ》一本、ナイフ一本、木製の梃ひとつでなされたこの仕事をはじめてから一年が過ぎた。この年、ファリアは作業を続けながらも、ダンテスの特訓を続け、ときに応じて話す言葉を変えたり、栄光と呼ばれる輝かしい痕跡を背後に残した国民や偉人たちの歴史を学ばせたりした。そのうえ社交人、しかも上流社会の社交にも慣れていたファリアの物腰にはもの悲しい威厳があったので、生まれつき精神の吸収力に恵まれていたダンテスは、じぶんに欠けていたその優雅な礼儀作法を学び、従来なら上流社会や高尚な人たちに揉まれることによってしか得られないような習慣を身につけることができた。

十五か月して、穴ができあがった。その穴は回廊の下につくられていたので、歩哨たちが行き来する足音が聞こえた。逃走をより確実なものにするには月のない暗い夜を待たねばならない囚人たちにとっては、もはやただひとつの危惧しかなかった。兵士たちの脚に踏まれた地面が時期尚早に崩れてしまわないかということだった。そんな不都合に備えて、土台の下で見つかった梁のようなものを地面の下に入れることにした。ダンテスがそれを嵌めこもうとしていたとき、突然、青年の牢に残って縄梯子を支える楔を削っていたはずの神父が悲痛な声でダンテスを呼んだ。ダンテスがとっさに引き返して見ると、牢の真ん中に立ち、顔面蒼白で、額に汗を浮かべ、手を引きつらせている神父の姿があった。

「ああ、いったい」とダンテスは声をあげた。「どうされたんですか？　どこかお悪いのですか？」

「はやく、はやく」と神父は言った。「わしの言うことを聞いてくれ」

ダンテスはファリアの青白い顔、青味がかかった輪で隈取られた目、白い唇、逆立った髪の毛を見つめた。ぎょっとした彼は、手にもっていた鑿を地面に落としてしまった。

「いったい、なにがあったのですか？」とエドモンは声をあげた。

「わしはもうダメだ！」と神父が言った。「よく聞いてくれ。おそらく致命的な恐ろしい病がわしをとらえようとしておる。発作がやってくるのを感じる。わしは投獄の一年前にすでにこの病気におかされていた。この病には治療法はひとつしかない。これからそれを言う。すぐにわしの牢に走っていき、ベッドの脚をもちあげよ。その脚は空洞になっていて、そこには半分ほど赤い液体が入っているクリスタルの小瓶があるはずだ。それをもってきてくれ。いや、むしろ、いや、いや、ここにいることがバレるかもしれない。まだいくらか余力が残っているうちに、わしがじぶんの牢にもどるのを助けてもらいたい」

ダンテスをおそった不幸は計り知れないものだったが、彼は冷静さを失うことなく、通路に降り、ひどく苦労しながら、背後に不幸な仲間を引きずって、反対側の神父の牢まで導き、そこのベッドに寝かせた。

「ありがとう」と、神父はまるで氷水の外に出たように、四肢を震わせながら言った。「これから病がおそってくる。わしは強硬症《カタラプシー》に陥るだろう。たぶん身動きひとつできないだろう。たぶん呻き声ひとつあげないだろう。しかし、わしは泡を吹くだろう。硬直して叫ぶかもしれない。これは肝心なことだ。その叫び声がひとに聞かれないようにしてくれ。そうしないと部屋替えがなされ、わしらは永久に引き離されてしまうだろう。わしがまったく身動きせず、冷たく、いわば死んだようになるのを見届けたら、まさにそのとき、いいか、よく聞いてくれ、ナイフでわしの歯をこじ開け、この液体を八滴か十滴ほど口に入れてくれ。それで、たぶんわしは息を吹き返すだろう」

「たぶん、ですか?」とダンテスは悲痛な声をあげた。

「き、きた、きたぞ!」と神父は声をあげた。「わ、わしは死……」

発作があまりにも急激で激しいものだったので、不幸な囚人は口にしかけた言葉を言い終えることができなかった。一抹の暗い雲が海の嵐のように、迅速に彼の額を通りすぎた。この発作のために、彼の目が膨張し、口がよじれ、頬が紅潮した。彼は身をばたばたさせ、泡を吹き、わめいた。しかし、ダンテスは神父に言われた通りに、毛布でその叫び声が外に漏れるのをふせいだ。その状態が二時間続いた。神父はなにかの塊のように生気をなくし、大理石よりもさらに青白く、冷たくなって倒れ、最後に痙攣しつつ、いっそう硬直し、鉛色になった。

エドモンはこの仮死状態が体に染みこみ、心臓にまで届くのを待った。それからやおらナイフをとって刃を歯のあいだに差しいれ、大変な苦労をして、食いしばった顎をこじ開け、一滴一滴数えながら赤い液体を注いで待った。

一時間過ぎたが、老人は身動きひとつしなかった。ダンテスは薬を飲ませるのが遅すぎたのではないかと恐れながら、両手を髪に突っ込んで神父を見守っていた。ようやく、神父の頬に軽い赤みがさしてきて、ずっと見開いたきり、反応がないままだった目に光がもどり、口から軽い溜息が洩れて、なにか身振りをした。

「助かった！　助かった！」とダンテスは声をあげた。

病人はまだ話すことはできなかったが、見るからに心配そうに、手を扉のほうに差しだした。ダンテスが耳を澄ますと、看守の足音が聞こえてきた。六時だった。ダンテスには時間を計っている暇がなかったのだった。

青年は穴の入り口に飛んでいって、潜りこみ、頭上に敷石をもどして、じぶんの牢に帰った。

その直後、扉が開き、看守は彼がいつもどおり、ベッドに腰かけているのを見届けた。

看守が背を向け、その足音が回廊に消えるが早いか、不安に苛まれたダンテスは食事のことなど考えもせず、きた道を引き返し、頭で敷石をもちあげて神父の牢にもどった。

神父の意識は回復していたが、相変わらずベッドに横たわり、ぐったりして力がなかった。

「わしはもう二度ときみに会えないものと覚悟しておった」と彼はダンテスに言った。

「どうしてですか？」とダンテスは尋ねた。「死を覚悟しておられたのですか？」

「いや。しかし、きみの脱獄の用意はすっかりできておる。だから、きみが脱獄するだろうと思っていたのだ」

ダンテスの頬は怒りのあまり赤く染まった。

「あなたを置き去りにして、ですか？　わたしにそんなことができるとでも、本当に思われたのですか？」

「いまとなっては、わしが間違っていたと思う」と病人が言った。「わしはすっかり弱り、へたばり、打ちのめされていた」

「頑張ってくださいⅰ。力はもどってきますよ」とダンテスは言って、ファリアのベッドのそばに腰をおろし、その手を取った。

神父はかぶりを振って、

「前回のときは」と言った。「発作が三十分続いたが、そのあとわしは空腹を覚え、ひとりで立ちあがったものだった。今日は、脚も、右腕も動かせない。頭も朦朧としておる。これは脳に出血があった証拠だ。三度目がやってきたら、わしは完全に全身麻痺になるか、即刻死んでしまうことだろう」

「いいえ、いいえ、あなたは死なれません。もし起きても、三度目の発作時には、あなたは自由になっておられます。今度のように、いや、今度以上にうまく助けられます。なぜなら、わたしたちは必要な援助が得られるでしょうから」

「わが友よ」と老人が言った。「思い違いをしてはならない。今度の発症でわしは終身刑に処されたのだ。逃げるには歩かねばならないだろう」

「それなら、一週間、ひと月、必要ならふた月でも待ちましょう。そのあいだに、あなたの力ももどってきますよ。脱獄の準備はすっかり整っています。わたしたちは自由に日時を選べるのです。泳げるだけの力がもどってきたと感じられる日、そうです！　その日に、計画を実行しましょう」

「わしは泳げないだろう。この腕は麻痺しておる。それも一日限りのことではなく、永久にだ。きみ自身でもちあげてみられよ。どれだけの重さか分かるだろう」

青年はその腕をもちあげたが、腕は力なくだらりと落ちた。彼は溜息をついた。

「これでやっと得心してくれただろう、エドモン？」とファリアが言った。「わしの言うことを信じてくれ。わしはじぶんがなにを言っているのか分かっているつもりだ。この病の最初の発作があったとき以来、このことを考えるのをやめた日はない。わしはずっと待っていたのだ。というのも、これは家族の遺伝だからだ。わしの父親は三度目の発作で死んだ。祖父もそうだった。この液体を調合してくれた医者、これは誰あろう、あの有名なカバニスなのだが、この医者も同じ運命を予言していた」

「医者だって間違うことがありますよ」とダンテスは声をあげた。「あなたの麻痺ですが、それは問題ありません。わたしが肩に背負って支えますから」

「わが子よ」と神父は言った。「きみは船乗りで、泳ぎの達人だ。だから知っておろう、ひとりの人間がこんな荷物を背負って、海中を五十掻きもできないだろうと。幻想に騙されてはならない。きみ自身の優しい心さえも騙されてはいないのだ。だから、わしは解放の時がくるまでここにとどまることにしよう。いまとなっては、それは死による解放ということになるが。しかしきみのほうは、逃げなさい、発ちなさい！　きみは若く、器用で、力がある。わしのことは心配しなくともよい。あの約束は反故にする」

「分かりました」とダンテスは言った。「それでは、わたしのほうも残ることにします」

それから彼は立ちあがり、厳かに老人に手を差しのべて、

「キリストの血にかけて、わたしはあなたがお亡くなりになるまで、おそばを離れません！」

ファリアはこのじつに気高く、率直で、卓越した青年を見つめ、このうえなく純粋な献身の情に動かされているその面持ちに、紛れもない情愛の真摯さと誓約の誠実さを読みとった。

「では、わしはその誓いを受けいれよう。ありがとう」

それから、彼に手を差しだして、

「きみにはおそらく、このようにも無私の献身にたいする報酬があたえられるだろう」と言った。「しかし、わしは発つことができないし、きみも望まないのだから、いまとなっては回廊の地下に掘った通路をどうしても塞いでおかなくてはならない。兵士が歩いているときに、穿たれた場所の響きに気づいて、監督官の注意をうながすかもしれないから。そうなると万事露見して、わしらは離ればなれになる。さあ、残念ながらわしは手伝えないが、行ってその仕事をしてくれ。必要なら、一晩かかっても、それをやりとげてくれ。そして明日の朝、看守の巡回が終わらないうちは、ここにもどってきてはならぬ。きみにはどうしても言っておきたい大事なことがあるのでね」

ダンテスが神父の手を取ると、神父は微笑して安心させてくれた。

それから彼は、この老いたる友にたいする恭順と敬意の気持ちをいだいて部屋を出た。

18 財宝

翌朝、ダンテスが老いたる囚人の牢にもどると、ファリアは落ち着いた面持ちで腰をおろしていた。

独房の狭い窓をとおして忍びこんでくる光のしたで、彼は左手、読者が覚えておられるように、まだ使える唯一の手に一枚の紙をもっていた。紙は永いあいだ巻かれていたために癖がついて、なかなか広げられなかった。

彼はなにも言わずにその紙をダンテスに差しだした。

「これはなんですか?」ダンテスが尋ねた。

「よく見てくれ」神父は微笑しながら言った。

「わたしは目を皿のようにして見ているのですが、半ば焼けた紙切れ以外になにも見えません。珍しいインクを使い、ゴチック体の文字でなにかが書かれています」

「きみ、この紙はな」とファリアが言った。「きみのことを試したから、いまではなにもかも打ち明けるが、この紙はな、わしの宝なのだ。その宝の半分が今日からきみのものになる」

ダンテスの額に一筋の冷たい汗が流れた。この日まで、しかもどんなに永いあいだだったか!

彼は神父とその話をするのを避けてきた。このあわれな神父はそのために狂気の汚名さえこうむってきたのだから。エドモンは本能的な繊細さを発揮して、悲痛な響きを立てるその弦に触れないようにしてきた。また、ファリアのほうでもこのことについて口をつぐんでいた。ダンテスはその沈黙を理性がもどってきた証拠だと理解していた。ところが、あのじつにつらい危機のあとで、ファリアの口から洩れたその数語は、彼が新たに深い精神錯乱に落ちたことを予告するもののように思われたのだ。

「あなたの財宝?」ダンテスは口ごもった。

ファリアは微笑んで、

「そうだ」と言った。「どこをとっても、きみは気高い心の持ち主だ、エドモン。いまきみが青くなって、体を震わせるのを見ていると、きみの心に生じていることが理解できる。だが、安心しなさい。わしは狂人ではない。この財宝は存在するのだ、ダンテスくん。もしわしに所有する機会がなかったなら、きみが所有することになる。きみが、だ。これまでわしのことを狂人だと思って、誰ひとりわしの話に耳を傾けなかったし、言うことを信じなかったが、わしが狂人でないと知っているはずのきみだけには、ぜひ耳を傾けてもらいたい。よければそのあとで、信じてもらいたいのだ」

「やれやれ」とダンテスは心のなかで呟いた。「また落ち込んでしまったか! またもやこんな不幸な目にあうのか!」

それから大きな声で、

「ファリアさん」と言った。「あの発作でだいぶお疲れでしょう。しばらく休息を取られませんか？　もしよろしければ、明日、そのお話を伺いましょう。でも、今日のところはひたすら養生していただきたいのです。それに」と彼は微笑して続けた。「その財宝のことは、いまのわたしたちにはそれほど急ぐ話でもないでしょう」

「ところが、えらく急ぐ話なのだ、エドモン！」と老人は答えた。「三回目の発作が明日、明後日にもこないと、いったい誰に言えよう。そうなればすべてが終わりになるのだ。そう、たしかに、わしはしばしばその宝物のことを考えて苦々しい喜びを覚えたものだった。十家族分もの財産が、わしを迫害した者たちにとって失われてしまうのだ。そう考えると、まるでみんなに復讐しているような気持ちになった。わしは独房の夜のなか、囚われの身の孤独のなかで、ゆっくりとその復讐の喜びを味わっていたものだった。しかし、きみへの愛のためにこの世の者たちを許したいま、若く将来性豊かなきみを目の当たりにしているいま、この事実が明かされたあと、きみにどのような幸福がもたらされるか考えるようになったいまとなっては、なにより手遅れになってしまうのを怖れるのだ。あれだけの埋もれた宝物をそれに値するまたとない所有者として、きみに保証してやれないことが、なんとも言えない痛恨の極みになってくるのだ」

エドモンは顔をそむけて溜息をついた。

「エドモン、きみはまだ半信半疑のようだな」とファリアは続けた。「わしの声で分からないかね？　どうやらきみには証拠が必要なようだ。では、わしが誰にも見せたことがないこの書面を読んでみるがいい！」

「明日にしましょう」とエドモンは老人の狂気に深入りするのを避けて言った。「この話は明日する、ということではなかったのですか？」

「話は明日にするが、今日はこの書面を読みなさい」

ダンテスは「怒らせるのもまずいな」と思った。

そしてその紙を手に取ったが、半分はたぶん事故かなにかで焼かれてなくなっていた。彼は読んだ。

〈この財宝はおよそ二……ローマ・エキュに相当し
もっとも……一隅……
二番目の穴……それはすべて甥に属する……言明する……
一四九……年四月二十五日〉

「どうだね？」青年が読みおえるとファリアが言った。

「そうですね」とダンテスは答えた。「わたしには削除された文章、続きのない単語しか読み取れません。文字でさえ焼けて消えかかっていて、これでは意味不明です」

「初めて読むきみにはそうかもしれない。だが幾夜も根を詰めて研究し、それぞれの語句を復元し、考えを補ったわたしにはそうではないのだ」

「この途切れ途切れの文の意味がお分かりになるのですか？」

「わしには確信がある。あとできみ自身が判断してくれ。だが、まずこの書面に関わる話を聞いてもらおう」

「しーっ」とダンテスが声をあげた。「足音がします！……わたしは出ていきます……さようなら！」

そしてダンテスは、きっと友人の不幸を裏打ちするに違いない話や説明を免れたのをこれ幸いとばかり、蛇のように狭い通路に忍び込んだ。他方ファリアは恐怖心からなにか行動らしきことをせざるをえなくなり、石の切れ目を隠す時間がないので足で敷石を押して筵《むしろ》を敷石にかぶせた。それは所長で、看守からファリアの発作のことを聞かされて、みずから事態の深刻さをたしかめにきたのだった。

ファリアはすわったまま所長を迎え、疑惑を招きかねない一切の動作を避け、半分死んだも同然の麻痺状態を所長に隠しとおした。彼が怖れたのは、彼のことを哀れに思った所長によっていくらか衛生状態のいい独房に移され、その結果、若い友人と切り離されてしまうのではないかということだった。しかし、幸いそのような状況にはならなかった。心の底ではこの哀れな狂人にある種の情愛を感じていた所長は、いささか気分が優れないのだろうと判断して引きあげた。

そのあいだ、エドモンはベッドに腰をおろし、両手で頭を抱えて、考えをまとめようとしていた。知り合って以来、ファリアの人柄のすべてがあまりにも分別に富み、偉大で、論理的だったので、あらゆる点で最高のこの知性が、ただ一点だけ非理性と結びついていることがどうしても解せなかったのだ。例の財宝に関してファリアは間違っているのだろうか？　それともファリアに関してみんなが間違っているのだろうか？

ダンテスは友の牢にもどる勇気がなく、昼中ずっとじぶんの独房にいた。そんなふうにして、神父が狂人だという確信を得る瞬間を先延ばしにしていた。そう確信するのは、彼にとっては恐ろしいことだったのである。

しかし夕刻になって通常の巡回の時刻がすぎたあと、ファリアは青年がもどってこないのを見て、じぶんと青年をへだてている空間を乗り越えようとした。不自由な脚を引きずってくる老人の痛ましい努力の音を耳にして、エドモンは身が震えた。脚が不随なのだから、老人はひたすら腕に頼るほかなかったのだ。エドモンは老人をじぶんのほうに引きよせるしかなかった。というのも、老人がエドモンの牢に面している狭い入り口をひとりで通りぬけることは到底できなかったからだ。

「執念深くきみを追いかけて、やっとここまできたよ」と、彼は慈愛に輝くような微笑を浮かべて言った。「きみはわしの豪勢な話から無事逃げおおせたと思ったのだろうが、そんなことはないぞ。それでは、聞いてくれ」

エドモンはもはや尻込みできないと悟り、老人をベッドにすわらせ、そのそばの踏み台に腰をおろした。

「きみも知っているように」と神父は言った。「わしはスパダ枢機卿、すなわちこの家系の最後の嫡子の秘書で、常連で、友人だった。わしがこの世で味わうことができた幸福はすべてこの立派な貴人のおかげだった。わし自身、〈スパダのように金持ち〉と言われるのをたびたび耳にしたが、彼の家産の豊かさは噂になるほどだった。ところが、じっさいはそれほど金持ちではなかった。しかし彼のほうは、世間の噂通りの、豪奢だという評判だけで生きていた。彼の宮殿はわしの天国だった。わしは彼の甥御さんたちの家庭教師をしていたが、彼らは死んだ。彼がこの世でひとりきりになったとき、わしは彼の意思への絶対的な献身によって、十年間ひとかたならぬお世話になったことへのお返しをさせてもらった。

ほどなくわしは、枢機卿の館を隅々まで知ることになった。わしはしばしば閣下が古い書物を調べられたり、埃まみれの家族の手稿を熱心に掘り起こされたりされるのを目にしていた。ある日わしは、閣下が無意味に何日も徹夜され、そのあと意気消沈されているのをお咎めしたことがあった。すると閣下は、苦笑いしながらわしを見つめて、ローマ市の歴史を述べた一冊の書物を開いてくださった。その第二十章「教皇アレクサンデル六世[1]の生涯」に次のような数十行があって、これをわたしは生涯忘れることができなかった。

――ロマーニャの大戦争も終結し、チェーザレ・ボルジアは征服を完了して、イタリア全土を買うための資金を必要としていた。教皇もまた、最近の敗北にもかかわらず、なお恐るべきフランス国王ルイ十二世[2]との決着をつけるために、資金を必要としていた。そこで大きな投機をしなければならなくなったのだが、貧しいイタリアではそのようなことは困難になっていた。

そこで猊下《げいか》はある案を思いつかれた。枢機卿をふたり作ろうとされたのである。

つまりローマの名士、とくに裕福な貴人をふたり選んで、次のような投機を考えだされたのだ。ひとつはふたりの未来の枢機卿が現在有している高位顕職を売りに出すこと。それから、新たな枢機卿の位の売却に巨額の値をつけるということ。

そして第三の目的があったわけだが、これはやがて明らかになる。

教皇とチェーザレ・ボルジアはまずふたりの未来の枢機卿を見つけた。教皇庁に四つの顕職をもっていたジャン・ロスピリオージ[3]、それにローマ中でもっとも高貴で裕福だったチェーザレ・スパダだった。双方とも教皇のこのような破格の厚情をありがたく感じていた。ふたりとも野心家だった。このふたりを見つけてまもなく、チェーザレはふたりの顕職の買い手を見つけた。

その結果、ロスピリオージとスパダが枢機卿になるのに高い金額を払ったうえに、新設の枢機卿がそれまで就いていた顕職を得るために、他の八人が財宝を積んだ。こうしてふたりの投機者の懐に八十万エキュがはいった。

そろそろ最後の投機の話に移ろう。教皇はロスピリオージとスパダに愛想の限りを尽くして枢機卿の勲章を授与しながら、ふたりがこのような寵遇にたいする謝意を具体的に示すために、それぞれの財産をまとめ、手元においてローマに住まいを定めるだろうと確信し、教皇とチェーザレ・ボルジアとがふたりの枢機卿を晩餐に招待した。

ここで教皇とその息子ボルジアのあいだに意見の不一致が生じた。チェーザレはいつも親しい友人にたいしておこなってきた得意技のひとつを使ってもいいと考えた。すなわち、まず有名なあの鍵だった。ある種の人にその鍵で戸棚かなにかを開けてくれるように頼む。この鍵には職人の故意の手違いで、小さな鉄の突起がついていた。戸棚を無理やり開けようとすると、この小さな突起が刺さってしまい、その人は翌日に死んでしまう。また、獅子の頭がついた指輪というのもあった。チェーザレはある種の客と握手するとき、それを指にはめる。獅子は厚遇されたその人物の手の皮膚に噛みつき、その噛み傷が二十四時間後に死をもたらすのである。

そこでチェーザレは父親に、枢機卿たちに戸棚を開けにやらせるか、それぞれの枢機卿と親密な握手をかわすか、そのどちらかにするよう提案したが、アレクサンデル六世はこう答えた。

「スパダとロスピリオージという卓越した枢機卿に関しては、晩餐の出費を惜しんではならない。なにかよく分からないが、その元手は充分に取りもどせるような気がする。それにチェーザレ、そなたは、不消化はただちに判明するが、刺し傷や切り傷は一日か二日しないと効果が出ないことを忘れておるぞ」

チェーザレはこの説にしたがった。これがふたりの枢機卿がその晩餐会に招待された理由だった。

そこで宴席は、教皇がサン・ピエール・エス・リアンに所有している葡萄園にある、両枢機卿もその評判を知っている別荘にしつらえられた。

新しい顕職に一も二もなく陶然としたロスピリオージは、その日のために胃袋も血色もととのえた。かたや慎重な人間であり、将来性豊かな若い士官の甥をひたすら愛していたスパダは、紙とペンを取って、遺言書を認《したた》めた。

それから彼は召使いに命じて葡萄園のそばで待っているよう甥に伝言させたが、どうやら召使いは甥を見つけられなかったらしい。

スパダはこの種の招待の慣習を知っていた。すぐれて文明的であったキリスト教がローマにその進歩をもたらして以来、独裁者が百人隊長を派遣して「陛下はそなたの死を望んでおられる」と言わせる時代が終わり、教皇が特使を派遣して「猊下はそなたと晩餐をともにされることを望んでおられる」と笑みを浮かべながら言わせる時代になっていたのだ。

スパダは二時ごろサン・ピエール・エス・リアンの葡萄園に向けて出発した。教皇はそこで彼を待っていた。スパダが最初に目にしたのは正装した、じつに優雅な甥の姿だった。チェーザレ・ボルジアはしきりに彼を抱擁していた。スパダは顔色を変えた。するとチェーザレは皮肉に満ちた視線を彼に投げかけて、準備万端、罠が入念に仕掛けられていることを理解させた。

晩餐会がはじまった。スパダは甥に、「わたしの伝言を受けとったか？」と尋ねることができただけだった。甥はいいえと答えたが、その質問の意味を完全に理解した。だが、時すでに遅し。甥はすでに教皇のソムリエよって特別に用意された美酒を飲み干したところだったのだ。スパダはそれと同時に別の瓶がじぶんに近づけられ、たっぷりとふるまわれるのを見た。その一時間後、医者はふたりが編み笠茸の中毒に罹ったと診断した。スパダは葡萄園の入り口で死んだ。甥のほうは自邸の玄関で命が尽き、妻になにかの合図をしたが、妻にはその意味が分からなかった。

チェーザレと教皇はただちに、故人の書類を捜すという名目で、遺産の差し押さえに取りかかった。しかし、遺産といっても、スパダが認めた一枚の紙だけだった。

〈わたしは最愛の甥に櫃《ひつ》類と書類を遺贈する。そのなかには、隅々に金を嵌めた美しい祈禱書がある。親愛なる甥にはこれを伯父の形見となすよう願う〉

スパダ家の遺産相続者たちはいたるところを捜しまわり、祈禱書にみとれ、家具類を奪いあったが、資産家とされていたスパダが、じっさいには伯父たちのうちでももっとも貧乏だったことに驚いた。宝石の類いはいっさいなく、図書室と実験室のなかに閉じ込められている貴重な品があるばかりだった。

それがすべてで、チェーザレと教皇はさんざん捜しまわり、引っかきまわし、密偵までつかったが、なにも見つけられなかった。わずか千エキュの金銀細工、それと同程度の金銀貨。取るに足らぬ額だった。しかし、甥には帰宅して妻にこう言うだけの時間はあった。

「伯父の書類をよく捜してみよ。真の遺言はそこにある」

そこで教会の権力を笠に着た相続者たちよりも、さらに熱心な捜索がなされたが徒労だった。パラティヌスの丘の背後にある、ふたつの宮殿と葡萄園が残されたが、当時不動産には大した価値はなかった。そこで、教皇とその息子の強欲には値しないものとして、ふたつの宮殿と葡萄園は家族に残された。

年月が流れた。周知のように、アレクサンデル六世は手違いで毒殺された。同時に毒を盛られたチェーザレは命こそ助かったものの、蛇のように脱皮し、毒のせいで虎の皮のような斑点のある相貌に成りはてた。そしてローマを離れざるをえなくなり、やがて歴史から忘れられる夜の合戦に巻きこまれて、ひっそりと死んだ。

教皇の死、そしてその息子の追放のあと、人びとはスパダ家が枢機卿以前の時代と同等の豪勢な暮らしを取りもどすだろうと思ったが、そうはならなかった。スパダ家の家運は勢いをなくしたままで、あの暗い事件についての謎がいつまでもつきまとった。巷では、父親よりも遣り手の政治家だったチェーザレが、教皇からふたりの枢機卿の財産を奪い取ったという噂が流れた。ふたりというのも、いかなる用心もしなかったロスピリオージ枢機卿は身ぐるみ剝がれてしまったからだ」

「これまでのところは」と、ファリアは話を中断して微笑した。「さほど馬鹿げた話だと思わなかったのではないか？」

「それどころか」とダンテスは言った。「興趣つきない年代記を読んでいるような気がします。どうか、続けてください」

「では、続けよう。

一家はそのような惨めな境遇にも慣れていった。年月が経ち、末裔のなかのある者は軍人に、ある者は外交官になった。聖職者になった者もおれば、銀行家になった者もおる。裕福になった者もおったが、結局破産した者もおった。そうしてこの家系の最後の人間、わしが秘書となるスパダ伯爵の時代になった。

わしはしばしば、伯爵がみずからの地位と財産が不釣り合いだと嘆かれるのを耳にした。そこで残されたわずかの財産を終身年金に投資するよう忠告させていただいた。伯爵はこの忠告にしたがわれ、年収を倍にされた。

例の祈禱書は一家の手元に残された。それを所有していたのはスパダ伯爵だった。それが父から子へと伝承されたのは、発見された唯一の遺言の奇妙な条項のために本物の聖遺物のようにみなされ、どこか迷信にも似た崇敬の念をもって家族の手で保存されたからだった。それはたっぷりと金が使われ、このうえなく美しいゴチック模様を彩色装幀した本で、大きな儀式の折には従僕が枢機卿の前に捧げもっていったものだった。

毒殺された枢機卿から引き継がれ、一家の古文書室に保管されていたあらゆる種類の文書、証書、契約書、羊皮紙を見て、わしは以前に仕えた何十人もの召使い、執事、秘書たちと同様に、その途方もない紙の束を調べはじめた。わしは熱心かつ真摯に取り組んだのだが、まったくなにも見つけられなかった。それでもわしは、ボルジア一家について調べ、その正確な、ほとんど日誌体と言っていいほどの歴史書を書きさえしたが、その唯一の目的はといえば、チェーザレ・スパダ枢機卿の死にさいして、ボルジアの財産に突然出所不明の財産が加わらなかったかどうか確かめることだった。しかし、わしの目を惹いたのはただ、彼の不幸の相方ロスピリオージ枢機卿の財産が加わったということだけだった。

それでわしはその遺産はボルジア家をも、スパダ本家をも潤さず、ちょうどアラビアの小咄で宝物が精霊に守られて地中深くに眠っているように、持ち主がいないままどこかに残されているに違いないとほぼ確信した。わしは三百年来の一家の収支簿を何度も調べ、計算し、推測してみたが、すべてが徒労に終わった。わしは無知のなかに、スパダ伯爵は悲惨のなかに取り残された。

やがてわしの主人は死んだ。彼は財産を終身年金に変えるさいに、一家の古文書、五千冊から成る蔵書、それから件の祈禱書をのぞき、すべてを当時所有していた千ローマ・エキュばかりの現金とともにわしに遺贈された。その条件は毎年彼のためにミサを捧げることと、一家の家系図と家族史を書くことだったが、わしはごく几帳面に託された仕事を果たした。

まあ、安心しなさい、エドモン。わしらはいよいよ結末に近づいているのだ。

一八〇七年、わしの逮捕のひと月まえ、スパダ伯爵の死の二週間後の十二月二十五日、――きみはいずれこの記念すべき日付が、いかにわしの記憶に刻まれたか理解するだろう――わしは整理し、何度も読んだその文書を読みなおしていた。というのも、宮殿は第三者のものになっていたので、わしは所有していた一万二千フランばかりのお金と、じぶんの蔵書、それから例の祈禱書をもってローマを離れ、フィレンツェに落ち着こうとしていたからだ。そのとき、熱心に研究に没頭しすぎたためか、わしがとった昼食が重すぎて気分がわるくなったのか、両手に頭を伏せて微睡《まどろ》んでしまった。午後の三時だった。

柱時計が六時を打ったので、わしは目を覚ました。頭をあげると、このうえない真っ暗闇のなかにいた。わしは呼び鈴を鳴らして、明かりをもってこさせようとしたが、誰もやってこなかった。そこでじぶんで火をつけようとした。それにわしとしても、そろそろ賢者らしい簡素な習慣を身につける必要があったのだ。わしは片手に用意の整った蠟燭をもった。あいにくマッチ棒がなかったので、もう一方の手で、灰のうえで踊っている、消えかけの紙片に移そうとした。しかし、暗闇のなかなので、無用になった紙片と貴重な文書を取り違えてしまうのではないかと怖れてためらっていた。そのとき思い出したのは、そばの机のうえに置かれた例の祈禱書の、上部がすっかり黄色くなっている一枚の古い紙のことだった。その古い紙は数世紀を経て古びたものであり、後継者たちは崇拝の念からずっと同じ場所から動かさなかったので、一種の栞のようになっていたのだ。わしは手探りでその無用の紙片を探し、見つけ、よじり、消えかけた火に近づけ、燃やそうとした。

ところが、わしの指の下に火がのぼってくるにつれ、まるで魔法のように、白い紙から黄色っぽい書体が紙面にあらわれるのが見えた。わしは恐怖に捉えられ、紙を手に握りしめて、火を消し、曰く言いがたい感動を覚えながら、しわくしゃになった紙を開き、その謎めいた隠顕インクで書かれた文字が激しい熱さによってしか判読できないのを認めた。紙の約三分の一以上は炎に焼かれてしまっていた。きみが今朝読んだのはその紙だった。ダンテスくん、もう一度読んでみなさい。きみが読みおわったら、このわしが中断された文章や不完全な意味を補足してあげよう」

ファリアがここで言葉を切ってダンテスに紙を渡すと、今度ばかりはダンテスも錆のように赤茶けたインクで書かれたその文書を貪るように読んだ。

〈本日、一四九八年四月二十五、
アレクサンデル六世は……なさらず、いずれも毒殺された
……及びペンティヴォリーオ両枢機卿と同じ……
わたしは包括受遺者に…
甥も知っている場所、つまりモンテ・クリスト島の
洞窟のひとつに財宝を秘匿した。その総額は二……
百万ローマ・エキュに相当…。島の東の

入江から真っ直ぐに
二十番目の岩をもちあげれば洞窟が見つかるだろう。
この洞窟のなかにはふたつの穴…財宝は二番目
……穴からもっとも遠い隅にある。
右の財宝を、わたしの唯一の相続人たる甥に遺贈するものである。

一四九八年四月二十五日　　チェ……〉

「今度はもう一枚の紙を読んでみなさい」とファリアは言って別の数行がある紙を差しだした。

〈アレクサンデル六世猊下の晩餐に招待された。猊下はわたしが
　枢機卿になるため支払った私財に満足されず、
カプラーラ…両枢機卿と同じ運命を用意されるかもしれない
　甥のグイド・スパダにたいし、わたしが有し、洞窟のひとつに秘匿したる
金の延べ棒、金貨、宝石、ダイヤモンド、装身具
その総額は二……百万ローマ・エキュに相当する。
　ふたつの穴が作られ、財宝は二番目の
　穴からもっとも遠い隅にある。すべて唯一の相続人たる甥に遺贈する……

……ザレ・スパダ〉

ファリアは熱心に彼の表情を目で追っていたが、やがてダンテスが最後の一行に達したのを見届けると、
「では今度は、二つの断片を付きあわせ整理したものを、じぶんで判断してもらいたい」と言った。

〈本日、一四九八年四月二十五日、わたしはアレクサンデル六世猊下の晩餐に招待された。猊下はわたしが枢機卿になるために支払った私財に満足されず、わたしの遺産相続人たらんと望まれ、いずれも毒殺されたカプラーラ及びペンティヴォリーオ両枢機卿と同じ運命を用意されているのではないかと怖れている。わたしは包括受遺者である甥グイド・スパダにたいし、以下のことを言い残しておく。わたしは所有する金の延べ棒、金貨、宝石、ダイヤモンド、装身具などを、いっしょに訪れたこともあるので甥も知っている場所、つまりモンテ・クリスト島の洞窟のひとつに秘匿した。この財宝の存在を知るのはわたしのみであり、その総額は二百万ローマ・エキュに相当するであろう。島の東の入江から真っ直ぐに二十番目の岩をもちあげれば洞窟が見つかるだろう。この洞窟のなかにはふたつの穴が作られ、財宝は二番目の穴からもっとも遠い隅にある。右の財宝を、わたしの唯一の相続人たる甥にす

べて遺贈するものである。

一四九八年四月二十五日　　チェーザレ・スパダ〉

「さて、これで合点がいっただろう？」とファリアが言った。

「みんながずっと探していたのはスパダ枢機卿の意志表明と遺言状だったのですね？」と、エドモンはまだ信じられないといった顔で尋ねた。

「そうだ、そうに違いない」

「誰がこのように復元したのですか？」

「わしだよ。残された断片を手がかりに、紙の長さから各行の長さを割り出し、ちょうど地上からくるわずかの光で地底を進むように、分かる意味から隠された意味を探り、残りを推測したのだ」

「このような確信を得られたとき、あなたはどうなさいましたか？」

「出発しようと思った。そして、イタリア王国統一に関する大著の書き出しを携えて出発した。しかし、その頃ナポレオンが世継ぎを得て、それまでとは正反対に地方ごとの分割をめざすようになった。久しい以前から、帝国警察がわしに目をつけ、わしが慌ただしく出発した真の原因を見抜く由もなく、わしに疑いを向け、わしがピオンビーノに上陸したときに逮捕したのだ」

「いまとなっては」と、ファリアはダンテスをほとんど父親のような顔でながめながら言った。「わが友よ、きみはわしと同じくらい知っている。いつかふたりで逃げ出せたら、宝の半分はきみのものだ。もしわしがここで死に、きみひとりが逃げだせば、宝は全部きみのものになる」

「でも」とダンテスはためらいながら尋ねた。「この世にはわたしたちよりも正統な所有者がいるのではないですか?」

「いや、いや、安心したまえ。一家は完全に絶えておる。それに、最後のスパダ伯爵は、あの象徴的な祈禱書を遺されたことによって、わしを相続人とされた。彼はその内容も含めてわしに遺贈されたのだよ。いや、いや、心配はいらない。わしらがその財産を手に入れたら、なにを苦にするまでもなく、意のままにできるのだよ」

「その財宝はほぼ……」

「二百万ローマ・エキュ、つまり我々の通貨価値では、一千三百万フランになる」

「まさか!」とその巨額さに度肝を抜かれたダンテスが言った。

「まさか! どうして、まさかなんだ?」と老人は言葉をついだ。「スパダ家は十五世紀でもっとも由緒があり、権勢を誇った家族のひとつだった。それに、どんな投機も産業もなかったあの時代、そのように金や宝石を蓄積することは珍しくなかった。こんにちでもローマには、百万のダイヤモンドや貴金属を世襲財産として贈られながら、見つける手立てがないために飢え死にしそうになっておる家族がいくらでもある」

エドモンは夢を見ているような気がしていた。彼は信じられないような気持ちと喜びのあいだを行き来していた。

「わしがこんなにも永い間秘密を守ってきたのは」とファリアが言葉を続けた。「まず、きみを試すためだったが、次にきみを驚かせてやりたかったからだ。わしはもしあの発作の前に脱獄できていたら、きみをモンテ・クリスト島に連れていったことだろう。だが、いまとなっては」と彼は溜息をつきながら付け加えた。「わしのほうが連れていってもらうことになるだろう。おい、ダンテスくん、少しは感謝してくれてもいいのではないか？」

「その財宝はあなたのものですよ」とダンテスは言った。「それはあなたひとりのものです。わたしにはなんの権利もありません。わたしはあなたの縁者ではないのですから」

「おお、ダンテス、きみはわしの息子だよ」と老人は声をあげた。「きみはわしの幽閉生活の息子なのだ。神は父親にはなりえない人間であると同時に自由にはなりえない囚人であるわしを慰めようと、きみをわしのもとに遣わされたのだ」

そしてファリア神父がまだ使えるほうの腕をさしだすと、青年はその腕に抱きついて涙を流した。

19　三度目の発作

なんとも永いあいだ、神父の夢想の対象だったその財宝がいまや、ファリアがじつの息子のように心から愛している人間の将来の幸福を保証できるようになったため、彼の目にはその価値が倍になった。彼はダンテスに毎日その財宝の額について長々と語り、いまの時代に千三百から千四百の財産をもつ人間が友人たちにどれほど善行をほどこすことができるか説明した。するとダンテスの顔が曇った。みずからがおこなった復讐の誓いが頭に浮かんできて、いまの時代に千三百から千四百もの財産があれば、じぶんの敵たちにどれだけの災厄をもたらすことができるか、と考えてしまうからだった。

神父はモンテ・クリスト島を知らなかったが、ダンテスのほうは知っていた。彼はその島の前をしばしば通っていた。それはコルシカ島とエルバ島の中間、ピアノサ島から二十五海里のところにあり、一度などそこに寄港したことさえあった。そこはかねてより無人島で、ほとんど円錐形の岩山だった。おそらく何らかの火山性の大変動で、海底から海の表面に押し上げられたものなのだろう。

ダンテスはファリアのために島の地図を描いてやり、ファリアのほうはその財宝を見つけるのに取るべき手立てをいろいろ教えた。

しかしダンテスは老人ほどには熱狂できなかったし、そもそもそんな事実を心から信じられなかった。たしかにいまやファリアが狂人でないことは明白になったし、老人の狂気という噂の元になった財宝の発見に辿りつく過程には、彼にたいする感嘆を倍加させるほどのものがあった。とはいえ、もう一方で彼は、たとえそれが実在したのだとしても、秘匿されたその財宝がいまだに存在していると思うことはできなかった。彼はその財宝を幻影とは言わないまでも、もうなくなっていると見なしていたのだった。

そうこうしているうちに、まるで運命がふたりの囚人から最後の希望を奪い、ふたりとも終身懲役刑に処されていると理解させることを願ったかのように、新たな不幸が彼らをおそった。永いあいだいまにも瓦解しそうだった海沿いの回廊が改修されたのである。台座が補修され、ダンテスがすでに半ば埋めていた穴が大きな岩石の塊で塞がれてしまったのだ。読者も思い出されるように、神父によって青年に示唆されたそのような用心がなかったら、ふたりの不幸はさらに深刻になっていたことだろう。つまり、ふたりの逃亡計画が発覚して、彼らは間違いなく引き離されていただろうから。ふたりは他のどんな扉よりもさらに頑丈で、無情な新しい扉によって別々に閉じ込められたに違いない。

「お分かりでしょう」と青年は穏やかな悲しみの口調で言った。「あなたにたいする献身と呼んでくださっている長所までも、神はわたしから取りあげてしまわれました。わたしは永遠にあなたとともにいると約束しましたが、もはやその約束を破る自由さえもなくなりました。あなたと同じく、わたしもその財宝を手にすることはないでしょう。ふたりともこの牢獄の外に出ることはないでしょう。もっとも、わたしの真の財宝はモンテ・クリスト島の暗い岩窟でわたしを待っている財宝ではありません。それはあなたの存在、看守のいないところでふたりが一日五、六時間ともに過ごせる幸せ、あなたがわたしの頭脳に注いでくださるあの知性の光、わたしの記憶に植えつけ、そこで様々な言葉に枝分かれして育つあの諸言語です。お持ちの知識の深さと要約してくださる原理の明快さによって、わたしにもじつに分かりやすくしてくださる諸学、それがわたしの財宝、わたしを豊かで幸福にしてくれる財宝なのです。どうかわたしの言うことを信じ、ごじぶんを慰めてください。そのほうがわたしにとって、何トンの金よりも、何ケースものダイヤモンドよりも値打ちがある財宝なのです。たとえそれらの財宝が、ある朝海上に漂うのが見え、確かな陸地だと受けとめても、近づいてみるとそれが蒸発し、霧散し、消え去ってしまう雲のように不確かなものではないとしても。あなたのお姿をできるだけ永く傍で見ていること、あなたの雄弁な声を聞いてわたしの精神を飾ること、わたしの魂を鍛えなおすこと、いつか自由になったら生じる重大な恐ろしい事柄に自力で耐えうる力量を身につけること、あなたと知り合いになったころにわたしが陥りかけた絶望などがつけいる余地がないほど気持ちを充実させること、それがこのわたしの財宝です。これは空想などではありません。あなたから正真正銘の財産として受け継いだものです。地上のいかなる権力者、たとえチェーザレ・ボルジアでさえも、わたしからこの財宝を取りあげられないでしょう」

このようにして、このふたりの悲運な人間にとって、それに続く日々は幸福とまではいかないが、少なくともかなり早く流れた。ファリアは例の財宝について、じつに永い年月沈黙を守ってきたので、いまやあらゆる機会を捉えてその話をするようになった。みずから予告していたように、彼は右腕と左足が麻痺したままだったので、財宝をじぶんで使う希望をほぼなくしていた。しかし、あいかわらずじぶんの若い仲間の釈放ないし逃亡を夢見、その財宝がこの青年のものになることを喜んでいた。彼は例の手紙がいつか散逸するか紛失するのを怖れ、ダンテスに暗記するよう強く勧めた。その結果ダンテスは、最初から最後まで暗誦できるようになった。そこで手紙の後半を破棄して、たとえ誰かに前半を見つけられ、差し押さえられても、真の意味が見抜けないようにした。ときには、まる数時間もかけて、ファリアがいろんな指示――ダンテスが自由の身になった日に役立つような指示をあたえた。いったん自由になったら、その日、その時刻、その瞬間から、ただひとつの考えしか抱いてはならないというのであった。つまり何らかの手段で一足飛びにモンテ・クリスト島に行き、他人にどんな疑惑もあたえないような口実を設けてひとりでとどまり、あの魔法の岩窟を見つけ、指定された場所を掘りかえすこと。指定された場所は、読者も思い出されるように、二番目の穴からもっとも遠い隅にあること。

さしあたって、時間は急速ではないにしろ、少なくともなんとか耐えうる程度には流れていった。前述のように、ファリアは手足こそ不自由だったものの、明晰な知性を取りもどし、さきに詳しく述べたような様々な精神的な知識に加えて、無から有を生み出すという、忍耐強く卓越した囚人としての伎倆を青年に伝授した。そんなわけでふたりともたえず忙しくしていた。ファリアはじぶんが老いていくのを見るのが嫌だったからであり、またダンテスのほうはほとんど消えかかっているみずからの過去を思い出すのが嫌だったからだった。その過去も、さながら夜陰に紛れた遠くの光のようなものとして、記憶の奥底に漂っているにすぎなかった。すべてはそんなふうに、不幸によってもなんら乱されることなく、神の眼下で営まれる滞りのない、平穏な生活のように過ぎ去っていった。

とはいえ、このような表面の平穏さとは裏腹に青年の心中、そしておそらく老人の心中にも、押し殺された多くの衝動、抑えられた多くの溜息があったのだが、それらはファリアがひとりでいるとき、エドモンがみずからの独房にもどったときにちらつく程度のものにすぎなかった。

ある夜、エドモンはじぶんを呼ぶ声が聞こえたと思い、ぎくりとして目を覚ました。

彼は目を開けて、深い闇を見透かそうとした。

彼の名前、というか彼の名前を呼ぼうとしている、訴えるような声が耳まで届いてきた。

彼は不安のあまり額に汗をにじませ、ベッドのうえに起きあがって耳を澄ました。疑う余地はなかった。その訴えるような声は相棒の独房からきていた。

「ああ、もしかすると……?」とダンテスは呟いた。

それから彼はベッドをずらし、石を引き抜いて通路を突進し、反対側に達した。敷石は取りのぞかれていた。

すでに言及した、あのゆらゆらする不格好なランプの微光で、ベッドの木枠にしがみついて立っている、顔面蒼白の老人の姿が見えた。顔の表情は彼がすでに見た通り、最初にあらわれたときからひどく彼を怖がらせた恐ろしい兆候のために歪んでいた。

「いいかね、わが友よ」と諦めきったファリアが言った。「分かるだろう、わしにはきみに教えておくべきことはなにもないことが！」

エドモンは悲痛な叫び声をあげ、我を忘れて扉のほうに突進して叫んだ。

「誰か！　助けてくれ！」

ファリアにはまだ腕で彼を引きとめるだけの力はあった。

「口を利いてはならぬ」と彼は言った。「さもないと身の破滅になるぞ。きみはじぶんのことだけ考えろ。きみの獄中生活を耐えうるものにすること、もしくはきみの脱獄を可能なものにすることだけを。わしがここでやったことをひとりでやり直すには数年が必要になるだろう。しかもわしらが結託していることが看守どもに知れたら、たちまちすべてが水泡に帰してしまうことだろう。そのうえ、安心するがいい、わが友よ、わしが立ち去ることになるこの独房も永いあいだって、無人ということはないだろう。別の不幸な人間がわしのあとを埋めるだろう。この別の人間にとって、きみは救いの天使のように映るだろう。その者はたぶんきみのように若く、我慢強いかもしれないし、脱獄を助けてくれるかもしれない。わしという足手まとい、半分死体となったような人間に縛りつけられ、ちょっとした身動きもままならないということはもうなくなる。ついに神はきみのためになにかしてくださるのだ。神はきみから取りあげた以上のものをきみに返してくださるのだ。どうやら、わしが死ぬ潮時がきたようだ」

エドモンは両手を合わせて、こう声をあげるのが精一杯だった。

「ああ、大事なお方、そんなことをおっしゃらないでください！」

それからこの予想外の一撃によってぐらついた力と、老人の言葉によってたわんだ勇気を取りもどして、

「ああ、わたしはあなたを一度救ってさしあげました。二度目も必ずお救いします！」と言った。

そしてベッドの脚をもちあげ、まだ三分の一ほど赤い液体の残っている小瓶を取りだして、

「ほら」と言った。「この妙薬はまだ残っていますよ。はやく、はやく。今度はなにをすべきか指示してください。なにか新しい指示はありますか？　おっしゃってください。お聴きします」

「希望はない」と、ファリアは頭を振って答えた。「だが、構うものか。人間を創られ、その心に生への愛を深く植え付けられた神は、人間がときには辛いが、つねに尊い生存を維持するために、できることをすべてやるように望まれるのだから」

「ああ、そうです、そうですとも」とダンテスは声をあげた。「わたしが救ってさしあげると申し上げているでしょう！」

「それではやってみてくれ！　体がだんだん冷えてくる。頭に血が上り、歯がカチカチ鳴り、骨をバラバラにする暗く恐ろしい震えが、全身を揺らしはじめている。五分後に発作が起き、十五分後にわしは死体になっておるだろう」

「ああ！」ダンテスは悲しみに暮れた声をあげた。

「最初のときと同じようにやってくれ。ただ、今度はそれほど待たなくてもよい。いまは生命力がすっかりすり減っておる。そして死には」と、彼は麻痺した腕と脚を示しながら言った。

「やるべき仕事の半分で充分だろう。もしわしの口に十滴ではなく十二滴入れたあとでも、蘇生しないと見たら、残りを全部入れてくれ。だがとりあえず、わしをベッドに運んでくれ。もう立っていられないのでな」

エドモンは老人を腕に抱えて、ベッドのうえに置いた。

「いまとなっては」とファリアが言った。「わしの悲惨な人生の唯一の慰めはきみだ。やや遅かったが、それでも結局神が、かけがえのない賜物として、きみをわしにあたえてくださったことに感謝する。きみと永久の別れをするこのとき、わしはきみにふさわしい十全の幸福と繁栄を願う。わが息子よ、わしはきみを祝福する！」

青年は身を投げ出して跪き、頭を老人のベッドに押し当てた。

「この末期の時にあたって、よく聞いてもらいたい。スパダの財宝は存在する。神はいまやわしのために距離も障害も取りのぞいてくださった。わしにはそれが二番目の穴の奥にあるのが見える。わしの目は地中深く透視し、これほどまでの富に眩む。もしきみが脱獄できたら、みんなから気が狂ったと思われていた神父がそうではなかったことを思い出し、モンテ・クリスト島に駆けつけ、ふたりの財産を活かすのだ。きみは充分に苦しんだのだから、なんとしてもそれを活かすのだぞ」

このとき激しい痙攣が起こって、老人は言葉を切った。ダンテスが顔をあげると、老人の目が赤く充血するのが見えた。まるで血の波が胸から額にまで昇ってくるようだった。

「さらばだ！　さらば！」と呟きながら、老人は引きつった手で固くダンテスの手を握った。

「さらば！」

「いえ、まだですよ！　まだですよ！」と青年は声をあげた。「ああ、神さま、わたしたちを見捨てないでください。彼をお救いください。誰か！……彼を助けてくれ！……誰か！」

「静かに！　静かに！」と瀕死の病人が呟いた。「わしが救われても、ふたりが別々にされることがあっては困るからな！」

「おっしゃる通りです。ああ、そうでした。ご安心ください。わたしがお助けしますよ！　それに大変苦しんでおられますが、それでも今回は、最初のときより苦しまれていないように見えます」

「ああ、それは違う。わしがあのときより苦しまないのは、その力もなくなったからだ。きみの年齢では、誰しも生にたいする信念がある。信じ、期待するのは若さの特権だからだ。だが、老人には死がよりはっきり見える。ああ、そいつだ……そいつがやってくる。おしまいだ……目が見えなくなってきた……理性がなくなっていく……きみの手を……ダンテス……さらばだ！……さらば！」

そして神父はすべての能力を集中する最後の力をふりしぼって起きあがり、「モンテ・クリスト島！」と言った。「モンテ・クリスト島を忘れるな！」

そして彼は、ふたたびベッドのうえに倒れ込んだ。

発作は物凄まじいものだった。よじれた四肢、ふくらんだ瞼、血の泡、ぴくりとも動かない体、わずか一瞬前に横たわっていた知的な存在が、苦しみのベッドのうえでそのような姿に成りはてていたのだ。

ダンテスはランプを取って、ベッドの枕元の石のうえに置いた。その石に出っ張りがあったため、ランプの揺らめく微光が奇怪で幻想的な反映をともなって、その崩れた顔と硬直した不随の体を照らしていた。

彼はひるまずに、じっと目を凝らしながら、例の妙薬を施す瞬間を待った。

いよいよその瞬間がきたと思ったとき、彼は小刀をとって、神父の歯をこじ開けた。その歯は最初のときより楽に開いた。それから十滴になるまで、一滴一滴あたえていって待った。小瓶にはこれまで注いだ分の倍ほどがまだ残っていた。

彼は十分、十五分、三十分待ったが、なんの動きもなかった。震えつつ、髪を逆立て、冷や汗で額を凍りつかせながら、彼は神父の鼓動で秒数をかぞえた。

それから、いよいよ最後の試みを実行するときが来たと考えて、小瓶をファリアの紫色の唇に近づけた。そして、ずっと開いたままだから顎を空けようとする必要さえもなく、残りの妙薬をそっくり注ぎ込んだ。

治療薬は電気のような効果を発揮した。激しい震えが老人の四肢を揺すり、両目が見るも恐ろしくふたたび開いて、叫び声に似た呻き声を発したかと思うと、ぶるぶる震えている身体全体が徐々に不動の状態になっていった。

目だけがずっと開いていた。

半時間、一時間、一時間半が経った。その不安の一時間半のあいだ、エドモンはみずからの友のうえに身をかがめ、手を心臓に押しあて、その身体がふたたび冷えていき、その心音がしだいに鈍く、間遠になるのを感じた。

そしてとうとう、もはやなにも生き残っているものはなくなり、心臓の最後の震えもやんで、顔が蒼白になり、目だけが開いていたが、視線はどんよりしていた。

朝の六時だった。日が昇りはじめ、その青白い光線が独房に侵入して、消え入りそうなランプの光を掻き消そうとしていた。奇妙な反映が死体の顔のうえをよぎると、まるで生きているような外見をあたえた。このような昼と夜の闘いが続いているかぎり、ダンテスはまだ疑うことができた。しかし昼が優性を占めるようになるや、彼は一個の死体とともにひとりでいることを理解した。

こうなると、彼は深く、言いようのない恐怖感に襲われて、ベッドの外に垂れ下がっているその手を支えている勇気がなくなった。何度も閉じてやろうとしたがうまくいかず、そのつどまた開いてしまう、その白く動かない目を見ている勇気もなくなった。彼はランプを消して入念に隠し、逃げだしてから、上手に頭上に敷石をもどした。

もっとも、いい頃合いでもあった。やがて看守がこようとしていたのだ。

この日看守は最初にダンテスの独房に来た。彼の独房を出ると朝食とシーツを届けにファリアの独房に行った。

ダンテスはなにかしらの変事があったことを知っているそぶりは一切見せなかった。男は出ていった。

このときダンテスは、これから不幸な友の独房でなにが起こるのか、知りたくてたまらなくなったので、地下の通路に急いでもどり、看守が助けを求めて発した叫び声をなんとか耳にすることができた。

間もなく他の看守たちが入ってきた。それから、勤務外のときでさえ重々しく、規則正しい兵士特有の足音が聞こえてきた。兵士たちに続いて所長が着いた。

ダンテスにはベッドのうえで死体が動かされる音が聞こえた。死体の顔のうえに水をかけるように命じる所長の声が聞こえた。それから、水をかけられても、囚人が息を吹き返さないのを見て、所長が医者を呼びにやった。

所長は外に出た。すると、死者に同情するような言葉がふたつ、みっつ発せられたが、嘲笑もそこに含まれていた。

「さあ、これであの狂った爺さんも」とひとりが言った。「いよいよお宝に会いに旅立ったというわけだ。いい旅を！」

「何百万ももちながら、経帷子《きようかたびら》を買う金もないとはな」と別の声が言った。

「そうか」と三番目の声が引き取った。「イフ城の経帷子はそんなに高くないのにな」

「それでも」と最初に発言したひとりが言った。「この死人は教会の人間だから、少しは色をつけてやるんじゃないか」

「じゃあ、嚢《のう》にいれられるぐらいの名誉にあずかるということか」

エドモンは耳を澄まし、ただのひと言も聞き漏らさなかったが、話されていることの意味はまるで分からなかった。間もなく声がしなくなり、手伝いにきた者たちもいなくなったようだった。それでも彼は、なかに入る勇気はなかった。死者の番をするために、何人かが残っていることもありえたからだ。

彼は黙って身動きせず、息をひそめているしかなかった。

ほぼ一時間して、静寂もかすかな物音で活気づき、その物音がだんだん大きくなってきた。

所長が医者と何人かの士官を連れてもどってきたのだ。

しばらく静寂のときがあった。医者がベッドに近づき、死体の検死をおこなっているのは明らかだった。

間もなく聞き取りがはじまった。

医者は囚人が倒れた病を分析し、囚人は死んでいると宣言した。

ダンテスを憤慨させるような無頓着さで問答がなされた。彼にはせめて、気の毒な神父にたいしてじぶんが抱いている情愛のほんの一部くらいでも、みんなが感じてしかるべきだと思われた。

「あなたが告げられたことは、わたしにとってはじつに残念です」老人がたしかに死んでいるという医者の明快な確言に答えて、所長が言った。「あれは優しく無害で、いささか狂ったところもありましたが面白いうえ、とりわけ監視しやすい囚人でした」

「ああ、そうですよ」と看守が言った。「監視などまるでしなくてもいいくらいでしたよ。わたしが保証してもいいです、この囚人なら五十年間一度も脱獄を試みようなどとせず、ここにおとなしくしていたでしょう」

「それにしても」と所長が言葉をついだ。「あなたの確信にもかかわらず——いやなにもわたしがあなたの医術を疑っているのではないのですよ——、わたし自身の責任として、囚人がほんとうに死んでいるのかどうか、確かめておくことが急務だと思います」

一瞬、完全な静寂のときがあった。その間、ずっと耳を澄ましていたダンテスは、医者が再度死体の検死をおこなっているのだろうと思った。

「どうかご安心ください」とそのとき医者が言った。「死んでいます。わたしが請け合います」

「ご承知のように」と引き取った所長は、あくまで自説にこだわった。「このような事例では、たんなる検死で事足りるとしてはならないのです。見かけがいかようであれ、法律に規定されている手続きにしたがって、任務を完了していただきたい」

「では鏝《こて》を熱しておくように」と医者が言った。「でも、じっさいの話、それはまったく無用な手続きなんですがね」

鏝を熱しておくようにというこの命令に、ダンテスは身震いした。

人が駆けつける足音、扉がきしむ音、牢内で人が行き来する音が聞こえたあとで、やがてもどってきた看守が言った。

「焜炉《こんろ》と鏝です」

このあとしばらく静寂のときがあったが、やがて肉が焼かれるジューという響きが聞こえ、そのむかつくような強烈な臭いが、壁の後ろで恐怖を覚えながら聞いていたダンテスのところまで突き抜けてきた。

焼かれた人肉の臭いをかいで、青年の額に汗がふきだし、彼はいまにも気を失うと思った。

「所長、これで、この囚人が死んでいることがお分かりになったでしょう」と医者が言った。「踵《かかと》が焼かれたとなると決定的です。この気の毒な狂人もやっと狂気が癒え、牢獄から解放されるわけです」

「このひとの名前はファリアといいませんでしたか？」と、所長に付いてきた士官のひとりが尋ねた。

「そうだ。彼が称していたところでは、古い家柄だそうだ。それにじつに学があって、ある一点以外のところではたいそう分別もあった。ただその一点、例の宝の話になると、到底手に負えなかったがな」

「それはわたしたちが偏執狂と呼んでいる疾患です」と医者が言った。

「きみは彼のことで一度も不満を抱かなかったのだな？」と、所長は神父に食事を届ける役目だった看守に尋ねた。

「所長、一度もありません」と看守は答えた。「一度も、たったの一度だってありません！　それどころか、以前には面白い話をして、おおいに楽しませてくれましたよ。いつかうちの家内が病気になったときには、処方箋を書いてくれさえして、それで治ったのですよ」

「ああ、そうか、わたしが同業者を相手にしていたとは存じあげませんでした。所長」と言って医者は笑い、こう言い添えた。「わたしの同業者にふさわしい扱いをしてもらいたいものですな」

「ええ、どうかご安心のほどを。彼はできるだけ新しい嚢に入れられて、しかるべく葬られることでしょう。これでご満足かな?」

「所長、この最後の措置を、先生の目の前でわたしらがやるのでしょうか?」と、看守が尋ねた。

「まあ、そうだろうな。だが、急いでくれ。わたしは一日中この牢にいるわけにはいかないのだ」

新たに行き来する者たちの足音が聞こえ、そのしばらくあと、シーツがこすれる音がダンテスの耳に達した。ベッドがバネのうえで軋み、誰かが荷物をもちあげるような重々しい足音が敷石のうえで聞こえたかと思うと、その荷物をおろしたのか、ふたたびベッドが軋んだ。

「では、今晩また」と所長が言った。

「ミサを挙げるのですか?」と士官のひとりが尋ねた。

「無理だ」と所長は言った。「城の礼拝所付き司祭がきのう、イエールに一週間小旅行する許可を求めてきた。わたしはその間、囚人たちのことは任せてくれと答えたのだ。この気の毒な神父は、こうも急がなくてもよかったのにな。そうすれば、鎮魂歌《レクイエム》くらい捧げてやれたものを」

「いやなに」と、医者はこの職業の人間によく見られる不信心を露骨に示す毒舌ぶりを発揮して、「この人は教会の人間だったのだから、神さまもそれなりに考慮され、まさか神父を地獄に送って面白がるなんてことはされないでしょうよ」

この悪い冗談に、みんなが大笑いした。

そのあいだにも埋葬の支度は進められていた。

「じゃあ、今晩」と支度が終わると所長が言った。

「何時ですか?」と看守が言った。

「十時か十一時頃だよ」

「死人の番をするのですか?」

「なんのためだ? まるで囚人が生きているみたいに、独房を閉めておくだけでいいのだ」

そして足音が遠ざかり、ひとびとの声が遠のき、錠前がきしみ、閂がギーと音を立てるのが聞こえた。それから孤独の沈黙よりさらに陰気な沈黙、すなわち死の沈黙が、青年の冷え冷えした心にいたるまで、すべてを領した。

すると彼はゆっくりと頭で敷石をもちあげ、その牢に探るような一瞥をくれた。

独房は空っぽだった。ダンテスは通路から出た。

20　イフ城の墓場

ベッドのうえに粗布の嚢がひとつ縦の方向に寝かされ、窓をとおして射しこんでくる、淡い日の光にうっすら照らされて、その広い襞の下に長く硬直した人体のようなものがおぼろげに見えた。それがファリアの最後の経帷子、看守たちによれば、あまり高くはないというあの経帷子だった。このようにして、すべてが終わっていた。ダンテスと彼の旧友との物理的な距離はすでに動かしがたく、彼はもはや死の彼方を見据えるためのようにずっと開いたままだった目を見ることはできなかったし、隠された物事を覆っているヴェールをもちあげてくれた彼の器用な手を握ることもできなかった。彼があれほどの努力を重ねて親しくなったあの有能で、善良なファリアは記憶のなかにしか存在していなかった。そこで彼は、その恐ろしいベッドの枕元にすわり、暗くほろ苦い憂愁に打ち沈んだ。

孤独！　おれはふたたび孤独になった！　ふたたび沈黙におちこみ、ふたたび虚無と対面することになった！

孤独！　おれをまだ地上につなぎとめていた唯一の人間に会うことも、その声を聞くこともできなくなったのだ。おれはファリアのように、苦しみの不気味な門をくぐってでも、人生の謎を神に尋ねにいったほうがいいのではないか！

　このとき、彼の友によって追いはらわれ、友がいたために遠ざけられていた自殺という考えがもどってきて、ファリアの死体のそばに亡霊のように立ちあらわれた。

「もしおれが死ぬことができれば」と彼は心に思った。「おれは彼が行くところに行き、きっと彼と再会できるだろう。だが、どうやって死ぬのか？　簡単な話じゃないか」と彼は笑って付け加えた。「おれがずっとここにいて、ここに入ってくる最初の人間を絞め殺す。するとギロチンにかけられるだろう」

　しかし、大きな嵐と同じく大きな苦しみにあっても、ふたつの高波のあいだに深淵が生じることがある。ダンテスはその不名誉な死という考えに尻込みし、そのような絶望から生と自由への熱烈な愛へと慌ただしく移ってしまった。

「死ぬだと！」と彼は内心声をあげた。「いま死ぬなら、なにもこれまで生き、これほど苦しまなくてもよかったじゃないか！　死ぬことは、かつて何年も前におれがそう決心したときにはいいことだった。しかしいまとなっては、おれの惨めな運命をいっそう惨めにするだけだ。いや、おれは生きたい。最後まで闘いたい。いや、おれは奪われたあの幸福をとりもどしたい！　死ぬ前におれを陥れたやつらを罰してやること、それから何人かの友人に報いることを忘れてしまうところだった。しかし、いまやおれはここで忘れられて、ファリアのようなかたちでしか、この独房から出られないだろう」

　しかしエドモンは、この言葉を発すると急に目がすわり、身動きしなくなった。突如ある考えが閃いたのだが、その考えにぎくりとしている人間のようだった。突然彼は立ちあがり、まるで目眩を覚えたように手を額にもっていき、室内を二、三周してから、やがてベッドの前にもどって立ちどまった。

「ああ!」と彼は呟いた。「いったい誰がこんな考えをおれに吹き込んだのだ? 神よ、あなたですか? ここから自由に出られるのは死人だけである以上、おれが死人の代わりをしてやろうじゃないか」

そしてその決意を翻す時間をじぶんにあたえず、また熟考によって絶望的なこの決意を無効にされてしまわないように、彼は忌まわしいその嚢のうえに身をかがめ、ファリアがつくった小刀でそれを開き、嚢から遺体を引き出し、じぶんの独房に運んでベッドに寝かせ、いつもじぶんが引き被っているシーツのぼろ切れを頭にかぶせ、冷たいその額に最後の接吻をし、言うことを聞かない目をもう一度閉じようとしたが空しく、その目は思考の不在のために、余計におぞましく開いたままだった。彼がそれから頭を壁に沿うように向けてやったのは、夕食をもってくる看守に彼がいつものように伏せっていると思わせようとするためだった。そうしておいてからダンテスは通路にもどり、ベッドを壁際にくっつけて、ファリアの牢に引き返し、秘密の戸棚から針と糸を取りだし、粗布の下に裸の肉体があるのがよく感じられるように、ぼろ着を脱ぎ捨て、切り開いた嚢のなかに忍びこみ、死体があった位置に身をおいて、内部から嚢の切れ目を縫いあわせた。

このとき、あいにく誰かが入ってきたら、彼の心臓の鼓動が聞きとれたかもしれない。

ダンテスは晩の巡回のあとまで待つことができたかもしれない。だが彼はそれまでに所長の気が変わって、遺体を運びだしてしまうのを怖れた。

もしそうなれば、彼の最後の望みも失われてしまう。

ともあれ、彼の計画は決められた。

彼がしようとしていたのは、次のようなことだった。

もし墓掘人たちが運搬の途中で運んでいるのが死者ではなく生きた人間だと気づいたら、おれだと見破る暇もあたえずに、嚢を上から下まで一気に引き裂き、彼らが驚愕している隙に逃げだしてやろう。もし彼らがおれを捕まえようとしたら、ナイフで渡りあってやろう。

もし彼らがおれを墓場にまで連れていって、墓穴のなかに入れたら、土をかけられるままになってやろう。それから、すでに暗くなっているから、墓掘人たちが背を向けるやいなや、柔らかい土になんとか通路を空けて逃げだしてやろう。その土はたぶん、もちあげられないほど重くはないだろう。

もしそれが間違いで、逆にひどく重かったら、おれは窒息して死んでしまうだろう。願ってもないことだ！　それですべてにケリがつくのだ。

ダンテスは前日からなにも食べていなかった。朝になっても空腹は感じなかった。いまもまだ感じていない。置かれた立場が不安定きわまるものなので、他のどんなことに考えを向ける余裕もないのだった。

ダンテスが冒す最初の危険は、七時に夕食をもってくる看守が、遺体の入れかえに気づくことだった。だが幸いにしてダンテスはこれまで何度も嫌人症もしくは習慣によって、看守がきても伏せったままでいた。このような場合、通常看守はパンとスープをテーブルに置いて、なにも話しかけることなく引きあげていく。

しかし、今度ばかりは看守が沈黙の習慣を破って、ダンテスに話しかけるかもしれなかった。そしてダンテスがまったく返事しないのを見て、ベッドに近づくかもしれなかった。そうなればすべてが発覚してしまう。

七時が近づいたとき、ダンテスの不安は最高潮に達した。心臓を抑えていた片手が鼓動を抑えようとし、もう片方の手はこめかみに沿って流れる額の汗を拭っていた。ときどき全身に悪寒が走り、氷の万力のように心を締めつけた。そんなとき、じぶんは死んでしまうだろうと思った。数時間経ったが、城内にはどんな動きもなかったので、ダンテスは最初の危険を逃れられたと理解した。幸先がよかった。所長が指定した時刻ちかくになって、ようやく階段で足音がするのが聞こえた。エドモンにはやっとそのときがきたのが分かった。彼は勇気を奮い立たせ、息を詰めた。息と同時に動脈の慌ただしい拍動もとめられたら、どんなに都合がよかったか。

足音は扉の前でとまった。どうやら相手はふたりだった。ダンテスはふたりの墓掘人がじぶんを迎えにきたのだと見当をつけた。彼らが担架を置くときに立てた音を聞いて、疑念が確信に変わった。

扉が開いて、ぼんやりした光がダンテスの目にも届いてきた。包まれている布をとおして、ふたつの人影が彼のベッドに近づいてくるのが見えた。扉のところにいる三番目の男が手に角灯《ランタン》をさげていた。ふたりの男がそれぞれベッドに近づき、嚢の両端をつかんだ。

「痩せた爺さんにしちゃ、ずいぶんと重いんじゃねえか」とひとりが頭のほうをもちあげながら言った。

「人間、一年ごとに四分の一キロずつ骨が重くなるっていうぜ」と足をもちあげているもうひとりが言った。

「もう結びつけたか?」と前者が言った。

「無駄な重みを最初からつけるなんざ、馬鹿げてる」と後者が言った。「向こうに行ってからつけるさ」

「ちげえねえ、じゃあ行こうか」

「なんの重みなんだろう」とダンテスは自問した。

このふたりは「遺体」をベッドから担架に移した。エドモンは死者というじぶんの役割をうまく演じるために体を硬直させた。彼は担架で運ばれた。角灯をもった男に先導された葬列は階段を昇った。

突然冷たく刺すような夜の空気に浸された。ダンテスにはそれが地中海特有のミストラルだと分かった。それは悦楽と同時に不安に満ちた急激な感覚だった。

担ぎ手たちは二十歩ほどあるき、やがて立ちどまって、担架を地面に置いた。

担ぎ手のひとりが遠ざかって、その靴の音が敷石に響くのがダンテスに聞こえた。

「いったい、おれはどこにいるんだろうか?」と彼は自問した。

「こいつは軽いどころの騒ぎじゃねえな?」とダンテスのそばに残っていた担ぎ手が言って、担架の縁にすわった。

ダンテスが駆られた最初の衝動は、すぐに逃げようというものだったが、幸い思いとどまった。

「おい、こっちを照らしてくれ」と、遠ざかっていったほうの担ぎ手が言った。「じゃねえと、探し物は絶対見つかんねえ」

角灯をもった男は、前述のように、あまり穏当でない言い方でなされたものだったが、その命令にしたがった。

「いったいなにを探しているのだ」とダンテスは自問した。「たぶん鋤だろう」

満足したような叫び声が聞こえたので、墓掘人が探していたものを見つけたことが分かった。

「やっと見つけたか。楽な仕事じゃねえや」ともう片方が言うと、

「ちげえねえ、だが、こいつも待った甲斐があったというもんだ」と答えた。

そう言うと彼はエドモンに近づいてきた。エドモンはずっしりとして、なんだかよく響くものがそばに置かれる気配を感じた。同時に両足に綱が巻かれ、痛いほど強く結びつけられた。

「じゃあ、結びのほうはぬかりねえな?」と、それまでなにもしなかった墓掘人が尋ねた。

「ちゃんと結んだ。おれが請け合う」

「なら、行くとするか」

そしてもちあげられた担架は先に進んだ。

ほぼ五十歩進むと、彼らはとまって門をあけ、それからふたたび先に進んだ。城は岩のうえに

建てられているのだが、進むにつれて、岩に当たって砕ける波の音が直接ダンテスの耳に届いてきた。

「ひでえ天気だ」とひとりの墓掘人が言った。「こんな晩に海に入るなんざ、ぞっとしねえや」

「どう見たって、この神父さん、ずぶ濡れになってちまうぜ」と、もうひとりが言い、ふたりでどっと笑いこけた。

ダンテスはその冗談がよく理解できなかった。それでも、頭のうえで髪が逆立った。

「よし、着いたぞ」と最初の男が言葉をついだ。

「もっと先だ、もっと先だ」ともうひとりの男が言った。「知ってるだろう。このまえのやつは途中でひっかかって、岩に砕かれちまった。それで翌日、おれらが所長から無精者だの何だとさんざん怒られたんじゃねえか」

彼らはさらに四、五歩ほど坂をのぼったが、やがてダンテスは足と頭を捉えられ、揺すられるのを感じた。

「いーち」と墓掘人たちが言った。

「にー」

「さーん!」

と同時に、ダンテスはじっさいに巨大な虚空に投げ出されるのを感じ、傷ついた鳥のように空中を横切り、心も凍るような激しい恐怖を覚えながら落ち、落ちに落ちていった。なにか重いものので下に引っぱられ、落下の速度が加速されていたとはいえ、彼にはそれが一世紀もの永さに感じられた。ようやく彼は、もの凄い音を立てて、矢のように冷たい水中に突入して叫び声をあげたが、それもすぐ水に押し殺されてしまった。

ダンテスは海のなかに投げ込まれ、足に結びつけられた十八キロもの鉛の玉によってずぶずぶと海底に引っぱられていった。

海こそがイフ城の墓場なのであった。

21　ティブラン島

　ダンテスは茫然となり、ほとんど窒息しそうになっていたが、それでも息を殺しているだけの機転を失わず、また先に述べたように、あらゆる機会に備えてむき出しのナイフを右手に握っていたので、すばやく嚢を引き裂いて腕を、それから頭を外に出した。しかし、鉛の玉を引きあげようといくら体を動かしても、どんどん下に引っぱられていくばかりだと感じた。そこで反り身になって脚を縛っている綱を探し、最後のぎりぎりの努力をして、まさしく窒息する寸前にそれを断ち切った。それから力一杯脚を蹴って、海面まで自由に浮かびあがった。他方、鉛の玉は危うく彼の経帷子になるところだった粗布を、計り知れない海の底に引っぱりこんでいった。

　ダンテスは息継ぎの時間を取るだけにして、再度海に潜った。というのも、彼がすべき最初の用心は、人目につかないことだったからだ。

　二度目に海面に姿を見せたとき、彼は落下した地点から少なくとも五十歩離れたところにいた。頭上には嵐を孕んだ暗い空が見え、その表面では風がいくつかの足早の雲を追いはらい、ときに星に飾られる濃紺の一角をのぞかせていた。彼の眼前にはとどろきわたる暗い海面が広がり、その波が嵐の到来を告げるように泡立ちはじめていた。他方、彼の背後では海よりも黒く、空よりも黒く、威嚇する幽霊のような花崗岩の巨人がそそり立ち、その黒い先端は獲物を取りもどそうと延ばした腕のように見えた。もっとも高い岩のうえにはふたつの人影を照らす角灯があった。

彼には、そのふたつの人影が心配そうに海のほうに身をかがめているように見えた。じっさい、あの奇妙な墓掘人たちにはきっと、彼が虚空を横切ってから発した叫び声が聞こえたに違いない。そこでダンテスはまた潜りこみ、長いあいだ海中を泳いでいった。これは昔からの彼の得意技で、ファロの入江でこれをやると、大勢の見物人がやってきて見とれ、しばしば彼のことを、マルセイユ一の泳者だと噂しあったものだった。

彼がふたたび海面に姿を現したとき、角灯は消えていた。

彼はどの方向に進むか決めねばならなかった。イフ城を取りまくあらゆる島のなかで、ラトノー島とポメーグ島がいちばん近かったが、このふたつの島には人が住んでいた。小島のドーム島にしても同じだった。もっとも安全なのはティブラン島かルメール島だったが、このふたつの島はイフ城から一里のところにあった。

とはいえ、ダンテスはそのふたつのうちのひとつの島になんとしても辿りついてやろうと決心した。だが刻一刻まわりで濃くなる夜陰のなかで、どうすればそれらの島が見つかるのか！

このとき、プラニエの灯台が星のように光っているのが見えた。

その灯台を目指して真っ直ぐに行けば、ティブラン島をやや左手に見ることになる。だから少し左側を行くようにすれば、行く手にその島が現れるはずだった。

だが、先に述べたがイフ城とその島とのあいだには一里もあった。

獄中で打ちひしがれて、なにも手がつかない青年に、ファリアはよくこう言っていたものだった。「ダンテス、そんなふうにだらだらしていてはならない。せっかく脱獄しても、途中で溺れてしまうぞ。筋力の維持ができなくなってしまうからな」

重く苦い波のしたで、その言葉がよみがえってきてダンテスの耳に響いた。そこで彼は急いで上昇し、波を切って、はたしてじぶんが筋力をなくさなかったのかどうか確かめてみた。嬉しいことに、無為を強制されていたにもかかわらず、彼は体力も敏捷さもなんらなくさず、子供の頃から遊び慣れていた海水を自由自在に手なずけられるのを感じた。

それに、足の速い迫害者ともいうべき恐怖心のために、ダンテスの活力は倍にもなっていた。彼は波頭のうえに身をかがめ、人のざわめきが届いてこないかと耳を澄ませた。波の頂点までもちあげられるたびに、見わたせるだけの視界をすばやく一瞥し、深い暗闇を見透かそうとした。他の波より少しでも高い波があると、じぶんを追ってくる小舟のように思われて、いっそう力を入れて泳いだ。このようにしてイフ城から遠ざかったのだが、そんなことを繰りかえしているうちに、彼の力もたちまち消耗していった。

それでも彼は泳いだ。あの恐ろしい城はすでに、いくらか夜霧に溶けこんでいた。彼にははっきりと見分けられなかったが、それがあることだけはずっと感じられた。

一時間が過ぎた。その間ダンテスは全身全霊をつつむ自由の感情に高揚し、みずから定めた方向に波をかき分けていった。

「さて」と彼は心に思った。「もうかれこれ一時間も泳いでいる。向かい風だったから、泳ぐ速度は四分の一遅くなっている。しかし、おれが方角を間違えなかったとすれば、ティブラン島はそう遠くじゃないはずだ……だが、もし方向を間違えていたとすれば！……」

この泳ぎ手の全身が震えた。彼はしばらく浮き身をして休息しようとした。しかし海がますます荒れてきたので、当てにしたそんな休息の方策が使えないことが分かった。

「それなら、しかたがない」と彼は思った。「最後まで、おれの腕が困憊し、体が痙攣するようになるまでやり遂げよう。いざとなったら、海底に沈むのもやむを得ない」

そして彼は絶望の力と衝動で泳ぎだした。

突然、すでにどんよりしていた空がいちだんと暗くなり、厚く、重く、濃密な雲が彼のほうに垂れてくるように思われた。と同時に彼は膝に激しい痛みを感じた。彼はとっさにそれが弾丸の衝突で、やがてすぐにも発砲音が聞こえるはずだと想像したのだったが、しかし爆発音は響かなかった。ダンテスが手を伸ばすと、なにかの抵抗を感じた。もう一方の脚をじぶんのほうに引きよせると地面に触れた。このとき彼は雲だと思ったものがなんであったのか理解した。

彼から二十歩離れたところに、奇妙な岩の塊があり、もっとも熱く燃えあがっているときに化石になった炉心とでも言えそうな形をしていた。それがティブラン島だった。

ダンテスは立ちあがり、数歩前に進んで、ぎざぎざの花崗岩のうえに横たわって、神に感謝した。このときの彼には、その花崗岩はこれまで知ったどんなベッドよりも柔らかいように感じられた。

やがて、風が吹き、嵐が起こり、雨が降りはじめたにもかかわらず、へとへとに疲れ切っていた彼は、身体がぐったりしているのに、魂は望外の幸福を意識しながら目覚めている人間によくある眠気を感じて眠った。

一時間後、エドモンは大きく轟きわたる雷鳴で目をさました。嵐は天空で荒れ狂い、金切り声をあげながら大気を叩いて吹き抜けた。ときどき、雷光が光の蛇みたいに落下してきて、広大な混沌の波のように、次々に相手を迎えに走る波と雲を照らした。

船乗りの眼力をそなえていたダンテスは、間違わなかった。彼はふたつの島のひとつ、じっさいにはティブラン島に着いていたのだった。彼はその島がむき出しで、無防備なため、避難所には向いていないのを知っていた。しかし、嵐が静まれば、ふたたび海にもどり、泳いでルメール島に行くこともできる。ルメール島は同じように不毛の地だが、ここより広く、したがって身を隠すのに好都合だった。

上部が突きだしているひとつの岩が、ひとときダンテスの避難所になってくれた。彼はそこに逃げ込んだ。それとほとんど同時に猛烈な嵐が爆発するような勢いでやってきた。

エドモンはじぶんが隠れている岩が震えるのを感じた。波が巨大なピラミッド状の岩盤に当たって砕け、彼のところまでしぶきが飛んできた。彼は安全なところにいたのだが、その激烈な轟音、閃光を放つ煌めきのなかで、目眩にとらえられた。足元で島が震え、錨泊している船みたいに、綱がいまにも引きちぎられて、広大な渦のなかに巻きこまれそうな気がした。

そのとき彼は、この二十四時間、じぶんがなにも食べていないことを思い出した。彼は空腹で、喉が渇いていた。

ダンテスは手と頭を延ばして、岩の窪みに溜まっていた雨水を飲んだ。

　彼が身を起こそうとすると、輝く神の玉座の足元まで空を切り開くかと思われる稲妻が天空を照らした。その光でダンテスには、ルメール島とクロワジーユ岬のあいだ、彼のいるところから四分の一里あたりに、嵐と同時に波に運び去られ、波の頂から深淵に滑っていく幽霊のような、小さな漁船があらわれるのが見えた。その一秒後、別の波頭にその幽霊がふたたびあらわれ、恐ろしい速度で近づいてきた。ダンテスは叫ぼうとし、彼らに身の破滅になることを知らせてやるために、空中で振りまわすぼろ切れでもないかと捜したが、なにもないことは彼ら自身にもよく分かっていた。別の稲妻の光で、マストと支柱にしがみついている四人の男の姿が見えた。五人目の男が砕けた船舵につかまっているのが見えた。彼が目にしている男たちには彼の姿が見えたに違いない。というのも、彼らの絶望の叫び声が、唸りをあげる突風に運ばれて、彼の耳にも届いてきたからだ。葦のようによじれたマストのうえに、ぼろぼろになった帆がパタパタと風にはためいていた。突如繋いでいたロープが切れ、黒い雲に浮かんでいた大きくて白い鳥のように、それは空の暗い深みに運ばれ、消えてしまった。

　と同時に、物が砕ける凄まじい音が聞こえ、苦悶の叫びがダンテスのところまで届いてきた。スフィンクスのようなじぶんの岩にしがみつき、深淵をのぞき込んでいた彼に、新しい稲妻に打ち砕かれた小船の姿、その残骸のあいだに絶望した顔の人間の頭、天に向かって差しのべられた腕が見えた。

　やがて、すべてが闇にもどって、その恐ろしい光景は雷光一閃のあいだの出来事にすぎなくなった。

　ダンテスはみずから海に転がりおちる危険をおかして、岩のすべすべした斜面に駆けつけた。

彼は目を凝らし、耳を澄ましたが、もはやなにも聞こえず、なにも見えなかった。叫び声もなければ、人間のあがきもなくなっていた。神の御業ともいうべき、嵐だけが風によって咆哮し、波によって発泡し続けていた。

徐々に風の勢いは弱まった。空は灰色で、いわば嵐によって色あせた大きな雲を西のほうに動かし、かつてなく煌めいている星とともに、青空がふたたびあらわれ、間もなく東のほうで、赤っぽい長い帯が地平に濃紺の波形を浮かびあがらせた。波が躍りあがり、その頂上にいきなり光が走って、泡だつその頂上を金色のたてがみに変えた。

夜明けになっていた。

ダンテスはその壮大な光景を前に、まるでその光景を初めて見るように、身動きせず、無言のままだった。じっさい、イフ城に入れられて以来、そんな光景のことを忘れていたのである。彼は城砦のほうを振りかえり、陸と海をぐるりと一瞥した。

暗い建造物が、監視し、指揮する不動の物のもつ、峻厳な存在感とともに波間から出現した。五時ごろだったろう。海は穏やかになる一方だった。

「あと二時間か三時間すれば」とエドモンは思った。「看守はおれの独房に入り、気の毒な神父の遺体を見つけ、その身元を知って、おれを捜すだろうが、見つけられずに、警報を発するはずだ。そして、あの穴、通路が見つけられるだろう。おれを海に投げ込み、おれが発した叫び声を聞いた者たちが尋問されるだろう。たちまち武装した兵士を乗せた小舟が何隻も、そう遠くまで行っているはずがない、不幸な脱獄囚を追跡するだろう。大砲が撃たれ、おれが裸で餓え、彷徨《さまよ》っているところに出会っても避難所を提供してはならない、と沿岸一帯に警告が発せられるだろう。マルセイユの密偵と警官たちが沿岸一帯を捜査するだろうし、イフ城の所長は海を捜索するだろう。そうなれば、海上で追い詰められ、陸上で囲まれるおれは、いったいどうなるのか？　おれは空腹で、寒く、おまけに泳ぎの邪魔になるので、あの救いのナイフまで捨ててしまった。おれは最初に出会う百姓に二十フランで官憲に売り渡されても、どうにもできない身の上なのだ。ああ、神よ、わたしにはもう力も、考えも、決意もない。ああ、神よ、神よ、わたしが充分苦しんだかどうかご覧になってください。わたしはじぶんでできることはすべてしましたが、それ以上のことをこのわたしのためにしてくださらないでしょうか」

ダンテスが力尽き、頭が空っぽになって陥った一種の錯乱状態のなかで、不安げにイフ城のほうを見つめながら、そのような熱烈な祈りを唱えていたとき、ポメーグ島の先端に、大三角帆を水平に掲げ、波すれすれに飛ぶ鷗のような小さな船があらわれるのが見えた。それがまだ暗い地平線上を進むジェノヴァの小型帆船だと見分けられたのは、さすがに船乗りの目だった。その小型帆船はマルセイユの港を出て、沖に漕ぎ出そうとしているところで、鋭く尖った舳先が、きらきら光る泡を立てながら、ふくらんだ船腹に道を開けてやっていた。

「ああ！」とエドモンは声をあげた。「もしおれが尋問され、脱獄犯だと認められ、マルセイユに連行されるのを怖れないなら、半時間後にあの船に乗りこんでいるだろう。なにをすべきか？　なんと言うべきか？　どんな作り話をしてやれば、あの連中は騙されるのか？　あの連中は密輸業者で、半分海賊だ。沿岸貿易をするという名目で、沿岸で略奪をやっているのだ。彼らは一文の得にもならない善行をするより、おれを売り払ってしまうだろう。

ここは待ってみよう。

だが、いまはまさしく待ってはいられないのだ。おれは餓死しようとしているし、あと数時間で、残っているわずかの力も消えてなくなってしまうだろう。それに看守の巡回の時刻も近づいている。警戒の合図がまだ出されていないから、いまならなにひとつ気づかれることはない。おれは昨夜難破したあの小さな船の乗組員になりすますこともできる。誰ひとり、それにケチをつけにはこないだろう。なにしろ全員が海に呑みこまれたのだ。よしやってみよう」

そんな言葉を口にしながら、ダンテスは昨夜小さな船が難破した場所に視線を向けて、ぎくりとした。岩の先端に、難破した船の水夫のひとりの、赤いフリジア帽が引っかかっており、そのすぐそばに、船底の残骸やら、ばらばらになった梁やらが、波に揺られて寄せたり返したり、まるで無力な杭打ち機のように、島の波打ち際を叩いている。

ダンテスの決心は瞬時になされた。彼はふたたび海に入り、帽子に向かって泳ぎ、それを被ると、梁を一本つかみ、船の針路をさえぎる方面に向かった。

「これでおれは助かる」と彼は呟いた。

この確信によって彼はふたたび力を取りもどした。

間もなく、例の小型帆船の姿が見えたが、ほとんど向かい風だったため、イフ城とプラニエの灯台のあいだをジグザグに帆走していた。一瞬ダンテスは、この小さな船が沿岸に近づくのではなく、目的地がコルシカ島かサルデーニャ島だったら、じぶんでもそうするように、沖のほうに進むのではないかと怖れた。しかし、泳ぎ手は間もなく、操船の仕方からして、イタリア方面に向かう船の習慣通り、その小型帆船もジャロス島とカラサレーニュ島のあいだを通ろうとしているのに気がついた。

そうこうするうちに、船と泳ぎ手はいつの間にか接近していた。小さな船は一回のジグザグで、ダンテスのほぼ四分の一里のところまできていたのだ。そこで彼は波のうえにのびあがり、遭難の合図としてフリジア帽を振りまわした。しかし船上の誰ひとりとして彼のことに気づかず、船は向きを変えて、新たなジグザグを開始した。ダンテスは声を出して呼びかけようかと思った。だが、距離を目測して、声を出してもたちまち海の風と波の音にさらわれ、覆われて船にまでは届かないだろうと理解した。

このとき彼は、一本の梁に沿って体を伸ばすという用心をしたじぶんを褒めてやりたい気がした。すっかり衰弱した状態のいまとなっては、小型帆船に乗り込むまで海上でもちこたえることはできなかったに違いない。他方、これはありうることだったが、小型帆船が彼に気づくことなく通りすぎてしまえば、自力で海岸まで辿りつくことなど到底できなかったことだろう。

ダンテスはその船が辿る針路についてほぼ確信していたものの、いくらか不安な気持ちでその姿を目で追っていたのだが、やがて船が方向転換し、彼のほうにもどってくるのが見えた。そこで彼は船に出会うべく前進したが、両者がいっしょになる前に、船が方向を変えはじめた。

ダンテスはただちに必死の努力をして、ほとんど海水のうえにのびあがって帽子を振りまわし、救命を求める船乗りがあげるような、そして海の精霊の嘆息を思わせるような、悲鳴に近い叫び声をあげた。

そこでようやく、彼の姿が見られ、声が聞かれたようだった。小型帆船は操船を中断し、針路を彼のほうに向けた。と同時に、小舟を海におろす準備がされているのが見えた。

しばらくすると、ふたりの男が乗った小舟が、二本の櫂で海を打ちながら、彼のほうに向かってきた。そこでダンテスは不要になった梁を放り出し、彼のほうにやってくる者たちの行程を半分に縮めてやろうと、力強く泳ぎだした。

ところが、この泳ぎ手はほとんどなくなっていた力を当てにしていたのだった。このときになって彼は、百歩先に力なく漂っているあの角材がいかに有益だったか、改めて痛感した。彼の腕は硬直しはじめ、脚は弾力を失っていた。彼の動きはぎこちなく、ぎくしゃくしてきた。呼吸も荒くなっていた。

彼が大きな叫び声をあげると、漕ぎ手がいちだんと精力的に漕いで、なかのひとりがイタリア語で叫んだ。

「ガンバレ！」

その言葉は、彼にもはや乗り越える力がなくなった大波が、彼の頭のうえを通りこし、彼を泡で覆い尽くしたときに発せられた。

彼は溺れかかった人間がするような、ちぐはぐで絶望的な動作で、ばたばた海水を叩きながら、ふたたび海面に姿を見せた。そして三度目の叫び声を発し、まるであの致命的な鉛の玉をまだ足につけているように、じぶんが海の底に沈んでいくのを感じた。

海水が頭のうえを通りすぎ、その海水をとおしていくつもの黒い斑点のある鈍色の空が見えた。彼は死に物狂いの努力をして、ふたたび海面に姿を見せたが、このときじぶんの髪が誰かに捉まえられたような気がした。やがて、なにも見えなくなり、なにも聞こえなくなった。彼は気を失っていた。

ふたたび目を開けたとき、ダンテスは小型帆船の甲板のうえにいた。帆船はこれまでの針路を取り続けていた。彼が最初に目を向けたのは、帆船がどの方向に進んでいるか確かめることだった。船はイフ城から遠ざかり続けていた。

ダンテスは疲れはてていたので、彼があげた歓喜の叫びもただ苦しみの溜息と受けとめられただけだった。

前述のように、彼は甲板に寝かされていた。ひとりの水夫が毛織りの毛布で彼の四肢を摩擦《マッサージ》し、もうひとりの水夫――「ガンバレ！」と言ってくれたのはその水夫だった――は水筒の口を彼の口に差しいれてくれた。そして古株の船乗りで、この船の船長でおそらく船主でもあった三番目の水夫が、他人事ではないといった憐れみの色を浮かべて彼のことを見つめていた。この憐れみの感情はひとが一般に、じぶんが前日に逃れたけれども、いつまた襲われるかしれない不幸にたいして抱く感情である。

水筒に入っていた数滴のラム酒で、気絶した青年の意識がよみがえった。他方、彼の前に膝をついてもうひとりの水夫が毛布でやり続けてくれた摩擦のおかげで、四肢に弾力がもどってきた。

「あんたは何者だ？」と船主は下手なフランス語で尋ねた。

「わたしは」とダンテスは下手なイタリア語で答えた。「マルタ島の船乗りです。シラクサから来ました。ワインと麻布を積んでいました。モルジウ岬にいたところ、昨夜のあの突風におそわれ、あそこに見える岩にぶつかって、船は難破したのです」

「あんたはどこからきた?」

「幸いにも、わたしがしがみつくことができたあの岩からです。他方、わたしたちの気の毒な船長のほうは、あの岩で頭を砕いてしまいました。他の三人の同僚は溺死しました。生き残ったのはわたしだけだと思います。わたしはこの船を見かけ、あのひと気のない孤島で長いあいだ待たざるをえなくなるのを怖れ、思いきってじぶんの船の破片につかまって、ここまでこようとしていたのです。ありがとうございます」とダンテスはなおも続けた。「みなさんに命を救っていただきました。この船の水夫の方に髪を引っぱられたとき、わたしは死んだのも同然の状態だったのです」

「あれはおれだよ」と、黒く長い髭で囲まれた、率直で開けっぴろげな顔つきの水夫が言った。「危ないところだった。あんたは沈むところだったんだぜ」

「そうでした」とダンテスは彼に手を差しだして言った。「まったくそうです。もう一度礼を言います」

「じっさいのところ」と水夫が言った。「おれは迷ったぜ。なにせ六寸もあろうかというその髭と、一尺もあろうかというその髪。あんたは真っ当な人間というより、強盗みたいな風体だったからな」

じっさいダンテスは、イフ城に入って以来、一度も髪を切っておらず、髭を剃ったこともないのを思い出した。

「そうなんです」と彼は言った。「ちょっとばかり危ない目にあったとき、わたしはノートルダム・デル・ピエ・デラ・グロッタに、十年は髪も切らず、髭も剃らないという願をかけたのです。今日がその願明けの日にあたっています。ところがその願明けの日に、わたしは死ぬところでした」

「さてと、こちらとしては、あんたをどうすりゃいいんだ?」

「情けない話ですが」とダンテスは答えた。「なんなりとお好きなように。わたしの乗っていた船は難破し、船長も死んでしまいました。ごらんのように、わたしは同じような運命を免れはしましたが、まったくの裸一貫です。幸い、わたしはこれでも、かなり腕利きの船乗りです。これから寄港する最初の港で、陸に放り出してください。きっとどこかの商船に仕事が見つかるでしょう」

「あんたは地中海を知っているか?」

「子供の頃から航海しています」

「いい停泊地を知っているか?」

「たとえこのうえなく難しい港だろうと、わたしが目をつむって入出港できない港はありません」

「そういうことなら、親方!」と、ダンテスにガンバレと叫んだ水夫が尋ねた。「この相棒の言うことが本当なら、ずっとおれたちといっしょにいてもらってもいいんじゃないですか?」

「そう、こいつが言っていることが本当ならな」と船主はうさんくさそうに言った。「こんな情けない状態なら、何だって約束するもんさ。たとえ実行できない約束でも」

「わたしは約束した以上のことをやってみせます」とダンテスが言った。

「ほう、そうか！」と船主は笑いながら言った。「お手並み拝見といこう」

「いつでもご都合のよろしいときに」と、ダンテスは起きあがって言った。「船はどこに向かっているのですか？」

「リヴォルノだ」

「ならば、どうして貴重な時間を無駄にする斜航をやめて、いちばん近い風だけを受けて進まないのですか？」

「リウ島にぶつかるからだ」

「なに、そこは二十尋も離れて通れますよ」

「じゃあ、舵を取ってみろ」と船主が言った。「それでおまえの小手調べをしてやろう」

青年は舵の前に陣取り、一押しして船体が言うことをよくきくかどうか確かめ、きわめて鋭敏とまではいかないものの、少なくとも逆らいはしないことを見て取ると、

「転桁索とはらみ綱にかかれ！」と言った。乗組員の四人の水夫がそれぞれの持ち場に駆けつけ、船主は彼らの仕事ぶりを見守った。

「索を引け！」とダンテスは続けた。

水夫たちはかなり厳密に指示にしたがった。

「今度は索をしっかり係止せよ！」

今度の命令は先のふたつの命令と同様に実行され、その小さな船は斜航せずに、リウ島に向けて進みはじめた。リウ島のそばは、ダンテスが予言していたように、右舷に二十尋の余裕をもっ

て通りすぎた。

「ブラヴォー！」と船長が言った。

「ブラヴォー！」と水夫たちが何度も言った。

そしてみんなが驚嘆してその男を見つめたのだが、男の眼差しは知性を取りもどし、身体はそれまでみんなには思いもよらなかった活力を取りもどしていた。

「ごらんの通り」と、ダンテスは舵柄を離れてから言った。「少なくともこの航海のあいだ、わたしでもなにかのお役に立てると思います。リヴォルノに着いてわたしが無用になったら、そこに置き去りにしてください。わたしの最初の給金から、それまでの食費と、貸していただく衣服代をお支払いします」

「よしよし」と船主が言った。「あんたが分をわきまえておるなら、話は簡単だ」

「人間ひとりの値段にさほど違いはありません。仲間と同じだけのものをいただけるならそれで結構です。文句はありません」

「それじゃあ不公平だ」と、ダンテスを海から引きあげた水夫が言った。「あんたにはおれたちにゃない腕がある」

「余計な口出しはするな。おまえになんの関係がある？　ジャコポ」と船主は言った。「人間誰しも分相応な報酬で雇われる自由があるのだ」

「おっしゃる通りです。おれが言ったのはただの感想でして」

「感想もいいが、それよりこの素っ裸の好青年にズボンと仕事着を貸してやったらどうだ、もし替わりがあるなら」

「いや、替わりはねえ」とジャコポが言った。「でもシャツとズボンならある」

「それだけあれば充分」とダンテスは言った。「友よ、ありがとう」

ジャコポはハッチを滑りおり、すぐさまふたつの衣類をもって、ふたたび姿を現した。ダンテスは言いしれぬ幸福感をおぼえながらそれを身にまとった。

「さて、ほかになにか必要なものがあるか?」と船主が尋ねた。

「一切れのパンと先ほど味わったあのうまいラム酒をもう一杯。長いあいだわたしはなにも口にしていないもので」

じっさいほぼ四十時間そうだったのだ。

ダンテスのところにパンが運ばれ、ジャコポがラム酒の水筒をもってきた。

「左舷取り舵!」と船長が操舵手のほうに向かって叫んだ。

ダンテスは口に水筒を当てながら、同じ方向に目を向けたので、ラム酒は最後まで飲みきれなかった。

「あれ!」と船長が尋ねた、「イフ城でなにかあったのかな?」

じっさい、小さな白い雲がダンテスの注意を惹いたのだが、その雲がイフ島の南側銃眼胸壁の凸凹のところに現れたのだった。

その一秒後、遠くの爆発音が小型帆船まで届いたがそこで消えてしまった。

水夫たちは互いに顔を見合わせながら、頭をあげていた。

「いったいどういうことだ?」と船主が尋ねた。

「昨晩、ひとりの囚人が脱獄したのです」とダンテスが言った。「それで警報の大砲が撃たれたのです」

船主は青年を一瞥したが、青年はそんな言葉を口にしながら、水筒をじぶんの口にもっていった。船主は青年が水筒の中身のリキュールをじつに落ち着きはらい、満足そうに味わいつくすのを見て、たとえなにかしらの疑惑をいだいたのだとしても、その疑惑は彼の精神をよぎっただけで、すぐに消えてしまった。

「これは恐ろしく強いラム酒ですね」とダンテスは言って、汗が流れる額をシャツの袖でぬぐった。

「いずれにしろ」と船長は呟いた。「彼が脱獄犯なら好都合だ。頼もしい人手が加わってくれたのだからな」

このときダンテスは疲れているという口実で、舵の近くにすわった。操舵手は仕事を交代してもらえることを嬉しく思い、目で船長に相談すると、船長は舵を新入りの仲間に任せてもいいと、頭を振って合図した。

そのように場所を得たダンテスはマルセイユ方面にじっと目を凝らすことができた。

「きょうは月の何日だったかな」と、ダンテスはジャコポに尋ねた。ジャコポはイフ城が視界から消えると、彼のそばにきてすわっていたのだった。

「二月二十八日だ」とジャコポが答えた。

「何年の?」ダンテスはさらに尋ねた。

「何年かだと！　あんたは何年かと訊いているのか？」

「そうだ」と青年は言葉をついだ。「何年かと訊いている」

「あんたは今年が何年だったか忘れているのか？」

「どうしようもないではないか！　わたしは昨夜大変な恐怖を味わったのだ」とダンテスは笑いながら言った。「わたしは気が狂いそうになった。そのため記憶がまだ混乱しているのだ。だから、何年の二月二十八日かと尋ねているのだ」

「一八二九年だよ」

ダンテスが逮捕されたのは、ちょうど十四年まえのこの日だった。

彼は十九歳のときイフ城に入り、三十三歳になって出てきたのである。

痛ましい微笑が彼の唇にちらりと浮かんだ。彼はじぶんのことをきっと死んだと思っているメルセデスがどうなっただろうかと考えた。

それから、じつに長く残酷な獄中生活の元凶だった三人のことを考えると、彼の目に憎悪の光がともった。

彼はダングラール、フェルナン、ヴィルフォールにたいし、すでに牢獄でおこなった仮借ない復讐の誓いを新たにした。

そしてこの誓いはすでに空しい脅迫ではなくなっていた。なぜなら、このとき、リヴォルノに向かって帆をいっぱい広げて走る小型帆船は、地中海随一の帆船でも到底追いつけないだろうと思われるほど迅速だったからである。

22　密輸業者

ダンテスは船上で一日も過ごさないうちに、じぶんがどういう人間たちを相手にしているのか知った。ジュヌ・アメリー号――これがジェノヴァの小型帆船の名前だった――の風格ある船主は、ファリア神父の教えを受けたわけでもないのに、アラビア語からプロヴァンス語まで、地中海と呼ばれる広大な海水のまわりで話される、ほとんどすべての言葉に通じていた。おかげで彼は、つねに煩わしく、ときには口の軽い通訳という人種を介さずに、海で出会う船舶、沿岸で見つける小舟、はては名もなく、国もなく、表立った仕事もなく、いつも港近くの石畳に屯している連中などと意志の疎通ができた。この連中は、直接神からやってくるとしか思えないような、なんとも謎めき隠された収入源で生活しているらしい。というのも、どう見ても彼らにはどんな生活手段もないようだったから。これで読者には、ダンテスが密輸船に乗りこんでしまったことが推察されよう。

そのため船主は、ある種の不信感をもってダンテスを船上に迎えたのだった。彼は沿岸のあらゆる税官吏によく知られていて、税関のお歴々たちとはいつも、虚々実々の様々な駆け引きがなされていたので、まずダンテスが税関の回し者で、税関はこんな妙手を思いついて、じぶんの職

業上の秘密を嗅ぎつけようとしているのかと考えた。ところがダンテスが最短距離を進むという
あの試験に見事に合格したのを見て、完全に冑を脱いでしまった。それからイフ城のうえに小さ
な白煙が漂うのを見たあと、やがて遠くの大砲の音を耳にしたとき、彼は一瞬、王さまのように、
出入りのときの礼砲を鳴らされる人種、つまり囚人をじぶんの船に乗せたのではないかと考えた。
ここで打ち明けておくと、その考えは新来者が税関の人間ではないかという推測より彼を不安に
しなかった。もっともこの第二の推測も、この疲労困憊した男の完璧な落ち着きぶりを見ている
うちに、やがて消えてしまった。

エドモンは、相手を知ることにかけては、船主より上手だった。老船乗りとその仲間たちがど
こをどう突こうと、彼はきちんともちこたえ、いかなる本音も洩らさなかった。彼はマルセイユ
と同じくらいによく知っているナポリやマルタ島について詳しく話し、並外れた記憶力にふさわ
しい毅然とした口ぶりで、最初に言ったことを補強した。エドモンは巧みな言葉、船乗りの経験、
それから巧妙な韜晦《とうかい》術を駆使して、狡猾なジェノヴァの船主を手もなく丸めこんでしまったので
ある。

それにこのジェノヴァ人は知るべきことしか知らず、信じるに足ることしか信じないという、
あの才人のひとりだったこともある。

そのような相互関係を保ったまま、みんながリヴォルノに着いた。

エドモンにはそこで立ち向かわねばならない試練があった。それは十四年間見ていなかったじ
ぶんの顔がいまでもそれと分かるかどうか知ることだった。彼は青年のときのじぶんの顔をかな

り正確に覚えていたが、これから見るのは壮年になったじぶんの顔だった。船の仲間たちにはすでに、髪と髭の願掛けが明けたことは知られていた。彼はかつてリヴォルノに寄港したことがあったので、フェルディナンダ通りに顔なじみの床屋がいた。彼はその床屋に入って、髭と髪を刈り取ってもらうことにした。

床屋はティティアーノ[1]の絵の立派な人物に見られるような、長い髪と濃く黒い髭のその男をびっくりして眺めた。当時、さまで長くのばした髪と髭はまだ流行していなかったのだ。こんにちなら、床屋はそんなにも大きな身体的利点をみずから捨ててしまう男がいたら、さぞかし驚くことだろう。

リヴォルノの床屋はなんの感想ももらさず仕事に取りかかった。

仕事が終わり、エドモンはすっきり髭の剃られた顎を感じ、髪が通常の長さにされたとき、鏡のほうを向いて、じぶんの顔を眺めた。

すでに言ったが、このとき彼は三十三歳だった。そして十四年の獄中生活は彼の顔に大きな精神的変化をもたらしていた。

イフ城に入れられたとき、彼は幸福な青年らしい丸々とした、明るく、清々しい顔をしていた。この青年にとって人生の第一歩は易しく、過去の自然な帰結として未来を当てにしていた。ところが、それがすべてすっかり変わってしまった。

彼の卵形の顔は長くなり、笑っていた口は決意を示す確固として揺るぎない線を加え、眉毛は一本の思慮深そうな皺のしたで弓形を描いていた。目には深い悲しみが刻印され、その奥からときどき人間嫌い、憎悪の暗い稲妻がほとばしった。じつに永いあいだ昼の光と太陽光線から遠ざかっていたため、顔色はくすんだ色合いになり、顔が黒髪に縁取られているために、北方の男の貴族的な美しさを湛えていた。獲得した深い学識が顔の全体に知的な安定感という後光をあたえていた。そのうえ、彼はもともと長身だったのだが、つねにじぶんの力を内部に集中する逞しい活力を身につけていた。

神経質で華奢で優雅な体型だったのが、いまや筋肉質で丸みを帯びた堅固な体つきになっていた。声についていえば、祈り、嗚咽、呪詛のために変質し、あるときは奇妙な優しさの響きをたて、またあるときには荒々しく、ほとんどしゃがれ声といった感じになることがあった。

そのうえ、たえず薄明かりと暗闇のなかにいたので、彼の目はちょうどハイエナやオオカミのように、夜でも物を見分けられるという特殊な能力を備えるようになっていた。

エドモンはじぶんの顔を見ながら微笑んだが、彼の親友でも――まだそんな友が残っているとしての話だが――それが彼だと認めることは不可能だったろう。彼自身でさえ、じぶんだとは分からなかったのだから。

じぶんの配下にエドモンのような才能の持ち主を加えることに熱心だったジュヌ・アメリー号の船主が、将来の利益からいくぶん前払いしようかと提案すると、エドモンは受けいれた。最初の変貌をなしとげたあと、床屋から出たエドモンの関心事は店に入り、水夫の完全な服装を買い整えることだった。周知の通り、それはいたって簡単な物で、白のズボン、縞のシャツ、そしてフリジア帽、それですべてだった。

エドモンはそんな服装でジャコポに借りたシャツとズボンを返しに行き、ふたたびジュヌ・アメリー号の船主の前に顔を出した。そしてもう一度じぶんの身の上話をせざるをえなかった。船主にはこのこざっぱりとしてお洒落な水夫が、じぶんの船の甲板に救いあげてやった、濃い髭、海藻が絡んだ髪、海水でびしょ濡れで、ほとんど裸同然の、死に瀕していたあの人間と同一人物だとは、にわかに信じられなかった。

その健やかな顔つきに惹かれた船主は、ダンテスにふたたび雇用契約の話をした。しかしみずからの計画があったダンテスは三か月の期限でしか同意しなかった。

他方、ジュヌ・アメリー号の乗組員はじつに活動的で、時間を無駄にしないという習慣の船主の命令に従順だった。リヴォルノに着いて一週間もしないうちに、丸みを帯びた船腹は彩色モスリン、禁制品の綿、イギリスの爆薬、公社が認印を押し忘れた煙草などでいっぱいになった。彼らの仕事はまず、これらの積荷を自由港のリヴォルノの外に出し、コルシカの沿岸で陸揚げすることだった。そこから何人かの投機家たちが積荷をフランスにもぐりこませるという手筈になっていた。

船は出港した。エドモンはふたたび、彼の青春時代の地平であり、獄中何度も夢に見た紺碧の海を割って進んだ。彼は右手にゴルゴナ島を、左手にピアノサ島を残し、パオリ[2]とナポレオンの祖国コルシカに向けて進んでいった。

翌日、いつも早朝にすることとなのだが、船主が甲板に昇って行くと、ダンテスが船壁に身をもたせかけ、不思議な様子で、朝日がバラ色に染めている花崗岩の堆積をながめているのが見えた。

それがモンテ・クリスト島だった。

ジュヌ・アメリー号は右舷の四分の三海里にその島を見て通過し、コルシカ島への道を続けた。

ダンテスは、独特な響きをもつ名前の島に沿いながら、おれが海に飛びこんで三十分もすれば約束の地に行けるのだと思っていた。しかし、宝を探す道具もなく、身を守る武器もないのだから、そこでなにをすればいいのか？　それに仲間の船員たちはなんと言うだろうか？　船主はどう考えるだろうか？　やっぱり待たねばならないのだと思った。

幸いダンテスは待つことを知っていた。自由を得るために十四年間待った。自由になったいまでは、富を得るために半年、一年ぐらいは待つこともできる。

たとえ富のない自由を差しだされたとしても、おれはたぶんその自由を受けいれていたのではないか？

またそもそも、あの富といっても、まったくの空想ではなかろうか？　あれは気の毒なファリア神父の病んだ頭のなかで生まれ、彼とともに死んだ富ではなかろうか？

たしかにスパダ枢機卿の手紙は奇怪なくらい正確だ。

そしてダンテスは記憶のなかでその手紙を最初から最後まで諳んじたのだが、ただの一行も忘れていなかった。

晩になった。エドモンは島が黄昏のもたらすあらゆる色合いに変わり、やがてみんなにとって暗闇に消えていくのを見た。だが、牢獄の暗闇に慣れた目をした彼は、おそらくずっとその島を見続けていたのかもしれない。というのも、最後まで甲板に残っていたのは彼だったから。

翌日、彼が目を覚ましたとき、船はコルシカ島のアレリアあたりにいた。昼はずっとジグザグで航行していたが、晩になると沿岸に灯火があらわれるようになった。おそらくこの灯火の配置の具合で、上陸してもいいと分かったのだろう。というのも、この小さな船の斜桁に信号機でなく舷灯が取りつけられ、銃の射程距離まで岸に近づいたのだから。

おそらく深刻な事態になるのに備えてのことだろう、陸に近づくと、ジュヌ・アメリー号の船長が二門のカルヴァリン砲を台座に据えつけたことがダンテスの目を惹いた。この砲は城壁用の銃に似ていて、大きな音を立てずに、四ポンド弾を千歩の距離に撃ち込める。

しかしその晩は、そうした用心は無用だった。すべてがこのうえなく穏やかに、礼儀正しく進んだ。四艘のランチが小さな音を立てながら船に近づいてきたが、船のほうでもおそらく返礼のために、一艘のランチを海に出した。その結果、五艘のランチが大いに協力しあったため、朝の二時ごろには積荷がすべてジュヌ・アメリー号から陸に移された。

非常に几帳面だったジュヌ・アメリー号の船主は、その晩のうちに収益金の分配をおこなった。乗組員はめいめいトスカーナ貨幣で百リーヴルもらったが、これはわが国の貨幣では八十フランに当たる。

しかし、航海はそこでは終わらず、船は次に舳先をサルデーニャ島に向けた。積荷を降ろしたばかりの船に、新たな積荷をしに行くのだった。

二番目の仕事は最初の仕事と同じようにうまくいった。ジュヌ・アメリー号はまったく好運に恵まれていた。

新たな積荷はルッカ公国のためのもので、だいたいはハバナの葉巻、スペインのヘレーズおよびマラガ産のワインだった。

そこで税務署、つまりジュヌ・アメリー号の船長の天敵とのあいだに一悶着あった。ひとりの税官吏が撃ち倒され、ふたりの水夫が負傷した。ダンテスはそのふたりの水夫のひとりだった。一発の銃弾が左肩の肉を貫通したのだ。

ダンテスはこの小競り合いをほとんど愉快に思い、負傷したことにむしろ満足していた。小競り合いと負傷、このふたつの手荒な教訓によって、彼はじぶんがいかなる目で危険を見つめ、いかなる心で苦痛に耐えるべきか、身をもって学んだ。彼は笑いながら危険を見つめ、打撃を受けながら、ギリシャの哲人のように、「苦痛よ、おまえは悪しきものではない」と言っていた。

そのうえ彼は致命傷を受けた税官吏をよくよく観察した。彼は行動しながら血が熱くなったためか、人間的な感情が冷えてしまったためか、その姿を見てもごく軽微な印象しか受けなかった。ダンテスはみずから辿りたいと願う道の途上にあり、到達したいと望む目的に向かって歩いていた。彼の心は胸のなかで化石になりつつあった。

ついでながら、ジャコポは彼が倒れるのを見て、てっきり死んだと思って駆けつけ、彼を立ちあがらせた。そしていったん立ちあがらせると、今度は真に親身になって、彼の介抱をした。

だからこの世はパングロス博士[3]が見ていたほどに良きものではないが、ダンテスが見ていたほどに悪しきものでもなかったのだ。というのも、仲間が死ねばせいぜい報奨金を相続できるという期待しかないその男が、彼が死のうとしているのを見て、心から痛烈な悲嘆を示してくれたのだから。

　さきに見たように、幸いにして、ダンテスは負傷しただけだった。サルデーニャの老婆たちによってある時期に採取され、密輸業者に売られる特別な薬草のおかげで、間もなく傷がふさがった。そのとき、エドモンはジャコポを試そうとした。彼は受けた介抱の対価として、おれの分の報奨金を受けとってくれと言ったのである。ジャコポは憤然として拒否した。

　ジャコポが初めてエドモンを見たときに覚えた共感に発する献身にほろりとしたエドモンは、ジャコポにたいして一定の情愛をそそぐようになった。ジャコポはそれ以上のことを求めなかった。彼は本能的にエドモンがいまの地位をはるかに越える卓越した人物だと見抜き、本人がそのことを他の人間にうまく隠しているだけだと思っていた。そしてこの律儀な男は、ダンテスがあたえてくれるそんなわずかなことで満足していた。

　だから、長い船上生活において、船が紺碧の海を安全に航行し、帆をふくらます順風のおかげで、操舵手ひとりが仕事をすればいいときなどには、かつて哀れなファリア神父がじぶんの教師になってくれたように、エドモンは海図を片手にジャコポの教師になった。彼は海岸線の方位角を示し、羅針盤の誤差を説明し、天と呼ばれ、神が蒼穹にダイヤモンドの文字で書かれ、わたしたちの頭上に広げられた本を読むことを教えた。

　そしてジャコポが、「おれみたいなしがない船乗りがこんなことを勉強したってなんになるのだ？」と尋ねると、エドモンは、

「誰が知ろう。おまえだっていつか船長になるかもしれない。おまえの同国人のナポレオンは

ちゃんと皇帝になったじゃないか！」と答えた。

言い忘れていたが、ジャコポはコルシカ人だった。

こうした航海を繰りかえしながら、二か月半が過ぎた。エドモンはかつて大胆な船乗りだったのと同じように、いまでは巧みに沿岸航海もこなすようになった。彼は沿岸のあらゆる密輸業者と知り合いになり、この半ば海賊たちが互いの身元を確認し合うための、秘密結社めいた合図まですっかり知ることになった。

彼は何度もモンテ・クリスト島の前を通ることがあったが、いずれのときもそこに上陸する機会はなかった。

そこで彼はある決心をした。

それは、ジュヌ・アメリー号との契約が終了したら、ただちにじぶんの費用で小船を一艘借り（ダンテスにはそれができた。様々な航海をしているうちに、六百フランほどの金を貯めこんでいたのだ）、なんらかの口実を設けてモンテ・クリスト島に行ってやろうというものだった。

そこで、なんでも好きなように探索してやろう。

いや、なんでも好きなように、というわけにはいかないかもしれない。おれを島に連れていってくれる者たちに、行動の理由を詮索されるだろうから。

だが、この世ではなにかしら危険を冒さねばならない。

監獄はエドモンを慎重な人間にした。だから彼はできることならどんな危険も冒したくなかった。

しかし、いくら豊かな想像力を働かせても、彼は誰かに連れていってもらう以外に、念願の島に到達する手立ては見つけられなかった。

ダンテスがそんなためらいのなかを漂っていると、彼のことを大いに信頼し、じぶんの仕事に一枚加わってほしいと願っている船長が彼の腕を取り、デル・オリオ通りの居酒屋に連れていった。そこはリヴォルノの主だった密輸業者が顔をそろえる溜まり場だった。

沿岸の取引がそこで決められる習慣があった。ダンテスはすでに二、三度この海の証券取引所に来たことがあった。そして、この周囲ほとんど二千海里にわたる沿岸地方が産出する大胆不敵な海賊たちを見て、集合離散をくりかえすこのような手合いをじぶんの意志によって動かせるような人間がいたとしたら、その人間はどれほどの力をもつことになるのかと思った。

今度の仕事は大きなものだった。積荷はトルコの絨毯、レヴァント地方の布地、それにカシミアなどだった。交易ができるような中立地帯を見つけ、そこから商品をフランスの沿岸に陸揚げしなければならなかった。

成功すれば報奨金は巨額で、ひとり当たり三百から三百六十フランになった。

ジュヌ・アメリー号の船長は陸揚げ地としてモンテ・クリスト島を提案した。なにしろこの島は無人島で、兵士も税官吏もおらず、まるで異教のオリンポスの時代に、メリクリウス[4]によって海の真ん中に置かれたような風情がある。また古来メリクリウスは商人と泥棒の神とされ、このふたつを我々はこんにち、あまり明確ではないけれども、別々の階級だとしている。しかし、古代においてはこのふたつはどうやら同じ範疇のもとにおかれていたらしい、そう船主が解説した。

モンテ・クリスト島という名前を聞いて、ダンテスは喜びで身を震わせた。彼は動揺を隠すために立ちあがって、煙草の煙がもうもうと立ちこめる居酒屋を一回りした。この居酒屋では、世界の知られているあらゆる言語が溶けあい、リングワ・フランカ〔5〕となっていた。

彼がふたりの交渉者に近づくと、船はモンテ・クリスト島に寄港することと、この仕事のために翌日出発することが決められていた。

意見を求められたエドモンは、島はあらゆる点で安心であり、この大仕事を成功させるには、迅速に実行する必要があると答えた。

したがって、決められた計画にはなんの変更もなかった。翌日の晩に出港すること、海が穏やかで風が順風なら、翌々日の晩には中立の島の海域に到達することが合意された。

23　モンテ・クリスト島

長いあいだにわたる過酷な運命に痛めつけられた人間に時に訪れる、あの望外の幸福のひとつのおかげで、ダンテスはやっと誰の疑惑も招くことなしに、単純で自然な手段によってみずからの目的に達し、島に足を踏みいれることができるようになった。

待ち焦がれた出発まで、あと一晩だった。その夜はダンテスが過ごしたもっとも興奮した夜のひとつだった。その夜のあいだ、あらゆる好運と悲運が交代に次々と心にあらわれた。目を閉じると、燃えあがるような字で壁に書かれたスパダ枢機卿の手紙が見えた。一瞬眠り込むと、このうえなく突飛な夢が頭のなかで渦巻いた。彼はエメラルドが敷き詰められ、壁がルビーで、ダイヤモンドの鍾乳石が垂れている洞窟にはいった。地下水が漏れ出すように、真珠が一粒、また一粒と落ちていた。

エドモンはうっとりし、驚嘆しながら宝石をポケットに詰め込んだ。やがて昼になると、その宝石はただの石ころに変わっていた。そこで彼はほんのすこしかいま見たにすぎない夢の洞窟にもう一度もどろうとした。しかし道は果てしない螺旋のようによじれていて、入り口が見えなくなっていた。彼は疲れた頭のなかで、アラブの漁師たちにアリ・ババの壮麗な洞窟を開けてくれた、あの謎めいた魔法の言葉を探すがうまくいかなかった。すべてが無駄に終わった。彼が一度は手にできると思った宝石が消え去って、ふたたび大地の精霊たちの持ち物になってしまった。

夜に劣らず、熱に浮かされるような昼がやってきた。ただ昼は論理を連れてきて想像力の手伝いをした。そこでダンテスは、それまで頭のなかで漠然として不確かだった計画を定めることができたのだった。

晩になった。晩とともに出発の準備がはじまった。この準備はダンテスにとって心の動揺を隠す方便になってくれた。これまで彼は徐々に、まるでじぶんがこの船の指導者だとでもいうように、仲間たちを指揮する権威を獲得していた。そして彼の命令がいつも明快で、正確で、実行しやすかったので、仲間たちは急いで、しかも喜んで彼に従っていた。

年老いた船長は彼の勝手にさせておいた。彼もまた他の水夫たち、それに彼自身にたいするダンテスの優越性を認めていたのだ。彼はこの青年をじぶんの自然な後継者だとみなし、娘がいないために結婚という厳かな結びつきでエドモンを引きとめられないことを残念に思っていた。

七時ごろに用意万端整った。七時十分、灯台が点火された瞬間に、船は灯台の側を通過していった。

海は穏やかで、南東からくる涼しい風を受けていた。紺碧の空のしたを航行し、空では神が星という名の灯台を点々と灯していったが、その灯台がそれぞれひとつの世界なのであった。ダンテスは、舵取りはじぶんがやるから、みんなは寝にいってもよいと明言した。

マルタの男（みんなはダンテスのことをそう呼んでいた）がそのような明言をすると、それだけで充分で、めいめいは心静かに眠りにいくのであった。

　そういうことはこれまでもときどきあった。孤独からこの俗世間に投げ出されたダンテスは時折、どうしても独りになりたいという、やむにやまれぬ欲求をおぼえた。ところで、夜の暗闇のなか、無限の静寂のなかで、神の眼差しのもと、海上にぽつりと孤立して漂う船の孤独ほど、無辺で詩的な孤独がまたとあろうか？

　この旅は、孤独は様々な考えにみたされ、夜はいろんな幻想で照らされ、静寂は多くの約束に活気づいていた。

　船長が目を覚ましたとき、船はすべての帆を張って進んでいた。ごく小さな帆でさえ風でふくらんでいないものはなかった。時速二海里半以上で進んでいた。

　水平線上にモンテ・クリスト島がだんだん大きく見えてきた。

　エドモンは船を船長に返し、じぶんはハンモックに横たわりにいった。しかし、ひと晩中眠れなかったにもかかわらず、ただの一瞬も目をつむることはできなかった。

　二時間後、彼はふたたび甲板に行ってみた。船はエルバ島を通りすぎようとしていた。平坦で緑のピアノサ島を越え、マルチャーナあたりまできていた。蒼天にモンテ・クリスト島の燃えあがるような頂上が屹立しているのが見えた。

　ダンテスはピアノサ島を右手にするために、操舵手に左舷に舵をとるように命じた。彼はそうすることで二、三海里は稼げると計算したのだ。

　夕方の五時半頃、島の全貌が見えた。沈みかけた太陽の注ぐ光に固有の、あの澄みわたる大気のおかげで、どんな細部までも見えるのだった。

エドモンは鮮やかなバラ色から濃い青まで、黄昏のあらゆる色に変わっていくその岩の塊を貪るようにながめた。ときどき、熱気が顔まで昇ってきて、彼の額が赤くなった。目の前を緋色の雲がよぎった。

賽の一擲に全財産を賭けるどんな賭博者だろうと、期待の頂点にいるいまのエドモンほどの不安はおぼえなかったことだろう。

夜になって接岸したが、待ち合わせ場所に先に着いたのがジュヌ・アメリー号だった。

通常はじぶんを抑えているダンテスではあったが、このときは抑えがきかず、最初に陸に飛びおりた。もしブルートゥス[1]のような勇気があったら、大地に接吻でもしていたことだろう。

真っ暗な夜になった。しかし十一時になると、海の真ん中に月が昇り、さざ波を一つひとつ銀色に染めた。やがて、月が昇るにつれ、その光は白い光の滝となって、もうひとつのペリオン山〔ギリシャ神話の山〕の堆積した岩のうえで戯れはじめた。

島はジュヌ・アメリー号の乗組員たちにとって、なじみ深いところだった。通常の停泊地のひとつだったからである。ダンテスにとってはレヴァント方面の航海のたびに、その姿を見てはいたが、一度も上陸したことがなかった。

彼はジャコポに尋ねてみた。

「今夜はどこで過ごすんだ?」

「船の甲板だよ」と水夫は答えた。

「洞窟のなかのほうがよくはないか?」

「どんな洞窟だい?」

「もちろん島のなかの洞窟だよ」

「そんな洞窟なんて知らないな」とジャコポが言った。

冷たい汗がダンテスの額を伝った。

「モンテ・クリスト島には洞窟はないのか?」と彼は尋ねた。

「ないさ」

ダンテスは一瞬茫然となったが、やがて、洞窟はその後なにかの事故で埋まったのかもしれないし、用心に用心を重ねたスパダ枢機卿によって塞がれたのかもしれないと考えた。

この場合なら、その失われた入り口を見つけることがなによりも大事になる。ただ夜のあいだにそれを捜そうとしても無駄だった。そこでダンテスはその探索を翌日に延ばした。そのうえ今しがた、海上半里のところで合図が点滅し、これにジュヌ・アメリー号がただちに同じ合図で応えたのは、そろそろ仕事に取りかかる時間になったことを示していた。

遅れてきた船は、接触しても大丈夫だと後から来た船に知らせることになっていた合図に安心し、間もなく幽霊のように白く静かな姿を現し、海岸から二百メートルほどのところに投錨した。

間もなく積み替えがはじまった。

働きながらダンテスは、もしじぶんの耳や胸に秘かに絶え間なく鳴り響いている考えを、ひと言でも大声で言ってやったら、この男たちのあいだにどんな歓声を引き起こすだろうかと考えた。

だが、じっさいの彼はすばらしい秘密を明かすどころか、すでにそのことを語りすぎたのではないか、あちこちに行ったり来たり、なんにつけあれこれ尋ねたり、たえずいろんな心配をしていることで、他人の疑いを招いているのではないかと怖れていたのだ。少なくとも、この状況にあって幸いなことに、彼の場合は痛ましい過去が顔に消しがたい悲しみを反映させていたし、そのような雲をとおしてかいま見られる陽気さの微光もただ瞬時のものにすぎなかった。

だから、誰ひとり、なにかを疑う者はいなかった。そして翌日、ダンテスが銃と弾丸の火薬をもって、岩から岩へと飛び回っている野生の山羊を屠りにいきたいと言ったとき、みんなはそのダンテスの遠出を狩猟への愛もしくは孤独への欲求によるものとみなした。あくまでついていきたいと言い張ったのはジャコポだけだった。ダンテスはあからさまに反対したくなかった。あまりあからさまに他人の同行を嫌がると、なにかしらの疑惑を呼び寄せかねなかったからだ。しかし彼は、わずか一キロ歩いたばかりのところで、引き金を引いて子山羊を仕留めると、ジャコポにそれをもたせて仲間たちのところに帰し、それを調理し終えたら、じぶんも食べるので合図の銃声を鳴らしてほしいと伝えさせた。この肉に、乾燥果物、それにモンテ・プルチアーノ酒一本、それが献立だった。

ダンテスはときどき振りかえりながらも、道を進み続けた。ある岩山の頂上に登ると、下方千歩の先にジャコポが合流したばかりの仲間たちが見えた。彼はエドモンの機転のおかげで主品が加わった、昼食の準備にいそしんでいた。

エドモンは一瞬、優秀な人間に特有の、優しいと同時に悲しげな微笑を浮かべて彼らをながめた。

「もう二時間もすれば」と彼は言った。「あの連中は三百フラン稼ぎ、命の危険を冒して、さらに三百フラン稼ぐために出かけていく。そして六百フランをもって金持ち気取りでもどってきて、その財産をまるでトルコのスルタンみたいに誇らしげに、またインドの太守みたいに余裕をひけらかして、どこかの町で散財するのだろう。おれにはいま、例の財宝という希望があるから、このうえない悲惨と見える彼らの富を軽蔑している。だが、明日になれば、きっと落胆のあまりその悲惨を最高の幸福と見なさざるをえなくなるかもしれない……いや、違う、そんなことにはならない！」とエドモンは声をあげた。「博識で間違いのないあのファリアが、ただこの一点についてだけ誤っていたはずはない。それにこんな惨めで低級な生活を送り続けるよりは、いっそのこと死んだほうがましなのだ」

このようにして、三か月前にはひたすら自由しか熱望していなかったダンテスは、いまや自由だけではあきたらず、富を熱望するようになっていた。といっても、これはなにもダンテスが悪いわけではなかった。人間の能力に制限を設けながらも、無限の欲望をあたえた神のせいなのである。そうこうしているうちにダンテスは、ふたつの岩壁のあいだに埋もれた道を通り、奔流によって穿たれ、どう見ても人の足が踏みいったことのない小径を辿って、かつて洞窟が存在したに違いないと思われる場所に近づいていた。彼は海岸に沿って歩き、どんなささいなものにも細心の注意をはらっていたのだが、一部の岩には人間の手によって穿たれた痕跡がたしかにあると思われた。

物理的などんなものにも苔の外套をかけ、精神的などんなものにも忘却の外套をかける〈時〉は、ある程度規則的に、おそらくは道順を示すためにつけられたそれらの目印を尊重したようだった。それでもときどき、その目印が花盛りのたっぷりとした銀梅花、あるいは寄生する地衣類の下に隠されていることがあった。そうなるとエドモンは枝を掻き分け、苔をもちあげて、彼を別の迷宮にみちびく標示の目印を見つけねばならなかった。とはいえ、その目印はエドモンに希望をあたえた。完全には予測できなかったまさかの破局に備え、甥の道標になるように、これらの目印を残したのが枢機卿でないとは、どうして言えよう？　この孤独な場所は財宝を埋めたがった男にふさわしい場所ではなかろうか？　ただ、この不実な目印は、つけた当人以外の人間の目を惹きつけたことがなかったのだろうか？　そしてほの暗い驚異を隠しているこの島は、その素晴らしい秘密を忠実に守ってきたのだろうか？

そのあいだにも、港からおよそ六十歩のところで、地面の起伏のおかげでずっと仲間たちから見えなかったエドモンには、目印の切り込みがそこで途切れているように思われた。ただ、それはいかなる洞窟にも通じていなかった。それが通じていたただひとつの目標は、堅固な土台のうえに置かれた丸く大きな石だけだった。エドモンは、じぶんが目的地に達したのではなく、おそらくその反対に出発点に達したのだと考えた。その結果、足跡を逆に辿って、きた道を引き返した。

そのあいだに、彼の仲間たちは昼食の準備をし、泉に水を汲みに行き、パンと果物を陸に運び、子山羊を焼いたりしていた。ちょうど彼らが即席の焼き串から子山羊の肉を引き抜こうとしていたとき、カモシカのように軽々と大胆に岩から岩へと飛びうつっているエドモンの姿に気づいた。彼らは銃を一発放って彼に合図した。ダンテスはたちまち方向を変え、走りながら彼らのほうにもどってきた。しかし、飛ぶように走るその姿を見て、みんながそんな早技はいかにも無謀だと考えていると、まるで彼らの懸念の裏書きをするように、エドモンは足を踏み外した。彼がある岩の頂でよろめき、叫び声をあげてから、消え去るのが見えたのだ。

みんな一斉に駆けつけた。というのも、みんなはダンテスに引け目を感じていたとはいえ、彼のことが好きだったからだ。なかでも、真っ先に着いたのはジャコポだった。

彼はエドモンが血まみれで、ほとんど気を失って横たわっているのを見つけた。ほぼ十五尺の高みから転落したらしい。ダンテスの口にラム酒を数滴注ぎこんでやった。すでに見事に治療効果を発揮したこの治療法は、最初の時と同じような効き目があった。

エドモンはふたたび目を開け、膝の痛みが激しい、頭がひどく重い感じがする、腰の疼きが耐えがたいと訴えた。みんなが彼を海岸にまで運んでいこうとした。しかし彼にさわると、この作業の音頭をとったのがジャコポだったにもかかわらず、彼は呻きながら、この運搬に耐えられる力はまったく感じられないと言った。

みんなはダンテスにとって昼食をとるなど論外だと理解した。彼はみんなが食事を抜く理由はまったくないのだから、持ち場にもどるべきだと主張した。そして、彼自身は少し休養するだけでよく、みんながもどってくるころには良くなっていると言った。

水夫たちは同じことを何度も言わせなかった。彼らは空腹で、子山羊の匂いは彼らのところまで届いてきた。ベテランの船乗り仲間のあいだでは、遠慮会釈などないものなのだ。

一時間後、彼らはもどってきたが、その間にダンテスがやれたことと言えば、十歩ばかり体を引きずって、苔の生えた岩に身をもたせかけることだけだった。

しかし、ダンテスの痛みは和らぐどころか、激しくなるばかりのようだった。午前のうちにピエモンテ地方とフランスの国境地帯、すなわちニースとフレジュスのあいだに積荷をおろすために出発せざるをえない老船主は、ダンテスになんとしても立ちあがるよう求めた。ダンテスは超人的な努力をしてその命令にしたがおうとしたが、努力をするたびに、呻きながら蒼白になり、また倒れてしまった。

「腰をやられたんだ」と船主が小声で言った。「なに、構わない。こいつはいい相棒なんだから、見捨ててはならない。うちの船まで運んでやろうじゃないか」

しかしダンテスは、ほんの少し動くだけで感じる恐ろしい苦しみに耐えるくらいなら、むしろこの場で死んだほうがいいと言った。

「そうか」と船主が言った。「なるようになれだ。だが、わしらがあんたのような律儀な仲間を援助もなしに見捨てたと言われても困る。出発を今晩まで延ばすことにしよう」

この提案はたいそう水夫たちを驚かせたが、誰ひとり異を唱えなかった。その反対だった。船主は冷徹な男で、彼がひとつの企てを断念するとか、仕事の実行を遅らせるのは、これが初めてのことだった。

だからダンテスは、船上で確立されている規律への重大な違反がじぶんのためになされるのを認めることはできなかった。

「それはいけません」と彼は船主に言った。「わたしがヘマをやらかしたのです。じぶんのヘマから生じた苦しみを身に受けるのは当然のことです。わたしにビスケットを少々、それに子山羊を撃つための、それから身を守るための銃、火薬、弾丸を残しておいてくだされればそれで結構です。そして、みなさんがわたしを迎えにくるのが遅くなった場合に備えて、ちょっとした家をつくるために鶴嘴《つるはし》を一丁お願いします」

「しかし、あんたは飢え死にするかもしれんぞ」と船主が言った。

「そのほうがましです」とエドモンは答えた。「ちょっと動いただけでも我慢しなければならない、この途轍もない痛みに苦しむよりは」

船主は船のほうを振り向いた。船は出港準備がはじまったところで、小さな港で揺れ、支度が終わればすぐにも、ふたたび海に乗り出すばかりになっていた。

「じゃあ、マルタの男、わしらになにをしてもらいたいのだ?」と彼は言った。「わしらはこんなふうにあんたを見捨てていくわけにはいかない。さりとてここに残るわけにもいかないが」

「出発してください、どうか出発してください!」とダンテスは声をあげた。

「わしらは少なくとも一週間はもどってこられない」と船主は言った。「しかもあんたを連れにくるには、いつもの航路を逸れなくてはならない」

「それでは」とダンテスが言った。「今から二、三日のあいだに、この海域にくる漁船か、なにかの船に出会ったら、わたしのことを話してみてください。リヴォルノに連れ帰ってくれれば百五十フラン払いますと。もしそんな船に出会わなかったら、もどってきてください」

船主は首を横に振った。

「いいですか、バルディ親方。すべてを丸く収める方策がありますよ」とジャコポが言った。「どうぞ出発してください。おれが怪我人と残って、介抱しましょう」

「おまえはわたしといっしょに残るために、分配金をあきらめるのか?」とエドモンが言った。

「そうだ」とジャコポ。「それでもいいのさ」

「ああ、おまえはいいやつだ、ジャコポ。おまえの善意に神さまも報いてくださるだろう。嬉しい話だが、わたしは誰も必要としていない。一日か二日休めば元気になるだろう。それに岩のなかに打撲にきくいい薬草だって見つかるだろう」

それからダンテスの唇に奇妙な微笑が浮かんだ。彼は真情をこめてジャコポの手を握った。その島に留まる、ひとりで留まるという決意に揺るぎはなかったのだ。

密輸業者たちはダンテスが求めたものを残して遠ざかっていった。とはいえ、何度も振りかえり、そのたびに全員真心のこもった別れの合図をした。それにたいしてエドモンは、あたかも体の他の部分は動かせないとでもいうように、ただ手だけで応えていた。

やがて、彼らは消え去ってしまった。

「奇妙な話だ」と、ダンテスは笑いながら呟いた。「友愛の証しと献身の行いが見られるのは、あのような者たちのなかだとは」

それから彼は用心しながら身を引きずり、海の眺望をさえぎっていた岩山の頂に行った。そこからは小型帆船が出港準備を完了し、錨を上げ、やがて飛翔しようとするカモメのように優雅に揺れ、そして出発するのが見えた。

一時間ほどすると、船は完全に消え去った。少なくともこの怪我人がいた場所からはそれを見るのは不可能だった。

するとダンテスは、原始の岩山の銀梅花や乳香樹のあいだを跳ねまわる子山羊と同じくらいしなやかに軽々と起きあがり、片手に銃をもち、もう片手に鶴嘴をつかむと、目印の切り込みが途切れた、あの岩のほうに駆けつけた。

「さあ、これからは」と彼はファリアが話してくれたアラブの漁師の話を思い出して声をあげた。「開け、ごま！　のときだ」

24　眩惑

太陽は一日の歩みのほぼ三分の一に達していた。五月の光は熱く鮮烈に岩に照りつけていた。岩そのものもその熱さを感じているようだった。ヒースの茂みに隠れた無数の蟬の、単調で絶え間のない鳴き声が聞こえていた。銀梅花やオリーヴの葉が動き、震えて、ほとんど金属的な音を立てていた。エドモンが熱した花崗岩のうえを一歩あるくごとに、エメラルドのようなトカゲが逃げだした。遠くの急な斜面に、ときに狩猟者たちを惹きつける野生の山羊が飛び跳ねているのが見えた。つまり、島には住んでいるものたちがいて、生命に満ち、活気があった。しかしエドモンは、ここでは神の手のもとにあって、じぶんはひとりだと感じていた。

彼は危惧に似た得体のしれない気持ちをおぼえていたが、それはたとえひと気のない場所にいても、審問の目が大きく開かれているのではないかと思わせる、白日への不信感に似た気持ちだった。そんな気持ちがじつに強かったので、いよいよ仕事にとりかかろうという段になって、エドモンは立ちどまり、鶴嘴を置いて銃を取り、最後に島のもっとも高い岩山によじ上って、そこから島を取り囲んでいるものすべてを広く見わたした。

しかし、言っておかねばならないのは、彼の注意を惹いたのは家々の姿まで見分けられるあの詩的なコルシカ島でもなく、それに続くほとんど未知のサルデーニャ島でもなく、壮大な思い出があるエルバ島でもなく、また地平に広がり、船乗りの朝の鍛錬された目にはすばらしく見えるジェノヴァの町、商業都市リヴォルノだと分かるかすかな描線でもなかった。そうではなく、彼の注意を惹いたのは夜明けに出発した小型船であり、いま出発したばかりの小型帆船だった。最初の船はまさにボニファチョ海峡に消えようとし、それとは逆の海路を辿ったもう一隻の小型帆船は、コルシカ島をかすめ、通りすぎようとしていた。

その光景はエドモンを安心させた。

そこで彼は、ごく間近にじぶんを取りまいている物に目をもどした。彼はじぶんが島でももっとも高い地点の、広大な台座のうえに円錐形のひょろ長い彫像のように立っていることに気づいた。彼の下方には人ひとりいない。まわりには一艘の船もいない。ただ紺碧の海が島の岩盤を打ちつけにきて、その永遠の打撃が銀色の縁取りを岩にあたえているだけだった。

それから彼は足早に降りた。ただ、今度ばかりは充分に用心した。このようなときだからこそ、彼は先ほどじつに巧妙に演じて成功した事故に似たような事態を真に怖れたのだ。

前にも述べたように、ダンテスは岩石に残された切り込みを逆に辿っていた。その線の先には古代のニンフたちの水浴場のような、小さな入江があるのをすでに見ていた。その入江は間口がかなり広く、中央がかなり深いので、マルタの平底船なら、楽に入って、隠れたまま停泊できそうだった。そこで彼は推理の糸、――様々な蓋然性が錯綜するなかで、ファリア神父がじつに巧みに彼の精神をみちびいてくれたあの推理の糸――を辿りながら、誰の目についてもならないのだから、枢機卿はきっとこの入江に着岸し、小舟を隠し、切り込みによって指示されたような方向線を辿り、その線の反対側に財宝を埋めたのだろうと考えた。

この推理によって、ダンテスはふたたび例の丸い岩の側にきた。

ただ、あることがエドモンを不安にし、発展しつつあるすべての考えをひっくり返してしまった。それにしても、おそらく二トン半や、三トンもあるあの岩石を、大した力を用いずに、どうやっていまある基盤のような岩のうえにもちあげたのだろうか？

突然ダンテスにひとつの考えが浮かんだ。これはもちあげたのではなく、ずり降ろしたのだ、と思ったのだ。

それから、最初の基盤を捜すために、彼は岩石に飛びのった。

じっさい、間もなく、そこに軽い傾斜がつけられていたことが分かった。この岩石は基盤のうえを滑って、いまあるところでとまったのだ。並の大きさのあの石が支えとして役立っていたのだろう。繋ぎ目を隠すために、いくつもの岩や石が入念に配置されていた。この石工仕事の跡は腐植土で覆われて、草が生え、苔が広がっていた。銀梅花や乳香樹の種があちこちに落ち、古い岩石は地面に食い入っているように思われた。

ダンテスは慎重に土を取りのぞき、人間の巧妙な手仕事を確認した、あるいは確認したと思った。

そこで彼は、時間によって接合されたその中間の壁を、鶴嘴によって崩しにかかった。

十分ほど作業すると、壁が崩れ、腕が一本入るほどの穴が開いた。

ダンテスはもっとも頑丈そうなオリーヴの木を切りに行って、枝を取り払い、それを穴に差し込んで、梃《てこ》にした。

しかし、岩石はあまりにも重すぎ、またあまりにがっちりと下部の岩に食いこんでいたので、たとえヘラクレス並みだろうと、人間の力では揺り動かすことはできなかった。

そこでダンテスは、支えの岩そのものをどうにかする必要があると考えた。

しかし、どのような手段で?

当惑した人間がよくするように、ダンテスはまわりに目を遣った。彼の視線は友のジャコポが置いていった、火薬がつまった羊の角のうえに落ちた。

彼は微笑んだ。この地獄の発明が必要な仕事をしてくれるだろう。

ダンテスは鶴嘴を使って、上部の岩石とそれを支えている岩石のあいだに、工兵たちが人間の腕をあまり疲れさせたくないときの習慣にしているように、発破孔を穿ち、そこに火薬を詰めた。それから、ハンカチをほぐして、それを火薬でくるんで、導火線にした。

その導火線に火をつけると、ダンテスは遠ざかった。

爆発はすぐに起こった。上部の岩石はたちまち計り知れない力でもちあがり、下部の岩石は粉々に砕けてしまった。ダンテスが最初に掘った小さな穴から、無数の昆虫が戦《おのの》きながら逃れだし、この謎の道の守護神と言うべき巨大な蛇が青みがかった渦巻きを描きながら、転がるように消え去った。

ダンテスは近づいた。支えのなくなった上部の岩石は奈落のほうに傾いていた。剛胆なこの男はそのまわりを一周し、もっともぐらついている場所を選び、岩角のひとつに梃をあてがい、かのシジフォス[1]みたいに岩を相手に全力で奮闘した。

衝撃によってすでに揺らいでいた岩石はぐらぐらしていた。ダンテスは努力を倍にした。まるで、神々の主人に戦争をしかけるために山を根こそぎにした巨人族《タイタン》のひとりのようだった。ついに岩石は抗しきれず、転がり、飛びはね、落下し、やがて海のなかに呑みこまれた。

むき出しになった円形の場所があらわれ、四角の敷石の中央に嵌めこまれた鉄の輪が見えたが、彼はそのままにしておいた。

ダンテスは驚きと喜びの叫び声をあげた。最初の試みがこれほど見事な成果をあげたことはかつてなかった。

彼は続けたいと願ったが、脚がとんでもなく強く震え、心臓の鼓動があまりにも激しく打ち、ひどく熱い雲が目の前を行きかうので、やめざるをえなかった。

その躊躇《ためら》いの瞬間はしかし、ほんの一瞬のことにすぎなかった。エドモンは梃を輪のなかに差しいれて、力いっぱいもちあげた。敷石が外れて穴が開き、急斜面の階段のようなものがあらわれた。その階段はだんだん暗くなる洞窟の闇に沈んでいた。

別の人間ならなかに駆けこみ、歓喜の叫び声をあげたことだろう。ダンテスは立ちどまり、青くなり、疑った。

「さてと」彼は思った。「おれは男らしくしよう。これまでおれはさんざん逆境に慣らされてきたのだから、ひとつぐらいの落胆で打ちのめされてはならない。そうでなければ、このおれは無駄に苦しんできたことになる。生暖かい息吹への期待によって過度にふくらんだあと、冷たい現実にもどって閉じこもるときに、心は砕けるのだ！　ファリアは夢を見ていたのだ。スパダ枢機卿はこの洞窟になにも埋めはしなかった。おそらくここには一度も来てさえいなかったのだ。あるいは来たのかもしれないが、チェーザレ・ボルジア、あの大胆不敵な冒険家、あの疲れを知らぬ不吉な泥棒がそのあとここにやってきて、その痕跡を探し、おれと同じ通り道を辿り、この石をもちあげ、おれよりも前に洞窟のなかに入り、取るべき物をなにも残さなかったのだ」

　彼はしばらく、暗く奥まで続いているその穴をじっと見ながら、思案にくれ、身動きしなかった。

「さて、なにも当てにしていない今、なにかしらの希望をもち続けるなど馬鹿げていると思う今となっては、この冒険の続きはただおれの好奇心の問題でしかない。それだけの話だ」

　そして彼はさらにしばらく身動きせず、考え込んでいた。

「そうだ、そうに決まっている。この冒険はあの王族の血を引く悪党の光と影が入りまじった人生にこそふさわしい。これは極彩色の縦糸で縫われた、奇怪な出来事の織物というべき、あの男の人生の一部なのだ。この途方もない出来事はどうしても別の事柄につながってしまったはずだ。そうだ、ボルジアはある夜、一方の手に松明を、もう一方の手に剣をもって、ここにきたに違いない。彼から二十歩離れたところ、そう、おそらくはこの岩の根元にふたりの手下が暗い表情で威嚇するように控え、大地と空気と海を見張っていたのだろう。その間、彼らの主人は、おれがこれからそうするように、炎を掲げた恐るべき腕で闇を揺らしながら、なかにはいったのだ。そうだろうが、それにしてもそのようにして秘密を知った手下を、チェーザレはどうしたのだろうか?」とダンテスは自問した。

「きっと、アラリック[2]の埋葬者たちがやられたのと同じことだろう」と彼は微笑みながら答えた。「故人といっしょに埋められてしまったのだ」

「とはいえ、もし彼がきたのだとすれば」とダンテスは言葉をついだ。「彼が財宝を見つけ、取っていったとすれば、イタリアを朝鮮アザミ《アーティチョーク》に喩え、一枚一枚食べていたボルジア、時間を無駄にしないボルジアは、はたしてこの岩石を基礎のところにわざわざもどす手間暇をかけるだろうか……降りてみよう」

そして彼は、唇に疑いの微笑を浮かべ、「たぶん」という、人間の知恵の最後の言葉を呟きながら降りた。

しかし、きっと見いだすとばかり思っていた闇の代わりに、不透明で汚れた空気の代わりに、ダンテスが見いだしたのは、青みがかった明かりに変わっている和らいだ微光だった。開けられた穴だけでなく、外の地面の見えない岩の亀裂からも、空気と光が射しこんでいた。それらの亀裂を通して青空が見え、そのなかに緑の樫の枝が這い回り、棘のある茨の蔓がかすかに震えていた。

洞穴の空気は湿っぽいというより生暖かく、味気ないというより香しく、島の外の気温に比べると、青い微光と太陽の違いがあったが、そこにしばしとどまったあと、前にも言ったが暗闇に慣れているダンテスの眼差しは、洞穴のどれほど奥まった隅をも測定することができた。そこは花崗岩でできていたので、鱗状に散らばった面がすべて、ダイヤモンドのように輝いていた。

「悲しいことに!」とエドモンは微笑しながら言った。「あれがおそらく枢機卿が残したすべての財宝なのだろう。そして、あの善良な神父は、この燦々と輝く壁を夢に見て、煌びやかな期待を抱き続けたのだろう」

だが、ダンテスはそらで覚えている遺言書の文言を思い出した。「二番目の穴からもっとも遠い隅」と遺言書は言っていた。

ダンテスは最初の洞窟に入り込んだだけだったのだ。今度は二番目の洞窟の入り口を見つけねばならない。

彼はこう方角の見当をつけた。その二番目の洞窟は当然島の内部の奥深くに穿たれているに違いない。彼は石の層を調べ、きっと最大の用心をもって隠されているに違いない、その穴があると思われる岩の壁を鶴嘴で叩きに行った。

鶴嘴はしばらく岩石にあたって鈍い音を響かせたが、石が固いのでダンテスの額に汗が噴きだした。それでもやっと、この忍耐強い坑夫には、なされた呼びかけに、花崗岩の壁の一部がより鈍く深い響きで応えるような気がした。彼は熱い視線を壁に近づけ、囚人の直感で、他の誰も気づかないことに気づいた。それは、ここにひとつの穴があるに違いないということだった。

けれども、無駄な仕事をしないため、チェーザレ・ボルジアと同じように時間の価値を知っていたダンテスは、鶴嘴で壁の他の部分を叩いて調べ、銃床で地面を探り、怪しい場所の砂を取りのぞいた。そして、なにも見つからず、分からなかったので、彼は耳に懐かしい音を立てた例の壁のところにもどった。

彼はふたたび、今度はさらに力をこめて叩いた。

すると奇妙なものが見えた。道具で叩いているうちに、フレスコ画で壁に塗るような塗料が浮き上がり、剥片となって落ち、通常の切石のような、白っぽく柔らかな石が見えてきたのだ。岩の穴が別の種類の石によって塞がれ、その石のうえに塗料が塗られ、さらにこの塗料のうえに色合いも結晶もすっかり花崗岩を模した加工がしてあった。

ダンテスが鶴嘴の先端で叩くと、五センチばかり壁のなかの入り口に食い込んだ。

掘るべきはそこだった。

人間の心の仕組みの奇妙な謎によって、ファリアが間違っていなかったという証拠が積み重なり、ダンテスが安心するのも当然になればなるほど、彼の心は萎え、疑い、さらには落胆に近いほど沈んでいった。彼に新たな力をあたえてもよいこの新しい経験は逆に、残っていた彼の力を奪ってしまったのだ。そこで鶴嘴は振りおろされるというよりは、ほとんど彼の手から逃れて、落ちてしまうようだった。彼は鶴嘴を地面に置いて、額の汗を拭い、明るい外のほうに行った。じぶんにつくった口実は、誰かが見張っていないかどうか見てみるということだったが、じっさいは大気を必要としていたからであり、いまにも気を失いそうに感じていたからだった。

島にひと気はなかった。天頂にある太陽は、火のような目で島を覆っているようだった。遠くには、小さな漁船がサファイア色の海に翼を広げていた。

ダンテスはまだ、なにも口にしていなかった。しかし、このようなときに食事をとるのは、いかにもまどろっこしく思われた。彼はラム酒をひと口飲み、心を引き締めて洞窟にもどった。

じつに重く感じられた鶴嘴がふたたび軽くなった。彼は羽をもちあげるように、鶴嘴をもちあげ、精力的に仕事を再開した。

数回打ち下ろしたあと、彼は石が埋め込まれているのではなく、ただたがいに重ねられ、そのうえに先ほど述べた塗料が施されているだけなのだと気づいた。彼は隙間のひとつに鶴嘴の先端を差しいれ、柄に体重をかけると、足元に石が落ちてくるのが見えて、喜びを覚えた。

それからというもの、彼はもはや鶴嘴の鉄の歯でひとつずつ石を引きよせることしかしなかった。石は一つひとつ最初の石のそばにころげ落ちた。

さきにダンテスは最初の穴から入ろうと思えば入ることができたろうが、しばらくそれを先に延ばした。それは希望にしがみつくことによって、確信を遅らせるためだった。

今度もまたダンテスはしばしためらったあと、ついに最初の洞窟から第二の洞窟に移っていった。この第二の洞窟は最初のよりも、低く、暗く、不気味な外観だった。いましがた開けられた穴からしか入ってこない空気は有毒な匂いがしたが、これは最初の洞窟にはなかったものなので、ダンテスは驚いた。

ダンテスは外気にそのよどんだ空気を浄化させるだけの時間をあたえてから、なかにはいった。

穴の左側に深く暗い片隅があった。

しかし、すでに述べたように、ダンテスの目には暗闇というものはなかった。

彼は目で第二の洞窟を探った。第一の洞窟と同じく、がらんとしていた。

もし財宝が存在するとすれば、あの暗い一角に埋められているに違いない。

不安な時がやってきた。地面をわずか二尺ばかり掘ること、それがダンテスにとって最高の歓喜と最高の絶望の分岐点だった。

彼はその片隅のほうに進んだ。それから、突如決心に捉えられたように、大胆に地面を掘りはじめた。

五度か六度目に、鶴嘴は鉄にぶち当たったたような響きを立てた。どんな弔鐘の早鐘も、どんな震えるような弔砲も、それを聞いた者に及ぼしたような効果はあたえなかったことだろう。たとえダンテスがなにも見つけられなかったとしても、これほど蒼白にはならなかったことだろう。

彼はすでに探った場所のそばを探り、同じ抵抗に出会ったが、同じ音ではなかった。

「これは鉄の輪がはまった木の櫃だろう」と彼は言った。

このとき、なにかの影が通って、日の光をさえぎった。

ダンテスは鶴嘴を取り落として、銃を取ると、また穴を通って、日の光のほうに飛びだした。野生の山羊が洞窟の一番目の入り口を飛び越して、そこから数歩のところで草を食んでいた。

夕食を確保するには絶好の機会だったが、ダンテスは銃声が誰かを引きよせることを怖れた。

彼はしばらく考え込み、樹脂の多い木を一本切って、さっき密輸業者たちが昼食の肉を焼き、まだ燻っている熾火《おきび》でそれに火をつけ、その松明をもってもどってきた。

彼はこれから目にするもののどんな細部をも見逃したくなかった。

彼は形が定まらず、未完成のその穴に松明を近づけ、じぶんが間違っていなかったことを認めた。彼の鶴嘴は鉄の部分と木の部分を交互に叩いたのだった。

彼は松明を地面に立て、ふたたび作業に取りかかった。

たちまちのうちに、縦三尺、横二尺ほどの地面の土が掻き分けられ、ダンテスは彫金細工がほどこされ、鉄の輪がはまった樫材の櫃を認めることができた。

蓋の中央の、土も曇らすことができなかった銀の板のうえに、スパダ家の紋章、すなわち普通のイタリアの盾がそうであるように、楕円形の盾のうえに剣が縦におかれ、それに枢機卿の帽子が載せられていた。

ダンテスにはそのことがすぐに分かった。ファリア神父が何度も描いてみせてくれたからだ！

こうなると、もはや疑いの余地はなくなった。財宝はたしかにそこにあるのだ。空の櫃をこの場所に置くのに、これほどの用心を重ねるはずはない。

たちまちのうちに、櫃の周辺の土が取りのぞかれ、ダンテスはふたつの南京錠のあいだにおかれた中央の錠前、側面の取っ手などが次々とあらわれるのを見た。そのすべてには、当時の流儀にしたがってもっともありふれた金属さえも貴重なものにする、彫金がほどこされていた。

ダンテスは櫃の取っ手をつかんでもちあげようとしたが、無理だった。

ダンテスは櫃を開けようとした。錠前も南京錠もぴたりと閉じていた。これらの忠実な番人どもはさも財宝を引き渡したくないとでもいうようだった。

ダンテスは鶴嘴の尖った部分を櫃と蓋のあいだに差しいれ、鶴嘴の柄に体重をかけると、蓋はギーという音を発して砕けた。板が大きく開かれて、鉄の帯を無意味にした。すると、今度は鉄の帯が落ちてしまった。執拗な爪が板に食い込んでいたため、板もろとも落下してしまったのである。そして櫃はむき出しになった。

ダンテスは目眩がするような熱に襲われた。彼は銃をつかみ、弾をこめてじぶんのそばに置いた。まず彼は目を閉じた、ちょうど子供たちが明るい空に数えられるよりもたくさんの星を彼らの輝く想像の夜に認めようとするように。やがて彼はふたたび目を開けたが、ずっとくらんだままだった。

櫃は三つに仕切られていた。

最初の仕切りのなかには、鹿毛色の反射をみせる、エキュ金貨がぴかぴかと輝いていた。

二番目の仕切りのなかには、あまり磨かれていないが、きちんと並べられた金の延べ棒があり、間違いなく純金としての重さと価値があるものだった。

三番目の仕切りはほぼ半分が満たされ、エドモンは手いっぱいにダイヤモンド、真珠、ルビーを掻き回したが、それらはきらめく滝となって、それぞれ互いのうえに落ち、窓ガラスを叩く雹《ひょう》のような音を立てた。

金と宝石に触り、撫で、震える手を中に突っ込んだあと、エドモンは立ちあがって、いまにも気が狂いそうな人間のように高揚し震えながら、洞穴のなかから外に駆けだした。彼は海を見ることができる岩に飛びのったが、なにひとつ目に入らなかった。彼はじぶんのものになった計り知れない、前代未聞の、信じがたい富を抱えてひとりだった、まったくひとりだった。――おれは夢を見ているのだろうか？　目覚めているのだろうか？　おれは束の間の夢想に浸っているのだろうか？　それともしかと現実を抱きしめているのだろうか？

彼にはもう一度じぶんの黄金を見る必要があった。けれども、この瞬間の彼は、それを直視するだけの力がないと感じた。一瞬、彼は理性が逃げだすのをとどめるかのように、両手で頭の上部を押さえた。それから、島のなかに突進したが、道――モンテ・クリスト島には道はないので、決まった方向――を辿るのではなく、野生の山羊を逃げださせ、叫びと身振りで海の鳥を脅かしながらであった。それから迂回し、なお疑いながら最初の洞穴から二番目の洞穴に駆けぬけ、あの金とダイヤモンドの鉱山の前にもどった。

今度は彼も跪き、痙攣する両手で飛びだそうとする心臓を押さえつけ、神にしか分からない祈りを呟いた。

間もなく、彼はじぶんがまえより落ち着き、したがって幸せなのを感じた。というのも、そのときになって初めて、みずからの至福を信じはじめたからだ。

そこで彼はじぶんの財産を数えだした。それぞれ一キロから一・五キロある金の延べ棒が千本あった。さらに、アレクサンデル六世かその前任者たちの肖像画が刻まれ、わたしたちの貨幣価値からすれば、八十フランに相当するエキュ金貨を二万五千枚まで積みあげたが、それでもこの仕切りの半分しか空にならないことに気がついた。そして彼は両手で十回、真珠、宝石類、ダイヤモンドをすくい取ってみたが、多くは当時の一流の金銀細工師によって台にはめられたもので、その装飾の価値も本体の価値におさおさ劣るものではなかった。

ダンテスは日が低くなり、徐々に消えていくのを見た。彼は洞穴のなかにいると、誰かに不意打ちされないかと怖れ、銃をもって外に出た。ビスケット一枚と数口のワインが彼の夜食だった。それから、石をもとの場所にもどして、そのうえに横たわり、じぶんの体で洞窟の入り口を覆いながら、わずか数時間眠った。

その夜は、過去の人生で二度か三度、電撃にも似た激しい動揺を経験したこの男にとって、甘美であると同時に恐ろしい夜のひとつになった。

25 見知らぬ男

夜が明けた。ダンテスは目を見開いて、ずっと夜明けを待っていた。最初の光が見えると立ちあがり、前日と同じように、周囲を探索するため、島でもっとも高い岩のうえに上った。やはり前日と同じように、あたりにはまったくひと影がなかった。

エドモンは下に降り、敷石をもちあげ、ポケットに宝石類を詰め込み、櫃の蓋の板と錠前を、できるだけ元の状態にもどして土で覆い、その土を踏みかためて砂をまき、掘りかえされたばかりのその場所を、地面の他の部分と見分けがつかないようにした。それから洞窟の外に出て、敷石を元の場所にもどし、そのうえに様々な大きさの石を寄せ集めた。石の隙間に土を入れ、その隙間に銀梅花やヒースを植えて、新しい植物を古く見せかけるために水をかけ、あたりに集中しているじぶんの足跡を消してから、仲間たちがもどってきてくれるのを、じりじりしながら待った。じっさい、ここにいたって大事なのはもはや、金やダイヤモンドをうち眺め、持ち腐れになる財宝を守護する龍よろしく、モンテ・クリスト島にとどまって時間を無駄にすることではなかった。いまや必要なのは人生に、人間たちのあいだに立ちもどり、人間がもちうる最初で最大の力である富のあたえてくれる地位、影響力、そして権力を社会のなかでわがものにすることだった。

密輸業者たちは六日目にもどってきた。ダンテスは遠くから港とジュヌ・アメリー号の航行を目の当たりにした。彼は港まで、傷ついたピロクテテス〔1〕みたいにのろのろと進んだ。仲間たちが近づいてくると、彼はなお、痛い痛いと泣き言を言いながらも、状態はかなりよくなってきていると告げた。それから今度は、仲間の冒険家たちの話を聞いてやった。彼らの取引はたしかにうまくいったのだが、荷揚げが終わるか終わらないうちに、トゥーロンの巡視船が港を出て、彼らのほうに向かっているという連絡がはいった。そこで彼らは大急ぎで逃げだしたのだが、船舶に人並み外れた速度をあたえることができるダンテスがその場にいて指揮をとれないのがなんとも悔やまれたということだった。じっさい彼らは、まもなくその追跡船の姿を目にするようになったのだが、それでも夜陰に紛れ、コルシカ島の岬をまわって、なんとか逃れることができたのだという。

とどのつまり、その旅路は悪いものではなかった。そして全員、とくにジャコポなどは、ダンテスが旅路によってもたらされる分配金、ひとりあたり三百フランの分配金を受けとれないことを残念がった。

エドモンは終始感情を表に出さなかった。もし島を離れることができていたら、たぶん分かち合えたかもしれない利益の数々が彼らから列挙されるのを耳にしても、微笑さえしなかった。それに、ジュヌ・アメリー号は彼を救出するためにのみモンテ・クリスト島にきたのだから、彼はその晩のうちに船に乗りこみ、船主にしたがってリヴォルノに向かった。

リヴォルノで、彼はユダヤ人のところに行き、小さなダイヤモンドのうちの四個を、一個五千フランで売った。ユダヤ人はたかが水夫風情のこの青年がどのようにしてこのような貴重なものを手に入れたのか問い糺《ただ》すこともできたわけだが、それをあえて差し控えることで、一個につき千フランの利益にありついた。

翌日、彼は一艘の真新しい小船を購入してジャコポにあたえるばかりか、その贈り物とは別に、乗務員を雇えるように六百フラン手渡した。このときの条件はジャコポがマルセイユに行き、メヤン大通りに住むルイ・ダンテスという名の老人、それからカタルーニャ村に住むメルセデスという名前の若い娘の消息を聞いてくるというものだった。

こうなると夢でも見ているのではないかと疑うのはジャコポのほうだった。そこでエドモンは彼にこう話してやった。——じぶんが船乗りになったのは、ちょっとした気まぐれからで、家族が生活費をくれなかったためだ。しかし、リヴォルノにきてみて、じぶんが唯一の相続人となっている伯父の遺産を受け継ぐことになった。ダンテスが高い教育を受けていたため、この話はいかにも本当らしく思われ、ジャコポはただの一瞬も元の仲間が真実を語っていることを疑わなかった。

他方、ジュヌ・アメリー号との船員契約の期限が切れたので、エドモンは船主に暇乞いをすることになった。船主はまず彼を引き留めようとしたが、ジャコポと同じく遺産相続の話を聞いて、元船乗りの決意を翻そうという希望を捨てるほかなかった。

翌日、ジャコポはマルセイユに向けて出帆した。エドモンとはモンテ・クリスト島で落ち合うことになっていた。

同じ日、ダンテスはジュヌ・アメリー号の乗組員たちに結構な小遣いを弾み、また船主にはいずれ便りすると約束して別れ、行き先も告げずに立ち去った。

彼はジェノヴァに行った。

彼が着いたとき、あるイギリス人が注文した小型ヨットの試走がなされていた。このイギリス人はジェノヴァ人が地中海随一の船大工だと聞かされ、そのジェノヴァで建造されたヨットを手に入れたいと望んだのだ。イギリス人はそのヨットに四万フランの値をつけた。ダンテスはその日のうちに船が引き渡されるという条件でじぶんは六万フラン払おうと申し出た。イギリス人は船が完成するのを待って、スイス周遊の旅に出ていて、三週間かひと月しなければもどらないことになっていた。そこで船大工はもう一艘を工場で作りなおす時間はあるとふんだ。ダンテスはこの船大工をユダヤ人のところに連れていき、ユダヤ人の店の奥の部屋でふたりきりになった。そのあとユダヤ人は六万フランを船大工に払った。

船大工はなんなら乗組員を集める手伝いをしてもいいと申し出たが、ダンテスはひとりで航海をするのがじぶんの習慣だと言って断った。そしてじぶんの唯一の望みは船室のベッドの枕元近くに秘密の戸棚をつくり、その戸棚にやはり秘密の仕切りをしつらえてもらいたいことだと言った。彼はその仕切りの寸法も伝えたので、翌日にはその注文が実行されていた。

二時間後、ダンテスはジェノヴァの港を出港したが、ひとりで航海する習慣があるスペインの富豪を一目見ようと駆けつけた多くの野次馬に見送られた。

ダンテスは見事な腕前を発揮した。舵に助けられ、また舵から離れることなしに、やらせたいあらゆる動きを船にさせた。船はまるで、あたえられるあらゆる刺激に反応できる、知性をそなえた機械のようだった。だからダンテス自身も、ジェノヴァ人は世界一の船大工だという評判に間違いはないと認めたのだった。

野次馬たちは小さな船を姿が見えなくなるまで目で追っていたが、やがてあの船はどこに行くのかということで議論が開始された。ある者たちはコルシカ島だと言い、別の者はエルバ島だと言った。また賭けてもいいがスペインだと言い張る者がいれば、別の者はむしろアフリカだろうと主張した。ただ、モンテ・クリスト島の名前を出す者はひとりもいなかった。

ところが、ダンテスが向かっていたのは、まさしくモンテ・クリスト島だったのである。

彼はそこに二日目の夕方に着いた。船はすばらしい帆船で、その距離を三十五時間で走行した。ダンテスは海岸の地層を完全に知悉していた。そこで、通常の港には接岸せず、小さな入江に投錨した。

島にはひと影がなく、ダンテスが立ち去ったあと、誰ひとりとして近づいた者はいないようだった。彼はじぶんの財宝の場所に行った。すべては彼が去ったときと同じ状態だった。

翌日、彼の巨万の富はヨットに運ばれ、秘密の戸棚の三つの仕切りに秘匿された。

ダンテスはさらに一週間待った。その一週間のあいだ、島のまわりでヨットを操り、さながら馬術師が馬を調べるように、ヨットの性能をよく研究した。この試運転期間のあとには、ヨットの長所も短所もすべて知るようになり、長所をさらに増強し、短所を改善してやろうと考えた。

八日目、ダンテスには、帆をすべて張って島に近づいてくる小さな船が見え、それがジャコポの船だと分かった。彼が合図すると、ジャコポが応えた。その二時間後、船はヨットのそばにいた。

エドモンがしたふたつの質問のそれぞれに悲しい答えが返ってきた。

老ダンテスは死んでいた。

メルセデスは行方不明だった。

エドモンはこのふたつの知らせを平然とした顔で聞いた。しかしただちに陸に降りて、誰もついてくるなと厳命した。

二時間後に彼はもどってきた。ジャコポの手下のふたりの男が操船を手伝うためにヨットに移った。エドモンは針路をマルセイユに向けるよう命じた。彼は父親の死は予期していたが、しかしメルセデスはいったいどうしたというのだろうか？

エドモンはじぶんの秘密を明かさずに、代理人に充分な指示をあたえることはできなかった。それに、彼が得たいその他の情報もあった。これにはじぶんしか頼りにできなかった。リヴォルノの鏡は、彼がじぶんだと見破られる危険がいささかもないことを教えてくれた。そのうえ、いまや変装する手立てはいくらでもあった。そこである朝、ヨットは小さな船を引きつれて、悠々とマルセイユの港に入港し、まさに忘れようにも忘れられない運命のあの晩に、ダンテスがイフ城に向かう船に乗せられた場所の真ん前に停泊したのである。

ダンテスは検疫船に乗って憲兵がやってくるのを見て、さすがにいささか震えた。しかし彼は身についた泰然とした態度で、リヴォルノで買ったイギリスのパスポートを提示し、自国のものより敬意をはらわれる外国人用の通行許可書のおかげで、なんの苦もなく陸におりることができた。

カンヌビエール大通りに足を踏みいれたダンテスが最初に気づいたのはファラオン号の乗組員のひとりだった。その男はダンテスの部下だったが、そのときはダンテスに生じた変化について内心安心させるような役割を果たしてくれた。ダンテスは真っ直ぐにその男のところに行き、いくつか質問をしてみた。男は質問に答えながら、その言葉によっても、顔つきによっても、言葉をかけてくるこの人物にかつて会ったのかもしれないなどという気配は少しも見せなかった。

ダンテスはその水夫から得られた情報のお礼として一枚の貨幣をあたえた。しばらくすると、彼のほうに駆けつけてくる気立てのよい水夫の足音が聞こえた。

ダンテスは振りかえった。

「すみません、旦那」と水夫が言った。「きっとお間違えになったんでしょう。二フランの貨幣を一枚くださるおつもりだったのでしょうが、これは四十フラン・ナポレオン金貨ですよ」

「なるほど」とダンテスは言った。「間違っていました。しかし、あなたの誠実さには報酬があたえられてしかるべきです。さあ、もう一枚あげます。あなたのお仲間といっしょに、わたしの健康を祝すために一杯やってください」

水夫は呆れきった顔でエドモンを眺めた。呆れるあまり、礼を言うことさえ忘れていた。彼はエドモンが遠ざかっていくのを見ながら言った。

「ありゃインドからきた富豪かなんかに違いない」

ダンテスは道を続けた。一歩あるくごとに、新しい感動で心が締めつけられた。幼年時代のすべての思い出、消え去らない思い出、永遠に考えにとどまっている思い出がそこにあり、どこの広場の片隅、道の一角、十字路の標石からでもそれが立ちあがってきた。ノアイユ通りの端まで着いて、メヤン大通りが見えたとき、彼は膝ががくがくするのを感じ、馬車の車輪の下に倒れこみそうになった。やっとのことで父親が住んでいた家まで辿りついた。かつてあの善良な父親があれほど丹精して格子に這わせていたウマノスズクサや金蓮花などは、陋屋から消えていた。

彼は一本の木にもたれ、しばし考えにふけって、その小さく貧しい家の最上階を見つめていたが、とうとう門のほうに進み、敷居を越えて、空き室がないか尋ねた。そして、人が住んでいるにもかかわらず、六階の部屋を訪れてみたいと長々としつこく頼んだので、門番はその見知らぬ男の代理として、うえの階に昇り、二間から成るその住居を見る許しを求めた。その狭い住居に住んでいたのは一週間前に結婚したばかりの若い夫婦だった。

そのふたりを見て、ダンテスは深い溜息をついた。

それに、父親のアパルトマンを思い出させるようなものはなにも残っていなかった。壁紙は違っていたし、あらゆる細部がまだエドモンの記憶に残っていて、幼なじみも同然だった古い家具はすべてなくなっていた。壁だけが同じだった。

ダンテスはベッドのほうを振り向いた。ベッドはもとの住人のベッドと同じ場所にあった。心ならずも、エドモンの目は涙で濡れた。老人が彼の名前を呼びながら息を引き取ったのはその場所だったのだ。

ふたりの若い男女は、峻厳な額、大粒の涙を流しながらも平然とした顔をしているその男をびっくりしながら眺めていた。しかしどんな苦しみにもどこか侵しがたいものがあるので、若いふたりはその未知の男にどんな質問もしなかった。ふたりはただ居場所をうしろに退いただけで、その男に心ゆくまで泣かせてやった。そして、彼が引き取ろうとしたとき、ふたりは見送りにきて、いつでもお好きなときにもどってきてください、こんな貧しい家ですが、できるだけ歓待しますと言った。

階下を通りかかったとき、エドモンは別の戸口の前で立ちどまり、ここに住んでいるのはあいかわらず仕立屋のカドルッスかと尋ねた。しかし門番は、お話しされている方は事業に失敗されて、いまはボケールのベルガルド街道で宿屋をされていますと答えた。

ダンテスは階段を降り、メヤン大通りの家の持ち主の住所を尋ねて、そこに赴き、ウィルモア卿（これが彼のパスポートにある名前と肩書きだった）と名乗って面会を求め、二万五千フランでその家を買った。それはじっさいの価格より少なくとも一万フラン高かった。しかしダンテスはたとえ五十万フランでも、言い値で買いとったことだろう。

同じ日、六階の若いふたりは次のような契約のことを公証人から知らされた。新しい家主はふたりにこの家のどの階のアパルトマンを選んで住み続けてもよい権利をあたえる。この場合には、むろんいかなる家賃の値上げも発生しない。ただしひとつの条件があって、それはふたりが現在住んでいる住居を家主に明け渡すというものだった。

この奇妙な出来事は一週間以上のあいだメヤン大通りの住人の口端にのぼり、様々な憶説の対象になったが、どれひとつとして正鵠を得たものはなかった。

しかし、とりわけあらゆる人びとの頭を混乱させ、心をかき乱したのは、その晩になって、メヤン大通りに入るのが見られたのと同じ男が、カタルーニャの小さな村を歩きまわり、貧しい漁師の家に入り込むのが目撃されたということだった。彼はそこに一時間もとどまり、死んだ者とか、もう十五、六年も前から行方不明になっている、数名の人物の消息を尋ねていたという。

翌日、彼がそのような質問をしに行った人たちは、ふたつの引き網とひとつの底引き網をそなえたカタルーニャ風の真新しい漁船を贈り物として受けとった。

これらの好人物たちは、寛大な質問者に礼を言おうとしたが、彼は立ち去るさい、水夫になにか命令をくだしたあと、馬に乗ってエクス門からマルセイユを去っていったという。

26　ポン・デュ・ガールの宿屋

筆者のように南フランスを徒歩で横断した経験のある者なら、ベルガルド村とボケールの町の途中、とはいえ、村より町のほうに近いところに、一軒の小さな宿屋があることに目をとめられたかもしれない。その宿屋にかかっている、どんな小さな風にもキーキー音を立てるブリキの看板には、ローマ時代の水道橋《ポン・デュ・ガール》の特異な絵が描いてあった。この小さな宿屋は、ローヌ河から見ると道の左側にあって、河に背を向けている。宿屋にはラングドック地方で庭と呼ばれるものがついていた。庭といっても、旅人に開かれる入り口の裏側に囲い地があって、そこにいじけたオリーヴの木が何本かと、埃で白くなった野生の無花果《いちじく》の何本かが遠慮するように生えているだけのものだった。木々の隙間にはニンニク、ピーマン、エシャロットが生えていたが、これがほぼそこの野菜のすべてだった。そして片隅に、さながら忘れられた歩哨のように、笠松の大木が陰鬱そうに柔軟な幹を延ばす一方で、扇形に広がった梢が気温三十度の太陽のもとでぎしぎし軋んでいるようだった。

大きいのも小さいのも、これらの木はすべて、このプロヴァンス地方に特有の三つの災厄のひとつであるミストラルの吹く方向に自然と傾いている。ちなみに他のふたつの災厄とは、言わずと知れたデュランス川と〔頑迷固陋な〕高等法院である。

大きな埃の湖にも似たまわりの平原のあちこちに、小麦の茎が弱々しく植わっているが、それは地元の園芸家が好奇心で育てているもので、茎のそれぞれが、この人里離れた場所に迷い込んだ旅人を甲高く単調な鳴き声で追い立てる蟬たちの、恰好の止まり木になっている。

この小さな宿屋は七、八年前からひとりの男とひとりの女によって営まれ、使用人としてはトリネットという名の女中とパコーと呼ばれている厩番の少年しかいなかった。このふたりだけで業務が充分こなせたというのも、ボケールからエーグ・モルトまで掘られた運河のせいで、馬車よりも船のほうが、乗合馬車よりも曳舟のほうが、はるかに重宝されるようになったからである。

運河は、そのせいで破産しつつあった不幸な宿屋の亭主の無念をさらに掻きたてるかのように、意地悪く、運河に水を提供するローヌ河とめっきり人通りが絶えた街道のあいだの、さきに短いが忠実な描写をしておいたあの宿屋から百歩ほどのところを通っていた。

この宿屋の亭主は年のころ四十から四十五歳ぐらい、背が高く、痩せぎすの神経質な男で、その窪んでらんらんと輝く目、鷲鼻、肉食獣を思わせる白い歯などは、南仏人の典型のようだった。彼の髪の毛は、老いの兆しが訪れようとしているのに、まだ白くなる決心がつかないとでもいうように、首のまわりに生やしている髭と同様、濃く、ちぢれ、白髪はごく疎らに見られるだけだった。生来浅黒いその肌色は、この男が朝から晩まで戸口に立って、徒歩であれ、馬車に乗ってであれ、なんとか顧客がきてくれないかと待ち受ける習慣が身についたおかげで、さらに褐色を帯びるようになっていた。いくら待っていてもほとんどつねに幻滅におわったが、その間、熱烈な太陽の光から顔を守るものといえば、スペインのラバ引きがやるように、頭に赤いハンカチを巻き付けるのがせいぜいだった。この男こそわたしたちには旧知の人物、ガスパール・カドルッスにほかならない。

逆に、娘時代の名前をマドレーヌ・ラデルといったその妻は青白く、痩せて、病気がちな女だった。アルル近郊で生まれた彼女は同郷人の伝統的な美しさの痕跡を残しながらも、エーグ・モルトの池とカマルグの沼の近隣の住民によく見られる、あの内にこもったなかば恒常的な熱の発作のために、顔がゆっくりと不器量になっていった。だから大体いつも、二階にある自室の安楽椅子か、ベッドに背をもたせかけてすわりこみ、ぶるぶる震えていた。他方、亭主のほうは戸口でいつも見張りをしていた。彼がこの見張り時間を好んで引き延ばしたのは、刺々しい伴侶とふたりになるたびに、彼女が運命にたいする果てしない不平不満を述べ立てるからだった。この不平不満にたいして、彼はいつもこんな達観した言葉を返すだけだった。

「よせ、ラ・カルコント！　これが神さまの思し召しなんだ」

このあだ名はマドレーヌ・ラデルがサロンとランドンのあいだにあるカルコント村で生まれたことからきている。ところが、ほとんどつねに人びとを名前で呼ばずにあだ名で代用するこの地方の習慣にしたがい、夫はマドレーヌをそのような呼び方に代えてしまったのだ。つっけんどんな言葉遣いに比すると、マドレーヌという名前はあまりにも優しく、幸福感にあふれすぎていると思ったのだろう。

けれども、この宿屋の亭主はそんなふうに神の意志に神妙にしたがうふりをしてはいたものの、あのいまいましいボケールの運河のせいで追いこまれた悲惨な状況を身に感じていなかったわけではないし、また妻がしつこく言い立てる不平不満に無頓着だったわけでもない。彼はあらゆる南仏の男と同様、節度があって大欲はもたなかったが、外聞・外形に関しては虚栄心が強かった。だから、商売が繁盛していた時期には、焼き印祭り《フェラード》やタラスクの行列などの類いの祭りをひとつも見逃さず、必ずラ・カルコントといっしょに姿を見せた。一方は南仏の男特有の画趣に富み、カタルーニャ風でもあれば、アンダルシア風でもある衣装を身につけ、他方はギリシャとアラビアを模したような、あのアルルの女の魅力的な服装だった。しかし少しずつ、鎖つきの懐中時計、首飾り、色様々なベルト、刺繡をした胴着、ビロードの上着、端に刺繡のある靴下、銀の留め金をつけた靴などがなくなっていった。だからガスパール・カドルッスは過去の栄耀に追いつけなくなり、じぶんのためにも妻のためにもそうした社交的華美をいっさい断念した。そしてその貧しい宿屋にまで聞こえてくるそんな賑やかな華美の噂を、臍《ほぞ》を咬みながら耳にしていた。彼が当の宿屋をもち続けたのも、それが商売だからでなく隠れ家だったからだった。

そんなわけで、カドルッスはいつものように、戸口に立って午前のひと時を過ごし、憂鬱な視線を樹木がなく、数羽の鶏がえさをつついている芝のうえから、一方は南、他方は北に下りている街道の両端にさまよわせていた。と、突然、妻の甲高い声がして、彼はもち場を離れざるをえなかった。彼はぶつぶつ文句を言いながら二階に昇ったのだが、戸は大きく開け放しにしておいた。じぶんがいなくとも通りがかりの旅行者にこの宿を見落とされないように注意を喚起するためだった。

カドルッスが家にもどったとき、筆者がすでに述べ、彼が見まわしていた二列のほっそりした並木のあいだに、街道が白っぽく、果てしなく伸びていた。だからその日の別の時間を選べるどんな旅行者も、あえてこんな恐ろしいサハラ砂漠みたいなところに足を踏みいれようとしないのも当然だった。

しかし、どう見てもありそうになかったことだとはいえ、もしカドルッスが戸口に残っていたとすれば、ベルガルド側から馬に乗ったひとりの男と馬が姿を現すのが見えたに違いない。やってきた乗り手と馬はぴたりと息が合った様子で、これは双方の関係が申し分のないことを示すものだった。馬は去勢馬で、側対歩で気持ちよさそうに歩いていた。乗り手のほうは神父の黒衣で、正午の猛烈な太陽の熱さにもかかわらず、三つの角のある帽子をかぶっている。その人馬が一体となって、すこぶる穏やかな速度で進んでくる。

戸口の前にくると、人馬は立ちどまった。馬が人をとめたのか、人が馬をとめたのか決めるのは難しいところだろう。しかし、いずれにしろ、人が地に足をつけ、手綱を引いて、蝶番ひとつでしかとめられなくなっている、古びた鎧戸の握りに馬を繋いだ。それから神父は、戸口のほうに進んでいきながら、汗が流れる額を赤い木綿のハンカチで拭い、手にもっていた、端が鉄になっている杖で敷居を三度叩いた。

たちまち大きな黒犬がむっくり起きあがり、吠えながら、白く鋭い歯をむき出しにした。これはあまり人付き合いに慣れていないことを示す二重の証拠だった。

間もなく、壁に沿って昇っている木の階段をずしりと揺るがす足音がし、この貧相な宿屋の主人が降りてきて、神父がいる戸口まできたかと思うと、頭をぺこりとさげて、後ずさりした。「よしよし、わたしだよ！」とカドルッスはすっかり驚いて言った。「わたしだよ！　おとなしくしないか、マルゴタン！　怖がらないでください、旦那さま。こいつは吠えますが、嚙みはしませんから。ワインをお望みなんですね？　なにせこんなクソ暑さですからな……ああ、失礼しました」と、彼はどのような客を相手にしているのかを見て、言葉を切った。「わたしはどなたさまをお迎えするのか知らなかったものですから。なにをお望みで、なにをお求めでしょうか、神父さま？　なんなりと承ります」

神父は不思議なほどの関心をもって二、三秒その男を見た。それどころか宿屋の亭主の注意をじぶんのほうに惹きつけようとしている気配さえ見られた。やがて、宿屋の亭主の表情がたんに返事をもらえないことに驚いているだけという感情以外になにも表していないことを見て、その驚きにケリをつけるときだと判断した神父は、きわめて強いイタリア語訛りでこう言った。

「あなたはカドルッスさんではないですか？」

「はい、そうです、神父さん」と、亭主はおそらく先ほどの沈黙よりもずっとこの問いのほうに驚いて言った。

「おっしゃる通り、わたしはガスパール・カドルッスと申しますが」

「ガスパール・カドルッス……そうそう、たしかそういう名前と苗字だったと思いますが、あなたは以前、メヤン大通りに住んでおられましたね？　五階に」

「そうですが」

「そして仕立屋の仕事をしておられましたね？」

「ええ、しかし商売がうまくいかなくなりまして。マルセイユってところはヤケに暑いところで、いずれ服なんか全然着なくてかまわなくなるんじゃないでしょうか。ところで、暑いと言えば、なにか冷たいものをご所望じゃありませんか、神父さん？」

「そうですね、こちらのいちばんいいワインを一本もってきてください。よろしければ、ここで話を中断して、そのあとでまた続けましょう」

「承知しました、神父さま」とカドルッスが言った。

そして彼は、残っている最高のカオールのワインを売りつける好機を逃すまいと、広間兼台所の役をはたしている、一階の床板につくられた揚げ蓋を急いでもちあげた。

五分ほどして、彼がふたたび姿を見せると、神父は肘を長いテーブルにあてがって、腰かけにすわっていた。他方、マルゴタンのほうは、この奇妙な旅人が慣例に反してなにかを注文することが分かって仲直りして、肉の落ちた首と物憂げな目をして腹ばいになっていた。

「あなたは独身ですか？」と神父は亭主に尋ねたが、亭主のほうはまず神父の前に瓶とグラスを置いた。

「ああ、そうですよ！　独身、もしくはそれに近いものですよ、神父さん。といいますのも、わたしにも家内はいますが、なんにつけてもからっきし役に立たない女でしてね。あのラ・カルコントって女、可哀相にもしょっちゅう病気がちなんですよ」

「ああ、あなたは結婚されているのですね！」と神父はいくらか興味を示して言い、この貧しい夫婦の乏しい動産を値踏みするような眼差しで身のまわりを一瞥した。

「わたしが貧乏だと思っておられるのでしょう、神父さん？」と溜息をつきながらカドルッスが言った。「でも、しかたがないじゃありませんか！　この世で成功するには正直者であるだけでは充分じゃないのですから」

神父は射貫くような目で彼を見た。

「そうです、正直者。こと正直者という点にかけては、わたしは自慢できるほどでして」と、亭主は胸に手を当て、頭を上下に振って神父の視線に耐えながら言った。「そして、今の時代、これは誰でも言えることじゃないですよ」

「あなたが自慢されていることが本当なら、それは結構なことです」と神父は言った。「早晩、わたしはそう固く信じることになるでしょうが、ともかく正直者は報われ、悪者は罰せられます」

「お立場上そう言われるのでしょう、ねえ、お立場上そう言われるのでしょうが」とカドルッスは苦い表情で言った。「そうであってみれば、あなたの言われることを信じようが、信じまいがめいめいの勝手ということになりましょう」

「そのような物の言い方は間違っていますよ」と神父は言った。「というのも、もう少しすれば、あなたにとってわたし自身がじぶんの言葉の証明になるからです」

「どういうことですか？」とカドルッスは驚いた様子で尋ねた。

「わたしはなによりもまず、あなたがわたしの捜している人物なのかどうか確かめたいのです」

「わたしはどのような証拠を出せばいいのですか？」

「あなたは一八一四年か一五年にダンテスという名前の船乗りを知っていましたか？」

「ダンテス！……もちろん、知っていましたよ、あの気の毒なエドモン・ダンテス。知っているどころか、わたしの親友でしたよ」とカドルッスは声をあげ、その顔は見る間に赤くなった。他方、神父の明るくしっかりとした目は、尋問の相手をすっぽり覆い尽くすように、大きく見開かれた。

「そう、たしかにエドモンという名前でした」

「あの腕白のエドモンですよ！　それは間違いない。これはわたしがガスパール・カドルッスという名前なのと同じようにたしかなことです。で、彼はどうなりました、あの気の毒なエドモンは？」と宿屋の亭主は続けた。「もしかして彼のお知り合いで？　彼はまだ生きていますか？自由ですか？　幸せなんですか？」

「彼は獄死しました。トゥーロンの徒刑場で足かせを引きずっている徒刑囚よりも絶望して、惨めに」

カドルッスの顔には、最初差した赤みが消えて、死人のような蒼白さに代わった。彼は神父のほうを振り向いた。神父には彼が被り物の代わりにもする赤いハンカチの端で涙を拭うのが見えた。

「気の毒な男だ！」とカドルッスは呟いた。「じゃあ、これで、神父さん、わたしが言っていたことの証拠がまた出てきましたよ。神さまは悪い奴らにしか親切でないと。ああ！」とカドルッスは南仏人特有の生彩ある言葉で続けた。「世の中は悪くなる一方だ。天から二日間火薬を、それから一時間火を降らすだけでいい。それで万事片がつきますよ！」

「あなたは心からあの青年を愛しておられたようですね？」と神父は尋ねた。

「ええ、そうですとも、彼のことが好きでしたから」とカドルッスは言った。「もっとも一時、彼の好運を羨んだことを疚《やま》しく感じていますが。でも、誓って申し上げますが、それ以後彼の不幸な身の上をずっと気の毒に思っていました」

しばしの間があったが、そのあいだも神父の真っ直ぐな視線は、宿屋の主人のころころ変わる顔に問いかけるのをやめなかった。

「あなたは知っておられたのですね、あの気の毒な青年を？」とカドルッスは続けた。

「わたしは宗教の最期の救いをもたらすために死の床に呼ばれたのです」

「彼はなにが原因で死んだのですか？」とカドルッスは喉を締めつけられたような声で尋ねた。

「人間三十で獄死するとすれば、それは牢屋そのものに殺されたからでしょう？」

カドルッスは額から流れる汗を拭った。

「この件で奇怪なのは」と神父が言葉をついだ。「死の床のダンテスがキリストの足に接吻しながら誓って言うには、じぶんの幽閉の本当の理由が分からなかったということです」

「たしかに、たしかに」とカドルッスは呟いた。「彼はそれを知ることはできませんでした。いや、神父さん、彼は嘘を言っていません、あの気の毒な青年は」

「そこで彼が解明できなかったその不幸の原因を明らかにし、もしなにかの汚れがあるならそれをすすぎ、死後の名誉を回復する任務がわたしに委ねられたというわけです」

神父の視線はだんだん厳しくなり、カドルッスの顔にあらわれた暗い表情を凝視した。

「ある豊かなイギリス人」と神父は続けた。「つまりダンテスと不幸をともにした仲間だった人物が、第二次王政復古のときに出獄したのですが、高価なダイヤモンドをもっていました。出獄に際して、病気になったときにダンテスが実の兄弟のように親身になって介抱してくれたというので、感謝のしるしにそれを彼に残していきました。ダンテスはそれを看守たちの買収に使わず――看守たちは受けとったあと、彼を裏切ってしまうこともあるわけで――いつの日か出獄する場合にそなえて、ずっと大事にとっておきました。なぜなら、いずれ出獄することがあれば、そのダイヤモンドを売るだけで、ひと財産築けるからです」

「じゃあ、言われる通りなら」と、カドルッスは目をぎらぎらさせて尋ねた。「それは大変な値打ちのあるダイヤモンドなんですね？」

「なにごとも相対的なものです」と神父は言葉をついだ。「ただエドモンにとっては大変な値打ちがあるものでした。そのダイヤモンドは五万フランと見積もられていたからです」

「五万フラン！」とカドルッスは言った。「じゃあ、そいつは胡桃の実ぐらいの大きさですかね？」

「いや、それほどでもありません」と神父は言った。「しかし、ごじぶんで測ってみてください。ちょうどわたしがここにもっていますから」

カドルッスは神父の衣服の下の彼が話題にした品物をうかがうような様子になった。

神父はポケットから黒いなめし革の箱を取りだして、それを開け、すでにくらんでいるカドルッスの目に、すばらしい細工の指輪に載せられた、きらきらする宝物を輝かせてみせた。

「で、これが五万フランの値打ちがあると?」

「台座は別にしての話です。台座だけでも相当な値打ちがありますから」と神父は言った。

そして彼は小箱を閉じて、ダイヤモンドをポケットにもどしたのだが、その宝物はカドルッスの頭の奥で輝き続けていた。

「でも、いったいどうしてこのダイヤモンドをじぶんの持ち物にしておられるのですか、神父さん?」とカドルッスが尋ねた。「エドモンが神父さんを遺産相続人にしたってわけですか?」

「いいえ、遺言執行人です。――わたしには三人の親友とひとりの許嫁がいる、と彼は言いました。この四人がわたしのことを深く悼んでいる。その親友のひとりがカドルッスだと」

カドルッスは身震いした。

「もうひとりは」と神父はカドルッスの動揺に気づくふうもなく続けた。ダングラールという名前。三番目は、恋敵ではあったが、わたしを愛してくれたと」

悪魔のような微笑がカドルッスの面立ちを照らし、彼は神父の言葉をさえぎるような身振りをした。

「待ってください」と神父は言った。「最後まで話させてください。ご意見があれば、もうしばらくあとにしてください。――もうひとりは、わたしの恋敵だったにもかかわらず、わたしを愛してくれた。名前をフェルナンといった。わたしの許嫁の名前は……いや、どうしたことか、わたしは許嫁の名前を思い出せない」

「メルセデス」とカドルッスは言った。

「ああ、そう、そうでした」と神父は溜息を呑みこんで続けた。

「それで?」とカドルッスが尋ねた。

「水差しをください」と神父は言った。

カドルッスはいそいそと言われる通りにした。

司祭はグラスを満たして幾口か飲み、

「どこまで話しましたか?」と、グラスをテーブルのうえに置いて尋ねた。

「許嫁がメルセデスという名前だった、というところまでです」

「そう、そうでした。――マルセイユに行ってもらいたい、これもまたダンテスの言葉です。お分かりになりますね?」

「もちろんです」

「このダイヤモンドを売ってください。売上金を五等分してください。そして、この親友たちに分けてあげてください、この人たちだけが地上でわたしを愛してくれたのだからと」

「なんで五等分なんですか? 名前を出されたのは四人でしたが」

「噂では五人目は亡くなったからです……その五人目とはダンテスの父親でした」

「痛ましいことに、そうです」とカドルッスは心のなかで入りまじる情念に揺さぶられて言った。「痛ましいことに、そうなのです。あの気の毒な方は亡くなりました」

「わたしはその訃報をマルセイユで知りました」と、神父は無関心を装おうと努めながら答えた。「しかし、その死はずいぶんまえの話ですから、具体的な細部をなにひとつ集められませんでした……で、もしかしてあなたのほうは、あの老人の最期について、なにかご存じでしょうか？」

「はい」とカドルッスが言った。「わたし以上に知っている者はいません……わたしはあのおじいさんのすぐ隣に住んでいましたからね……ああ、なんてことだ、息子が行方不明になって一年足らずで、あの気の毒なご老人は死んでしまったんですよ！」

「死因はなんですか？」

「医者は彼の病気を……胃腸炎などと言っていましたが、彼を知っていた者たちは心痛で死んだと言っていますよ……ただこのわたしは彼が死んでいくのをだいたい目にしていました。そのわたしに言わせれば、彼が死んだのは……」

カドルッスは言葉を切った。

「なんで死んだと？」と神父は不安そうに言葉をついだ。

「飢え死にです！」

「飢え死にですって？」と神父は声をあげて、腰掛けから飛びあがった。「飢え死に！　どんな下賤な動物も飢えで死ぬことなどありません。街路をさまよっている犬でさえも、一切れのパンを投げてくれる情け深い人に出会うものです。ひとりの人間、ひとりのキリスト教徒が、彼と同じようにキリスト教徒を自称している人びとのあいだで飢え死にする！　ありえません！　ああ、そんなことがあってはなりません！」

「わたしはただありのまま話しただけです」

「あんたが間違っているのさ」と、階段から声がした。「余計なことに口を出すんじゃないよ」

ふたりの男が振り向くと、階段の縦柵を通してラ・カルコントの病弱な顔が見えた。彼女はそこまで這ってきて、階段の最上の段に腰かけ、膝に頭を乗せて、ふたりの会話を聞いていたのだった。

「おめえこそ余計なことに口出しするんじゃねえ。神父さんはいろいろ情報を求めておられるのだ。お話しするのが礼儀ってもんじゃねえか」

「そうかい。でも、用心ということを考えたら、お断りすべきじゃないのかい。ひとがどんな意図であんたに喋らせるのか、知れたもんじゃないよ、馬鹿！」

「いや、これは善意からです。請け合いますよ、おかみさん」と神父が言った。「ご主人はなにも怖れることはありません。ただ正直にお答えいただければそれでいいのです」

「なにも怖れることはない！　へえー、そうかい。最初は甘い約束からはじめる。そのあとは、なにも怖れることはないと言うだけにする。それから、じぶんでした約束をなにひとつ守らずにどこかに行ってしまう。そしてある朝、貧乏人に不幸が襲いかかるが、それがどこからきたものか分からないって筋書きさ」

「安心してください、おかみさん。わたしから不幸がくることはありません。請け合います」

ラ・カルコントは訳の分からない言葉をもぐもぐ呟いてから、しばらくもちあげていた頭をふたたび膝に落とし、あいかわらず熱で震え続け、夫に勝手に会話を続けさせながらも、ひと言も聞き漏らさないようにその場に居残った。

そのあいだ神父は水を幾口か飲み、態勢を整えて、

「じゃあ」と言葉をついだ。「不幸な老人がそのような死に方をするからには、みんなから見捨てられていたということですな?」

「ああ、神父さん」とカドルッスが引き取った。「カタルーニャ娘のメルセデスも、モレルさんも老人を見捨てたわけじゃありませんよ。ただ、老人はフェルナンをひどく毛嫌いしていました。これがまさに」とカドルッスは皮肉な笑いを浮かべて続けた。「ダンテスが親友のひとりだといった男です」

「では親友ではなかったということですか?」と神父が言った。

「ガスパール! ガスパール!」と階段のうえから女房が呟いた。「めったなことを喋るもんじゃないよ」

カドルッスは苛立った仕草をし、話の邪魔をする女房にはそれ以上は構わずに、

「いったい、じぶんの妻に横恋慕なんかする奴と友だちになれるものでしょうか?」と神父に答えた。「ダンテスは気持ちの優しい男だったから、そうした輩でも親友と呼んでいたのでしょう。可哀相なエドモン! じっさい、なにも知らなかったほうが彼にとってはよかったのです。知っていたら、臨終にさいして彼らを許すのに、ひどく難儀したことでしょう……人が何と言おうと」カドルッスは一種無骨な詩情さえ感じられる言葉で続けた。「わたしは生者の憎しみより、

死者の呪いのほうがずっと怖いのです」

「馬鹿！」とラ・カルコントが言った。

「それでは、あなたは」と神父は続けた。「フェルナンがダンテスにどんな仕打ちをしたか知っているのですか？」

「知っています。よーく知っていますとも」

「では、話してください」

「ガスパール。好きなようにしな。あんたは主人なんだから」と女房が言った。「だけど、あたしならなんにも話さないだろうよ」

「女房よ、今度ばかりはおめえの言う通りだ」

「では、あなたもなにも言いたくないと言われるのですか」と神父が言葉をついだ。

「なんの役に立つというのですか？」とカドルッスが言った。「もしあの青年が生きていて、じぶんの友や敵のことを全部はっきり知りたいとわたしのところにきたというなら話は別です。しかし、うかがったところでは、彼は地下に眠っていて、憎しみももてないし、復讐もできないというではありませんか。この話はすべてチャラにしましょう」

「それでは、あなたは」と神父が言葉をついだ。「下劣な人間とか贋の友だちと呼ばれる人びとにも、信義にたいする報酬を平等にあたえよとおっしゃるのですか？」

「たしかに、言われる通りだ」とカドルッスは言った。「今の彼らにとって、哀れなエドモンの遺贈金などなにほどのものでしょうか。それこそ大海の一滴ですよ！」

「しかも、あんたなんか指一本でひねり潰せるんだからね」と女房が言った。

「どういうことですか？　その人びとが金持ちで権力者になったと？」

「それじゃ、あなたは彼らの話をご存じないのですか？」

「いいえ、ぜひ話してください」

カドルッスは一瞬考えているようだった。

「じっさい、これは」と彼が言った。「話せば長くなるんで」

「話されないというなら、それはそれであなたのご随意です」と神父は心底無関心な口調で言った。「わたしはあなたのお気遣いを尊重します。それに、あなたのそのような態度は、真に善良な人間のものです。その話はしないことにしましょう。あ、そう、わたしの任務はなんでしたっけ？　たんなる手続きにすぎません。じゃあ、このダイヤモンドを売ることにしましょう」

そして彼はダイヤモンドをポケットから取りだし、小箱を開いて、くらんでいるカドルッスの目に輝かせてみせた。

「女房、ちょっと見に来い」と彼はしゃがれた声で言った。

「あれ、ダイヤモンドじゃないの！」ラ・カルコントは立ちあがり、かなりしっかりとした足取りで降りてきて言った。「このダイヤモンドはいったいなんなのよ？」

「おめえは話を聞いていなかったのかよ？」とカドルッスが言った。「これはあの若造がおれたちに遺してくれたダイヤモンドなのさ。まず父親、三人の友人、つまりフェルナン、ダングラール、そしておれ、それから許嫁のメルセデス。このダイヤモンドは五万フランするんだぜ」

「まあ、きれいな宝石だわ！」

「その金額の五分の一がおれたちのものになるんだぞ、さあ、どうする？」とカドルッスが言った。

「そうなんです」と神父が答えた。「そのうえ、ダンテスの父親の分もあなたがたで四等分にしてもいいと思います」

「なんで四等分なんですか？」とラ・カルコントが尋ねた。

「あなたがたがエドモンの四人の友人だったからです」

「友だちというのは裏切らない人間のことですよ！」と今度は女房がくぐもった声で言った。

「そうだ、そうだ」とカドルッス。「おれが言っていたのも、だいたいそんなことさ。裏切り、そしておそらく犯罪に褒美を出すなんていうのは冒瀆、瀆聖というものですぜ」

「そのように望まれたのはあなたじゃないですか」神父は静かに言って、ダイヤモンドを聖職服《スータン》のポケットにしまった。「それではエドモンの友人たちの住所を教えてください。彼の遺志を実行するためです」

カドルッスの額にはだらだらと汗が流れた。彼には、神父が立ちあがり、ちょっと馬に合図するためのように戸口に向かい、それからもどってくるのが見えた。

カドルッスと女房は、なんとも言えない表情で顔を見合わせた。

「あのダイヤモンドはそっくりおれたちのものになるかもしれねえぞ」とカドルッスが言った。

「そう思うかい？」と女房。

「教会の人間がおれたちを騙すわけはねえ」

「好きなようにやってみな」と女房が言った。「あたしのほうは口を出さないからね」そして彼女は震えながら階段のほうにもどっていった。猛烈な暑さにもかかわらず、彼女の歯はカチカチ鳴っていた。

最後の段にさしかかると、彼女は一瞬立ちどまって、

「よく考えるんだよ、ガスパール」と言った。

「肚は決まっているさ」

ラ・カルコントは溜息をつきながらじぶんの寝室にもどった。彼女がいつもの肘掛け椅子まで行ってどっしりすわり込むまで、天井が彼女の足元でぎしぎし軋む音が聞こえた。

「どのように肚が決まったのですか?」神父が尋ねた。

「あなたにすべてを話そうと」とカドルッスは答えた。

「じっさい、それがいちばんいいことです」と神父。「これはあなたが隠されたいことをどうしても知りたいからではありません。そうではなく、故人の願い通り、遺贈金が分配できるようになれば、そのほうがいいからです」

「そうなるといいですな」と、カドルッスは希望と貪欲の紅潮に頬を火照らせながら答えた。

「では、伺いましょう」と神父が言った。

「待ってください」とカドルッスが言った。「話が佳境にはいったところで腰を折られるかもしれません。そうなるのも不愉快だし、また、あなたがここにこられたことを人に知られるのも無

益な話です」

　彼は宿屋の戸口に行って戸を閉め、念には念を入れて、夜間用の閂をかけた。

　そのあいだ、神父は心置きなく聞けるようにじぶんの場所を選び、影のなかにすっぽりとどまるような一角にすわっていた。他方、彼の話し相手の顔には光がまともに当たった。神父は頭を傾げ、両手を合わせるというより痙攣させて、じっと耳を傾けようとした。

　カドルッスは腰掛けを引きよせ、彼の正面にすわった。

「あたしが勧めたんじゃないってことをよく覚えといてね」と、ラ・カルコントの震える声が言った。まるで床板をとおしてでも、これから展開される場面が見えるとでもいうようだった。

「分かった、分かったよ」とカドルッスが言った。「その話はよそうぜ。すべておれが引きうけるさ」

　そして彼は話しはじめた。

訳注

1 マルセイユ——帰還

〔1〕フランスの軍人（一七七三—一八四四）。ナポレオンの忠臣。一八一三年に大元帥に任命される。エルバ島では首相の役割を果たしていた。

〔2〕ここではナポレオン一世（一七六九—一八二一）のこと。一八一四年に失脚後、地中海のエルバ島に配流されるが、翌一五年三月にエルバ島を脱出、六月十八日まで帝位に復帰し「百日天下」と呼ばれる。ワーテルローの完敗で、セント・ヘレナ島に追放されて一八二一年五月に歿する。この小説の最初の歴史的背景はこの時代のフランスになっている。

3 カタルーニャ村の人びと

〔1〕南仏特有の強い北東風。冬から春にかけて多く、冷たく乾燥している。

〔2〕一六五一年南仏アルルで発見された紀元前一世紀末のヴィーナス像。ルーヴル美術館に所蔵。

〔3〕スペイン語。牛を突く役の闘牛士。

4 陰謀

〔1〕マタイ伝、第八章。

〔2〕フランスの政治家・文人ルイ・フィリップ・セギュール（一七五三—一八三〇）作『教訓小唄』の第三節。

〔3〕当時のナポリ公国の国王は後出のミュラで親ナポレオン派でないかと疑われていた。

〔4〕ナポレオンの腹心で当時ナポリ公国王（一七六七—一八一六）。

〔5〕ナポレオンのこと。当時王党派はナポレオンを憎み、賤しめてそう呼んでいた。

5 婚約披露

〔1〕ダンテ『地獄篇』第十二歌。

〔2〕 ナポレオン失脚後の一八一五年七月以後の第二次王政復古時代、フランス各地、とくに南仏地方では、王党派のナポレオン主義者（さらに共和主義者）への報復テロ（白色テロ）が横行した。ダンテスはこの王党派対ナポレオン派の熾烈な内戦の犠牲者にされる。

6 検事代理

〔1〕 フランスの彫刻家、建築家（一六二〇―九四）。特にマルセイユで活躍。
〔2〕 王政復古期のブルボン王朝のフランス国王（一七五五―一八二四）。在位一八一四―一五、一八一五―二四年。なお、一八一五年三月から同年六月までは、ナポレオンの「百日天下」の時期が挟まれる。革命以後イギリス、ベルギーなどに亡命していた。
〔3〕 熱月九日とは一七九四年七月二十七日、フランス革命を主導したロベスピエールの山岳派独裁に対立する勢力によるクーデターのこと。一八一四年四月四日は、ナポレオンが退位を表明した日。
〔4〕 フランス革命時の立法議会、国民公会において自由主義と共和主義を掲げ、ロベスピエールの山岳派にたいして右派と見なされた。
〔5〕 アルトワ伯はのちの国王シャルル十世のこと（一七五七―一八三六）。在位一八二四―一八三〇年。
〔6〕 ロシア、オーストリア、プロシアの君主間の反ナポレオンの盟約。
〔7〕 一八一四年五月三十日の第一次パリ講和条約。
〔8〕 フランスの公爵（一七七二―一八〇四）。革命時に亡命、コンデ軍の軍人だったが、一八〇四年に誘拐され、軍事裁判で死刑の判決を受けて銃殺。これで王党派とナポレオンの決別が決定的になる。
〔9〕 キケロ『義務について』第一巻。以下、原文がラテン語の語句・文章はこのようにカタカナ混じりで示す。
〔10〕 前一世紀ローマで有名だった医学者。

7 尋問

〔1〕 十九世紀初期、イタリアとフランスに存在した政治的秘密結社。

9 婚約式の晩

〔1〕 ここはシーザー暗殺に関わったブルートゥスではなく、司法官として共和制を目指した二人の息子を容

赦なく裁いた司法官ルキウス・ユニウス・ブルートゥス（前五四四―前五〇九）のこと。
〔2〕ウェルギリウス（前七〇―前一九）『アエネーイス』第四巻。
〔3〕ドイツの作家・作曲家（一七七六―一八二二）。幻想文学の鬼才として名高い。

10 チュイルリー宮殿の書斎

〔1〕オルレアン公（一七七三―一八五〇）。一八三〇年の「七月革命」で「フランス国民の王」となり、一八四八年の「二月革命」まで「七月王政」を維持する。デュマは一時この国王に仕えたことがある。
〔2〕古代イタリアの詩人（前六五―前八）。
〔3〕ルイ十八世の司法大臣（一七七一―一八三九）。
〔4〕ウェルギリウス『牧歌』第十巻。ここはデュマの記憶違いか。
〔5〕ホラティウス『オード集』第一巻。
〔6〕同右。
〔7〕ウェルギリウス『アエネーイス』第四巻。
〔8〕ホラティウス『オード集』第一巻。
〔9〕ホラティウス『オード集』第三巻。

11 コルシカの鬼

〔1〕ナポレオンがエルバ島のポルト・フェライオから脱出したのは二月二十六日夕刻、「ランコンスタン」号に乗って密かに地中海を航海し、カンヌやアンティーブに近いジュアン湾に上陸したのは三月一日五時だった。
〔2〕帝国の男爵だったが、ルイ十八世に取り立てられた軍人（？―一八一五）。

12 父と子

〔1〕ナポレオンのパリ到着は三月二十日。

13 百日天下

〔1〕一八一五年六月十八日、ナポレオンがウェリントン率いる同盟軍に完敗。続く六月二十二日に退位。七

月八日、ルイ十八世パリに帰還。第二次王政復古（―一八三〇）。

14　怒る囚人と狂う囚人

〔1〕アルキメデスは紀元前二一二年、第二次ポエニ戦争でローマの将軍マルケッルスの命令があったにもかかわらず、思索に没頭していて、話しかけた無知の一兵士を無視したためにその兵士に殺された。プルタルコス『対比列伝』第二十九節。

〔2〕ローマの名家出身の枢機卿（?―一八〇七）

〔3〕ナポレオン二世（一八一一―三二）のこと。

〔4〕マルコ伝、第八章。

15　三十四号と二十七号

〔1〕イギリスの画家・版画家（一七七八―一八五四）。

〔2〕ダンテ『地獄篇』第三十二歌。

〔3〕旧約聖書ダニエル書、第五章。メネ「算えられたり」、テケル「量られたり」、パルシン「軽し、すなわち破れられたり」と王国の近い破滅を予言。

〔4〕ギリシャ神話で、小アジアの一地方の王。ゼウスの子。神々の怒りを買ったため地獄に落ち、永劫の飢餓に苦しんだ。

16　イタリアの学者

〔1〕イタリアの聖職者・軍人（一四七五―一五〇七）。

〔2〕十五世紀のローマ教皇（一四三一―一五〇三）。在位一四九二―一五〇三年。

〔3〕十六世紀のローマ教皇（一四七八―一五三四）。在位一五二三―三四年。

〔4〕フランスの化学者（一七四三―九四）。質量保存の法則の発見者。「近代化学の父」とされる。

〔5〕フランスの哲学者・心理学者（一七五七―一八〇八）。

17　神父の牢

〔1〕エトルリア王国は一八〇九年、ナポレオンが姉のエルザ（一七七七―一八二〇）とその夫のために作っ

た王国。

18 **財宝**

〔1〕前出。ローマ教皇。在位一四九二―一五〇三年。俗名ロドリーゴ・ボルジア。後出のチェーザレ・ボルジア（一四七五―一五〇七）はその息子。

〔2〕フランス国王（一四六二―一五一五）。在位一四九八―一五一五年。イタリア遠征を繰り返した。

〔3〕イタリアの大富豪（？―一四九八）。

22 **密輸業者**

〔1〕イタリアの画家（一四九〇頃―一五七六）。

〔2〕コルシカ独立運動の指導者（一七二五―一八〇七）。

〔3〕ヴォルテール作『カンディード』に登場する底抜けの楽天家。

〔4〕ローマ神話。商人や旅人などの守護神。

〔5〕母語が異なる人々の間で共通語として使われる言語。

23 **モンテ・クリスト島**

〔1〕ユリウス・ブルートゥスのこと。「最初に母にキスした者がローマの最高位につく」という神話を聞いてすぐに地面にキスをした。

24 **眩惑**

〔1〕ギリシャ神話で、コリントスの王。ゼウスの怒りに触れて、死後、地獄に落とされて大石を山頂まで持ち上げる刑を受けたが、大石はあと一息のところで必ず転げ落ちたという。

〔2〕西ゴート族の最初の王（三七〇―四一〇）。四一〇年のローマ略奪で知られる。

25 **見知らぬ男**

〔1〕ギリシャ神話で、トロイア戦争の英雄。負傷し、悪臭を放つ身になったために仲間たちに置き去りにされた。

［著者］
アレクサンドル・デュマ（Alexandre Dumas 1802-70）
フランス19世紀を代表する劇作家、小説家。独学で演劇を学び、『アンリ三世とその宮廷』（1829）で一躍脚光を浴び、その後『アントニー』『キーン』などの傑作を続々発表。1835年頃から新聞連載小説を旺盛に執筆し、『モンテ・クリスト伯』『三銃士』などによって一大人気作家になる。生涯で『回想録』を含む230冊もの著作を公刊。2002年、遅まきながらフランス政府によって遺骨が偉人廟に移送された。

［訳者］
西永良成（にしなが・よしなり）
1944年富山県生まれ。東京外国語大学名誉教授。専門はフランス文学・思想。著書に『激情と神秘――ルネ・シャールの詩と思想』（岩波書店）、『小説の思考――ミラン・クンデラの賭け』（平凡社）、『『レ・ミゼラブル』の世界』（岩波新書）、『カミュの言葉――光と愛と反抗と』（ぷねうま舎）など、訳書にクンデラ『冗談』（岩波文庫）、ユゴー『レ・ミゼラブル』（平凡社ライブラリー）、編訳書に『ルネ・シャールの言葉』（平凡社）など多数。

平凡社ライブラリー 970
新訳《しんやく》 モンテ・クリスト伯《はく》 1

発行日…………2024年7月5日　初版第1刷

著者……………アレクサンドル・デュマ
訳者……………西永良成
発行者…………下中順平
発行所…………株式会社平凡社
〒101-0051　東京都千代田区神田神保町3-29
電話　(03)3230-6573［営業］
ホームページ　https://www.heibonsha.co.jp/

印刷・製本……株式会社東京印書館
ＤＴＰ…………平凡社制作
装幀……………中垣信夫

ISBN978-4-582-76970-8

落丁・乱丁本のお取り替えは小社読者サービス係まで
直接お送りください（送料は小社で負担いたします）。

【お問い合わせ】
本書の内容に関するお問い合わせは
弊社お問い合わせフォームをご利用ください。
https://www.heibonsha.co.jp/contact/